ÜBER DAS BUCH

Vierzehn Jahre ist es her, daß der kleine David, traumatisiert vom Tod seiner Mutter, von zu Hause weglief. Trotz intensiver Suche konnte Sir Mark Tredington, einer der erfolgreichsten Pferdezüchter Englands, seinen einzigen Sohn nicht ausfindig machen. Als nun ein charismatischer junger Mann auf dem Familiensitz der Tredingtons in Devonshire auftaucht und behauptet, Sir Marks verlorengeglaubter Sohn zu sein, wird er nicht von allen mit offenen Armen empfangen. Die älteste Tochter Lucy und Sir Marks Sekretärin Susan trauen ihm offenbar nicht über den Weg. Auch sein Schwager Jason, ein Jockey wie David, scheint der neuen Situation nicht viel Gutes abgewinnen zu können. Aber Davids außerordentliche Erfolge zu Pferd und bei der Organisation des väterlichen Gestüts werden bald von allen anerkannt. Da passiert die Tragödie: Ein unschuldiger Stalljunge wird bei einem schrecklichen Autounfall getötet. Ein Unfall? Kurz darauf wird David bei einer Jagd fast erschossen. Ein Zufall? David fürchtet um sein Leben. Offenbar soll der neue Erbe von Tredington so schnell verschwinden, wie er aufgetaucht ist.

ÜBER DEN AUTOR

Der Brite John Francome war selbst fünfzehn Jahre lang als Jockey aktiv und kennt das Milieu des Rennsports wie kein zweiter. Inzwischen arbeitet er als Pferdesportreporter und Schriftsteller. Bei Ullstein ist bereits der Roman »Midnight Express« erschienen.

John Francome
Der Todesritt

Krimi

Aus dem Englischen übersetzt
von Bettina Zeller

Ullstein Gelbe Reihe

Ullstein Buchverlage GmbH & CO. KG,
Berlin
Taschenbuchnummer: 24518
Originaltitel:
Dead Ringer

Deutsche Erstausgabe
Dezember 1998

Umschlaggestaltung:
Vera Bauer
Photo:
IMAGEBANK
Alle Rechte vorbehalten

© 1995 John Francome and Peter Burden
© für die deutsche Ausgabe 1998 by
Ullstein Buchverlage GmbH & Co. KG,
Berlin
Printed in Germany 1998
Gesamtherstellung:
Ebner Ulm
ISBN 3 548 24518 8

Gedruckt auf alterungsbeständigem
Papier mit chlorfrei gebleichtem
Zellstoff

Die Deutsche Bibliothek –
CIP-Einheitsaufnahme

Francome, John:
Der Todesritt : Krimi / John Francome.
Aus dem Engl. von Bettina Zeller.
– Dt. Erstausg. – Berlin : Ullstein, 1998
(Ullstein-Buch ; Nr. 24518)
ISBN 3-548-24518-8

1 Fontwell, England, Ende Oktober

»Glauben Sie er ist der, der er zu sein behauptet?«

In der Skepsis, die sich in Joe Peters Stimme Bahn brach, schwang mehr als ein Hauch Neid mit. Sein Stolz hinderte ihn daran zu glauben, daß David Tredington, der anscheinend nur über ein Minimum an Erfahrung verfügte, ein derart guter Jockey war. Seit David Tredington vor knapp zwei Monaten aus Irland herübergekommen war, war sein Name mit zunehmender Häufigkeit bei Diskussionen über Pferderennen gefallen, zumal es ihm gelungen war, mehr und mehr Siege für sich zu verbuchen. Nach Ansicht von Profis wie Joe Peters wirkte er zu geschniegelt, war er zu selbstsicher und wußte zu gut Bescheid für den Amateur, für den er sich ausgab. Und es genügte ihm offenbar nicht, im Umkleideraum der Jockeys den brodelnden Kessel der Eifersucht anzuheizen, nein, David Tredington sah auch noch blendend aus und war potentiell jedenfalls sehr reich.

Joe warf dem jungen Mann neben sich, der sich das Rennen ansah, einen kurzen Seitenblick zu. »Kommen Sie, Jason, Sie müßten es wissen. Was denken Sie?«

Jason Dolton dachte über die an ihn gerichtete Frage nach, als stelle man sie ihm zum ersten Mal, was – wie Joe sehr wohl wußte – nicht der Fall war.

Auf der internen, in einer Ecke des Umkleideraums von Fontwell Park installierten Fernsehanlage beobachtete Jason, wie die sechs Pferde beim Handicap Chase über den Wassergraben setzten.

David Tredington hatte nur ein Pferd hinter sich. Er hatte auf den anderthalb Runden der winzigen Sussex-Rennbahn alles gegeben, und obwohl der Sieg offenbar unmöglich war, konnte jedermann deutlich sehen, daß dieser Mann eine Niederlage erst dann akzeptierte, wenn sie mit hundertprozentiger Sicherheit nicht mehr abzuwenden war.

»Keine Ahnung, Joey«, antwortete Jason Dalton langsam. Seine Miene gab seine Gefühle nicht preis. »Aber wer immer er sein mag, reiten kann er, das ist sicher.«

Als das halbe Dutzend Pferde, das im Rennen verblieben war, im peitschenden Regen aufs Ziel zuhielt, überkam David Tredington der Eindruck, daß er lauter keuchte als sein Roß. Das Ziehen in seinen Beinen, die er unablässig und mit aller Macht an das Tier drückte, und sein Ärger darüber, daß das Schicksal nicht zu ändern war, führten zu dem plötzlich aufflammenden und durchaus nicht ungewöhnlichen Bedürfnis, zur Peitsche zu greifen und dem lahmen Grauschimmel ein paar Schläge auf das üppige Hinterteil zu verpassen, aber sein Instinkt – eine äußerst seltene und dabei die wichtigste Eigenschaft beim Rennen – riet ihm zu warten.

Falls Groats, sein schwergängiges Reittier, mit Hilfe von Peitschenschlägen überhaupt zu irgendeiner Anstrengung zu überreden war, dann nur für einen kurzen Streckenabschnitt. Er hielt es für sinnvoller, erst nach dem letzten Hindernis Druck auszuüben und nicht schon jetzt, vor dem letzten Graben, dem sie sich näherten.

Die Schlammspritzer auf seiner Schutzbrille, die von den vorderen Pferden verursacht wurden, ließen David kaum was sehen. Er überlegte gerade, ob er sie kurz mit seinem Handrücken, der in einem Lederhandschuh steckte, wegwischen und damit das Risiko eingehen sollte, seine Sicht noch zu verschlechtern, als ein Klumpen nasser Sussex-Erde ihm die Entscheidung abnahm.

In einer fließenden Bewegung nahm er die im Einklang mit Groats' großem Kopf wippende Peitsche in die linke Hand und wischte den Schlamm weg, damit er wieder richtig sehen konnte. Kaum umfaßte seine Hand wieder den Zügel, drang durch das Geräusch der aufschlagenden Hufe und den Lärm der beschwörenden Worte der Jockeys jenes wohlvertraute Geräusch von Horn, das gegen Holz schlägt: Das Pferd direkt vor ihm war in die Absprungstange galoppiert. Das Tier hatte sein Hinterteil nicht hoch genug, um zu stürzen, und als es durch das Birkenholz krachte, drehte es durch den Aufprall seitlich ab.

Für einen Sekundenbruchteil rechnete David mit einem Zusammenstoß, doch gerade als er reagieren wollte, riß Groats den Kopf hoch, scherte leichtfüßig nach rechts aus und hielt auf eine schmale Lücke zwischen dem Zauntor und dem seltsam verdrehten Kopf des vorderen Pferdes zu. Eine Sekunde vor dem Zusammenstoß, der das andere Pferd wohl wieder auf Kurs gebracht hätte, riß David zum Schutz vor Verletzungen beide Knie zu Groats' Schultern hoch. Der Jockey des anderen Tieres erholte sich noch von der ersten Kollision, bevor er durch die zweite um ein Haar auf Davids Schoß gelandet wäre. Verzweifelt versuchte er, nicht vor die unruhig umhertrampelnden Hufe der beiden Rösser zu fallen, doch David schubste ihn voller Entschlossenheit weg, als er unsinnigerweise nach seinen schlüpfrigen Breeches griff. Dieses Verhalten ging David eigentlich gegen den Strich, aber in solch einer Situation blieb einem keine andere Wahl: Das eigene Wohlergehen stand immer an erster Stelle.

Die aus dem Zusammenstoß resultierende Aufregung bescherte Groats auf wundersame Weise einen Adrenalinstoß. Urplötzlich zeigte er sich gewillt, an dem, was um ihn herum vorging, mit Interesse teilzunehmen. Als er das vorletzte Hindernis übersprungen hatte und auf das letzte zuhielt, hatte er beträchtlich aufgeholt und lag nur noch zwei Längen hinter dem Anführer.

Nun, wo sein Pferd endlich Tempo vorlegte, wollte David auf keinen Fall zulassen, daß Groats erneut seinen Enthusiasmus verlor. Der lange, ansteigende Abschnitt, der bis zum Zielpfosten bewältigt werden mußte, hatte schon tapferere Pferde als dieses mißmutig werden lassen. David holte mit der Peitsche aus und schlug mit voller Wucht auf die Flanken seines Tieres ein, um ihn zum letzten Hindernis zu treiben. Zum ersten Mal spürte er, daß der sich abplagende Grauschimmel auf seiner Seite war.

Groats setzte zum Sprung an und überwand die Hürde. Nach der Landung rannte er mit geneigtem Kopf und angelegten Ohren weiter. David trieb sein Roß immer noch an, drückte ihm die Knie in die Seiten und drängte Groats durch den aufgeweichten Matsch. Als sie die Linkskurve vor dem Zielpfosten nahmen, schien das Pferd zu spüren, daß der Sieg im Bereich des Möglichen lag, und setzte zu einer letzten Anstrengung an. Zwanzig Meter vor dem Ziel schob das Pferd den Kopf nach vorn und behielt die Führung, bis der Sieg ihnen sicher war.

Zehn Schritte hinter der Ziellinie verfiel Groats wieder in ein normales Schrittempo. Erschöpft von der ungewohnten Anstrengung, ließ er den schlammbespritzten Kopf herunterhängen. Voller Dankbarkeit tätschelte ein keuchender und schnaufender David seinem Pferd den Hals. Als sie umkehrten und zum Gewinnerpodest ritten, nahm David die Schutzbrille ab. Sein Blick kehrte zum Parcours zurück, und Erleichterung stellte sich ein, als er in der Ferne die Farben des gestürzten Jockeys ausmachte, der auf einen Land Rover zuging. Er hatte getan, was jeder Jockey getan hätte, das wußte er. Er wußte auch, daß man sein Verhalten jetzt, nachdem er gesiegt hatte, mißbilligen würde.

David wünschte, sein Vater wäre da gewesen und hätte ihn

siegen gesehen. Groats war von Sir Mark Tredington auf Great Barford, dem hauseigenen Gestüt, gezüchtet worden, und nichts bereitete ihm mehr Freude, als ein Pferd aus eigener Zucht gewinnen zu sehen, vor allem jetzt, wo es von seinem Sohn geritten wurde.

Für David war Sir Marks Freude über einen Sieg genauso wichtig wie die eigene. Zu gewinnen bescherte ihm die Möglichkeit, die Freundlichkeit und Zuneigung zu erwidern, mit der sein Vater ihn, der erst vor kurzem in den Schoß der Familie zurückgekehrt war, willkommen geheißen hatte. Vor acht Wochen war er wie jener sagenumwobene verlorene Sohn nach Barford Manor heimgekehrt, nachdem er länger als fünfzehn Jahre fort gewesen war.

Da Sir Mark an diesem Tag nicht zum Rennen mitgekommen war, führte Sam Hunter, einer seiner beiden Trainer, Groats zu dem für die Sieger vorbehaltenen Bereich vor dem Wiegeraum. Dort wartete Davids leicht rundlicher, älterer Cousin George mit einem unter dem durchgeweichten, braunen Klappenrandhut hervorblitzenden Grinsen und winkte mit einem Wettschein.

»Prima gemacht!« brüllte er und klopfte David beim Absteigen auf die Schulter.

Während er das Pferd absattelte, lächelte David. Er war immer noch dankbar, daß sein Cousin sich über seine Heimkehr nach England und den darauffolgenden Erfolg auf den Rennbahnen freute. Insgeheim bezweifelte er, daß er selbst so großzügig reagiert hätte, wären die Rollen vertauscht gewesen. Aber, noch war er ja kein englischer Gentleman.

Nachdem er sich wiegen lassen und umgezogen hatte, spazierte David nach draußen und stellte sich unter die Veranda. In dieser winterlichen Jahreszeit dämmerte es früh. Der Regen war in ein sanftes Nieseln übergegangen, das sich vor dem gegenüberliegenden Gebäude abzeichnete.

George gesellte sich zu ihm und berührte seinen Ellbogen. »Komm, Cousin. Es ist an der Zeit, einen Drink zu nehmen.«

Unter Georges aufgespanntem Regenschirm liefen sie zusammen über den regengetränkten Rasen zum Fachwerkhaus, in dem die Mitgliederbar untergebracht war. George zwängte sich durch die dampfende, dichtgedrängte Meute aus Rennbahnbesuchern und bestellte überschwenglich eine Flasche Champagner.

David ging davon aus, daß George einen guten Grund hatte, sich in diesem Fall erkenntlich zu zeigen. Groats war seit längerer Zeit zum ersten Mal an den Start gegangen, und obwohl in Sam Hunters Stall und auf Great Barford jedermann wußte, daß er nach dieser Pause ausgeruht war und besser laufen würde, hatte niemand einen Gedanken daran verschwendet, die Buchmacher zu informieren, die seine Quote auf zwölf zu eins festgelegt hatten.

Auf der anderen Seite war mit Davids Rückkehr Georges Chance, den größten Teil des Great Barford Besitzes zu erben, mit einem Schlag zunichte gemacht worden. Der Titel des Baronets, das wunderschöne Queen-Anne-Haus, die viertausend Morgen Land, die das Anwesen umgaben, das historische Gestüt und die zahlreichen Investments in Grundstücken, in der Industrie und im internationalen Handel – kurz gesagt ein Erbe, das laut Gerüchten etwa zehn Millionen Pfund wert war – waren für George auf einmal unerreichbar geworden.

Man müsse schon ein Heiliger sein, hatte David gedacht, um nicht ein bißchen wütend darüber zu sein, daß einem solch ein Besitz unter der Nase weggezogen wird.

Und dennoch hatte George ihn mit derselben Wärme wie Sir Mark willkommen geheißen. Die Reaktion einer seiner beiden Schwestern war wesentlich kühler ausgefallen.

»David, das war ein ganz erstaunlicher Ritt«, meinte George. Sein großes, rotes Gesicht strahlte vor Bewunderung.

»Ich dachte, daß alles vorbei sei, als dieses Pferd beim letzten Graben gegen dich donnerte, aber dann ist es dir doch gelungen, den alten Gaul wieder in Marsch zu setzen. Woher nimmst du nur diese Energie?«

Bescheiden zuckte David mit den Achseln. »Tja, dazu wärst du auch spielend in der Lage, wenn du ein paar der alten Klepper geritten hättest, die mir bei jenen unbedeutenden Rennen in Mayo zur Verfügung gestanden haben«, antwortete er im singenden Tonfall der Westiren, den er nach Barford Manor mitgebracht hatte.

Ein paar Leute – manche von ihnen waren ihm vollkommen unbekannt, andere hatten sich mit ihm angefreundet, seit er Rennen in England gewann – kamen herüber, um ihm zu seinem bescheidenen Sieg zu gratulieren. Ihre Lobpreisungen nahm er mit zurückhaltendem Charme, mit einem Lächeln und einem Nicken entgegen.

George blieb an seiner Seite und genoß den Ruhm seines Cousins. »Soll ich dich nach Hause fahren?« erkundigte er sich, als sie einen Moment lang allein waren.

»Nein, danke. Ich habe den Range Rover.«

George nickte abwesend. »Ist 'ne Schande, daß ich aus London anreisen mußte, sonst hätten wir zusammen fahren können. Nimmst du auf dem Heimweg die M27 und fährst du dann hoch Richtung Salisbury?«

David nickte.

»Laß uns doch auf halber Strecke auf ein Pint Bier treffen«, schlug George vor. »In Mere gibt es einen netten Pub.«

»Gern. Ich treffe dich dann dort, aber bei mir wird es eine Weile dauern. Ich möchte ein paar Worte mit Sam wechseln, bevor er abhaut.«

George winkte ab. »Kein Problem.«

David stieß zu Sam Hunter, der gerade seine beiden Pferde

prüfend musterte, bevor sie sich auf ihren langen Heimweg machten.

Sam fuhr den Lastwagen selbst und brauchte ungefähr eine Stunde länger bis zu seinem Hof als David. Eine Weile lang unterhielten sie sich über eine Stute, die David sich dort anschauen wollte. Als David wegging, fragte Sam: »Wie kommen Sie heim?«

»Im Range Rover. Ich habe Mickey mitgenommen.«

»Mickey?« fragte Sam. »Wer ist das?«

»Das ist der Junge, der bei uns auf dem Gestüt arbeitet. Er begleitet mich ab und zu, wenn ich reite. Er war so begierig darauf, mich auf die Rennen zu begleiten, da habe ich Dad gefragt...«, er stockte, »... ob er mitkommen darf. Er ist gerade mal siebzehn, zierlich für einen Mann und ganz wild auf Pferderennen. Wird nicht mehr lange dauern, bis er selbst an einem Rennen teilnimmt. Er verfügt über Talent, das muß man ihm lassen. Ich werde ihn zu Ihnen schicken, wenn er soweit ist. Wie auch immer, ich gehe ihn jetzt lieber suchen, bevor er in schlechte Gesellschaft gerät.«

Mickey stand vor dem Umkleideraum der Jockeys herum und betrachtete fasziniert die vertrauten Gesichter der bekannten Reiter, als handle es sich um Filmstars. Mit einem verschmitzten Grinsen wandte er sich zu David um. »Sie sollten sich eigentlich Jockeys aussuchen, die Ihnen gewachsen sind. Und dann wollen wir mal sehen, wie gut Sie in Wirklichkeit sind.«

Seine Dreistigkeit brachte David zum Lachen, und er kniff ihm ins Ohrläppchen. »Ich dachte gerade daran, daß ich genau der Richtige wäre, um deine Karriere anzukurbeln. Würde dich in Windeseile dazu bringen, das Rauchen aufzustecken.« David drückte fester zu.

»Gut gemacht!« kreischte Mickey unterwürfig.

»Komm jetzt. Laß uns verschwinden.«

David holte seine Siebensachen aus dem Wiegeraum, und zusammen schlenderten sie zum Parkplatz für Jockeys, wo sie in einen nagelneuen Range Rover mit kastanienfarbener Metalliclackierung stiegen und Richtung Chichester und M27 fuhren.

Sir Mark hatte David gebeten, in Somerset kurz anzuhalten, um sich eine Stute aus guter Zucht anzusehen, die einer von Sam Hunters Besitzern verkaufen wollte. Auf der langen Rückfahrt nach Devon war das kein großer Umweg, und schließlich hatte David nur ein Rennen geritten. Insofern war das ein Gefallen, der nicht ins Gewicht fiel. Außerdem tat es ihm in der Seele gut, daß man seiner Einschätzung Vertrauen entgegenbrachte.

Mickey bombardierte ihn wie üblich mit einer Unmenge von Fragen. »Sagen Sie mir, ab wann hielten Sie einen Sieg für möglich? Warum haben Sie ihm nicht früher die Sporen gegeben?« bedrängte der Junge ihn.

David antwortete mit dem gleichen Enthusiasmus. Er mochte Mickey, weil er ein völlig unkomplizierter Junge war, der die Menschen nach dem beurteilte, was er sah, und sich dabei nicht auf das verließ, was ihm andere sagten. Seine ihm ganz und gar ergebenen Eltern hielten ihn dazu an, etwas aus seinem Leben zu machen, und obwohl er ein Einzelkind war, hatten sie ihn nicht verzogen. Er und David verbrachten eine Menge Zeit damit, miteinander zu plaudern, während sie ihrer Arbeit auf dem Gestüt nachgingen.

»Sollte ich mich abrackern und Blasen kriegen müssen, um einen Ritt zu bekommen, soll's mir recht sein«, hatte Mickey einmal verlauten lassen. »Natürlich wäre ich jetzt schon längst der beste Jockey, wenn ich so einen reichen Vater wie Sie hätte.«

Auf dem Weg zur Autobahn fachsimpelten sie unablässig.

Dabei genoß David es, den Range Rover zu fahren und den Geruch der Lederpolster zu riechen. Der Wagen war mit Boxen und einem CD-Spieler, mit einem Telefon und anderen technischen Neuheiten ausgestattet, alles Dinge, die ihm bisher fremd gewesen waren. In Mayo hatte er nur einen rostigen Toyota Pick-up besessen, der nicht einmal über ein Radio verfügte.

Er war durch und durch zufrieden und freute sich über seinen achten Sieg, seit er seine englische Jockey-Lizenz erhalten hatte. Da er das andere halbe Dutzend Pferde inspiziert hatte, die sein Vater ihm zur freien Verfügung stellte, wußte er, daß noch weitere Siege ausstanden, ehe sich die Rennsaison dem Ende zuneigte.

Und er dachte auch über die kolossale Veränderung nach, die er seit seiner Entscheidung erfahren hatte, nach England zurückzukehren.

Daß sein Sohn Anfang September nach Barford Manor zurückgekehrt war, hatte fast dazu geführt, daß Sir Mark Tredington, zeit seines Lebens Agnostiker, die Existenz eines guten und gnädigen Gottes in Erwägung zog.

Im Alter von zwölf Jahren war David von daheim weggelaufen, kurz nachdem Sir Marks Frau Henrietta bei einem Jagdunfall zu Tode gekommen war. Der Junge hatte sehr an seiner Mutter gehangen und in einem in Bristol aufgegebenen Brief seinen Gefühlen Luft gemacht: Es war ihm nicht möglich gewesen, den Tod der Mutter und die konstante Abwesenheit des Vaters zu bewältigen. Darum hatte er sich entschlossen, für immer von zu Hause wegzugehen.

Trotz einer intensiven Suche, die eingeleitet worden war, hatte man keine Spur des Jungen gefunden. Die Polizei kämmte jeden Zentimeter des Anwesens durch, durchstreifte jedes Flußbett, tauchte auf den Grund jedes Sees und suchte in jeder Höhle entlang der Küste, kehrte aber mit leeren Händen zurück.

Es hatte lange Zeit gedauert, bis Sir Mark mit dem Tod seiner Frau und dem Verlust seines Sohnes einigermaßen zurechtkam. Die wenigen Menschen, die ihn gut kannten, stimmten in der Einschätzung überein, daß er beide Schicksalsschläge niemals akzeptiert, daß er den dumpfen Schmerz der Einsamkeit nie verwunden hatte. Der doppelte Verlust wurde im Lauf der Zeit lediglich etwas erträglicher.

Während der letzten sieben Generationen hatte die Familie Tredington ihren Besitz streng nach den Regeln des Erstgeburtsrechts weitergegeben. Allein diesem Umstand war es zu verdanken, daß der Besitz nicht zerstückelt worden war. Sir Mark, ansonsten alles andere als ein starrer Traditionalist, verspürte kein Verlangen, mit dieser speziellen Gepflogenheit zu brechen. Ohne David war der nächste natürliche Erbe George, der Sohn seines jüngeren Bruders Peregrine, der wie die meisten ranghohen Soldaten im Krieg gegen Argentinien den Tod gefunden hatte.

Als sein Cousin von zu Hause weglief, war George ein paar Jahre älter als David, ein pummeliger, sonderbarer Sechzehnjähriger. Obgleich er David fast wie aus dem Gesicht geschnitten war, mangelte es ihm an dessen Geschmeidigkeit und jugendlicher Selbstsicherheit.

Je mehr die Hoffnung auf Davids Rückkehr schwand, desto bewußter wurde George sich seiner neuen Stellung, und er nahm die neue Rolle mehr als ernst. Die Schule verließ er mit den Noten, die zu erreichen seine moderaten Fähigkeiten ihm erlaubten, und danach begann er eine Ausbildung bei einer Handelsbank in London, was definitiv sein Metier war. Er hatte ein Händchen für das Risiko, und nun, im Alter von zweiunddreißig Jahren, war er auf dem besten Weg, ins Direktorengremium aufgenommen zu werden. Aus dem ehemals leicht mürrischen Jungen war ein selbstsicherer und zufriedener Mann geworden, der in vielerlei Hinsicht gedieh und sich auf seine Zukunft als Eigentümer von Barford Manor vorbereitete.

Sir Mark hatte auch zwei Töchter, Lucy und Victoria, die einander sehr nahestanden, sich aber im Aussehen und Charakter stark unterschieden.

Lucy, die Ältere der beiden, war sechsundzwanzig und eine hingebungsvolle Künstlerin, die drei Jahre auf dem Royal College of Art absolviert hatte und zwei Einzelausstellungen vorweisen konnte. Sie hatte das Glück, nach ihrer Mutter geraten zu sein, war fast ein Meter achtundsiebzig groß und verfügte über einen straffen, gutgebauten Körper. Ihr dunkles und gelocktes Haar, das, fransig geschnitten, ihr ovales Gesicht einrahmte, fiel über ihre Schultern herab. Die braunen Augen standen möglicherweise eine Spur zu nahe zusammen und deuteten auf einen eigenwilligen Charakter; alles in allem aber war sie eine Schönheit.

Noch immer verbrachte sie ihre Zeit gern auf Barford, wohnte und arbeitete inzwischen aber in einem ehemaligen Stallgebäude in London, das zu einem äußerst eleganten Wohnhaus umgebaut worden war.

Victoria hingegen liebte Pferde und das Land, was mindestens genausogut war. Im aufregenden Londoner Treiben hätte sie sich niemals einleben können. Während Lucys Aussehen garantiert die Blicke anderer auf sich zog, konnte Victorias Einfachheit nur hin und wieder einen neugierigen Seitenblick für sich verbuchen. Sie war zwölf Zentimeter kleiner und zwei Jahre jünger als ihre Schwester, von kräftiger Statur und verfügte über eindrucksvolle Bizepse, die vom Schleppen der Futtereimer herrührten. Ihr Kinn war kantig, und sie trug das braune Haar kurzgeschnitten. Des weiteren weigerte sie sich, Make-up aufzulegen oder einen Rock zu tragen, es sei denn, der Anlaß gebot es. Normalerweise traf man sie in Jeans, einem Wollpullover und Reitstiefeln an.

Zur kaum verhohlenen Enttäuschung ihrer Familie hatte sie zwei Jahre zuvor – also recht jung – einen professionellen Jockey geheiratet, der nur wenig älter als sie war. Jason Dolton war der Sohn eines schlecht bezahlten Farmarbeiters aus Somerset. Ungerechtfertigterweise bildete er sich ein, das Leben sei ihm etwas schuldig. Er war ein schlechter Verlierer und undankbar, wenn ihm das Glück einmal hold war. Sein kurzes kupferfarbenes Haar und sein Mund, kaum mehr als ein roter Strich, verrieten dem aufmerksamen Beobachter den schwachen Charakter, noch bevor er den Mann näher kennengelernt hatte. Pro Saison ritt er nie mehr als ein paar Dutzend Gewinner, und man sagte ihm nach, daß er während eines Rennens schnell bereit war, seine Taktik zu ändern.

Mit Ausnahme von Victoria war jedermann der festen Überzeugung, daß er sie nur wegen der vierhundert Morgen großen Farm geheiratet hatte, die – schenkte man den Gerüchten Glauben – ihr Vater ihr zu hinterlassen gedachte. Tatsächlich hatte Sir Mark mit dem Gedanken gespielt, daß jede seiner Töchter eine Farm erhalten sollte. Wenn George sein Erbe antrat, könnte er Braycombe in das gesamte Anwesen einbinden, als eine Art Wiedergutmachung für sie. Doch nun, wo David heimgekehrt war, sah es nicht danach aus, als ob das jemals passieren würde.

Die beiden Schwestern hatten keinerlei Probleme mit der veränderten Situation; Jason Dolton hingegen tat sich schwer damit, den Verlust zu akzeptieren. In seinen Augen stellte David nicht nur einen unwillkommenen und privilegierten Rivalen auf den Rennbahnen dar, sondern für ihn war er auch der Grund für den Verlust der Farm, die er schon seit langem als eine Art Mitgift betrachtet hatte. In ihrer Freimütigkeit begriff Victoria nicht, warum ihr Ehemann David so vehement ablehnte. Sein schroffes Verhalten versuchte sie wettzumachen, indem sie zu ihrem Bruder besonders freundlich war, was Jasons Ablehnung nur noch weiter anheizte.

Obwohl er seit seiner Ankunft seinen Schwestern dank seines Charmes und seiner unglaublichen Fähigkeiten, was den Umgang mit Pferden anbetraf, ans Herz gewachsen war, war er für sie nicht der Rettungsanker, den er für seinen Vater verkörperte.

Zwischen den Mädchen und David bestand eine Kluft, eine emotionale Distanz, die fünfzehn wichtige Jahre zurückreichte und nicht mehr überwunden werden konnte. So liebenswert und charmant ihr Bruder auch war, vor langer Zeit hatte er sie im Stich gelassen und ihr Vertrauen verspielt. Dieses Vertrauen zurückzugewinnen war kein leichtes Unterfangen, vor allem nicht bei der wesentlich selbstbewußteren Lucy.

Der Regen wurde stärker, als der Range Rover leise über die Autobahn fuhr.

David warf Mickey einen Blick von der Seite zu. Der Junge war auf dem Beifahrersitz eingeschlafen. Mit einem Grinsen auf den Lippen schaute David durch die Windschutzscheibe und die sich schnell auf und ab bewegenden Scheibenwischer. Das Licht seiner Scheinwerfer durchbrach die dunkle Nacht. Er malte sich aus, wie man ihn daheim auf Barford in Empfang nehmen würde – Sir Mark und Victoria überschwenglich, leise Zustimmung von Lucy und mit einer mißmutigen, knappen Gratulation von Susan Butley, Sir Marks Sekretärin, die – obgleich sie nicht direkt zur Familie gehörte – einen nachhaltigen Einfluß auf deren Leben hatte.

Im Vergleich zu den Tredingtons gehörte sie dem anderen Ende der sozialen Leiter an. Dennoch besaß Susan Butley ein Selbstbewußtsein und eine Reserviertheit, die man normalerweise nur bei Mädchen aus privilegierten Schichten antraf.

Ihre starke Persönlichkeit und ihr gutes Aussehen hatten David auf der Stelle zu faszinieren vermocht. Ihr Vater Ivor hatte früher auf Barford als erster Gestütswärter gearbeitet und war wohlgeachtet gewesen. Vor vierzehn Jahren war er allerdings unter zweifelhaften Umständen weggegangen, nachdem ihn seine Frau mitsamt der gemeinsamen Tochter verlassen hatte. Doch weder Schuldgefühle noch Mitleid waren der Grund dafür, daß die Tredingtons Susan als Gegengewicht zu der in der Familie vorherrschenden Sanftheit so willig in ihren Haushalt und ihr Leben aufgenommen hatten. Ihre Intelligenz und ihre organisatorischen Fähigkeiten waren nicht von der Hand zu weisen, und sie war Barford hingebungsvoll zugetan. Vielleicht lag darin der Grund, daß sie neben Jason Dolton die einzige Person war, die nicht bereit zu sein schien, David zu akzeptieren.

»Ein durchtriebenes Schlitzohr – das sind Sie«, hatte sie ihm kurz nach seinem Auftauchen im Vertrauen erklärt. Als er sie bat, ihm den Grund für diese Meinung zu erläutern, machte sie auf dem Absatz kehrt und ließ ihn stehen. An der ablehnenden Haltung, die sie ihm während seiner ersten Tage auf Barford entgegengebracht hatte, änderte sich in den darauffolgenden Wochen nichts. Sie machte kein Hehl daraus, daß sie weder ihm noch seinen Motiven, auf dem Landsitz aufzutauchen, traute.

Ironisch an dieser Situation war, daß sie ihn von all den Menschen, die in den vergangenen Wochen in sein Leben getreten waren, am meisten interessierte und daß für einen kurzen Moment, als sie noch nicht gewußt hatte, wer er war, kein Zweifel daran bestanden hatte, daß auch sie ihn ganz und gar nicht unattraktiv fand.

Am Ortsrand von Portsmouth war die M27 in orangefarbenes Licht getaucht. David entspannte sich etwas, als er auf die

Überholspur ausscherte, um an zwei Lastwagen vorbeizuziehen, die nebeneinander herfuhren.

Mit konstanten neunzig Meilen pro Stunde zischte der Range Rover unter der ersten Abfahrtsüberführung hindurch, als sauge er die Meilen in sich hinein. David hielt das Lenkrad umkrampft und schlug mit den Fingerkuppen im Takt zur Musik. Er beugte sich vor, um das Radio lauter zu stellen, da er wegen des Fahrtwindes kaum etwas hörte. Als sein Blick wieder zur Straße zurückkehrte, glaubte er beinah, daß seine Phantasie ihm einen Streich spielte. Ein fester Körper schien von der Überführungsbrücke an der Fareham-Kreuzung zu fallen.

Im Bruchteil einer Sekunde, noch bevor er tatsächlich begriff, daß es sich nicht um eine Sinnestäuschung handelte, befahl sein Überlebensinstinkt den Händen, das Steuer nach links herumzureißen. Gleichzeitig rammte er den rechten Fuß auf das Bremspedal. Unter lautem Quietschen preßten sich die Bremsbeläge an die Reifen, eine deutlich sichtbare Gummispur auf dem regennaßen Asphalt hinterlassend.

Kreischend und mit großen Augen sah David, daß etwas auf den Asphalt krachte und direkt auf ihn zugepoltert kam. Das rechte Vorderrad des Range Rovers rammte das sperrige Objekt, woraufhin das Fahrzeug eine wilde Drehung zu vollführen begann und über die Fahrbahn vor die Lastwagen schoß, die er gerade eben überholt hatte, ehe es unkontrolliert auf die Betonstützpfeiler der Brücke zuhielt.

David erstarrte vor Angst. Auf einem durchgehenden Pferd wären ihm ein Dutzend unterschiedliche Möglichkeiten einfallen, mit solch einer Ausnahmesituation fertig zu werden, aber in einem über den Asphalt schleudernden Range Rover war er quasi machtlos.

Nur ein paar Meter weiter vorn rückte ein Riesenstück Wand in sein Blickfeld, auf das der Wagen zupolterte. Da wußte David, daß er nichts, *rein gar nichts* machen konnte.

Er hatte nur noch einen einzigen Trumpf im Ärmel. »Bitte, Gott«, flehte er instinktiv, »vergib mir und rette uns«, wobei ihm keine Zeit blieb, zu spezifizieren, ob die Rettung seinen Körper oder seine Seele betreffen sollte.

In einem 45-Grad-Winkel prallte der Range Rover gegen die Wand. Der linke Kotflügel wurde von dem unnachgiebigen Beton eingedrückt, der Wagen schlitterte und schabte ungefähr zehn Meter weiter, bis er auf einen weit herausragenden Pfeiler stieß.

Die linke Fahrzeugseite machte einen wilden Satz, wobei die vordere linke Stütze sich in einen spitzen Speer verwandelte, in eine Waffe, die sich in den Brustkorb seines zu Tode erschrockenen Beifahrers bohrte.

Neben sich hörte David ein jammervolles Heulen, als der holpernde Wagen unter der Brücke hervorschoß, über den hügeligen Seitenstreifen rutschte, den flachen Abhang hochraste, umkippte, auf dem Dach landete, dann am Straßenrand weiterschlitterte, wieder eine halbe Drehung machte, bis er in die Normallage zurückgekehrt war und schließlich gnädigerweise auf dem Seitenstreifen zum Stehen kam.

Der Motor war abgestorben, und Benzindämpfe drangen in die zerdrückte und eingedellte Metallkiste, in der David immer noch angeschnallt saß. Für einen Moment verlor er das Bewußtsein.

Die danach einsetzende Stille wurde von dem Zischen des entweichenden Dampfes aus dem kaputten Kühlungssystem und dem Klappern der beschädigten, zu Boden fallenden Metallteile unterbrochen.

David schlug die Augen auf, spitzte orientierungslos und fassungslos die Ohren.

Nach einem Moment reckte er den Kopf, bis er das eingedrückte Dach berührte, bewegte den Hals, den Körper und die Beine und wußte, daß er wenigstens am Leben war.

In dem geisterhaft anmutenden, orangenen Lichtschein der Autobahnlampe wanderte sein Blick zu dem zierlichen Knaben auf dem Sitz neben ihm.

Blaß, mit weit aufgerissenen Augen und rotem Brustkorb saß Mickey aufrecht in einem Bett aus Glassplittern, gegen die Lehne seines Sitzes gedrückt.

Eine Weile lang saß David völlig reglos da und gab sich alle Mühe, die unausweichliche und grausame Tatsache zu begreifen, daß der Junge tot war.

In jener Nacht, in der der Unfall sich ereignet hatte, fand David keinen Schlaf in der Notaufnahme des Portsmouth Hospitals. Für kurze Zeit verlor er das Bewußtsein, ansonsten unterhielt er sich mit den Männern aus dem Notarztwagen, den Ärzten und Polizisten. In den Gesprächen konnte er nur einsilbig oder mit einer Kopfbewegung antworten, weil er das, was gesagt wurde, kaum verstand oder begriff. Das immer wieder auftauchende Bild von Mickeys verunstaltetem Körper verdrängte alle anderen Eindrücke. Doch es gelang ihm, einen Polizisten darum zu bitten, Sir Mark anzurufen und ihm zu berichten, was Mickey zugestoßen war, damit man die Eltern des Jungen schonungsvoll informieren konnte.

Als David an einem unendlich grauen und tristen Dienstagmorgen die Augen aufschlug, pochten seine Schläfen, als habe er die Nacht damit verbracht, üblen, illegal destillierten Whisky in einer Absteige in Galway zu trinken. Und das Bild des Jungen haftete immer noch in seinem Inneren.

Er behielt die Augen offen, um das Bild in Schach zu halten, und betrachtete die schlichten und funktionalen Möbelstücke, mit denen das Krankenzimmer ausgestattet war. Vorsichtig rührte er sich und erinnerte sich, daß er in Ordnung war, daß er nur ein oder zwei blaue Flecken abbekommen hatte, doch – er konnte sich nur vage entsinnen – die Ärzte rechneten mit der Möglichkeit einer Prellung, einem Schock oder Trauma, die manchmal verspätet eintraten. Es hatte keiner großen Überredungskunst bedurft, ihm zum Bleiben zu bewegen.

Er entledigte sich seines Krankenhausnachthemdes, zog langsam und mechanisch die beigefarbenen Cordjeans und das karierte Hemd an, die er am Abend zuvor getragen hatte. Eine Krankenschwester kam herein und rügte ihn, weil er aufgestanden war, ehe die Ärzte ihn untersucht hatten. Er antwortete schnell und versicherte ihr, daß er physisch wohlauf war und auf das Frühstück verzichtete. Er wollte sich nach Mickey erkundigen, unterließ es aber. Es hatte keinen Sinn, die Antwort kannte er.

Er bat um ein Telefon und wählte Barford an. Victoria nahm ab. Ihrer Stimme entnahm er, daß sie überglücklich über seinen Zustand war und sich der Tatsache, daß Mickey ums Leben gekommen war, wohl noch nicht gestellt hatte. Sir Mark und George, verriet sie mit einer Spur Groll, hatten sich schon jeweils auf den Weg nach Portsmouth gemacht, um ihn zu besuchen.

Während David voller Dankbarkeit das Eintreffen seines Vaters erwartete, erschien ein Polizist, um eine klarere Aussage aufzunehmen, als David nachts zuvor zu geben in der Lage gewesen war.

Allem Anschein nach trug er keine Schuld. Bei dem Gegenstand, der von der Brücke gefallen war, handelte es sich um eine Schlafkoje aus einem Eisenbahnabteil. Sie war vom Anhänger eines Lasters gerutscht, der auf einem Verkehrskreisel über der Autobahn ins Schlingern gekommen war.

Auf der Brücke hatte man ein halbes Dutzend weiterer Kojen entdeckt, während der Lastwagen wie vom Erdboden verschwunden war. Weil es sich um eine kleine, wenig frequentierte Kreuzung handelte, hatte sich bislang kein Zeuge gemeldet.

Vor lauter Dankbarkeit darüber, daß David überlebt hatte, konnte Sir Mark kaum sprechen, als er und George eintrafen. George schäumte über vor Anteilnahme.

»Ich habe gerade den Range Rover gesehen. Ich kann nicht fassen, daß du noch am Leben bist«, sagte er kopfschüttelnd.

»Ich wünschte, ich wäre tot.«

George überhörte seine Bemerkung. »Ich dachte mir schon, daß irgend etwas nicht stimmt, als du weder im Pub in Mere noch bei Sam aufgetaucht bist. Leider habe ich erst daheim kapiert, wie schlimm es wirklich war, sonst wäre ich noch gestern abend runtergefahren. Du ruhst dich jetzt besser aus, ich werde mich um alles kümmern. Mickeys Mutter und Vater sind schon hier gewesen. Ich glaube nicht, daß sie mit diesem Schlag fertig werden. Ich sollte mal nachsehen gehen, ob ich was für sie tun kann.«

Damit stürmte er aus dem Zimmer und ließ Sir Mark mit seinem Sohn allein zurück. Der alte Mann betrachtete besorgt Davids ausgemergeltes und unausgeschlafenes Gesicht.

»Ich kann dir gar nicht sagen, wie dankbar ich bin, daß du nicht gestorben bist, David«, brachte er schließlich über die Lippen.

Zuerst gab David keine Antwort. »Es tut mir leid«, sagte er dann.

»Gütiger Gott! Wofür entschuldigst du dich?«

»Ich entschuldige mich nicht. Es tut mir einfach unglaublich leid, daß Mickey sterben mußte.«

Sir Mark reagierte nicht. Er stand auf. »Hör mal, ich fürchte, ich kann Krankenhäuser nicht ertragen. Ich denke, du wirst eine Zeitlang hierbleiben, damit sie dich noch mal durchchecken können. Jetzt, wo ich weiß, daß du gesund bist, fahre ich lieber wieder heim. George kann dich nach Hause bringen.«

David versuchte nicht, seinen Vater zurückzuhalten, obwohl ihm eigentlich viel daran lag. Er sah zu, wie Sir Mark mit dem ihm charakteristischen Schritt das kleine Zimmer verließ, und war ihm für seine Anteilnahme dankbar.

Im Auftrag der Eltern kümmerte George sich um den Transport von Mickeys Leichnam nach Devon. Sie verließen das Krankenhaus, ohne bei David hereinzuschauen.

Später am Morgen wurde David aus dem Krankenhaus entlassen. Nachdem er es sich auf dem Beifahrersitz von Georges Wagen bequem gemacht hatte, fuhren sie zu dem Schrottplatz, auf dem der kaputte Range Rover abgestellt worden war.

Ohne ein Wort zu verlieren, inspizierten sie das Fahrzeug. Keiner ging auf das Blut ein, das immer noch zu sehen war. Beim Weggehen sagte George mit leiser Stimme: »Sieht so aus, als ob du ein Riesenglück gehabt hast, da lebend rauszukommen.«

David nickte und fühlte sich schuldig, weil er und nicht Mickey mit dem Leben davongekommen war.

»Was für ein verdammtes Pech«, fuhr George fort. »Die Chance, daß einem so ein Unfall zustößt, muß ein paar Millionen zu eins stehen. Laß uns hoffen, daß sie den Mistkerl kriegen, der den Lastwagen gefahren hat.«

David nickte wieder und dachte über die Chancen nach. Urplötzlich und scheinbar grundlos erinnerte er sich an eine kurze Begegnung mit einem Mann namens Emmot MacClancy, die vergangenen Samstag in Newbury stattgefunden hatte. Er mußte dabei auch an die feuchten, fiesen Augen des kleinen Iren denken. Was, wenn es kein Unfall gewesen war? Was, um Himmels willen, wenn es MacClancy mit dem, was er gesagt hatte, Ernst gewesen war? Zwar hatte der Mann nicht den Eindruck erweckt, als verfüge er physisch oder finanziell über die Mittel, die Drohung, die er David gegenüber ausgesprochen hatte, wahrzumachen – aber dennoch ... George hatte ganz recht, die Chance, daß sich so ein Unfall ereignete, stand viele Millionen, vielleicht viele hundert Millionen zu eins.

Der Polizei konnte er davon nichts sagen – nichts über Mac-Clancy. Das würde nur eine Reihe von Untersuchungen in Gang setzen, die Mickey eh nicht mehr helfen könnten.

David stierte auf die Straße, als George auf die Autobahn fuhr, auf der sich gestern abend dieser Horror ereignet hatte. Weil er es fast nicht ertrug, die frisch zerkratzten Betonwände zu betrachten, schweifte sein Blick hoch zur Brücke, und er mußte an den Lastwagen denken, der einen Teil der Fracht verloren hatte, genau an diesem Ort, zu jener Zeit...

Kurz vor drei Uhr bog George in das kleine Dorf Barford ein. David bat ihn, dort anzuhalten und ein paar Minuten auf ihn zu warten. Mit steifen Gliedern stieg er aus dem Wagen. Er wußte in etwa, wo Mickey Thatcher gewohnt hatte, erkundigte sich aber im Postamt nach der genauen Adresse. Die alte Postbeamtin schüttelte traurig den Kopf, während sie ihm Auskunft gab. Sie erinnerte sich sehr wohl daran, wie Mickey im Alter von einer Woche zusammen mit seiner Mutter ins Postamt gekommen war. »Sie haben ihn damals sicherlich auch gesehen, Mr. David. Damals sind Sie oft hier gewesen und wollten immer Zitronenbrause haben.«

David nickte. »Das ist eine scheußliche Angelegenheit. Er war ein großartiger junger Mann, ganz erpicht darauf, Jockey zu werden.«

»Und noch dazu das einzige Kind, das sie hatten.«

David marschierte hundert Meter die Dorfstraße hinunter, um Mickeys Eltern zu besuchen. Mrs. Thatcher öffnete die Tür. In ihren feuchten Augen lag ein entrückter Blick. Sie war erst Mitte dreißig, aber der Verlust ihres Sohnes hatte sie über Nacht um zehn Jahre altern lassen. Zuerst sprach sie kein Wort, weil sie jemandem für das, was geschehen war, die

Schuld zuweisen mußte. In ihren Augen war David der Schuldige, wenngleich sie wußte, daß das nicht fair war.

»Darf ich eintreten?« fragte er leise.

Sie nickte, machte die Tür weiter auf und führte ihn in ein kleines, am Eingang des Steincottage liegendes Zimmer.

Ihr Mann, der als Mechaniker in der einzigen Autowerkstatt des Dorfes arbeitete, saß in einem der beiden abgenutzten Sessel und hielt den Kopf in den Händen. Als David hereinkam, blickte er auf, ohne den Versuch zu unternehmen, die Tränen, die seine eingefallenen Wangen hinunterliefen, wegzuwischen.

David machte ein paar Schritte auf ihn zu und legte ihm die Hand auf die Schulter. »Ich bin direkt zu Ihnen gekommen«, sagte er, »um Ihnen zu sagen, wie leid es mir tut. Ich könnte mir denken, Sie wünschten, er hätte mich nicht auf die Rennen begleitet.«

Der Vater schüttelte den Kopf. »Niemand und nichts konnte ihn davon abhalten, auf gar keinen Fall«, entgegnete er großzügig. »Und er ist bestimmt überglücklich gewesen zu sehen, daß Groats gewonnen hat. Er ist sich dessen ganz sicher gewesen.« Die Schultern des Mannes zitterten, als er den Kopf senkte.

»Er ist mehr als glücklich gewesen, das kann ich Ihnen versichern«, sagte David. »Falls es etwas gibt, das ich tun kann ...« fuhr er fort und wußte gleichzeitig, daß es nichts gab, das er oder sonst jemand tun konnte, außer das Ausmaß ihrer Trauer mitzufühlen. Als er das Cottage verließ, mußte er an die traurige Ironie denken, daß Sir Mark seinen Sohn wiedergefunden und die Thatchers infolgedessen ihr Kind verloren hatten.

Auf der letzten Meile zum Anwesen stellte David sich unbewußt darauf ein, seiner Familie zu begegnen. Sie würde ihm an den Ereignissen natürlich keine Schuld geben, was nichts daran änderte, daß er es selbst tat.

Falls jemand – und das war ein ganz leises »falls« –, möglicherweise MacClancy, den Unfall verursacht hatte, dann konnte David nur sich die Schuld an Mickeys Tod zuweisen.

George steuerte den Wagen durch das Haupttor in den Park, der das Haus umgab, und fuhr langsam den vierhundert Meter langen Weg hinunter, der zu beiden Seiten von robusten alten Eichen gesäumt war. Das Laub der Bäume hatte sich den Jahreszeiten gemäß goldbraun verfärbt.

Der Weg beschrieb eine Rechtskurve, hinter der das rote Backsteinhaus mit seiner klassischen Queen-Anne-Symmetrie erschien. Die schlichte Schönheit des Landsitzes erfreute David jedes Mal, wenn sein Blick darauf fiel. Er hatte sich immer noch nicht an den Gedanken gewöhnt, daß das Haus mit der viele Morgen umfassenden, hügeligen Landschaft eines Tages ihm gehören sollte. In diesem Moment lagen derlei Gedanken allerdings in weiter Ferne. Sein Wiederauftauchen in Barford schuf schon Probleme, und je länger er hier war, desto größer wurden sie. Er hätte in Irland bleiben und sich aus all diesen Schwierigkeiten heraushalten sollen.

George parkte neben den vielen anderen Wagen, die in wildem Durcheinander hinter dem Haus abgestellt waren, ohne den Motor auszuschalten. Er versprach, später wiederzukommen. »Ich bin mir sicher, daß du die anderen lieber allein sehen möchtest.«

Für sein Einfühlungsvermögen war David ihm dankbar. Er stieg aus, betrat das Gebäude durch den Hintereingang und schritt durch das Labyrinth aus natursteingemauerten Waffen- und Speisekammern. Er warf einen Blick in die Küche. Lucy schaute von der Zeitung auf, die sie durchblätterte, während sie sich mit der pummeligen, schürzentragenden Haushälterin unterhielt.

Ihr Gesichtsausdruck, der normalerweise Gutmütigkeit, aber auch eine Spur Zynismus verriet, zeugte heute von Sympathie und Anteilnahme. Mit ausgestreckten Armen kam sie in ihrem mit Farben bespritzten Kittel auf ihren Bruder zu, um ihn zu begrüßen.

»Armer David. Was für ein grauenvolles Ereignis. Und der arme, kleine Mickey. Es tut mir unsäglich leid«, sagte sie und schloß ihn in die Arme.

»Ich habe gerade seinen Eltern einen Besuch abgestattet.« Die Unangemessenheit seines Unterfangens ließ ihn mit den Schultern zucken. »Sie werden niemals darüber hinwegkommen, niemals. Jesus, ich fühle mich hundsmiserabel deswegen.«

»Das ist doch absurd. Schließlich war es nicht dein Fehler. Doch wie eine Eisenbahnschlafkoje über ein Brückengeländer fallen kann, ist mir ein Rätsel.«

Vor seinem geistigen Auge sah David, wie MacClancy der Koje einen Stoß verpaßte.

»Keine Ahnung. Aber vielleicht bin ich zu schnell gefahren und hätte es verhindern können. Wie auch immer, ich kann nicht anders als mich schuldig fühlen.«

»Mir leuchtet nicht ein, wo Sie Schuld haben sollen, Mr. David«, meinte die Haushälterin, Mrs. Rogers. »Es war schlicht und einfach ein Unfall.«

David schüttelte skeptisch den Kopf. »Wenn er mich nicht auf das Rennen begleitet hätte, dann hätten diese Menschen noch ihren Sohn. Daran besteht kein Zweifel.«

»Ich glaube, Dad ist in seinem Arbeitszimmer«, sagte Lucy. »Er wird dich bestimmt sehen wollen.«

»Sicher. Ich werde jetzt gehen.«

Vorsichtig nahm David Lucys Hand von seinem Arm und trat mit gesenktem Kopf durch eine ausgeblichene grüne Friestüre in den Flur, ehe er sich die gebohnerten Eichendielen hinunter zum Arbeitszimmer seines Vaters begab.

Sir Mark Tredingtons Augen leuchteten glückselig auf, als sein Sohn zu ihm kam. Dieser Blick fachte Davids Schuldgefühle weiter an. Der Baronet erhob sich von seinem Stuhl, um den Arm um die Schultern seines Sohnes zu legen.

»Ich danke Gott, daß du zurück bist und daß dir nichts zugestoßen ist«, verkündete er mit einer fast schon peinlichen Bewegtheit. »Du siehst wesentlich besser aus als heute morgen. Geht es dir wirklich gut?«

»Da sind noch ein paar blaue Flecken an der Stelle, wo ich mit dem Kopf gegen das Lenkrad geknallt bin, das ist alles. Ist weniger schlimm, als ich es verdient habe. Aber Mickey ist tot, und den Wagen kannst du abschreiben.«

»Das mit dem Jungen ist scheußlich. Er hatte eine bemerkenswerte Zukunft vor sich. Was den Wagen anbelangt, bin ich völlig gleichgültig. Bitte, setz dich doch und laß uns etwas trinken.« Er trat vor ein kleines Kabinettschränkchen und nahm eine Flasche Whisky und Gläser heraus. Beim Einschenken kam ihm ein Gedanke. »Ach ja, ich mochte dich im Hospital nicht fragen. Hat die Polizei dich blasen lassen?«

David nahm sein Glas in Empfang, setzte sich und nickte. »Haben sie, doch mein Alkoholspiegel war extrem niedrig. Ich habe nur ein paar Gläschen Champagner mit George getrunken.«

»Das ist eine große Erleichterung. Als ich mich gestern abend mit George unterhalten habe, hatte ich den Eindruck, du hättest ein bißchen zuviel getrunken – nach dem Sieg ja durchaus verständlich.« Sir Mark lachte kurz auf. »Ich hätte es beinah vergessen: Gut gemacht! Bei all dem Durcheinander hatte ich noch nicht die Möglichkeit, dir zu gratulieren. Ich habe das Rennen auf dem Sportkanal verfolgt. Die Art und Weise, wie du den alten Gaul zum Laufen animiert hast, war erstaunlich. Irgendwann hatte ich den Eindruck, das Pferd habe schon das Handtuch geworfen.«

»Ich rechne damit, daß er nächstes Mal nachdrücklicher angefeuert werden muß. Wie auch immer, diesmal hat er gewonnen, das ist die Hauptsache.«

Davids jüngere Schwester, Victoria, war während ihrer Unterhaltung ins Zimmer getreten.

»Groats war brillant, nicht wahr?« rief sie aufgeregt, unfähig, ihr Hauptinteresse zu vertuschen. Ihre sanftbraunen Augen leuchteten in dem runden Gesicht. »Ich wünschte, ich wäre dabei gewesen.« Sie hatte für Groats' Mutter den Deckhengst ausgewählt, und seit dem Tag, an dem das Fohlen aus dem Bauch der Mutter geschlüpft war, hatte sie viel Aufhebens um dieses Pferd gemacht.

»Er war brillant«, stimmte David niedergeschlagen zu.

»Es tut mir leid«, platzte Victoria heraus. »Wie unmöglich von mir, jetzt über ein Pferd zu schwatzen, nach all dem, was mit Mickey geschehen ist. Der arme Mickey. Aber du bist doch in Ordnung, oder?« fügte sie schnell hinzu.

David versicherte ihr kurz, daß er wohlauf sei. Sir Mark erlöste ihn dann von der Qual, ihre nächste Frage zu beantworten, indem er seiner Tochter versprach, ihr später die Einzelheiten zu schildern. »Ich muß den Thatchers bei den Vorbereitungen behilflich sein«, fuhr Sir Mark pflichtbewußt fort. »Ich halte es für besser, bei ihnen vorbeizuschauen. Vielleicht solltest du mich begleiten, David.«

»Ich war schon bei ihnen.«

Zufrieden und voller Stolz betrachtete Sir Mark seinen Sohn. »Gut.« Er legte ihm die Hand auf die Schulter und tätschelte sie. »Gut. Das war genau das Richtige.«

David dachte über dieses ›Richtige‹ nach, als er im fahlen Novembersonnenschein, der sich im Südwesten durch die Wolkendecke brach, ins Dorf spazierte.

Der Wind rauschte durch die spröden Blätter, und über seinem Kopf kreischten Seemöwen laut und wetteiferten mit dem durchdringenden Gekrächze der heimkehrenden Krähen.

Der Anblick der leicht hügeligen Landschaft Exmoors erinnerte ihn an seine Heimat in Mayo, an der seine Seele immer noch hing.

Im Dorf schritt er schnurstracks auf das alte rote Telefonhäuschen zu. Schon im voraus hatte er sich zurechtgelegt, was er Johnny Henderson mitteilen wollte, doch sagen würde er es ihm nicht am Telefon, sondern von Angesicht zu Angesicht. Er wählte eine Londoner Nummer. Zweimal hintereinander hörte er nur die frustrierenden Töne des Besetztzeichens. Als er endlich Johnnys Stimme vernahm, wußte er, wie schwierig es sein würde, ihn dazu zu bringen, seine Entscheidung zu akzeptieren.

»Ich möchte mit dir sprechen«, sagte David.

»Über das, was sich gestern ereignet hat?«

»Selbstverständlich.«

»Gibt es noch andere Probleme?«

»Noch nicht, aber es könnte noch welche geben.«

»Nun, mit dieser Möglichkeit mußten wir von Anfang an rechnen«, meinte Johnny und gab zum ersten Mal zu erkennen, daß seine Aufregung die Oberhand über seinen ansonsten unerschütterlichen Charme gewann. »Aber, okay. Ich werde dich morgen abend in Lynmouth treffen. Ich wollte sowieso runterkommen und Lucy sehen. Sieben Uhr, im Anchor. Dort können wir was trinken, ehe wir weiterfahren.«

Mehr als vierundzwanzig Stunden, schoß es David durch den Kopf. Er hoffte, daß er sich bis dahin zusammenreißen konnte.

»Gut. Ich seh dich dann dort.«

»Du hast dich gestern übrigens gut gemacht. Ich habe zwölfhundert Pfund gewonnen.«

»Nun, Mickey Thatcher war dieses Glück nicht beschert«, erwiderte David zornig. »Komm morgen auf jeden Fall!«

David hängte ein und stand steif in der Telefonzelle. Im Geiste führte er die Unterhaltung weiter. Kurze Zeit später öffnete er die Tür des übelriechenden Häuschens und machte sich auf den Heimweg.

Johnny Henderson saß, seine langen Beine weit von sich gestreckt, auf einem Barstuhl in der Saloon-Bar des Anchor Hotels. Er trug den ersten und gleichzeitig letzten Country-Tweed-Anzug, den er sich vor zehn Jahren in der Savile Row hatte anfertigen lassen. Sein abgetragenes, leicht schäbiges Jermyn-Street-Hemd, seine Krawatte und die Schuhe konnte man sowohl als Zeugnis beträchtlichen Reichtums als auch fortschreitender Verarmung auslegen.

Mit dem sandfarbenen Haar und den strahlend blauen Augen gehörte Johnny zum klassischen gutaussehenden Männertypus. Er strotzte nur so von der Selbstsicherheit, die den jungen Männern in Eton seit Generationen eingetrichtert wurde, doch fehlte ihm das finanzielle Polster, um dieses Potential zur vollen Blüte zu bringen. Jetzt, mit dreißig, hinterließen ausschweifendes Trinken und ein Minimum an körperlicher Betätigung ihre Spuren in seinen ehemals makellosen Zügen. Je weiter die physische Vernachlässigung fortschritt, desto deutlicher wurde sichtbar, daß seinem einst natürlichen Charme etwas leicht Verzweifeltes, Übertriebenes anhaftete.

Er mußte entdecken, daß gutes Aussehen, Intelligenz und Charme allein – alles Eigenschaften, die ihm während der ersten dreißig Jahre das Leben leicht gemacht hatten – ihn nicht in die Lage versetzt hatten, ernsthaft einen Beruf auszuüben und Geld zu verdienen.

Eher zufällig war er in den Handel mit Vollblutpferden eingestiegen. Er wußte ein wenig über Rennpferde Bescheid und eine Menge über die Menschen, die solche Tiere besaßen. Durch seine Kontakte hatte er die erste Klienten gefunden, aber seine mangelnde Hingabe hatte dazu geführt, daß er sie bald wieder verlor. Im Lauf der Jahre hatte er sich mehr und mehr auf das unberechenbare Einkommen aus dem Glücksspiel verlassen müssen. Daß er hin und wieder erstklassige Informationen und Tips bekam, bewahrte ihn vor dem völligen Untergang, aber er lebte sein Leben auf Messers Schneide, und die Frauen, für die er sich interessierte und die nicht mehr ganz so unschuldig und naiv wie früher waren, erwarteten mittlerweile mehr von einem Mann als gutes Aussehen, charmante Umgangsformen und durchaus ansprechende, aber unbeständige Dienste im Bett.

Das Lächeln, das selten Johnnys öffentlich zur Schau getragene Miene verließ, schmeichelte nun einem bereitwilligen Mädchen hinter der Bar. Er strich sich die Haare aus der Stirn, während er einen Schluck aus seinem Bierglas nahm, und sie lachte über die Geschichte, die er gerade zum Besten gegeben hatte. Er war Sir Mark Tredingtons Patensohn, im Anchor gut bekannt und von den meisten auch gemocht.

Im Rahmen seines fortdauernden Werbens um Lucy Tredington war er ein paar Mal in dem kleinen Hotel abgestiegen, meistens unter dem Vorwand, einen hiesigen Trainer oder potentiellen Besitzer zu treffen. Früher hatte er eine Menge Zeit auf Barford Manor verbracht. Vor langer Zeit hatten er und George, noch nicht volljährig, sich durch die Hintertür in den Anchor geschlichen und unter dem sträflichen Blick des inzwischen verstorbenen Besitzers ihr erstes Glas Bitter getrunken.

Als David hereinkam, flirtete Johnny immer noch mit dem eitlen, aber durchaus nicht uninteressierten Barfräulein.

Johnny drehte sich auf seinem Hocker um. »Tag, David. Laß uns ein Bier trinken, und dann hauen wir ab und schauen uns dieses Pferd an.« Er begrüßte David mit einer Herzlichkeit, die er nicht empfand.

»Sicher, danke, Johnny, aber ich nehme lieber ein Murphy's. An euer englisches Bitter habe ich mich immer noch nicht gewöhnt.«

»Ist auch dein Bitter, David, jetzt, wo du in den Schoß der Familie zurückgekehrt bist.«

Als sie zwanzig Minuten später die Bar verließen, verbarg Johnny seine Nervosität nicht länger. »Wir werden mit meinem Wagen zum Moor hochfahren.«

Sie stiegen in seinen alten BMW und sprachen kein Wort, als Johnny aus der Kleinstadt fuhr und in den schmalen, abgesunkenen Weg in Richtung des Moors bog, das nur verschwommen in der Ferne auszumachen war. Johnny wußte, was David beschäftigte. Er hatte fast die ganze Nacht wachgelegen und sich den Kopf zerbrochen. Sie spielten ein Spiel, in dem sie beide wichtig waren, und Johnny wollte auf gar keinen Fall zulassen, daß David die Sache nun hinschmiß. Vor einer Haarnadelkurve reduzierte er die Geschwindigkeit und warf David einen Blick von der Seite zu. »Nun, wo zum Teufel liegt das Problem?«

»Ich steige aus«, antwortete David unverblümt. »Die Sache geht zu weit. Gestern ist Mickey ums Leben gekommen, und ich denke, daß das mir gegolten hat.«

»Großer Gott, wovon redest du?«

»Ich denke, daß der Unfall fingiert war. Jemand hat dort auf der Brücke auf mich gewartet.«

»Spiel nicht verrückt. Wer sollte denn so was tun?«

»Ich hab keinen Schimmer, aber eventuell steckt dieser Emmot MacClancy dahinter.«

»MacClancy? Dieser Kerl, der dich letzte Woche in Newbury angesprochen hat?«

»Ja, genau der.«

»Warum, in Gottes Namen, sollte der dich umbringen wollen?«

»Keine Ahnung.«

»Ich meine, was weiß der darüber, was sich in Irland abgespielt hat?«

»Das weiß ich auch nicht, aber er scheint sich seiner Sache sehr sicher zu sein. Natürlich habe ich geblufft und ihm gesagt, daß er dummes Zeug redet, aber er weiß irgend etwas.«

»Nun, falls dem so wäre, dann hätte er garantiert versucht, Geld aus dir herauszuholen, und von einem Toten kannst du kein Geld erwarten. Wer ist er überhaupt?«

»Er sagt, er stammt aus Mayo. Ich weiß nicht, was er ist, aber ich werde nicht das Risiko eingehen, daß er uns verpfeift.«

Eine starke Brise aus Nordwesten, die vom Bristol Channel herüberblies, trieb eine regenschwere, dunkelgraue Wolkenwand heran. Dicke Tropfen begannen auf Johnnys Wagendach zu trommeln, den er unter den nördlichen Abhängen des Moors vor dem Tor einer verlassenen Scheune geparkt hatte.

Johnny griff nach seinen Zigaretten, zündete sich eine an und gab sich alle Mühe, seine Frustration im Zaum zu halten. David konnte er keine Schuld geben. Von Anfang an hatte die Möglichkeit bestanden, daß irgendwo irgend jemand aus dem Nichts auftauchte und mit dem Finger auf sie zeigte.

Er inhalierte tief.

»Du hast mir erzählt, daß in London niemand erfahren hat, wohin du gegangen bist, als du nach Irland aufbrachst. Wie soll dieser Typ dich mit dem zwölfjährigen Jungen in Verbindung bringen, der du damals warst?«

»Das kann ich nicht sagen. Aber so wie der geredet hat, weiß er ganz genau, was hier vorgeht.«

»Ist doch wirklich zu blöde, daß das jetzt passiert, wo alles so prima läuft.«

»Du verstehst nicht ganz, Johnny! Gütiger Gott, ein Junge, ein völlig unschuldiger Junge ist gestorben!«

»Das war nicht deine Schuld.«

»Doch, das war es. Falls jemand versucht, mich umzubringen oder mich einzuschüchtern oder was auch immer, dann aufgrund dessen, was ich getan habe. Da gibt es nichts zu leugnen.«

Johnny antwortete erst nicht. Er zog ein paarmal an seiner Zigarette. »Hör mal«, sagte er schließlich, »es ist sinnlos, wenn du jetzt den Reumütigen spielst. Erstens würde es deinem Vater das Herz brechen, wenn man dich ins Gefängnis steckt. Du weißt doch bestimmt, daß er überglücklich ist, dich wiederzuhaben. So aufgeräumt habe ich ihn seit Jahren nicht mehr erlebt.«

Darüber war David sich im klaren, und es machte ihm sehr viel aus. »In Ordnung. Wir werden uns zuerst um diese Angelegenheit mit MacClancy kümmern und rauszufinden versuchen, was da los ist. Vielleicht kostet es ja nicht viel, ihn zum Schweigen zu bringen, falls er überhaupt etwas weiß.« Er fällte schnell eine Entscheidung und hoffte, daß er seine Meinung später nicht ändern würde. »Hör mal, du hast ihn in Newbury gesehen. Würdest du ihn wiedererkennen?«

»Aber sicher.« Henderson nickte erleichtert.

»Du mußt auf den Rennbahnen nach ihm Ausschau halten und dann irgendwie herauskriegen, wo er wohnt.«

»Und was soll ich dann tun?«

»Mach dir keine Sorgen. Finde nur raus, wo er lebt. Ich werde mich dann um alles andere kümmern.«

2

Später lag David in dem kleinen steinernen Farmhaus, in dem er seit seiner Rückkehr nach Barford lebte, wach und allein im Bett, hin und her gerissen von den Ereignissen.

Die Dunkelheit schien seine Trauer und Schuldgefühle noch zu verstärken. Tagsüber waren sie irgendwie leichter zu ertragen gewesen. Es gelang ihm nicht, seine Gedanken von den immer wiederkehrenden Bildern zu befreien, die in seinem Kopf aufblitzten – Bilder dessen, was er gewesen war, was er zu tun entschieden hatte, Bilder von Mickey, vom Todesschreck, wie er leichenblaß neben ihm auf dem Beifahrersitz gesessen hatte.

Der Qualen müde, griff David nach dem Lichtschalter seiner Nachttischlampe und knipste sie an. Er setzte sich auf und lehnte sich mit angezogenen Beinen an das Kopfteil des Holzbettes.

War er wirklich die Ursache für Mickeys Tod? Möglicherweise handelte es sich tatsächlich, wie jedermann annahm, um einen Unfall?

Das warme Licht, das durch den Lampenschirm drang, beruhigte ihn allmählich, und seine Gedanken wurden klarer. Aber sicher konnte er sich dennoch nicht sein. Erst kurz vor Morgengrauen ließ sein Seelenzustand es zu, daß er langsam nach unten rutschte und einschlief.

Victoria drückte auf die Messingklingel und weckte ihn auf. Mit geschwollenen Augenlidern ging er nach unten und ließ sie eintreten.

»Gott, du siehst nicht gut aus. Was hast du gestern abend getrieben?«

David fuhr mit der Zunge über seine Zähne. Sein Mund

fühlte sich an, als hätte er die ganze Nacht auf Wattebäuschen herumgebissen. Seine ersten Worte kamen ihm als Gekrächze über die Lippen. »Nichts, was der Rede wert wäre.«

Nicht gerade mitfühlend, spazierte Victoria an ihm vorbei in das Wohnzimmer. »Du hast es vergessen, nicht wahr? Ich werde dich heute zu Sam begleiten. Und wenn wir nicht bald in die Startlöcher kommen, wirst du zu spät dran sein, um am zweiten Durchgang teilzunehmen. Ich war noch im Bett, als Jason losfuhr, um das erste Rennen zu reiten.«

Ächzend schob David alle Zweifel und Ungereimtheiten der vergangenen Nacht beiseite. Heute morgen sollte er für die Tredingtons Deep Mischief im Qualifikationsrennen für den Hennessy Gold Cup reiten. Am letzten Samstag hatte er in Newbury zum ersten Mal ein Rennen auf dem Wallach geritten. Jener Parcours war mit dem des Hennessy, auch was die Distanz anbetraf, vergleichbar. In Newbury hatte er den zweiten Platz gemacht. Er war der festen Überzeugung, daß er mit Leichtigkeit als erster ins Ziel gegangen wäre, hätte er die Bahn gekannt.

»Gott sei Dank, daß du vorbeigekommen bist«, sagte er zu Victoria. »Ich habe doch tatsächlich vergessen, den Wecker zu stellen. Würdest du eine Kanne Kaffee kochen, während ich mich anziehe und rasiere?«

»Klar doch.« Mit einem Lächeln verschwand Victoria in der Farmhausküche.

Als sie etwas später im Mercedes seines Vaters die fünfzig Meilen zu Sam Hunters Stall zurücklegten, fiel es David wieder schwer, die Bilder der vergangenen Nacht zu verdrängen. Gleichzeitig gab er sich alle Mühe, auf Victorias enthusiastisches Geplaudere einzugehen. Seine Zurückhaltung entging ihr jedoch nicht.

»Heute morgen bist du ein bißchen niedergeschlagen«, konstatierte sie. »Tut mir leid, übertreibe ich es ein wenig? Es ist einfach großartig, jemanden zu haben, mit dem ich über die Pferde reden kann, und vor allem, wenn es ein Bruder ist, der sich zufälligerweise als erstklassiger Jockey entpuppt hat.«

»Erstklassig ist meiner Meinung nicht das richtige Wort.«

»Doch, du wirst erstklassig sein, falls du den Hennessy gewinnst.«

Das war mehr oder weniger wahr, zumindest was einen Amateur anging. Andererseits würde ein Sieg das eh schon schwierige Verhältnis zu seinem Schwager nicht gerade verbessern. »Aber ich gehe mal davon aus, daß Jason nicht allzu glücklich darüber sein wird«, meinte David. »Er sagte mir, daß der Ritt ihm zugeteilt gewesen war, bis ich auftauchte.«

Victoria schaute durchs Beifahrerfenster und ließ den Blick über die nebelverhangenen Anhöhen von Somerset schweifen. »Ich weiß nicht, warum er das gesagt hat. Ich bin mir jedenfalls sicher, daß Dad ihm den Ritt nicht versprochen hat.« Sie wandte den Kopf um. Beschämung und Verärgerung lagen in ihrem Blick. »Es tut mir sehr leid, daß er sich dir gegenüber so schwierig gibt.«

David zuckte mit den Achseln. »Das ist verständlich. Er denkt wahrscheinlich nur an dich. Ich könnte mir denken, er hat den Eindruck, daß du durch meine Rückkehr um das betrogen worden bist, was dir zusteht, und das, nachdem ich so lange weg war.«

»Das ist nicht wahr, David. Ich wußte immer, daß du zurückkommst. Und außerdem benimmt sich Jason nicht wegen der Farm so seltsam. Ich vermute, daß er es nicht ausstehen kann, wenn du gewinnst.

Ich meine, falls du den Hennessy Cup tatsächlich gewinnst, wird er durchdrehen. Ich wünschte nur, er würde endlich begreifen, daß er jetzt Teil der Familie ist, und etwas mehr Loyalität zeigen.«

»Nun, es ist noch ein weiter Weg, bis wir den Hennessy gewinnen«, merkte David in leichtem Tonfall an. »Und falls wir siegen, wird das am Pferd liegen und nicht an mir.«

Victoria nickte mürrisch. Als David eine Weile lang schwieg, sagte sie leise: »Tut mir leid, daß ich soviel rumplappere. Du bist sicher noch ganz außer dir wegen Mickey.«

»Ja, das bin ich.«

Der Ton seiner Stimme veranlaßte sie, ihn anzuschauen, aber es entsprach nicht ihrer Natur, in ihn zu dringen. »Na gut. Dann bin ich jetzt still.«

Die Jungs in Sam Hunters Stall mochten es, wenn David sich mit ihnen beschäftigte. Er sprach ihre Sprache und hatte sich ihre Hochachtung verdient, seit er ihnen vorgeführt hatte, daß er sowohl die besten als auch die schwierigsten Pferde im Stall reiten konnte. Deep Mischief war dafür bekannt, immer mal wieder seine Reiter abzuwerfen, aber bei David war ihm das nie gelungen.

An jenem Morgen beherrschte Mickeys Tod ihre Unterhaltung. Die Knaben machten kein Hehl daraus, daß sie David für schuldlos hielten, aber jeder einzelne von ihnen wollte ganz genau erfahren, was sich zugetragen hatte und wie es möglich gewesen war, daß eine Eisenbahnschlafkoje ganz zufällig eine Brücke runterfiel.

Einige Männer meinten, daß ein paar dumme Jungs ihre Finger mit im Spiel gehabt haben mußten. David fragte sich, ob sie recht hatten. Wenn dem so wäre, würden ihn längst nicht so heftige Schuldgefühle plagen.

Deep Mischief hielt mit ausladenden Schritten auf Hunters Galopprennbahn zu, die auf einer flachen Anhöhe neben dem Fluß Parrett lag. Ab und an testete das Pferd mit Getänzel und leichtem Aufbäumen Davids Macht. David wußte diese Zeichen zu deuten und hängte sich fest in den Sattel, um Deep

Mischief zu zeigen, daß er sehr wohl wußte, was das Tier vorhatte.

Sam hatte ihn zusammen mit einem der erstklassigen Steepler des Hofes aufgestellt.

»Treiben Sie ihn nicht zu sehr an. Wenn Sie spüren, daß er müde wird, halten Sie seinen Kopf fest. Seit Newburry ist es das erste Mal, daß er richtig ran muß«, rief er, als das Pferd vom Hof ritt.

Doch Sam hatte sich umsonst Sorgen gemacht, daß das Pferd ermüdete. Deep Mischief verfügte zwar nicht über die Schnelligkeit seiner Mitstreiter, zeigte sich aber beim Galoppsprung unerbittlich. Die Distanz von vier Längen, die das andere Pferd nach sieben Achtelmeilen herausgeholt hatte, hatte sich, als sie das Ziel erreichten, auf eine halbe Länge reduziert. David wußte, welches Tier gesiegt hätte, wäre der Parcours ein wenig länger gewesen. Falls der Boden bis zum Hennessy aufgeweicht blieb, würde das Rennen unter aller Garantie eine Plackerei, und dann wäre Deep Mischief in seinem Element.

Aber als sie zum Stall zurückkehrten, drängte sich der Schrecken des Unfalls wieder in Davids Bewußtsein. Kaum war er von seinem Roß abgestiegen und hatte die Zügel einem Stallburschen in die Hände gedrückt, lief er schnell zum Mercedes und stieg ein. In der stillen Abgeschiedenheit des Wagens nahm er das Telefon und wählte die Nummer des Polizeireviers von Portsmouth.

Nach ein paar nervtötenden Minuten sprach er mit dem Constable, der den Fall bearbeitete, der mittlerweile als Unfall mit tödlichem Ausgang angesehen wurde.

»Nein, es gibt nichts Neues zu vermelden, Sir. Wir haben einen Aufruf rausgegeben, potentielle Zeugen, die sich zu jener Zeit auf der Brücke aufgehalten haben, mögen sich melden, aber bislang hat sich niemand an uns gewandt.«

»Aber, gütiger Gott, es muß doch jemand mitbekommen

haben, daß ein Lastwagen mit einer Ladung Schlafkojen dort herumgeschlingert ist.«

»Zerbrechen Sie sich deshalb nicht den Kopf, Sir«, antwortete der Polizist frostig. »Wir setzen alles daran, den oder die Verantwortlichen aufzuspüren. Schließlich kann man sie – da ein Todesfall eingetreten ist – wegen grober Fahrlässigkeit belangen. Falls wir nochmals mit Ihnen sprechen müssen oder falls wir etwas in Erfahrung bringen, werden wir es Sie wissen lassen.«

Johnny Henderson stand auf dem Bahnsteig an der Haltestation der Ascot Pferderennbahn. Die Hände steckten tief in den Taschen seines langen braunen Mantels. Als er Emmot MacClancy in Newbury gesehen hatte, waren ihm an dem Mann sogleich die Eigenheiten des typischen Rennbahnbesuchers aufgefallen. Er gehörte zur Gruppe jener Männer, die von Rennbahn zu Rennbahn zogen und über geheimnisvolle, verborgene Einkommensquellen verfügten, wobei Gewinne aus Wetten nur eine geringe Rolle spielten. An jenem Tag mußte Johnny nach Ascot, um einen Klienten zu unterstützen, und so machte er sich sehr früh auf den Weg, um schon da zu sein, bevor der Ire eintraf.

Mit seiner Vermutung, daß MacClancy mit dem Zug kommen würde, hatte er richtig gelegen. Eine detektivische Meisterleistung war das allerdings nicht. Er beobachtete, wie er aus einem vollgestopften, verrauchten Abteil stieg und zusammen mit den anderen Wettbrüdern den Bahnsteig hinunter in Richtung Rennbahn marschierte. Unter seinem Arm klemmte eine schon ziemlich zerfledderte Ausgabe der *Sporting Life*. Johnny studierte den Zugfahrplan und prägte sich die Rückfahrzeiten nach Waterloo ein, ehe er MacClancy folgte.

Den Rest des Nachmittags verbrachte Johnny damit, sich

mit Freunden und Klienten zu unterhalten und seinem Buchmacher aus dem Weg zu gehen. Kurz bevor der erste Zug nach London aufbrach, kehrte er zum Bahnsteig zurück. Es überraschte ihn nicht sonderlich, daß MacClancy, zwanzig Minuten später, den zweiten Zug nahm. Johnny stieg in denselben Wagen, zwei Türen entfernt.

In Waterloo achtete er darauf, daß jemand zwischen ihm und dem Iren war, und folgte ihm ohne Schwierigkeiten nach Islington, in den »Angel«. Dort hielt MacClancy schnurstracks auf einen Pub, riesig wie eine Kathedrale, zu, wo er einen Whisky bestellte und sich auf eine Bank setzte, um die Ereignisse des Tages Revue passieren zu lassen.

Johnny holte sich ebenfalls einen Drink. Er hoffte, daß er hier nicht zu lange verweilen müßte. Er hatte sich mit einem Mädchen verabredet, das diesen Abend am Empfangstisch von Christie's arbeitete – die Chancen, daß daraus etwas Vielversprechendes würde, standen seiner Einschätzung nach gut. Frustriert blickte er auf seine Armbanduhr, als MacClancy sich erhob, um einen neuen Drink zu holen.

Kurzentschlossen stand er auf und setzte sich neben den Platz, wo der Ire seine *Sporting Life* hingelegt hatte. Er nahm die Zeitung in die Hand und begann darin zu lesen.

»He, das ist meine«, rief MacClancy mit schleppender Stimme.

»Oh, das tut mir furchtbar leid. Ich dachte, jemand hätte sie vergessen.«

»Nein«, sagte MacClancy. Johnnys freundliche Entschuldigung beruhigte sein Gemüt. »Ich behalte sie so lange, bis ich die Ergebnisse daheim in mein kleines Buch eingetragen habe.«

Johnny faltete die Zeitung gewissenhaft zusammen und reichte sie MacClancy, während er Platz nahm. »Sind Sie heute beim Rennen gewesen?«

»Aber sicher.«

»Und, wie ist es gelaufen?«

»Nicht schlecht.«

»Hat David Tredington einen Gewinner geritten?«

Mit seinen unruhigen kleinen Augen fixierte MacClancy ihn wie ein Frettchen sein Opfer. »Warum fragen Sie?«

»Ist nur so, daß ich auf ihn aufmerksam geworden bin. Er reitet gut.«

»Das sollte er auch, mit dem Background, den er hat, aber heute hatte er keinen Ritt.«

»Oh. Ich hatte keine Gelegenheit, einen Blick auf die Liste zu werfen. Hatten Sie einen oder zwei Gewinner?«

MacClancy nickte, ohne ein Wort zu sagen.

»Ich habe gestern ein paar Wetten plaziert, aber...« Johnny verzog die Miene, um seinen Mangel an Glück anzudeuten. »Und? Haben Sie morgen in Kempton jemanden im Auge?«

MacClancy riß den Kopf hoch. »Wenn Sie mir einen Drink ausgeben, nenne ich Ihnen den Namen eines Pferdes.«

»Aber gern!« rief Johnny, als könne er sein Glück nicht fassen. »Was möchten Sie trinken?«

»Einen doppelten Jameson's.«

Johnny holte den Drink für MacClancy und einen für sich. Relativ gelassen, schrieb er den Abend mit seiner jungen und hübschen Bekanntschaft ab und gab sich damit zufrieden, ein paar Drinks zu nehmen und mit MacClancy über Pferde zu plaudern. Ihm gelang es sogar, ein paar Details aus dem Lebenslauf des Iren in Erfahrung zu bringen.

MacClancy war in Mayo geboren, wie er David verraten hatte, aber abgesehen von einem Besuch, der erst kürzlich erfolgt war, hatte er die letzten dreißig Jahre in London verbracht.

Mehr preiszugeben war er nicht bereit, und so lenkte Johnny mit Hilfe seines geübten Charmes das Gespräch auf MacClancys jetzige Situation. Er arbeitete als Hausmeister in einem kleinen Kloster ganz in der Nähe, wo er ein Zimmer hatte, zwei Mahlzeiten pro Tag erhielt und ein paar Abende die Woche freibekam. Seit vielen Jahren war er beim selben Nonnenorden beschäftigt, zwar in unterschiedlichen Häusern, aber immer in Roehampton.

Später, als die Unterhaltung sich wieder um Pferderennen drehte, sagte Johnny: »Ich muß nun los, aber falls Sie mit Ihrem Tip richtig gelegen haben, möchte ich wissen, wo ich die Flasche Whisky abgeben darf, wenn ich den Gewinn eingestrichen habe.«

Mit der Adresse des Klosters in der Tasche und der Information, daß MacClancy am kommenden Abend Dienst hatte, verließ Johnny den Pub. Und während er überlegte, wie er den angebrochenen Abend noch retten konnte, rief er David an, um von seinen Fortschritten zu berichten.

David fragte seinen Vater, ob er den nächsten Tag freinehmen könnte, um in Kempton auf die Rennbahn zu gehen und danach einen Freund in London zu treffen.

»Warum nicht? Dort werden ein paar interessante Rennen stattfinden. Nimm den Mercedes, wenn du willst, ich werde ihn nicht brauchen.«

»Bist du sicher?«

»Natürlich bin ich sicher. Und warum rufst du nicht Lucy an? Sie ist bis zu Mickeys Beerdigung wieder in London. Ich könnte mir denken, daß sie sich freut, dich die Nacht zu beherbergen.«

Nach dem letzten Lauf in Kempton fuhr David zusammen mit Johnny nach London. Der war bester Laune, weil er MacClancys Rat ignoriert und auf ein Pferd gesetzt hatte, das eine

Zehn-zu-eins-Quote erzielt hatte. Er wartete, bis sie im Wagen saßen, bevor er auf das gestrige Treffen mit dem Iren einging.

Er erzählte David, wie er sich ein, zwei Stunden lang mit ihm unterhalten hatte. »Ich habe rausgekriegt, daß er in einem Kloster in Roehampton gearbeitet hat.«

»Großer Gott, jetzt, wo du das sagst, meine ich, mich an ihn zu erinnern. Ruhiger, kleiner Mann. Natürlich ist er damals etwas munterer gewesen. Ich kann nicht fassen, daß er die ganze Zeit über bei den Nonnen geblieben ist. Es ist gut möglich, daß er zwei und zwei zusammengezählt und sich auf die Vorstellung versteift hat, mir jetzt genug Geld aus den Rippen zu schneiden, um dem Kloster endgültig den Rücken zu kehren.«

»Eins kann ich dir sagen«, wandte Johnny schnell ein, »falls dein Unfall keiner war, halte ich es für sehr unwahrscheinlich, daß er die Finger im Spiel hatte. Ich möchte behaupten, daß er nicht den Grips hat, so was in die Wege zu leiten. Außerdem hatte ich aufgrund unserer Unterhaltung den Eindruck, daß er noch nie in Fontwell gewesen ist. Er besucht nur Rennen, die er mühelos mit dem Zug erreichen kann.«

»Aber er könnte jemanden dafür bezahlt haben«, meinte David. »Und er könnte aus den Zeitungen erfahren haben, daß ich an jenem Tag dort geritten bin.«

»Vielleicht, aber ich halte es für unwahrscheinlich.«

David nahm den Blick für einen Moment von der Straße und versuchte sich einzureden, es sei tatsächlich ein Unfall gewesen.

»Falls er es nicht gewesen ist, dann jemand anderes.«

»Mann o Mann«, erwiderte Johnny ungeduldig. »Nicht mal die Polizei geht davon aus, daß es sich um was anderes als einen Unfall handelt.«

»Aber vom Lastwagen haben sie noch keine Spur.«

47

»Das heißt noch lange nicht, daß Absicht dahinter steckte. Solche Dinge passieren manchmal.«

»Es ist nicht so, daß ich das nicht gern glauben würde«, entgegnete David. »Aber es gelingt mir nicht. Das wäre einfach ein zu großer Zufall.«

»Wenn du MacClancy einen Besuch abstattest, wirst du begreifen, was ich meine. Aber, zum Teufel noch mal, was willst du ihm denn sagen?«

»Ich werde ihm sagen, daß ich sofort zur Polizei gehe, falls ich nur das vage Gefühl habe, daß mir jemand droht. Ich gehe nicht davon aus, daß er sich den Kopf darüber zerbrechen wird, wie weit hergeholt das ist.«

David setzte Johnny in South Kensington ab und fand mit Hilfe des *A–Z* des Londoner Stadtplans, den Weg zu Lucys kleinem Häuschen in Chelsea.

Das war genau die Sorte Haus, die er sich vorgestellt hatte: schlüsselblumengelb mit einer Menge gepflegter Herbstblumen in den Blumenkästen vor den Fenstern. Drinnen war es hell und freundlich, an den Wänden hingen Bilder, Wandteppiche und farbenfrohe Kilims. Kaum war er eingetreten, fühlte David sich schon wie zu Hause. Lucy behandelte ihn wie einen Bruder, der nie weggewesen war. Weder war sie förmlich, noch machte sie großen Wirbel um seinen Besuch. Daß diese Selbstverständlichkeit nicht mit Gleichgültigkeit zu verwechseln war, wußte er.

Eigentlich standen sie sich, seit sie wieder zusammen waren, näher als er und Victoria. Lucy war das angespannte Verhältnis aufgefallen, das zwischen ihm und Susan Butley herrschte, in letzter Zeit hatte sie sogar begonnen, ihn damit aufzuziehen.

»Ich glaube, daß unsere Susan dich heimlich verehrt, Davy, obwohl sie versucht, ihre Gefühle im Zaum zu halten, indem sie dir gegenüber so feindlich wie möglich auftritt.«

Sie tranken eine Flasche Chablis, die Lucy in ihrem Kühlschrank entdeckt hatte. David ließ sich ins beigefarbene Sackleinensofa fallen und genoß die Rolle des Bruders.

»Meinst du? Ich hatte eher den Eindruck, daß es ihr gegen den Strich geht, daß ich nach Barford zurückgekehrt bin.«

»Ja, das ist auch so, obwohl ich nicht weiß, weshalb. Und trotzdem steht sie auf dich. Du solltest dich besser in acht nehmen, sie ist sehr zielorientiert. So hat sie es geschafft, für Dad zu arbeiten. Sie wußte, daß er jemanden braucht, der ein dickes Fell hat und mit Zahlen umgehen kann.«

»Nun, ich werde nichts unternehmen, was sie verscheuchen könnte.«

Lucy betrachtete ihn nachdenklich. »Hattest du in Irland Freundinnen?«

David errötete, und als er es bemerkte, wurde er noch röter. »Um dir die Wahrheit zu sagen, das war eins der Dinge, die dort furchtbar waren. Tausende von einsamen Bauern und keine Frauen. All die Mädchen gehen nach Dublin oder England oder Amerika, falls sich die Möglichkeit ergibt. Ohne Fernsehen kämen sie nicht auf solche Ideen, aber . . .«

»Bei den Rennbahngroupies hast du ein paar Herzen in Wallung gebracht, das kann ich dir verraten. Liegt garantiert an deiner schüchternen und bescheidenen Zurückhaltung. Wie auch immer, wer ist diese geheimnisvolle Person, die du hier treffen möchtest?«

»Er ist nur ein alter Bekannter von . . . von Mary. Ich habe versprochen, mal bei ihm reinzuschauen. Aber ich werde nicht lange bleiben. Er wohnt irgendwo in Islington.«

Lucy nickte. David hatte gleich am ersten Tag von Mary Daly erzählt. »Ich habe eine Freundin zum Abendessen eingeladen. Du kannst gern mitessen, falls du rechtzeitig zurück bist.«

»Danke. Ich werde dafür sorgen, daß ich nicht zu spät komme.«

Unentschlossen und von längst vergessenen Erinnerungen heimgesucht, stand David vor dem Convent of the Holy Infant.

Er beobachtete, wie eine kleine Gruppe Nonnen eintraf und in das Kloster ging. Obwohl man schon vor zwanzig Jahren die weißen Hauben und schwarzen Trachten abgeschafft hatte, strahlten sie vollkommene Güte aus, die ihn besorgt daran denken ließ, was sie von dem, was er zu tun gedachte, halten würden.

Als Davids Blick auf das Bild mit der Mutter Gottes, auf deren Knien der kleine Jesus saß, auf der anderen Straßenseite fiel, verspürte er keine Lust, einen Fuß in das Kloster zu setzen. Aber er mußte MacClancy sprechen.

Tief durchatmend, überquerte er die vielbefahrene Straße. Als er vor dem hohen, neogotischen Eingangstor des Konvents stand, zog er an dem abgewetzten Messinggriff und hörte das Läuten einer alten Glocke, deren heller Ton den Verkehrslärm übertönte.

Die Türe wurde von einer zierlichen Nonne, Anfang fünfzig, geöffnet, die ein schlichtes, knielanges graues Kleid trug. Sie lächelte freundlich. »Guten Tag ...«

»Guten Tag, Schwester«, sagte David. »Ich möchte Emmot MacClancy sehen.«

Die Schwester musterte ihn kritisch. Sein irischer Tonfall war ihr bestimmt nicht entgangen. »Ich denke, ich kenne Sie«, sagte sie. »Waren Sie in Roehampton?«

Daß sie ihn erkannte, schockierte ihn zutiefst. Er hingegen konnte sich an diese Nonne überhaupt nicht entsinnen. Er nickte schwerfällig.

»Nun, dann treten Sie ein.« Die Nonne öffnete die Tür weiter und ließ ihn herein. »Emmot behauptete immer, Sie seien mit Mary nach Irland gegangen, aber obgleich wir uns Mühe gegeben haben, haben wir nichts Genaues erfahren. Wie geht es ihr?«

»Ich fürchte, nicht gut.«

»Tut mir leid, das zu hören. Ist es ernst?«

David nickte. »Sie hat Multiple Sklerose.«

»Gott sei mit ihr, die arme Frau. Wir werden für sie beten. Wenn Sie Emmot gesehen haben, müssen Sie vorbeischauen und den anderen Schwestern guten Tag sagen. Die möchten bestimmt alles ganz genau erfahren.«

Sie führte ihn durch einen dunklen Korridor, vorbei an einer Reihe geschlossener Türen, zu einer kleinen Tür im hintersten Winkel des Erdgeschosses. Aus dem dahinterliegenden Raum drangen Fernsehgeräusche. Die Nonne klopfte. Nach einem Moment machte Emmot MacClancy die Tür auf. Er trug nur eine Weste und eine uralte Flanellhose und stand eine Weile lang nur da und stierte David fassungslos an.

»Schauen Sie, wer Sie besuchen kommt«, verkündete die kleine Nonne frohgemut.

David rang sich ein Lächeln ab. »Tag, Emmot.«

»Mein Gott! Was wollen Sie?«

»Darf ich eintreten?«

MacClancy zögerte. Er wußte nicht, ob Davids Besuch ihm Angst machen sollte oder nicht. Schließlich trat er nickend einen Schritt zurück, und David kam in sein heißes, vollgestopftes Schlafzimmer, ehe er sich an die Schwester wandte. »Ich werde Sie aufsuchen, bevor ich gehe, Schwester.«

Lächelnd machte die Nonne sich von dannen. MacClancy schloß nervös die Tür.

»Warum sind Sie hierhergekommen? Wußten Sie, wer ich war, als Sie mich in Newbury sahen?«

David antwortete ihm nicht.

»Tut mir leid«, fuhr MacClancy fort. »Ich habe es nicht böse gemeint. An dem Tag hat mich das Glück im Stich gelassen, und Sie kamen mir wie ein Geschenk des Himmels vor.«

»War das Geschenk so wertvoll, daß ein unschuldiger Junge dafür sterben mußte?« fragte David ruhig.

MacClancy riß entsetzt die Augen auf. »Wovon reden Sie?«

David gab sich alle erdenkliche Mühe, Zeichen der Hinterlist im Verhalten des Mannes zu entdecken. »Der Junge, der getötet wurde, als ich am Montag von Fontwell nach Hause fuhr.«

»Ich habe darüber gelesen. Das war eine scheußliche Sache. Es hieß, es handle sich um einen Unfall.«

»Ich weiß, daß die anderen es für einen Unfall halten. Aber Sie wissen, daß dem nicht so ist, nicht wahr?«

MacClancy ließ sich schwer auf sein Eisenbett fallen und machte damit der Entrüstung über die unterschwellige Beschuldigung Luft. »Was, in Gottes Namen, deuten Sie da an?«

David beäugte ihn. Nur jetzt hatte er die Gelegenheit, aus MacClancys Reaktionen herauszulesen, ob er seine Finger im Spiel hatte oder nicht. Durch sein unstetes Verhalten machte er sich irgendwie verdächtig, aber David konnte nicht sagen, ob das an dem halbherzigen Erpressungsversuch in Newbury oder an einem echten Mordversuch auf der M27 lag. Er mußte mehr Druck ausüben.

Mit harten, herzlosen Augen musterte er MacClancy. »Sie wissen verdammt gut, wovon ich rede. Das Ding wurde eingefädelt, während ich ritt. Diese Koje ist nicht rein zufällig vom Himmel gefallen. Sie haben es entweder selbst besorgt oder jemanden dafür bezahlt.«

»Ich weiß nicht, wovon Sie reden, das schwöre ich beim Allmächtigen. Ich bin noch nie in Fontwell gewesen. Das ist zu weit für mich. Ich besitze keinen Wagen und kann nicht fahren. Ich habe Ihnen gesagt, daß mir das, was ich in Newbury zu Ihnen gesagt habe, leid tut. Das war nur eine dumme Idee. Ich werde Ihnen keine Schwierigkeiten mehr machen, das verspreche ich.«

David verspürte das Verlangen, MacClancy beim Wort zu nehmen. Es wäre weitaus angenehmer gewesen, wie alle anderen auch den Unfall nur als Unfall zu betrachten. Er seufzte. »Ich hoffe wirklich, daß ich Sie nicht noch einmal aufsuchen muß.«

Er hatte Lust, den Konvent zu verlassen, ohne noch jemand anderen zu sehen, aber die Nonne, die ihn zu MacClancy gebracht hatte, tauchte aus den Schatten auf, ehe er die Eingangstür erreichte.

»Gehen Sie schon?« erkundigte sie sich.

»Tut mir leid, Schwester. Ich muß los.«

»Was wollten Sie von Emmot?«

»Nichts Besonderes«, antwortete David, und da kam ihm eine Idee. »Aber sagen Sie mir, wie bewegt er sich fort? Er behauptet, weder einen Wagen noch einen Führerschein zu besitzen.«

»Das stimmt auch. Er nimmt immer den Zug. Einer seiner Brüder arbeitet als Schienenleger bei British Rail. Wann immer Emmot irgendwohin fahren möchte, borgt er sich, wie ich fürchte, dessen Ausweis, damit er fast umsonst reisen kann.«

»Und wohin fährt er denn so?«

»Nur zu den Rennen. Das ist mittlerweile sein einziges Steckenpferd«, fügte sie, sich rechtfertigend, hinzu, »darum drücken wir da ein Auge zu.«

Auf der Rückfahrt nach London beschloß David, MacClancy nicht mehr mit dem Unfall in Verbindung zu bringen, solange jedenfalls die Polizei von Hampshire nicht mit anderslautenden Beweisen aufwartete. Allerdings war er sich auch darüber im klaren, daß sein Vorhaben, ein eindeutiges Geständnis oder vehementen Widerspruch aus dem Mann herauszuholen, gescheitert war.

Bei Lucy traf er rechtzeitig zum Abendessen ein und bemühte sich, die Krise fürs erste zu vergessen.

Das erleichterte ihm der Anblick des Mädchens, das sich auf Lucys Sofa räkelte. Sie hatte, konstatierte David mit leichter Übertreibung, die Beine und Augen einer griechischen Göttin. Sie war Mitte Zwanzig und sah besser aus als die Models in der Modesparte der einschlägigen Hochglanzmagazine.

Lucy musterte David, als sie die beiden einander vorstellte. »Emma, das ist mein Bruder David. Emma arbeitet bei *Harper's*.«

Noch vor ein paar Monaten hätte David nicht gewußt, was *Harper's* war. Dieses Magazin lag in dem Zeitungsladen in Louisbourgh nicht aus. Aber seit er in Barford lebte, hatte er eine Menge dazugelernt.

Was nicht hieß, daß er auf junge Frauen wie Emma vorbereitet war. Er spürte, daß hinter ihrer exquisit hergerichteten Fassade eine Art anarchischer Hedonismus lauerte, der ihn beunruhigte und gleichzeitig faszinierte. Anfänglich ging David davon aus, daß sie nicht viel miteinander gemein hätten, aber der Umstand, daß der Erbe eines großen englischen Landguts länger als fünfzehn Jahre auf einem kleinen irischen Bauernhof gelebt hatte, erregte ihre Neugierde.

Etwas verwundert stellte David fest, daß er die Farm und die Mayo umgebenden Hügelketten, wo er den größten Teil seines Lebens verbracht hatte, beinah schwärmerisch beschrieb, so daß er sich nun fragen mußte, wie es überhaupt dazu gekommen war, dieser Gegend den Rücken zu kehren.

Seine Schilderung begeisterte Emma, und sie stachelte ihn zum Weiterreden an. Ihre Hartnäckigkeit schrieb er einem berufsbedingten, journalistischen Interesse zu. Er konnte ja nicht ahnen, welch erfrischenden Kontrast er zu den aalglatten, selbstfixierten Männern bildete, mit denen sie einen Großteil ihrer Zeit im schicken London verbrachte.

Sie saßen an einem kleinen runden Tisch und aßen ein einfach, aber gekonnt zubereitetes Mahl aus *moules* und zwei verschiedenen Fischsorten und tranken wieder Chablis. Dabei wurde deutlich, daß Emmas Interesse an David nicht rein beruflich war. Sie saßen nebeneinander, und er spürte, wie sie mit ihrem nackten Fuß an seinem Bein entlangstrich und ihm bei jeder Gelegenheit die Hand auf den Schenkel legte.

Es bedurfte eines hohen Maßes an Selbstkontrolle und Instinkt, der ihm sagte, daß er auf lange Sicht erfolgreicher wäre, wenn er sich zusammenriß, etwas mit ihr flirtete und ihr beim Abschied einen leichten Kuß auf die Wange hauchte.

Als Lucy hinter Emma die Tür schloß, grinste sie. »Du hast es geschafft«, stellte sie fest. »Sie steht darauf, wenn man sie abblitzen läßt.«

»Ich wollte ihr aber keinen Korb geben«, protestierte David.

»Hast du aber im Vergleich zu dem, was sie sonst gewohnt ist. Wird 'ne Menge Arbeit erfordern, sie nun auf Distanz zu halten.«

Dafür hatte David nur ein Achselzucken übrig. »Na, ich bin schließlich nie in London, oder? Und außerdem hatte ich nicht den Eindruck, daß sie jemand ist, der gern aufs Land fährt.«

»Werden wir noch sehen«, erwiderte Lucy lachend. »Wie dem auch sei, es war jedenfalls amüsant, dich in Aktion zu sehen. Ganz offensichtlich bist du nicht ganz so grün hinter den Ohren, wie du vorgibst.«

»Ich gebe gar nichts vor«, betonte David nachdrücklich. »Ich lege immer die Karten auf den Tisch.«

»Gerade darüber wollte ich mit dir sprechen. Was ich sehe, ist in Ordnung, aber du könntest etwas Politur gebrauchen. Dieser Zopfmusterpulli von Val Doonican und die Cordhosen sind ein bißchen schlicht, meinst du nicht? Hättest du Lust, morgen mit mir bummeln zu gehen? Und vielleicht einen anständigen Friseur aufzusuchen?«

David mußte lachen. »Ich hätte nicht gedacht, daß dir was an meinem Aussehen liegt.«

»Aber sicher doch. Es ist nicht so, daß es mir nicht reicht, einen Bruder wiederzuhaben, aber es würde mich nicht stören, wenn er nicht ganz so aussähe, als ob er gerade einen Auftritt mit den Dubliners hinter sich hätte. Und wo wir schon dabei sind, würde ich mir gern die Freiheit nehmen, dich noch auf ein paar andere englische Gepflogenheiten hinzuweisen, die du offenbar vergessen hast.«

»Du willst doch wohl nicht an meiner Identität kratzen, oder?« fragte David.

»Jedenfalls nicht mehr, als das eh schon der Fall ist.«

»Erde zu Erde ...«

Die düsteren Worte, die der Pfarrer bei der Beerdigung sprach, wurden vom heftigen, feuchten Wind weggetragen, der über den Friedhof der St. Kenelm's Kirche in Barford pfiff. Und dieser Wind, der durch die uralten Eibenholzbäume wehte, erstickte auch das Schluchzen von Mickeys Eltern, die niedergeschlagen am Grab standen.

David stand bei einer kleinen Menschenmenge, die sich neben der Grube gebildet hatte, und zusammen mit den restlichen Dorfbewohnern trauerte er um den Tod des jungen Mannes.

Sir Mark harrte mit seinen Töchtern gleich neben dem Grab, stumm und mit düsterer Miene. Langsam beugte er sich etwas vor, um – als er an der Reihe war – eine Schaufel voll rötlicher Erde auf den Sargdeckel zu werfen.

Später, als David mit den trauernden Dorfbewohnern Tee in der Stadthalle trank, spürte er, daß alle Blicke auf ihn gerichtet waren und daß die Loyalität zu dem Sohn aus gutem Hause ernsthaft in Frage gestellt war. Von der gegenüberliegenden Seite der Stadthalle aus beobachtete ihn Susan Butley, während sie sich mit Mickeys weinender Mutter unterhielt.

Lucy trat zu ihm. »Mach kein so schuldiges Gesicht. Niemand hält dich für verantwortlich.«

»Nicht? Die meisten starren mich an, als wäre ich ein Saboteur.«

»Es ist nur natürlich, daß sie jemandem die Schuld geben möchten, aber mit der Zeit werden sie schon darüber hinwegkommen.«

Als er zusammen mit seiner Familie nach Hause fuhr, gestand er sich ein, wieviel ihm daran lag, daß – nun wo er sich als Teil dieses Gemeinwesens verstand und ihm innig verbunden war – die Leute aus dem Dorf den Verlust verwanden.

Bereits als sie durch das Parktor fuhren, diskutierten Sir Mark und Victoria wieder über Pferde. Morgen sollte David in Newton Abbott, einen noch unbekannten Steepler, reiten. Das würde garantiert kein einfaches Rennen werden. Lucy und Jason saßen auch im Wagen, nahmen aber aus unterschiedlichen Gründen nicht an dem Gespräch teil. Und auch David war nur halbherzig bei der Sache. Mickeys Beerdigung hatte ihn aufgewühlt, und er ließ alles, was sich seit seiner Ankunft in Devon vor zwei Monaten ereignet hatte, nochmals Revue passieren.

3 England, Anfang September

An einem strahlenden Sonntag im Spätsommer hatte David seine Heimat in Mayo verlassen, um von Dublin nach Bristol zu fliegen. Seine Familie hatte er nicht darüber informiert, daß er kommen würde. Weil während der letzten fünfzehn Jahre keinerlei Verbindung bestanden hatte, wußte er nicht so richtig, wie er Kontakt aufnehmen sollte. Doch ganz egal, welche Strategie er wählte, ein Schock würde es auf jeden Fall sein. Außerdem mußte er damit rechnen, daß man an seiner Person, an seiner Echtheit zweifelte.

Während der letzten Wochen hatte David sich gefragt, wie sie wohl reagieren würden. Würden sie ihm gegenüber ein distanziertes, ablehnendes Verhalten an den Tag legen? Oder vielleicht Gleichgültigkeit? Nun, in den nächsten vierundzwanzig Stunden würde er Bescheid wissen.

Jetzt, wo er die Reise angetreten hatte, begann sein Mut zu schwinden, obgleich er sich über die Aussicht freute, seine Familie und Barford wiederzusehen. Wie ein unsicherer Schwimmer auf dem Weg zum obersten Sprungbrett, war er hin und her gerissen zwischen der Furcht vor dem, was vor ihm lag, und dem Wissen, daß ihm die Möglichkeit zur Umkehr noch offenstand.

Andererseits wußte er, daß er sich nicht drücken durfte; zuviel stand für ihn auf dem Spiel.

Er versuchte, während des kurzen Fluges zu lesen, merkte aber, daß er leeren Blickes auf die Zeitungsseiten starrte, während er am kleinen Schönheitsfehler an seinem Hals fingerte. Die Stewardess bot ihm einen Drink an. Er verlangte eine Cola. Er war eh kein großer Trinker, und von nun an mußte er darauf achten, daß er nicht den Kopf verlor.

Die Aer Lingus Maschine landete kurz nach zwölf auf dem Flughafen von Bristol. David mietete einen kleinen Wagen und nahm die M5 in südliche Richtung. Neunzig Minuten später fuhr er in der Spätnachmittagssonne durch die hügelige braune Landschaft von Exmoor und die zerklüfteten Klippen des nördlichen Somerset.

Als er den steilen Hügel erreichte, von dem aus es immer bergab in die Senke nach Lynmouth ging, fuhr er links heran und hielt an. Nun war es für eine Rückkehr zu spät.

Ganze fünf Minuten betrachtete er den kleinen Hafen, erkannte die regionale Note und fragte sich, was sich verändert hatte. Er fragte sich auch, ob er das Recht hatte, hier zu sein. Und er dachte an Mary Daly und den fortwährenden Kampf, in der schroffen Schönheit der Berge von Mayo ein Dasein zu fristen.

Tief durchatmend, bekreuzigte er sich, startete den Motor und fuhr den Berg hinunter.

Schon im voraus hatte er ein Zimmer im Anchor reserviert. Die junge Frau, die sich bei seiner Ankunft im Hotel um ihn kümmerte, wußte nicht um die Bedeutung dessen, was er zu tun sich vorgenommen hatte. Er grinste sie an und entspannte sich, denn die eigentliche Prüfung stand ihm erst am kommenden Tag bevor.

Er brachte sein Gepäck in das kleine Zimmer, in dem er untergebracht wurde, und legte sich eine Weile aufs Bett. Im Geiste ging er die letzten paar Wochen seines Lebens durch, die Entscheidungen, die er gefällt, die Pläne, die er geschmiedet hatte, und die außerordentliche Aktivität jener Tage, die seine Ankunft hier wie ein lang verschobenes *Déjà vu* vorbereiteten.

Als er sich ausgeruht und urplötzlich die Gewißheit verspürte, daß er das, was in den nächsten Tagen auf ihn zukam, bewältigen würde, schwang er die Beine übers Bett, zog ein

Paar Jeans an und ging nach unten auf die Straße. In dem Städtchen herrschte ein angenehm ruhiges Treiben. Touristen und Einheimische flanierten durch die Gassen. David atmete die frische Salzluft ein und drehte schnell eine Runde, um zu sehen, was sich in den letzten fünfzehn Jahren verändert hatte.

Ein Stück weiter trat er in einen Zeitungsladen und kaufte eine Schachtel kurzer Zigarren, die ihm immer halfen, ein leichtes Unwohlsein zu übertünchen. Gerade als er hineingehen wollte, kam ein großes, dunkelhaariges und überaus attraktives Mädchen aus dem Geschäft.

Im Vorbeigehen warf sie ihm einen kurzen Blick zu und blieb dann unvermittelt stehen, um ihn genauer zu betrachten. David nickte ihr freundlich lächelnd zu, obwohl er sie nicht kannte. Falls doch, war es durchaus verständlich, daß er nach fünfzehn Jahren nicht mehr wußte, wer sie war. Er trat an die Theke und fragte nach seinen Zigarren. Als er sich umdrehte und den Laden verließ, war die junge Frau schon von der Bildfläche verschwunden.

Die Begegnung fachte seine Aufregung erneut an. Er war sich sicher, daß sie ihn kannte, obgleich sie zur Zeit seines Verschwindens erst neun oder zehn Jahre alt gewesen sein durfte.

Während seines einstündigen Spaziergangs durch das Städtchen begegnete er noch zwei Personen, die ihn zu erkennen schienen. Und wenngleich diese Reaktionen auch vorhersehbar gewesen waren, schürten sie doch sein Vertrauen. Seine vorübergehende Anonymität vermittelte ihm seltsamerweise auch das Gefühl von Macht. Augenscheinlich paßte sein Gesicht hierher, selbst nach dieser langen Zeit. Und das machte es ihm beträchtlich leichter, am nächsten Tag seiner Familie einen Besuch abzustatten.

Er kehrte ins Hotel zurück und bestellte ein Steak und einen Salat, ehe er durch die Bar spazierte, in der sich gut ein Dutzend Menschen aufhielt. Die neugierigen Blicke der Anwesenden streiften ihn kurz, und das war es dann auch schon.

An einem Tisch in der hintersten Ecke saßen zwei junge Frauen und unterhielten sich. Eine der beiden drehte ihm den Rücken zu. Erst als sie aufstand, um neue Drinks zu holen, fiel ihm auf, daß sie das Mädchen aus dem Zeitungsladen war. Interessiert und mit beschleunigtem Puls musterte er sie. In ihrer Statur vereinte sich der Körper einer Tänzerin mit dem einer Athletin. Sie verfügte über lange Beine und kleine, wohlgeformte Brüste. Ihr glänzendes, dunkles Haar war gut geschnitten und gepflegt, und ihrem Benehmen haftete eine beeindruckende Direktheit an.

Zuerst bemerkte sie ihn nicht; er saß an einem kleinen Tisch in einer Ecke. Während sie auf ihre Bestellung wartete, ließ sie ihren Blick durch die Bar schweifen. Diesmal lächelte sie ihm zu. Ihre Augen blitzten neugierig auf. Die Barfrau stellte die Drinks auf die Theke, aber die junge Frau ignorierte sie und kam zu ihm hinüber.

»Tag. Sind Sie der, für den ich Sie halte?«

David erwiderte ihr Lächeln. Sie sah wirklich betörend gut aus, besser als die meisten anderen Frauen, die ihm bislang begegnet waren. Seine Augen funkelten. »Das hängt davon ab«, sagte er, »für wen Sie mich halten.«

Die Selbstsicherheit schwand aus ihrem Anlitz. »Ich . . . ich bin mir auf einmal gar nicht mehr sicher. Sie sprechen mit irischem Einschlag«, fügte sie skeptisch hinzu. »Sind Sie Ire?«

»So könnte man es sagen.«

»Tut mir leid, ich habe Sie für jemand anderen gehalten, jemand völlig anderen, er hat früher einmal hier gelebt, aber ich habe ihn viele Jahre nicht gesehen.«

»Tut mir auch leid. Ich hätte Sie gern kennengelernt. Darf ich Sie und Ihre Freundin auf ein Glas einladen, quasi als Wiedergutmachung für die Enttäuschung?«

»Vielen Dank«, antwortete die junge Frau mit leichtem Devon-Akzent. »Wer immer er sein mag«, dachte sie, »dieser Mann hat wunderschöne Augen und ein nettes, verschmitztes Lächeln.« »Möchten Sie sich zu uns setzen?« bot sie an.

»Nur, wenn ich Sie nicht bei einer gänzlich privaten Unterhaltung störe.«

»Nein, überhaupt nicht«, erwiderte sie lachend. »Für heute abend habe ich meine Rolle als Seelentrösterin erfüllt.«

David trug sein Glas Stout zum Ecktisch, von wo aus die andere junge Dame ihn und ihre Freundin mit Interesse beobachtete. Er grinste sie an und setzte sich.

Das andere Mädchen konnte, was Attraktivität anbelangte, nicht mit ihrer Freundin mithalten, aber sie hatte ein freundliches, ansprechendes Gesicht. In Irland hatte David selten Kontakt zu englischen Frauen gehabt, und sein Wissen über sie basierte auf den weitverbreiteten Klischees. Die Reaktion der beiden überraschte und freute ihn.

Neugierig erkundigten sie sich danach, was ihn nach Devon gebracht hatte.

Noch nicht gewillt, die kurze Phase der Anonymität aufzugeben, hielt David seine Antworten absichtlich vage. »Geschäfte mit Pferden.«

»Dann haben Sie also was mit Pferderennen zu tun?« fragte das erste Mädchen überaus interessiert.

Mit einem Nicken begann er zu erzählen und gab ein paar ausgefallene Geschichten von seinen Starts bei Geländejagdrennen im Westen Irlands zum besten, wohl wissend, daß dieser Aspekt seiner Vergangenheit hier in der Gegend bald keine Neuigkeit mehr sein würde. Und die Mädchen würden eh bald erfahren, wer er war.

Im Lauf der Unterhaltung fand er heraus, daß die Dunkelhaarige Susan und ihre Freundin Wendy hieß. Er selbst gab keinerlei Hinweise auf seine eigene Identität preis.

David war fest entschlossen, den wahren Grund für seinen Aufenthalt nicht auszuplaudern – wenigstens so lange nicht, bis er seine Familie gesehen hatte. Er lud die Mädchen zu zwei Runden Drinks ein; sie unterhielten sich und lachten, bis Wendy verkündete, daß es Zeit für sie wäre. »Aber bleib doch noch, Sue«, schlug sie vor. »Ich komme schon allein nach Hause.« Ihr war nicht entgangen, wie prima sich ihre gutaussehende Freundin mit dem außerordentlich attraktiven Iren verstand, und sie wollte auf keinen Fall das Risiko eingehen, am nächsten Tag beschuldigt zu werden, absichtlich die Rolle des fünften Rades am Wagen gespielt zu haben.

Susan protestierte nicht. Als Wendy gegangen war, bestand sie darauf, die nächste Runde zu spendieren.

Eine Stunde später ging David, als er in ihre eindrucksvollen, kaffeebraunen Augen blickte, widerwillig auf Abstand. Falls er verhindern wollte, vor seiner offiziellen Ankunft umständliche Erklärungen abzugeben, mußte er ein paar Tage ausharren, bis jeder wußte, daß David Tredington heimgekehrt war. Dann hätte er immer noch genug Zeit, diese vielversprechende Beziehung auszubauen.

»Nun«, sagte er ungern, »ich muß morgen früh aufstehen, um meinen Geschäften nachzugehen. Vielleicht sehe ich Sie ja irgendwann wieder?«

»Wie lange werden Sie bleiben?«

»Wer weiß?« antwortete er kryptisch. »Falls alle Frauen in dieser Gegend so wie Sie aussehen, könnte ich hier ewig verweilen.«

Das Mädchen wußte nicht, was sie von seiner Antwort halten sollte, schenkte ihm dann aber ein ermutigendes Lächeln. »Nun, da Sie mit Pferden zu tun haben, sollten Sie mich mal bei meiner Arbeit auf Barford Manor besuchen. Dort gibt es ein großes Gestüt und eine Menge Pferde, die dressiert werden.«

Da senkte David abrupt den Blick und spielte nervös mit seinem Glas herum, um sich seine Betroffenheit nicht anmerken zu lassen. Als er wieder aufschaute, gelang es ihm, spitzbübisch zu grinsen. »Na, das ist keine schlechte Idee«, sagte er beim Aufstehen. »Soll ich Sie heimfahren?«

»Nein, das ist nicht nötig. Ich wohne gleich die Straße hinunter, bei meiner Mutter«, antwortete sie bedeutungsvoll und mit einer Spur Reue in der Stimme.

Am nächsten Morgen, einem Montag, parkte David kurz nach zehn seinen gemieteten Ford Escort auf dem großen runden Kiesplatz vor Barfords hübsch verwittertem Backsteinhaus. Bevor er aus dem Wagen stieg, betrachtete er das Haus mit großen Augen. Obwohl er sich an jeden Vorsprung, an jede Ecke erinnerte, gelang es ihm nicht, seinen aufgeregten Magen zu beruhigen.

Unsicher und ganz und gar nicht lässig näherte er sich der hohen Eingangstür aus Eichenholz. Kurz davor hielt er inne und stierte sie an. Falls er seine Meinung ändern wollte, dann müßte er das jetzt tun. Falls er verhindern wollte, das Leben der Menschen in diesem Haus aus der Bahn zu werfen oder sein eigenes Dasein vollkommen umzukrempeln, dann müßte er nun kehrtmachen, bevor er die Klingel berührte.

In der Stille hörte er das Singen einer im Gebüsch neben dem Haus sitzenden Drossel. Tief durchatmend, machte er einen Schritt auf den abgewetzten, schmiedeeisernen Klingelknopf zu.

Kurz darauf öffnete Susan ihm die Tür.

»Guten Tag«, sagte er mit einem Grinsen auf den Lippen. »Ich wußte nicht, daß Sie hier den Butler spielen.«

Sie lachte. »Sie haben ja nicht lange gebraucht, hierher zu finden«, meinte sie.

»Ich kannte dieses Anwesen. Es stand auf meiner Liste. Daß ich Sie kennenlernte, hat dann meine Pläne ein wenig beeinflußt.«

»Sind Sie schon mal einem der Tredington begegnet?« fragte sie in einem Tonfall, der ihm verriet, daß ihr die Situation ein wenig unangenehm war.

»Um ehrlich zu sein, ja«, antwortete David.

Susan machte die Tür weiter auf, damit er in die kühle, düstere Halle eintreten konnte. »Dann möchten Sie bestimmt Sir Mark sehen?«

»Falls das möglich ist«, sagte er mit einem Nicken.

»Er ist da«, antwortete sie, nun etwas wachsamer. »Aber falls es sich um das Gestüt dreht, brauchen Sie einen Termin.«

»Es macht Ihnen doch bestimmt nichts aus, ihm Bescheid zu geben, oder? Und, ähm ... sagen Sie ihm einfach, daß ein irischer Knabe ihn sprechen möchte, in Ordnung?«

Sie betrachtete ihn, wollte eigentlich sein Lächeln erwidern und ihm damit zu verstehen geben, daß sie nicht vergessen hatte, wie gut sie sich gestern abend verstanden hatten, aber da keimte in ihr schon der Verdacht auf, daß ihr Gegenüber nicht ganz ehrlich gewesen war.

»Ich werde mich mal erkundigen, ob er Zeit hat«, sagte sie.

Sie ließ ihn stehen und ging auf eine Tür am hinteren Ende der Halle zu, durch die sie eintrat und die sie schnell hinter ihrem Rücken schloß.

Während David sich innerlich darauf einstellte, seinen Vater zu treffen, schaute er sich um, erkannte die Statuen, die Wandteppiche und das riesige Gemälde, auf dem der Derby-Sieger seines Urgroßvaters festgehalten war.

Das Mädchen kehrte zurück. »Sir Mark sagt, daß er Sie empfängt«, gab sie höchst neugierig und mit einer Spur Mißtrauen bekannt.

Mit einem Achselzucken entschuldigte er sich für das, was

immer ihre Meinung über ihn zum Negativen geändert hatte, ehe er zur Arbeitszimmertür ging. Er bemühte sich, seine Nervosität in den Griff zu bekommen, und wischte – ohne es zu merken – seine schweißnassen Handflächen an den Hosenbeinen ab.

David klopfte.

»Ja, treten Sie ein.« Die Aufforderung war in einem Ton gehalten, der ihm verriet, daß dieser Mann es gewohnt war, Befehle zu erteilen.

David schob die Tür auf und trat in einen holzvertäfelten Raum mit hoher Decke ein. Das große Fenster bot einen wundervollen Ausblick Richtung Westen auf den Park. Davor standen ein großer Schreibtisch und ein Stuhl. Ein Stück weiter hatte man ein paar ausladende Sessel um einen großen, niedrigen und mit Sportzeitschriften beladenen Tisch gruppiert. Gleich daneben stand ein Fernsehapparat.

Der am Tisch sitzende Mann hielt den Kopf geneigt und las ein paar Papiere in einem Schnellhefter. »Einen Augenblick, bitte«, bat er, ohne aufzuschauen.

David sagte kein Wort.

Da er keine Antwort erhielt, hob Sir Mark Tredington eher den Blick von seinen Papieren, als er beabsichtigt hatte.

David wurde von einem Mann Mitte sechzig gemustert. Sir Marks ehemals schönes Gesicht war gealtert und hatte etwas von seiner Anziehungskraft verloren, glich aber unverkennbar dem seines Gegenübers. Der Blick in seinen Augen, die ein wenig an Glanz verloren hatten, wirkte ehrlich und verriet gleichzeitig Vorsicht. Sein dichtes Haupthaar hatte sich im Lauf der Zeit silbergrau verfärbt.

David schwieg auch weiterhin und ging ein paar Schritte auf den Schreibtisch zu.

Erstaunt und verwirrt fixierte ihn Sir Mark. Ziemlich durcheinander kehrte sein Blick zu den Papieren zurück, als ginge es ihm darum, einen klaren Kopf zu gewinnen, bevor er wieder aufschaute.

»Gütiger Gott!« flüsterte er. »David?«

David lächelte, sagte aber kein Wort.

Sir Mark erhob sich, trat hinter seinem Schreibtisch hervor und kam auf David zu. »David? David?« Er kam noch näher, warf einen kurzen Blick auf Davids Hals und betrachtete ihn reglos aus kurzer Distanz. »David! Großer Gott! Ich kann es nicht fassen!«

Er stand einfach nur da, fast starr von dem Schock und mit augenfälligem Widerwillen, seinen Augen zu trauen, für den Fall, daß er sich irrte.

»Guten Tag, Vater«, sagte David schließlich. Er lächelte entschuldigend und voller Zuneigung.

Der Mann vor ihm, der bis gerade eben von seinen widerstreitenden Gefühlen gehemmt gewesen war, setzte sich unvermittelt in Bewegung, schlang beide Arme um David und drückte ihn an sich. Sein Brustkorb hob und senkte sich, als die fünfzehn Jahre währende Beherrschung wie eine Last von ihm abfiel.

Erst eine ganze Minute später machte er einen Schritt zurück, schniefte leise und wischte, ohne sich seiner Gefühle zu schämen, die Tränen mit dem Handrücken weg.

Lächelnd zuckte er mit den Achseln. »Verzeih mir, es ist lange her. Ich kann es kaum fassen.« Dann stellte er sich wieder vor David und schloß ihn erneut in die Arme.

Diesmal legte auch David die Arme um seinen Vater.

»Es tut mir leid. Ich hätte niemals von hier weggehen dürfen«, sagte er leise. Die Heftigkeit seiner eigenen Gefühle überraschte ihn. »Aber je länger ich weg war, desto schwieriger wurde es, zurückzukehren und mich dem zu stellen, was ich getan habe.«

Der alte Mann trat zurück, betrachtete David voller Stolz,

musterte das ansprechende Gesicht seines Sohnes, dessen muskulösen Körper und das gelockte, schwarze Haar. Und er schüttelte langsam den Kopf, als könne er immer noch nicht begreifen, was gerade passiert war. »Irgendwann – nicht jetzt«, begann er, »mußt du mir erzählen, warum du weggegangen bist. Im Augenblick zählt nur, daß du zurückgekehrt bist.« Mit grenzenloser Zuneigung betrachtete er seinen einzigen Sohn. »Bei Gott, du siehst gut aus, gesund wie ein Fisch im Wasser.« In seinem Lachen schwang ein Hauch Hysterie mit. »Und du klingst wie ein hundertprozentiger Ire. Hast du in Irland gelebt?«

David nickte. »Ja, das habe ich.«

»Was hast du dort gemacht?«

»Habe die meiste Zeit mit Pferden zu tun gehabt«, antwortete David mit einem schiefen Lächeln. »Nichts Großartiges, dazu hatte ich kein Geld, aber ich habe ein paar ganz anständige Kirchturmrennen gewonnen.«

»Hast du ... bei Gott? Willst du damit sagen, daß mein Sohn ein irischer Jockey geworden ist?« Er kicherte. »Hätte viel schlimmer kommen können.«

Urplötzlich verebbte das Kichern, und das Lächeln auf seinen Lippen verschwand, als begreife er erst jetzt die Bedeutung dessen, was sich gerade eben ereignet hatte. Er schüttelte den Kopf. »Herr im Himmel, es wird eine Zeit dauern, sich daran zu gewöhnen. Und wir müssen behutsam vorgehen.« David gewann den Eindruck, daß sein Vater mit sich selbst sprach und mit einem Mal erkannt hatte, daß er sich zurückhalten mußte, zumindest so lange, bis er alles überprüft hatte.

Aber David zweifelte keine Sekunde daran, daß Sir Mark instinktiv wußte, daß sein Sohn heimgekehrt war.

»Ich verstehe«, sagte David. »Und ich würde es auch verstehen, wenn du mich bitten würdest, auf dem Absatz kehrtzumachen und dein Haus zu verlassen. Ich könnte es dir nicht verdenken.«

Allein schon der Gedanke daran erschütterte Sir Mark. »David, mein lieber David, das kommt nun überhaupt nicht in Betracht. Wir alle haben begriffen, wie verdammt scheußlich du dich zu jener Zeit gefühlt hast, als du weggelaufen bist. Ich habe einfach nicht verstanden, wie sehr du deine Mutter vermißt hast. Um ehrlich zu sein, ich glaubte damals, daß du eigentlich ganz gut damit fertig würdest, aber als wir deinen Brief erhielten...« Er zuckte mit den Schultern. »... fühlte ich mich hundsmiserabel, weil ich mich nicht genug mit dir auseinandergesetzt hatte. Ich bin damals viel zu oft weggewesen. Aber ich kann dir versichern, daß ich mich darum bemüht habe, bei deinen Schwestern nicht denselben Fehler zu begehen.« Nach diesem Satz hielt er inne, weil er an etwas anderes denken mußte. Er atmete zischend ein. »Ich frage mich gerade, wie Lucy und Victoria es aufnehmen werden.«

Das fragte er sich auch.

David rechnete damit, daß Victoria, die jüngere und weniger skeptische der beiden Schwestern, ihn ohne Vorbehalte daheim willkommen heißen würde. Lucy, die Menschen nicht so leicht traute, würde sich sicherlich wünschen, er wäre echt, dabei aber nicht aus den Augen verlieren, daß das Gegenteil möglich war.

Sir Mark hatte entschieden, wie er die umwerfende Neuigkeit zu verbreiten gedachte. »Was hältst du davon«, sagte er und schämte sich insgeheim für die Möglichkeit, daß der Rest der Familie und besonders George negativ reagierten, »einen Drink zu nehmen?« Mit einer Geste zeigte er auf einen Tisch mit verschiedenen Flaschen und Gläsern. »Ich denke, ich werde die Mädchen rufen und somit dafür sorgen, daß sie sich selbst eine Meinung bilden.« Anscheinend war er geneigt, dieselbe Taktik wie David zu wählen.

Er verließ das Zimmer. David überlegte, ob er das Angebot seines Vaters, etwas zu trinken, annehmen sollte. Nach einigem Hin und Her schenkte er sich einen kleinen Whisky ein, den er in Soda ertränkte.

Während er wartete, schweifte sein Blick über den gepflegten, leicht abschüssigen Garten vor dem Fenster, und er prüfte dabei sein Gewissen. Die Schuldgefühle, mit denen er seit seinem Beschluß, nach Great Barford zu fahren, zu kämpfen hatte, wurden für kurze Zeit von dem ungetrübten Glück in Schach gehalten, das er allem Anschein nach ausgelöst hatte.

Er hörte Stimmen und Schritte, die sich dem Arbeitszimmer näherten.

Als die Mädchen eintraten, stand er mit dem Rücken zur Tür.

Er drehte sich langsam um, blickte in zwei Augenpaare und registrierte, wie verhaltene Neugier in Verwunderung überging.

Die plumpere, dunklere der beiden Frauen, die David als Victoria erkannte, gab schnell zu erkennen, wie sehr sie sich über das, was sie sah, freute.

Anfänglich zögernd, kam sie ein paar Schritte auf ihn zu und blieb dann stehen, weil sie nicht wußte, wie sie den Bruder, den sie so viele Jahre nicht gesehen und nie mehr zu sehen geglaubt hatte, begrüßen sollte. Sie warf ihrem Vater einen Blick von der Seite zu. »Das ist David, nicht wahr?«

Sir Mark sagte nichts, regte sich nicht. Ihm lag viel daran, daß die Mädchen sich selbst eine Meinung bildeten.

Victoria überwand die paar Meter, die sie von ihrem Bruder trennten, und schlang die Arme um ihn. Davids Gewissensbisse regten sich angesichts ihrer starken Zuneigung. Gleichzeitig freute er sich ungemein über das Gefühl der Zugehörigkeit.

Nach einer Weile ließ Victoria ihn los und trat zurück, um

ihn anzuschauen und vor Verblüffung den Kopf zu schütteln. Hinter ihr wartete Lucy und starrte ihn fassungslos an. Ihr Bruder war tot; dessen war sie sich sicher gewesen, und nun stand er keine drei Meter vor ihr.

Versteckt warf sie einen Blick auf seinen Hals – auf der Suche nach einer Bestätigung – und fahndete nach dem dunklen Mal, das früher dort gewesen war. Das, was sie sah, verwirrte sie zutiefst. Er war es wirklich.

David bedachte sie mit einem fast reuevollen Lächeln.

»Guten Tag, Lucy. Hier, ich habe etwas für dich.« David nestelte in seiner Jackentasche und zog eine kleine Schachtel heraus, die er ihr reichte.

Etwas skeptisch nahm Lucy die Schachtel entgegen und öffnete sie. In ein Papiertaschentuch gebettet, lag ein blaugrünes Ei, das etwas kleiner als das einer Bantam-Henne war.

Einen Augenblick lang fixierte Lucy das Ei, und dann breitete sich langsam ein Lächeln auf ihren Lippen aus. »Mein Lummenei!« rief sie lachend. »Du hast dir aber Zeit gelassen.«

»Besser zu spät als gar nicht«, erwiderte David grinsend.

»Wovon, Himmel noch mal, redet ihr?« wollte Sir Mark erfahren.

Lucy wandte sich ihm zu. »An dem Tag, an dem David verschwand, sagte er, er wolle hinaus zu den Klippen. Und ich habe ihn gebeten, nach einem Lummenei für meine Sammlung Ausschau zu halten. Das habe ich nie vergessen, es waren die letzten Worte, die ich zu ihm sagte. Und nun taucht er fünfzehn Jahre später damit auf. Ich hoffe, du kannst mit einer plausiblen Entschuldigung aufwarten«, sagte sie mit gespieltem Ernst zu David.

Sir Mark lachte. »Fangt nicht an, euch zu streiten. Ich bin sicher, daß David uns erzählen wird, was passiert ist, wenn er soweit ist.«

»Das werde ich ganz bestimmt. Das bin ich euch weiß Gott schuldig. Am liebsten würde ich es mir sofort von der Seele reden.«

»Laßt uns in die Küche gehen und Kaffee kochen«, schlug Lucy vor. »Mrs. Rogers wird es nicht fassen können.«

Aber Mrs. Rogers hatte die Neuigkeiten schon von Susan Butley gehört.

David fiel ihr ungläubiges Starren auf. »Tag, Beryl«, begrüßte er die gedrungene Frau mittleren Alters, die auf Great Barford in den letzten fünfundzwanzig Jahren zuerst die Rolle des Kindermädchens und dann die der Haushälterin ausgeübt hatte. »Sie haben etwas an Gewicht verloren. Haben Sie immer noch die Schürze, die ich Ihnen geschenkt hatte?«

In den Augenwinkeln der Haushälterin funkelten Tränen auf, während sie Susan Butley einen vorwurfsvollen Blick zuwarf.

»Davy. Sie *sind* es. Natürlich sind Sie es. Ich hätte Sie immer wiedererkannt, auch nach dieser langen Zeit. Wo immer Sie gesteckt haben mögen, man hat Ihnen genug zu essen gegeben.«

»Nicht so richtig«, scherzte David. »Ich könnte noch eine Menge nachholen.«

Während sie sich unterhielten, füllte Lucy eine große Kaffeekanne. »Gut«, sagte sie, »dann kommt. Setzen wir uns und laßt uns erzählen, was passiert ist.«

Sie rückten Stühle an den großen Ulmentisch in der Mitte der hellen Küche. Nur Susan setzte sich nicht zu ihnen, sondern harrte, an die Theke gelehnt, aus.

Schweigend saßen sie da und warteten darauf, daß David begänne. Er trank einen Schluck aus der Tasse, die Lucy ihm eingeschenkt hatte, und schüttelte den Kopf.

»Ihr könnt euch nicht vorstellen, wie es sich anfühlt, wieder hierzusein. Nichts scheint sich verändert zu haben, obwohl ich mich zu erinnern meine, daß die Küche früher mal grün gewesen ist.«

»War sie auch«, sagte Sir Mark und nickte, »aber wir haben sie vor ein paar Jahren renoviert.«

»Kommt mir vor, als sei ich damals ein anderer gewesen. Ich weiß nicht, was damals in mir vorging. Ich vermißte Mum scheußlich, aber das war es nicht allein. Ich glaube, es passierte, als ich begriff, daß ich diesen Landsitz irgendwann einmal übernehmen sollte. Der Gedanke versetzte mich in Panik. Alle schienen so viel von mir zu erwarten. Den genauen Grund für mein Verhalten kenne ich wirklich nicht. Und du bist die ganze Zeit weg gewesen.« Da schaute er seinen Vater an, aber in seinem Blick lag kein Vorwurf. »Wie auch immer, ich hatte das Bedürfnis, mir ein eigenes Leben aufzubauen, weit weg von den Erinnerungen an Mutter. Ich nahm das ganze Geld, das ich im Lauf der Jahre zum Geburtstag geschenkt bekommen hatte, und machte mich auf die Suche nach Danny.«

»Danny Collins? Nach dem alten Stallburschen?« fragte Sir Mark.

David nickte und lachte. »Ich habe den alten Danny geliebt. Mit ihm konnte ich stundenlang reden, und als er fortging, war ich traurig. Ich wußte, daß er in die Nähe von Dublin ziehen wollte, aber wohin genau, konnte ich nicht sagen. Ich hatte allerdings die Adresse seiner Schwester in London. So kam ich nach Roehampton, wo sie bei ein paar Nonnen lebte. Aber sie war nicht mehr da und keiner wußte, wohin sie gegangen war. Natürlich wunderten die Nonnen sich, was mit mir war. Ich konnte es ihnen nicht sagen, und sie drängten mich zum Bleiben. Sie waren sehr nett zu mir, und ich blieb etwa einen Monat. Ich spielte mit dem Gedanken, wieder heimzukommen, aber irgendwie gefiel es mir, nicht mehr ich selbst zu sein. Ich wußte auch, daß mich hier eine Menge Leute nicht leiden konnten, wahrscheinlich bin ich damals ein rechter Blödmann gewesen ...«

»Wie dem auch sei, ich entschloß mich, nach Irland zu gehen und Danny zu suchen. Ich wußte, daß die Züge nach Fishguard in Paddington abfuhren, und ich ging den ganzen Weg zu Fuß, aber erst am nächsten Tag fuhr ein Zug. Ich bekam heraus, welcher am nächsten Morgen der erste war, schlich in ein leeres Abteil und schlief bis zum Morgengrauen. Man erwischte mich nicht, und es gelang mir sogar, auf die Fähre zu kommen. Als ich meine Fahrkarte kaufte, stellte mir niemand komische Fragen. Ich sagte ihnen, man würde mich drüben abholen. Aber an Bord des Schiffes war eine Frau, die spürte, daß da etwas nicht stimmte. Sie hieß Mary Daly. Sie war sehr nett, lud mich zum Mittagessen ein, fragte mich, was ich vorhatte, und dann erzählte ich es ihr. Ich mußte es jemandem erzählen. Wahrscheinlich habe ich unterschwellig sogar darauf gehofft, daß sie mich heimschickt, aber das tat sie nicht. Sie erzählte mir, daß sie nach Dublin wollte und mir helfen würde, Danny Collin ausfindig zu machen. Und das tat sie dann auch.«

»Aber du hast ihn nicht gefunden, nehme ich an, sonst hätte er es uns erzählt«, schlußfolgerte Sir Mark. »Denn obwohl er eine Tochter in Dublin hatte, hat er sich in der Nähe von Killarney niedergelassen. Er stammte von dort.«

»Ja, du hast recht. Wir haben ihn nicht gefunden, und Mary Daly war auf dem Weg nach Mayo. Ihr Onkel hatte ihr dort eine Farm hinterlassen. Als wir keine Spur von Danny fanden, fragte sie mich, ob ich nach England zurückwollte. Ich wußte es nicht, sagte ihr aber, daß ich nicht heim mochte. Und da fragte sie mich, ob ich sie begleiten und eine Weile bei ihr bleiben wollte. Sie erzählte mir, daß es dort sehr schön sei und eine Menge Pferde gäbe.«

David zuckte mit den Achseln. »Ich denke, ich hatte keine

Lust, mich dem zu stellen, was ich getan hatte. Als ich nach Mayo kam, glaubte ich, im Himmel zu sein. Es ist dort ein bißchen wie hier, die Berge sind allerdings höher, und die Küste ist zerklüfteter und all die Seen . . . Ich habe mich sofort in diesen Ort verliebt und mich dort wohl gefühlt. Ich half Mary auf der Farm, und sie hatte keine Schwierigkeiten, mich zum Dableiben zu überreden. Sie schickte mich nach Louisburgh in die Schule und behauptete, daß ich ihr Sohn sei. Niemand hatte einen Grund, das anzuzweifeln. Schließlich war sie nicht mehr in Mayo gewesen, seit sie ein junges Mädchen gewesen war, und keiner der Leute wußte, was sie in England getrieben hatte.«

Davids Blick wurde nachdenklich, als er sich dieser Jahre entsann. Lucy schenkte ihm Kaffee nach, bevor er fortfuhr. »Ich war ziemlich zufrieden, ziemlich glücklich. Ich war einer von ihnen. Aber ich denke, ganz tief innen wußte ich, daß dem nicht so war. Ich entwickelte ein unglaublich schlechtes Gewissen, als würde ich diese Menschen zum Narren halten – natürlich nicht Mary, aber ich steigerte mich mehr und mehr in den Gedanken hinein, dort zu Unrecht zu leben. Auf der anderen Seite kam ich mit allen gut aus und fand es prima, daß es Pferde gab.«

»Nachdem ich die Schule beendet hatte, arbeitete ich auf dem Hof, hatte aber noch Zeit, ein paar Pferde aus nicht allzu guter Zucht zu trainieren, die wir hatten. Ich begann, mit ihnen an ein paar lokalen Rennen teilzunehmen und erregte sogar die Aufmerksamkeit von ein, zwei Engländern, die sich für sie interessierten. Doch ich achtete darauf, ihnen aus dem Weg zu gehen, vor allem als Mary krank wurde. Sie drängte mich zur Heimkehr, aber ich konnte sie nicht im Stich lassen, nach alldem, was sie für mich getan hatte.«

Jetzt fixierten sie ihn alle eindringlich mit ihren Blicken. Es drängte sie, zu erfahren, was ihn schließlich dazu gebracht hatte, wieder nach Great Barford zu kommen.

David wußte, daß er nun Vorsicht walten lassen mußte.

»Der armen alten Mary hat man gesagt, daß sie ins Krankenhaus gehen oder eine Möglichkeit finden mußte, daheim gepflegt zu werden.« David zuckte mit den Schultern. »So wie es dort drüben mit der Landwirtschaft aussieht, reicht es gerade zum Überleben. Solange es Subventionen gab, kamen wir zurecht, aber wir hatten keine Möglichkeit, eine häusliche Pflege zu finanzieren. Meine einzige Hoffnung war, meine Fähigkeiten im Umgang mit Pferden zu nutzen – vielleicht zu reiten oder trainieren, wie auch immer. Und da wußte ich, daß ich zuerst bei euch vorbeischauen und euch sehen mußte.«

»Willst du damit sagen, daß du nicht bleiben wirst?« fragte Victoria.

»Nein«, antwortete David entschlossen. »Dazu habe ich kein Recht. Aus freien Stücken habe ich Barford den Rücken gekehrt. Da kann ich unmöglich erwarten, wiederaufgenommen zu werden. Ich wollte euch einfach nur sehen und wissen lassen, daß ich am Leben und in England bin, ehe ihr es auf andere Art herausfindet. Mir war schon klar, daß mich mein Gesicht früher oder später verraten würde.«

Der Vater und die beiden Schwestern starrten ihn an. Jetzt waren die gemeinsamen Gesichtszüge der Tredingtons nicht mehr zu übersehen. Victoria sah wie ein kleines Kind aus, dem man ein wunderschönes neues Spielzeug gegeben hatte, nur um es ihm wieder unter der Nase wegzuziehen.

Sir Mark wirkte durcheinander und Lucy verwirrt.

»Welchen Sinn, um Himmels willen, hat es, zurückzukommen, wenn du nicht bleiben möchtest?« wollte sie von ihm erfahren. »Das hier ist dein Heim.«

David schüttelte den Kopf. »Das war es früher mal, aber jetzt bin ich in Mayo zu Hause.«

»Das verstehe ich selbstverständlich«, meinte Sir Mark,

»vor allem nach dem, was du uns erzählt hast, aber es besteht kein Grund, Barford nicht auch als dein Heim anzusehen.«

»Das ist unmöglich. Hier bin ich ein Fremder. Natürlich wäre es großartig, ab und an auf einen Besuch vorbeizukommen, wenn ich erstmal auf eigenen Füßen stehe. Aber ich habe vor, nach Lambourn oder Newmarket zu gehen. Dort verfüge ich über ein paar Kontakte.«

»Aber unter welchem Namen warst du in Irland bekannt?« fragte Sir Mark.

»Aidan. Aidan Daly. Mary hat ihn vorgeschlagen – aber ihr müßt wissen, daß sie niemals Druck auf mich ausgeübt hat.«

Sir Mark warf ihm einen harten Blick zu. »Aidan Daly? Ein irischer Jockey – gütiger Gott! Nun, von jetzt an kannst du wieder David Tredington sein.«

»O nein. Ich habe alle Ansprüche auf den Namen David Tredington verwirkt, als ich wegging. Die letzten fünfzehn Jahre bin ich Aidan Daly gewesen, und das werde ich auch in Zukunft bleiben.«

Den Rest des milden frühherbstlichen Tages verbrachte David auf Barford Manor. Sir Mark zeigte ihm das Anwesen, machte ihn auf Veränderungen aufmerksam, die sich seit Davids Verschwinden eingestellt hatten. Beim Spazieren versuchte er mit sanftem Nachdruck, David zum Bleiben zu überreden, aber sein Sohn gab sich stur.

Sir Mark sprach David nicht auf seinen Entschluß an, seinen adoptierten Namen und die dazugehörige Identität beizubehalten. Das taten auch die Mädchen nicht, mit denen er später zusammensaß. Aber sie baten ihn, zum Abendessen zu bleiben. Das Gespräch drehte sich immer wieder um Ereignisse aus Davids Kindheit – an manche erinnerte er sich, einen Großteil hatte er vergessen. Dafür entschuldigte er sich nicht. Die Familie begriff, daß sein Weglaufen ein Wendepunkt in seinem Leben gewesen war und daß all das, was sich davor zugetragen hatte, zu einer Art verworrener früherer Existenz geworden war.

Ziemlich früh, und viel früher als es seinem Vater und seinen Schwestern lieb war, verkündete David, daß er aufbrechen und zum Anchor fahren wollte, wo er ein Zimmer gebucht hatte. Er fuhr in seinem kleinen Mietwagen davon, nachdem ihm seine Familie das Versprechen abgerungen hatte, seine Sachen zu packen und am nächsten Tag nach Barford zu ziehen.

In jener Nacht fand David wenig Schlaf. Schon bereute er, daß er Great Barford fürs erste nicht mehr sah. Aber er wußte gleichzeitig, daß er die richtige Entscheidung gefällt hatte und sie nicht widerrufen durfte.

Um sechs Uhr morgens gab er jede Hoffnung auf Schlaf auf, stieg aus dem Bett, kleidete sich an und trat in die menschenleere Straße. Er spazierte zum Hafen hinunter, um seine Gedanken zu ordnen. Als er kurz nach halb acht zum Frühstück ins Hotel zurückkehrte, wartete vor dem Anchor zu seiner Überraschung Susan Butley auf ihn.

4

»Guten Tag, Susan. Was für ein erfreulicher Anblick an diesem wunderbaren Morgen«, sagte David und blieb vor dem Hoteleingang stehen.

»Guten Tag ... David.« Auf festen Beinen, die Hände in die Hüften gestemmt, stand sie vor der Tür und versperrte ihm den Weg. »Ich möchte mit Ihnen sprechen.« Mit einer Bewegung des Kinns deutete sie an, daß sie zusammen die Straße hochflanieren sollten, fern von dem Kommen und Gehen vor dem Hotel.

Leicht irritiert, zuckte David mit den Schultern und schlenderte mit ihr durch die schmale, gepflasterte Straße.

»Sie sind ein durchtriebenes Schlitzohr, nicht wahr?« sagte Susan. In ihrer Stimme schwangen Ablehnung und Ekel mit. »Sie spielen mit ihnen Ihre Spielchen und tun so, als ob Sie nur schwer zu kriegen seien.« Die Nähe, die am Sonntag im Pub zwischen ihnen entstanden war, hatte sich in Luft aufgelöst.

David musterte sie fassungslos. »Was ist denn über Sie gekommen? Wovon reden Sie eigentlich? Sie haben doch gehört, was ich gestern sagte. Ich werde es allein schaffen. Ich weiß, was ich ihnen damals angetan habe. Und ich erwarte nichts von ihnen, aber ich mußte zurückkommen, um ihnen die Wahrheit zu sagen. Es wäre ziemlich grausam gewesen, wenn ich zugelassen hätte, daß sie sie selbst rausfinden.«

»Die Wahrheit zu sagen, daß ich nicht lache. Sie bauen doch nur Ihr Netz aus Lügen aus. Ich wollte Sie nur warnen: Die anderen mögen Ihnen vielleicht glauben, aber ich tue das nicht. Und ich werde alles versuchen, damit Sie nicht durchkommen. Diese Familie ist sehr gut zu mir gewesen, und ich werde nicht tatenlos zusehen, wie sie von einem irischen Betrüger aufs Glatteis geführt wird.«

David schüttelte den Kopf und lächelte sie entwaffnend an. »Hören Sie, ich wußte, daß ein paar Leute meine Rückkehr nicht auf die leichte Schulter nehmen würden, aber welchen Unterschied das für Sie macht, sehe ich einfach nicht. Gut, es tut mir leid, daß ich Ihnen nicht schon am Sonntagabend, als wir uns kennenlernten, reinen Wein eingeschenkt habe, aber das war mir nicht möglich, oder? Jedenfalls nicht, bis ich meinen Vater gesehen hatte. Und Sie wußten doch von Anfang an, wer ich war. Das haben Sie in der Bar doch mehr oder weniger deutlich gesagt.«

Susan musterte ihn skeptisch. »Ich gebe zu, daß ich ein paar Minuten lang geglaubt habe, daß Sie David sind, aber jetzt weiß ich, daß ich mich geirrt habe«, sagte sie.

»Es tut mir leid, daß Sie so empfinden, vor allem nachdem wir uns neulich abend so gut verstanden haben.« Sein Mund verzog sich zu einem höhnischen Grinsen. »Ich hoffte, wir könnten Freunde sein. Aber da ich nicht hierbleiben werde, bedeutet das nicht gerade das Ende der Welt für mich.«

»Mich können Sie nicht zum Narren halten. Und einer Sache bin ich mir ganz und gar sicher: Sie werden zurückkommen.«

Angesichts ihrer Sturheit unterließ David es, sie mit seinem Charme zu bezaubern. »Falls ich zurückkehre, dann erst, wenn es keinen Hauch des Zweifels daran gibt, wer ich bin. Meinen Sie nicht, daß ich damit gerechnet habe, daß die Leute skeptisch reagieren? Denken Sie, daß mein Vater mich akzeptieren würde, ohne hundertprozentig sicher zu sein? Das ist, um ehrlich zu sein, einer der Gründe, warum ich nicht bleibe. Ich möchte nicht, daß jeder über mich redet und Spekulationen anstellt, solange fraglich ist, wer ich bin. Nun, wenn ich Sie das nächste Mal treffe, wird kein Grund mehr bestehen, daß Sie sich Sorgen machen, und vielleicht können wir dann dort weitermachen, wo wir angefangen haben.« Erst jetzt schenkte er der jungen Frau sein betörendes Lächeln.

Sie schüttelte den Kopf. »Das glaube ich nicht«, entgegnete sie, aber in ihrer Stimme schwangen Zweifel mit, die David verrieten, daß sie die Beziehung, die so gut begonnen hatte, vielleicht doch noch retten wollte.

Als sie wegging, blickte er ihr hinterher und wünschte, er hätte sie beim ersten Treffen nicht anlügen müssen. Nach einigem Nachdenken kam er zu dem Schluß, daß allein die Tatsache, daß er David Tredington war – und nicht der irische Jockey, als den er sich vorgestellt hatte –, ihre Einstellung zu ihm so grundsätzlich verändert hatte.

Als David an jenem Morgen nicht auf Barford Manor auftauchte, rief Sir Mark im Anchor an. Dort sagte man ihm, daß der Ire um halb neun abgereist war.

Etwas später wurde die Post gebracht, darunter auch ein Brief für Sir Mark von einer australischen Anwaltskanzlei. Aufgeregt und mit zittrigen Händen riß er den Umschlag auf. Schnell überflog er die beiden Seiten, ehe er erleichtert aufatmete.

Er hatte die Kanzlei beauftragt, die Identität eines jungen Mannes namens David Tredington zu überprüfen, der – Berichten zufolge – ein Mannschaftsmitglied der *White Fin* gewesen war, einer kleinen Yacht, die vor einem Monat vor Norfolk Island verschollen war.

Die Anwälte konnten ihm lediglich mitteilen, daß ein Mann, der ungefähr das passende Alter hatte, ein paar Tage vor dem Auslaufen der *White Fin* ein Hotelzimmer in Sidney bezogen hatte und daß sein Name im Hafenregister als Mannschaftsmitglied geführt war.

Darüber hinaus aber hatten sie nichts ermitteln können. Weder hatten sie einen Eintrag gefunden, wann und wo er in

Australien eingereist war, noch wo er zuvor gewohnt hatte. Es bestand lediglich die Möglichkeit, daß es sich bei diesem Mann um den Sohn ihres Klienten handelte, denn sie hatten vergeblich jeden Weg erschöpfend untersucht, um seine Identität eindeutig festzustellen. Nun bestand kein Grund zur Hoffnung mehr. Sie schrieben, daß sie nicht beabsichtigten, die Akte zu schließen, schickten ihm aber fürs erste eine Kostenabrechnung.

Sir Mark telefonierte mit dem Senior-Partner seiner Londoner Anwaltskanzlei und meldete sich für den kommenden Morgen an.

Ungefähr zu der Zeit, als Sir Mark mit seinen Anwälten telefonierte, bezog David unter dem Namen Aidan Daly ein Zimmer in einem kleinen Hotel in East Garston, drei Meilen östlich von Lambourn.

Ohne seine Beziehung zu Sir Mark Tredington zu erwähnen, machte er sich auf die Suche nach jenem Trainer, der in der *Sporting Life* eine Anzeige aufgegeben und eine Stelle ausgeschrieben hatte. Falls der richtige Bewerber auftauchte, würde er die Möglichkeit erhalten zu reiten.

Ian Bradshaw war ein junger Trainer, der gerade die dritte Saison absolvierte. Aufgrund dessen, was er in den irischen Rennzeitungen gelesen hatte, wußte David ein wenig über ihn Bescheid. Die Pferde, die er beim Warten sah, inspirierten ihn nicht gerade. Und der ungepflegte, heruntergekommene Hof auch nicht. Auf der anderen Seite konnte er es sich nicht leisten, wählerisch zu sein.

Auch Ian Bradshaw mußte nehmen, was sich ihm bot. Ziemlich gehetzt kam er aus einem Gebäude gerannt. Er trug schmutzigbraune Reithosen, deren Reißverschlüsse kaputt waren. Seine Reitstiefel waren dreckig. Er war ein drahtiger Kerl und hatte einen säuerlichen Gesichtsausdruck.

»Sind Sie der Kerl, der den Job haben möchte?« Er sprach schnell und musterte David im Gehen vom Scheitel bis zur Sohle.

»Ja, Sir.«

»Nun, Sie sehen aus, als ob Sie reiten könnten. Sie fangen morgen an.«

David wollte sich noch erkundigen, wie groß die Chance war, einen Ritt zu bekommen, aber bevor er ein Wort herausbrachte, führte schon jemand ein Pferd aus dem Stall, und der Trainer ritt vom Hof.

David schüttelte ungläubig den Kopf. Ein Stallbursche, der den Hof überquerte, sah das und nickte voller Anteilnahme.

»Na ja«, sagte David zu ihm. »Ich denke, irgendwo muß ich ja anfangen.«

Gegen Mittag hatte David seinen Mietwagen bei einer Annahmestelle in Newbury abgegeben und seine Koffer in dem heruntergekommenen Cottage verstaut, das er sich mit einem halben Dutzend Männer teilen mußte.

Drei Tage später schickte er seinem Vater eine Postkarte, ließ ihn wissen, daß er in Lambourn arbeitete, und gab ihm die Adresse des Hotels, wo er die erste Nacht abgestiegen war.

Am folgenden Abend erhielt er im Cottage einen Anruf von Sir Mark.

»Guten Tag, David. Ich habe deine Karte erhalten.« Sir Mark bemühte sich nicht, den Schmerz, den er empfand, unter den Teppich zu kehren.

»Ich dachte, ich sollte dich wenigstens wissen lassen, was ich momentan treibe«, entschuldigte sich David.

»Ich bin in dem Hotel, in dem du auch abgestiegen bist. Man hat mir hier erzählt, daß du inzwischen für Bradshaw arbeitest. Hör mal, ich möchte mich mit dir unterhalten. Laß uns wenigstens zusammen zu Abend essen, und falls du dann immer noch auf eine Karriere in der Welt des Pferderennsports bestehst, laß mich versuchen, dich bei jemandem unterzubringen, der einen besseren Ruf genießt.«

»Dazu besteht keine Notwendigkeit. Ich weiß, was ich tue, Dad. Ich habe dir gesagt, daß ich keinen Anspruch auf deine Hilfe erhebe.«

»Großer Gott, David, hab ein Herz. Ich bin dein Vater. Ich habe dir den Schmerz, den du uns allen zugefügt hast, vergeben. Warum willst du ihn nun verlängern?«

»Weil dein Vergeben meine Schuldgefühle nicht zum Schweigen bringt«, antwortete David und entsann sich des Stils, in dem der alte Priester in Louisburgh seine Predigten abgefaßt hatte.

»Nun, das sollte aber so sein, wenn du mich fragst. Komm, alter Junge. Laß mich dich wenigstens zum Abendessen einladen. Dann können wir uns vernünftig über diese Angelegenheit unterhalten.«

»Okay«, sagte David. Er gab gern nach. »Ich könnte eine anständige Mahlzeit vertragen. Ich habe den Eindruck, wir werden hier schlechter verpflegt als die Pferde, und das will was heißen.«

Sie verabredeten sich um halb acht im Hotel in East Garston. David zog frische Cordhosen und ein neues Hemd an und ließ sich von einem Stallburschen in dessen alten, abgewrackten Capri mitnehmen.

Sir Mark wartete auf ihn in der Bar an einem Tisch und blätterte die Abendzeitung durch. Er begrüßte David mit der gleichen Herzlichkeit wie vor vier Tagen.

»Siehst nicht aus, als ob dir die Diät schadet«, konstatierte er. »Was möchtest du trinken?«

David bestellte ein Glas Stout, und dann setzten sich die beiden Männer in eine Nische, wo man ihre Unterhaltung nicht belauschen konnte.

»Mir wäre es lieber, wenn du nach Barford kämst«, sagte Sir

Mark mit einem Seufzer, nachdem David kurz die nachlässige Art geschildert hatte, mit der Bradshaw seinen Hof führte.

»Wie könnte ich das? Ich habe dir gesagt, daß ich meine Wahl im Alter von zwölf Jahren getroffen habe, und es ist nicht fair, sie jetzt zurückzunehmen.«

»Aber das ist doch absurd«, erwiderte Sir Mark gereizt. »Du warst jung, du warst ganz offensichtlich emotional verstört. Ein Teil der Schuld gebührt mir, denn ich bin nach dem Tod deiner Mutter oft nicht da gewesen und habe die Verantwortung für dich auf die Stallknechte und Beryl Rogers abgewälzt. Ich hätte damals für dich da sein müssen, und das war ich nicht. Ich war zu sehr mit meiner eigenen Trauer beschäftigt.«

»Die andere Sache ist«, fuhr David fort, als hätte er die Einwände seines Vaters nicht gehört, »daß ich sicher sein möchte, daß ich hier in England wieder glücklich sein kann. Ob es dir gefällt oder nicht, in meinem Herzen bin ich jetzt Ire – ein einfacher katholischer Junge von der Westküste.«

»Einfach bist du nicht, das steht schon mal fest, und ich habe nichts dagegen, daß du Katholik bist, falls es das ist, was du sein möchtest. Der Punkt ist, daß du nach Barford gehörst.«

»Bist du dir dessen sicher?« David schaute dem alten Mann tief in die Augen.

Leicht verschämt, ließ Sir Mark seinen Finger über den Glasrand kreisen und atmete laut ein. »Am Dienstag bin ich bei meinen Anwälten in London gewesen. Für den Anfang haben ihre Erkundigungen das bestätigt, was du mir erzählt hast.« Er rutschte nervös auf seinem Platz hin und her. »Nicht, daß ich Zweifel an dir gehabt hätte, David, aber aus rechtlichen Gründen und um die Gerüchte im Keim zu ersticken, die eventuell die Runde machen...«

»Ich verstehe schon«, sagte David. »Um dir die Wahrheit zu sagen, mich hat überrascht, wie schnell ihr mich akzeptiert habt – nun, einmal abgesehen von Susan und möglicherweise Lucy. Ich meine, ich habe mit Ablehnung und Skepsis gerechnet. Aber ich habe dir gesagt, daß ich nicht gekommen bin, um Ansprüche zu stellen. Darum möchte ich es allein schaffen, meinen Lebensunterhalt zu verdienen. Soweit es mich betrifft, schuldest du mir nichts.«

»Das ist mehr als fair, und ich weiß es zu schätzen. Darum möchte ich dir einen Job anbieten. Ich habe dich noch nicht reiten gesehen, aber ich habe keinen Zweifel daran, daß du weißt, was du tust, und ich brauche jemanden, der das Gestüt führt.« Er hob die Hand, um Davids Einwände von vornherein abzuschmettern. »Keine Sonderbehandlung. Du wirst den gängigen Lohn erhalten und das Cottage, das zu dem Job gehört – mehr nicht. Himmel noch mal, das muß doch besser sein, als in einem baufälligen Ding zu hausen.«

David gelang es nicht, ein Grinsen zu unterdrücken. Einmal abgesehen von all den anderen Vorteilen, die ihm diese Position brachte, war das Angebot, ein Gestüt wie Great Barford zu führen, überaus verführerisch.

»Das ist ein verdammt gutes Angebot«, gab er zu.

Sir Mark strahlte. »Und mach dir wegen der Mädchen keine Sorgen. Sie werden sich schnell an dich gewöhnen.«

Als Sir Mark seine Töchter davon in Kenntnis gesetzt hatte, daß er David aufzusuchen und ihn zu überreden gedachte, nach Barford zurückzukehren und dort zu leben, hatten sie sein Vorhaben vorbehaltlos unterstützt. Lucy beschloß, in Devon zu bleiben, damit sie da wäre, wenn ihr Bruder zurückkehrte. Die Schwestern sprachen unablässig über diesen bemerkenswerten Moment in ihrem Familienleben. Es stand außer Frage, daß durch die Heimkehr ihres Bruders eine Leere gefüllt wurde, die sich keine der beiden im Lauf der letzten fünfzehn Jahre eingestanden hatte.

Als David fünf Tage nach seinem ersten Besuch erneut nach Barford kam, halfen sie ihm, sich in dem Steincottage einzurichten, das zweihundert Meter vom Haupthaus entfernt lag und seit der Zeit vor dem Krieg als Unterkunft des Gestütmeisters fungierte.

Danach gingen die beiden Schwestern zusammen zum Haupthaus zurück.

»Was hältst du von dem verlorenen Sohn, der in den Schoß der Familie zurückgekehrt ist?« fragte Victoria.

»Wenigstens hatte Dad den Anstand, nicht zu übertreiben und überzureagieren.«

»Ich habe nicht den Eindruck, daß David das alles will. Er wirkt sehr bescheiden.«

»Ja«, stimmte Lucy nachdenklich zu. »Er hat sich ziemlich verändert – nicht nur äußerlich. Aber auf der anderen Seite ändern wir uns alle sehr, wenn wir erwachsen werden. Ich weiß, daß ich mit zwölf eine ziemlich eingebildete Schnepfe war.«

»Das bist du immer noch«, erwiderte Victoria lachend.

»Nein, das bist du nicht«, beeilte sie sich zu sagen, damit ihre Schwester wußte, daß sie einen Scherz gemacht hatte. »Aber ich weiß, was du meinst. Er ist inzwischen wirklich ein sehr netter Mann. Doch ich fürchte, daß Jason da anderer Meinung ist.«

»Ja, das kann ich mir denken.«

»Ich wünschte, du würdest nicht diesen Ton anschlagen, wenn du von ihm redest.«

»Tut mir leid, Vicky, aber du weißt doch, daß er und ich nicht miteinander auskommen.«

»Der arme Jason, egal, wie oft ich ihm eintrichtere, daß er nun zur Familie gehört – er scheint das nicht akzeptieren und genießen zu können. Dabei ist Daddy ihm gegenüber ziemlich fair gewesen.«

»Oh, ich wage zu behaupten, daß er darüber hinwegkommen wird«, sagte Lucy ohne Überzeugung. »Aber was sagt er über David?«

»Als ich ihn darauf hinwies, daß das bedeutet, daß wir Lower Barford nicht erben werden, wurde er fuchsteufelswild und behauptete, daß Dad mich und Gott weiß wen übers Ohr haut. Das war schrecklich.«

»Arme Vicky. Um ehrlich zu sein, mir ist es vollkommen schnuppe, ob ich das Land kriege. Das würde nur eine Menge Scherereien machen.«

»Bist du wirklich froh, daß David zurück ist?«

Sie hatten die Treppe des großen Hauses erreicht. Lucy antwortete nicht gleich. »Ja, ich denke schon.«

»Was? Bist du dir nicht sicher?«

Lucy machte die Tür auf, und zusammen traten sie in die Halle. »Ich denke, ganz tief innen lauert noch der Verdacht, daß er es nicht ist.«

»Mach dich nicht lächerlich, Lucy. Was ist mit dem Lummenei? Natürlich ist er es. Dad hat sofort begonnen, alles überprüfen zu lassen. Er hegt keinerlei Zweifel.«

»Aber er wollte auch um jeden Preis seinen Sohn zurück.«

»Laß uns zu ihm gehen und sehen, ob er dich überzeugen kann.«

Victoria schritt an der Bibliothek vorbei auf Sir Marks Arbeitszimmer zu. Ihr Vater saß am Schreibtisch.

»Dad, wir möchten kurz mit dir sprechen, jetzt, wo David endgültig zurück ist.«

»Dann kommt doch rein. Schließt die Tür. Wo drückt der Schuh?«

»Lucy ist sich immer noch nicht sicher, ob es David ist.«

Sir Mark betrachtete seine ältere Tochter. »Das kann ich nachvollziehen. Glaubt mir, obwohl mein Instinkt mir riet, ihn sofort zu akzeptieren, wollte ich nicht Gefahr laufen, einen schrecklichen Fehler zu begehen. Ich habe seine Geschichte in Irland überprüfen lassen, und als ich mit ihm nach London fuhr, hatte er keine Einwände gegen eine Blutprobe.«

»O nein«, rief Victoria, »das hast du doch nicht von ihm verlangt, oder?«

Sir Mark hob eine Augenbraue. »Das mußte ich, um absolut sicherzugehen.«

Victoria wandte sich an ihre Schwester. »Da hast du die Antwort, Lucy, er ist es wirklich.«

Lucy nickte lächelnd. »Ja, da magst du recht haben, aber der Vorfall ist einfach so außergewöhnlich. Ich mußte immer wieder an diesen Mann denken, der ebenfalls nach langer Zeit zurückkehrte. Wann war das? Ich glaube, in den sechziger Jahren des letzten Jahrhunderts. Er behauptete, Sir Roger Tichbourne zu sein, und selbst seine Mutter nahm ihm die Geschichte ab. Und dann stellte sich heraus, daß er ein Metzger aus Wapping namens Arthur Orton war.«

Sir Mark schmunzelte. »Nun, mach dir keine Sorgen. Ich gehe nicht davon aus, daß David sich als Metzger aus Wapping entpuppt.«

Eine Woche nach seinem ersten Besuch auf Great Barford saß David Tredington in seinem kleinen, mit Chintz ausgestatteten Wohnzimmer und war zum ersten Mal ganz für sich allein. Er lauschte dem Zirpen der Vögel, die draußen in einem kleinen Eichenhain saßen, und dachte über den Reichtum an erstklassigen Vollblutpferden nach, die von nun an seiner Obhut unterlagen. Bislang hatte er nur kurze Zeit gefunden, einen Blick in die Bücher des Gestüts zu werfen, aber er war sich sicher, daß jedes dieser Spitzenpferde einen hervorragenden Stammbaum vorzuweisen hatte.

Er wickelte eine der kleinen Zigarren aus, die er ab und an gern paffte, und zündete sie an. Als sich der blaue Rauch zur niedrigen Decke hochkräuselte, stellte er fest, daß er mehr als glücklich wäre, dieses Gestüt zu führen und bis ans Ende seiner Tage hier zu leben, selbst wenn er das große Haus samt Anwesen niemals erben würde, was in seinen Augen ohnehin eine unwirklich anmutende, in weiter Ferne liegende Anwartschaft war.

Und dann dachte er an Mary, was sofort heftige Schuldgefühle nach sich zog. Schließlich war es ihr Zustand gewesen, der ihn überhaupt den Entschluß hatte fassen lassen, nach Barford zurückzukehren. Ihre Krankheit hatte seinen Weggang aus Mayo beschleunigt, und trotzdem hatte er den ganzen Tag kein einziges Mal an sie gedacht. Er erhob sich von dem quietschenden Armlehnstuhl, setzte sich an den zierlichen Sekretär, suchte einen Schreibpapierblock und begann, ihr einen langen Brief zu schreiben. Gerade als er zum Ende kam, hörte er, wie jemand vorsichtig an seine Tür klopfte und sie dann zögernd öffnete.

»Wer ist da?«

»Ich bin's, Victoria. Darf ich reinkommen?«

»Aber selbstverständlich.« David sprang auf und schritt durch den steingefliesten Flur, um seine Schwester zu empfangen.

Falls Victoria ihrer eigenen Einschätzung nach mit der Heirat von Jason Dolton einen Fehler begangen hatte, dann erwies sie sich als überaus loyal, weil sie sich nichts anmerken ließ. Die beiden bewohnten nur hundert Meter weiter ebenfalls ein Cottage, und es freute sie offenbar sehr, nun ihren Bruder in der Nähe zu haben.

David fiel auf, daß sie zu der Sorte Frau herangereift war, die er zu respektieren gelernt hatte. Trotz ihrer pummeligen Statur verfügte sie über Anziehungskraft. Sie hatte Sinn für Humor und sagte immer genau das, was sie meinte. Ihre Ernsthaftigkeit und ihre Sanftheit, vor allem im Umgang mit Pferden, beeindruckte David. In ihr spiegelte sich seine eigene

Vernarrtheit in Tiere wieder, was dazu führte, daß zwischen ihnen eine enge Verbindung entstand.

»Ich habe mich gerade gefragt, wie du das Gestüt einschätzt, jetzt, wo du dir einen Überblick verschafft hast.«

»Meiner Meinung nach dürftest du eines der besten Gestüte in England haben.«

»Wir, David, *wir*«, korrigierte Victoria ihn. »Ja, das könnte sein. Es ist großartig, noch ein zusätzliches Familienmitglied zur Seite zu haben, zumal du von der Zucht eine Menge zu verstehen scheinst.«

Nichts feuerte Davids Enthusiasmus mehr an als eine Unterhaltung über die Bedingungen der Zucht von guten Rennpferden, aber da gab es etwas, was er zu gerne erfahren wollte.

»Aus welchem Grund ist eigentlich euer letzter Gestütsmeister weggegangen?«

»Weil er kein Gefühl für Pferde hatte. Was Stammbäume anbelangte, kannte er sich ganz gut aus, aber vom Temperament hatte er keine Ahnung – und das ist meiner Ansicht nach der wichtigste Aspekt, meinst du nicht?«

Vergnügt diskutierten sie über das Gestüt, bis sie zu Davids Steckenpferd, den Pferderennen, kamen.

»Dad hat davon gesprochen, daß du einige der Pferde, die noch abgerichtet werden, reiten sollst«, verriet Victoria.

»Hat er? Nun, mir gegenüber hat er zu diesem Thema noch kein Wort verloren. Schließlich hat er mich ja noch nicht auf einem Pferd gesehen, und falls ich dieses Gestüt leiten soll, werde ich nicht viel Zeit finden, von einer Pferderennbahn zur anderen zu ziehen. Doch um dir die Wahrheit zu sagen, ich würde mich allein schon über eine Gelegenheit freuen, eins der Pferde, die er bei Sam Hunter hat, zu reiten. Ein paar von denen sehen ganz brauchbar aus.«

»Und er hat auch mit George gesprochen, der ein Pferd aus Irland gekauft hat. Einen wunderschönen Wallach, aber anscheinend bringt ihn niemand zum Springen. Letter Lad heißt er. Vielleicht solltest du ihn dir mal ansehen – möglicherweise kannst du George raten, was er tun soll.«

»Ich frage mich, was er davon halten wird, nach all den Jahren von mir Ratschläge anzunehmen.«

»Ach, das wird ihm sicher nichts ausmachen. Wenn es um Pferde geht, ist er nicht gerade ein Genie. Er hat sich nur deshalb dazu entschlossen, ein paar Pferde abzurichten, weil er es für vernünftig hält.«

»Nun, wir werden sehen. Aber im Grunde genommen halte ich es für sinnvoller, zu warten, bis er mich von selbst um Rat bittet, meinst du nicht? Schließlich habe ich seit fünfzehn Jahren kein Wort mehr mit ihm gesprochen. Ist gut möglich, daß er nicht gerade glücklich darüber ist, daß ich auf einmal auftauche und dann noch anfange, Ratschläge zu erteilen.«

Die nächsten paar Tage brachte David damit zu, alles über die Stuten, Fohlen, Jährlinge und Nachzucht zu erfahren, die es auf dem Gestüt gab. Er nutzte die Gelegenheit, all das Wissen über Pferdezucht, das er sich im Lauf der letzten zwölf Jahre in Irland angeeignet hatte, hier anzuwenden. Oben in den Bergen von Mayo hatte er eine Menge Zeit mit Tagträumereien verbracht, hatte Hengstbücher verschlungen, Fotos von Pferden betrachtet und hätte viel darum gegeben, seine Stuten von ihnen decken zu lassen. Mit seinem Wissen über Pferdezucht konnte er mit den Leuten mithalten, die sich auf beiden Seiten der Irischen See in diesem Metier tummelten. Und nun – es war beinah unheimlich – hatte er auf einmal die Möglichkeit, sich mit Zuchtpferden von einer Qualität zu beschäftigen, die selbst seine kühnsten Träume übertraf.

Er lernte schnell, welche Stute von welchem Hengst trächtig war, wann sie soweit waren zu fohlen, welche Hengstfohlen zum Verkauf standen und welche Stutfohlen Sir Mark behalten und ausbilden wollte. Wie selbstverständlich hatte er sich hier eingefügt, und die anderen vier Arbeiter auf dem Gestüt hatten keine Probleme, ihn zu akzeptieren – nicht nur als Sir Marks Sohn, sondern auch in der Rolle des fähigen Chefs.

David gewöhnte es sich an, alle Mahlzeiten im großen Haus einzunehmen. Susan Butley war beim Mittagessen meistens anwesend, und obwohl sie sich seit damals im Anchor ihm gegenüber distanziert gab, hatte sie anscheinend entschieden, ihre eigenen Zweifel zurückzustellen, um nicht mit der Familie auf Kriegsfuß zu stehen. Aber frustrierenderweise beeinträchtigte die physische Anziehungskraft, die sie auf David ausübte, ihn in seinem Bemühen, sie für sich zu gewinnen.

Sein Leben verfiel aber in eine angenehme Routine. Seit einer Woche arbeitete David nun auf dem Gestüt.

Es war früher Abend, und alle Pferde waren gefüttert und für die Nacht in ihren Boxen untergestellt worden. Mit Ausnahme eines Mitarbeiters waren alle anderen schon nach Hause gegangen. Nur Mickey Thatcher war geblieben, um sich mit dem neuen Boss zu unterhalten.

Mickey war siebzehn und wußte zweifelsohne, wo seine Zukunft lag. Sobald seine Eltern ihm erlaubten, daheim auszuziehen, wollte er Jockey werden. Nichts machte ihm mehr Spaß, als Davids Geschichten über die Rennen in Irland zu lauschen. Er hing an seinen Lippen und saugte wie ein Schwamm jegliche noch so kleine Erfahrung auf, die David im Lauf seines Lebens gemacht hatte.

David mochte den Jungen gut leiden. Er bemerkte, daß Mickey den Pferden und den Aufgaben, die er auf dem Gestüt zu verrichten hatte, vollkommen ergeben war. Außerdem genoß David es – wie er sich eingestehen mußte –, einen solch begeisterten Zuhörer zu haben. Eine halbe Stunde später, als Sir Mark sich zu ihnen gesellte, plauderten sie immer noch.

»Guten Abend, Mickey. Immer noch da?«

»Ja, Sir. Mr. David erzählt mir gerade von den Rennen in Irland.«

»Dann hast du wahrscheinlich schon mehr erfahren als ich. Um ehrlich zu sein, David, ich dachte, es wäre an der Zeit, daß wir dich mal auf einem Pferd sehen. Meinst du, daß dieses Nashwan-Stutfohlen für dich soweit ist?«

»Würde ich schon sagen«, antwortete David mit einem zustimmenden Nicken.

»Nun denn, dann laß uns morgen früh mal sehen, wie du dich auf ihr machst.«

David hatte noch nie auf solch einem wertvollen Jungtier wie diesem gesessen, das von einem Derby-Gewinner und einer ebenfalls erfolgreichen Stute abstammte. Das Stutfohlen war erst vor drei Wochen zugeritten worden, aber es trug ihn, als wäre es ein alter Profi. Er drehte mit dem Pferd ein paar Runden in der kleinen Dressurhalle und ritt es im Handgalopp über das von Schafen bevölkerte Weideland zwischen den Gestütsgebäuden und den Klippen.

Sein Vater ließ ihn nicht aus den Augen, bis er mit dem Pferd im Schritt auf den Weg zum Stallvorhof zurückkehrte.

Der Baronet begrüßte David mit einem zufriedenen Grinsen. »Was hältst du von ihr?«

»Falls Selbstsicherheit zählt, wird sie nicht zu schlagen sein.«

»Könnte natürlich auch an dem Reiter liegen. Ich möchte behaupten, du verfügst über ein Paar ebenso fähige Hände wie dein Großonkel William.«

»Der Mann, der in den Zwanzigern die Foxhunters gewonnen hat?«

»Ja. Er war zu seiner Zeit einer der besten Amateure. Was hältst du davon, in England ein paar Rennen zu bestreiten?«

»Falls ich das auf einem größeren Pferd tun darf, sehr gern.«

Sir Mark nickte zufrieden. »Gut. Wir müssen sofort nach Portman Square und für dich eine Amateurlizenz beantragen. In der Zwischenzeit kannst du ja zu Sam Hunters Stall herüberfahren und ein paar Tage die Woche reiten. Ich werde ihm sagen, daß du bei einigen passenden Rennen starten möchtest.«

David zog seine Füße aus den Steigbügeln und saß ab, um die junge Stute in ihren Stall zu führen. »Falls es dir nichts ausmacht, die Gewinnchancen deiner Pferde um ein paar Prozentpunkte herunterzuschrauben, soll es mir recht sein«, sagte er mit einem frechen Grinsen.

George Tredington kam am Wochenende einen Tag früher als gewöhnlich nach Barford. Sir Mark hatte ihn telefonisch über Davids Rückkehr in Kenntnis gesetzt. Am Donnerstagabend klopfte er an die Tür des Cottages, in dem der neue Gestütsmeister untergebracht war. David war gerade im Badezimmer und schrubbte die stechenden Gerüche des hinter ihm liegenden Arbeitstages ab. George rief nach oben.

»Hallo, David? Hier ist George – dein Cousin George.«

»Ich komme gleich runter.« David fürchtete sich etwas vor dem ersten Zusammentreffen mit seinem Cousin, denn er wußte, daß George fest damit gerechnet hatte, Great Barford zu erben. Sich innerlich wappnend, stieg er aus der Badewanne, trocknete sich ab und zog frische Kleider an.

Mit einem freundlichen Grinsen auf den Lippen und dem beruhigenden Gefühl, zu Hause zu sein, stieg er die Treppe hinunter.

»Tag, George. Wie geht es dir?«

Georges kleine Augen, eingebettet in pralle rote Wangen, erwiderten Davids Blick. Einen Moment lang musterte er sein

Gegenüber und zögerte, aber dann strahlte er auf einmal erleichtert übers ganze Gesicht.

»Mein Gott, David! Du bist es wirklich! Wie absolut wunderbar!« Zur Begrüßung streckte er seine schweißige Hand aus. »Ich konnte es nicht fassen, als dein Vater mir erzählte, daß du zurück bist.«

David drückte die Hand seines Cousins. »Es ist schön, wieder hier zu sein«, sagte er mit einem Nicken.

»Wie ich höre, kniest du dich schon in das Gestüt hinein. Falls dich meine Meinung interessiert, es braucht ein starkes Management.«

»Scheint mir bisher ganz ordentlich geführt zu sein.«

»Ja, nun, ich denke, hier ist es ein bißchen anders als in Irland. Dein Vater erzählte mir auch, daß du ein paar seiner Pferde bei dem einen oder anderen Rennen reiten wirst.«

»Eventuell. Ich hoffe es.«

»Im Augenblick trainiere ich gerade selbst ein paar Pferde, die ich in Irland gekauft habe. Oder besser gesagt, Johnny Henderson hat sie für mich gekauft. Erinnerst du dich an Johnny?«

»Aber gewiß. Wie geht es ihm? Und was hat er mit Pferden zu tun?«

»Er ist Agent für Vollblutpferde, und zwar kein schlechter, obgleich er nie Geld damit zu machen scheint. Und er ist nicht immer zuverlässig. Eins der Tiere, die er für mich in Irland ausgesucht hat, kommt doch tatsächlich aus derselben Gegend wie du. Sehr schönes Pferd, ziemlich schnell, aber springt nicht mal über einen Strohballen.«

»Tja, so was gibt es«, meinte David teilnahmsvoll.

»Komm doch mal rüber und schau es dir an.«

»Wo wohnst du?«

»Hat dir dein Vater das nicht gesagt? Als mein Vater starb, habe ich Braycombe übernommen. Unter der Woche bin ich in

London und verdiene mein Geld in der Welt der Finanzen, aber mein Herz schlägt für diese Gegend. Natürlich wirft die Farm nicht viel ab – sie würde überhaupt keinen Gewinn machen, wenn uns Bauern nicht die von der EU festgelegten Preise gewährt würden. Aber es ist mir gelungen, mich in eine Großmetzgerei und einen Schlachthof einzukaufen. Das nennt man jetzt vertikale Landwirtschaft. Und darüber hinaus organisiere ich jetzt die Jagd, die wir ausrichten. Ich würde vorschlagen, daß du dir eine Waffe besorgst.«

»Vielleicht, obwohl ich schon seit langem keine Vögel mehr geschossen habe.«

»Als Junge hattest du immer ein zielsicheres Auge«, behauptete George.

»Hat sich wahrscheinlich seit damals in Luft aufgelöst«, antwortete David bescheiden. »Wie dem auch sei, ich würde dich gern besuchen und mir deine Pferde ansehen, und falls ich was tun kann, bin ich natürlich . . .«

»Das wäre ja wunderbar«, rief George aus vollem Herzen. »Prima!« Er klopfte sich auf den Schenkel. »Ich muß los. Auf mich wartet eine Menge Arbeit, aber ich komme heute abend zum Essen.«

»Dann sehen wir uns ja noch«, lautete Davids schlichte Erwiderung.

George warf ihm ein strahlendes Lächeln zu und ging. Während David durch das Fenster beobachtete, wie er zu seinem vor dem Haupttor geparkten BMW lief, legte sich seine Anspannung.

Für einen Mann, dem ein beträchtliches Erbe quasi unter der Nase weggezogen worden war, wartete George mit bewundernswerter Gelassenheit auf. David glaubte, daß es dieses Verhalten war, das einen Gentleman ausmachte; bereit zu sein, eine ungünstige Veränderung der eigenen Zukunft ohne Verbitterung oder Groll hinzunehmen.

Als er später mit Victoria zusammensaß, fragte David sie über Georges Einstellung aus.

»Ich nehme an, er ist relativ altmodisch, wenigstens in mancherlei Hinsicht«, sagte sie. »Ich würde sagen, daß er großen Respekt vor der direkten Erbfolge hat und aus diesem Grunde dich bereitwillig als natürlichen Erbe akzeptiert. Außerdem verfügt er selbst über ein stattliches Kapital, ebenfalls aus seinem Erbe, und in London scheint er sich eine goldene Nase zu verdienen.«

Am Sonntag fuhr David auf Georges Drängen hin nach Braycombe, um sich Letter Lad anzuschauen.

Er erkannte das Pferd sofort, verriet George aber nichts davon. Dieser große, kräftige Fuchs, den man fast als Rotschimmel bezeichnen konnte, hatte am linken Hinterlauf eine schwarze Zeichnung. Er befand sich nun in einer viel besseren Verfassung und schien noch halbwegs fit zu sein. Jan Harding, Georges Gestütswärterin, hatte ihn darauf vorbereitet, sich für das Jagd- und Hürdenrennen in Exmoor zu qualifizieren. Sie ritt ihn in der Koppel, um zu zeigen, was das Pferd konnte.

»Er sieht ganz nett aus«, sagte David, »und bewegt sich sehr gut.«

»Ja, das tut er, sonst hätte Johnny ihn nicht gekauft. Das Problem ist, wie ich schon sagte, daß er nicht mal im Traum daran denkt, über ein Hindernis zu springen. Ich glaube, ich kann ihn abschreiben.«

»Das würde ich nicht übereilen. Aus dem kann man sicherlich was machen. Sieht mir nach einem zuverlässigen Pferd aus. Dürfte ich ihn mal kurz reiten?«

»Aber gern«, sagte George und forderte Jan mit einer ausladenden Geste auf, das Pferd an das Koppelgeländer zu führen, wo sie standen.

David schwang sich auf den Rücken des Pferdes und setzte

es mit einem unmißverständlichem »Hü« in Bewegung. Er drehte ein paar Runden im Trab, dann im Handgalopp und beendete seinen Ritt, nachdem er das Pferd für kurze Zeit sehr schnell geritten hatte.

Er sprang ab und reichte Jan die Zügel.

»Der hat was drauf. Ich würde ihn an deiner Stelle behalten. Wird lange dauern, bis dir ein besseres Tier unter die Augen kommt.«

Hinterher zeigte George ihm die anderen vier Pferde, die in der letzten Zeit neu hinzugekommen waren.

»Die hat Johnny Henderson für mich in Irland gekauft«, verkündete George. »Und zwar zu einem lachhaften Preis.«

Alle Tiere erweckten den Anschein, bei Rennen mit einem mittleren Schwierigkeitsgrad siegen zu können. Johnny Henderson hatte gute Arbeit für George geleistet.

»Hier in der Gegend werden Kirchturmrennen immer beliebter«, fuhr George fort. »Mittlerweile erfordert es eine Stange Geld, ein Pferd für die National Hunt zu trainieren. Ich dachte, es würde Spaß machen, den Versuch zu unternehmen, sich in diesem Feld einen Namen zu machen – und dabei nur die Hälfte der Kosten bestreiten zu müssen.«

»Und auch nur die Hälfte der Siegerprämien«, dachte David. Seiner Meinung nach kam es immer darauf an, was man unter Spaß verstand.

Während George ihn herumführte, bestätigte sich Davids erster Eindruck: Georges Freude darüber, daß der rechtmäßige Erbe nach Great Barford zurückgekehrt war, war echt. Er sprach David sogar direkt darauf an, als er von seinen Plänen für die Jagd berichtete. Als David von Braycombe wegfuhr, hätte er sich eigentlich darüber freuen müssen, daß George ihn so vorbehaltlos akzeptierte, aber statt dessen heckte er schon – nicht ohne schlechtes Gewissen – einen Plan aus, wie er George um den Rotschimmel erleichtern könnte. Denn einer Sache war er sich hundertprozentig sicher, nachdem er sich das Tier schon in Irland angesehen hatte: Letter Lad war ein erstklassiger Springer.

Seit David in Barford aufgetaucht war, hatte ihn fast jeder, dem er begegnet war, sofort akzeptiert. Die alten Beamten, die Dorfbewohner, die hiesigen Landbesitzer und Bauern, die Ladenbesitzer in Lynmouth, die David schon als Jungen gekannt hatten, sie alle erkannten in ihm den erwachsenen David. Susan Butley, Jason Dolton und möglicherweise Lucy waren die einzigen Menschen, die Zweifel zeigten. Jasons Gründe kannte er, Lucys konnte er nachvollziehen, und er wünschte sich, Susan würde ihm ihre verraten.

Als er sich einlebte, achtete er bewußt darauf, seine eigenen Ansprüche in Grenzen zu halten. Beispielsweise nutzte er nur einen der älteren Land Rover als Fortbewegungsmittel. Gleichzeitig arbeitete er hart, und er merkte dabei schnell, daß die Art und Weise, wie er das Gestüt führte, Früchte trug. Das meiste von dem, was er verdiente, schickte er Mary. Und er spielte mit dem Gedanken, noch mehr Geld zu verdienen, indem er Pferde kaufte, auf Vordermann brachte und dann weiterverkaufte, und das in einem Umfang, der für ihn in Irland ganz unmöglich gewesen wäre.

Vierzehn Tage später wurde seine Amateurlizenz ausgestellt, und man buchte ihn für sein erstes Pferderennen in England nach den Regeln des Jockey-Clubs.

Sir Mark war fest entschlossen, seinen Sohn siegen zu sehen. Er hatte Sam Hunter, einen nicht so bekannten, aber sehr effizienten Trainer im angrenzenden Somerset, gebeten, für David ein paar passende Rennen auszusuchen. Das erste fand Ende September in Wincanton statt, und David sollte eine kleine Stute aus Hunters Stall reiten.

In seinem Büro legte Sam Hunter den Telefonhörer auf und grinste, was durchaus eine Seltenheit war. Der dünne, wettergegerbte Mann war mit jeder Faser seines Körpers ein Mann aus Devon. Er war hart, ehrlich und unabhängig. Nach Somerset war er äusserst widerwillig gezogen und das auch nur aus pragmatischen Gründen. Er hoffte dort auf ein grösseres Einzugsgebiet und auf mehr Pferdebesitzer. Gewiss hatte er da richtig gelegen, aber inzwischen hatte er auch erkannt, daß er als Pferdetrainer ein Niveau erreicht hatte, über das er nicht mehr hinauswachsen konnte. Im Alter von zweiundfünfzig Jahren hatte sich in seinem Berufsleben eine bequeme Routine eingestellt, was in seinem Fall hieß, daß er im Jahr durchschnittlich fünfunddreißig Gewinner produzierte. Ursprünglich hatte er den Ehrgeiz gehabt, Champion-Trainer zu werden, aber im Lauf der Zeit hatte sich bei ihm so etwas wie Zufriedenheit eingestellt, die aus dem Wissen resultierte, daß seine Fähigkeiten – das richtige Pferd vorausgesetzt – denen anderer Trainern in nichts nachstanden.

Gleich nachdem er die Schule beendet hatte, begann er seine Laufbahn. Seinem Traum, ein erstklassiger Jockey zu werden, war jedoch in Newton Abbot ein jähes und schmerzvolles Ende bereitet worden. Im nachhinein betrachtet, hatte der Sturz ihn wahrscheinlich davor bewahrt, ein paar weitere Jahre zu vergeuden, in denen er nur erkannt hätte, daß seine Fähigkeiten im Sattel begrenzt waren.

Im Laufe der Zeit hatte er Dutzende von jungen Männern mit dem gleichen Ansinnen kennengelernt. So regelmäßig wie die Jahreszeiten waren sie gekommen und gegangen, und immer hatte irgend etwas gefehlt. Die einen ritten gut, arbeiteten aber nicht hart genug. Doch meistens war das Gegenteil der Fall, und die ganze Arbeit und Mühe konnten den Mangel an Talent nicht wettmachen.

In seinen achtzehn Trainerjahren hatte es auf seinem Hof

nur zwei Männer gegeben, die es hätten schaffen können. Beide ritten hervorragend und arbeiteten hart an sich, aber es war ihnen nicht vergönnt gewesen, an die Spitze zu kommen, weil es ihnen an Selbstsicherheit und Gerissenheit gefehlt hatte, um bei den Besitzern Eindruck zu schinden. Und schließlich waren es die Besitzer, die die Rechnungen bezahlten. »Keine Kontakte – keine Ritte«, hatte Sam jedem jungen Jockey eingebleut, den er unter seine Fittiche genommen hatte.

Obwohl er David nie bei einem Pferderennen reiten gesehen hatte, erkannte Sam sofort, daß er über alle wesentlichen Qualitäten und darüber hinaus über jenen irischen Charme verfügte, der ihm seine Sache erleichtern würde. Er hatte begriffen, daß David die Fähigkeit besaß, aus jedem Pferd, auf das man ihn setzte, das Beste herauszuholen. Bei ihm sprangen sie besser, arbeiteten sie härter. Er beruhigte die nervösen, ermutigte die zaghaften Tiere. Alles, was der Mann brauchte, war Glück und die passende Gelegenheit.

Natürlich entschied allein das Schicksal, ob das Glück ihm hold war, aber es lag in Sams Hand, ihm ein günstiges Umfeld zu bieten.

Er hatte eine kleine schmale braune Stute namens Bideford in seinem Stall stehen. Sie war nur etwa sechzehn Handbreit groß und hatte eine weiße Blesse. Als David das Tier zum ersten Mal gesehen hatte, war er nicht sonderlich beeindruckt gewesen, aber kaum hatte er es über Hürden springen lassen, hatte sich seine Meinung geändert. Sie ritt, als wäre sie eine Handbreit größer, und verfügte über einen langen, leichten Schritt. Gleichzeitig war sie so beweglich wie ein Pony und liebte das Springen. Sie war sehr schnell im Abwägen, wenn es um das Überspringen von Hindernissen und die Wahl der richtigen Gangart ging.

Seit gut einem Jahr, seit sie sich in ihrem Anhänger verletzt und einen Bänderriß im Sprunggelenk zugezogen hatte, war

Bideford auf keiner Rennbahn mehr zu sehen gewesen. Ganz langsam hatte Sam sie wieder fitgemacht. Nachdem sie sich vierzehn Wochen lang nur im Schritt fortbewegt hatte, durfte sie endlich wieder galoppieren. Nach weiteren sechs Wochen im Handgalopp begann die eigentliche Arbeit. Und nach zwei Galoppritten von herkömmlicher Rennbahnlänge war sie für die Rückkehr bereit. Sam hatte sie zu einem Preis, der zehntausend Pfund unter ihrem Wert lag, für ein Qualifizierungsrennen angemeldet. Sie konnte nur geschlagen werden, falls sie zweimal hintereinander stürzte.

Es war ein milder Tag in Wincanton. Dicke Wolken zogen von Südwesten heran, aber die Sonne blitzte immer wieder durch, und es regnete nicht. Man käme ganz gut auf der windigen Rennbahn voran, und es reiste eine stattliche Anzahl Landbesitzer aus dem Westen Englands an, um dem sieben Tage dauernden Rennen beizuwohnen.
Trotz vieler hundert Ritte, die er in Irland absolviert hatte, und der Selbstsicherheit, die sich während der letzten Wochen eingestellt hatte, gelang es David nicht, bei seinem ersten englischen Rennen seine Nervosität in den Griff zu bekommen. Als er sich zusammen mit den anderen Jockeys auf den Sattelplatz begab, merkte er, wie er aufgeregt am Riemen seines Helms herumfingerte und mit der Peitsche gegen seinen Stiefel schlug. Wie Sam Hunter und sein Vater wußte auch David, daß sein Pferd in diesem Rennen nicht wirklich gefordert wurde. Er wußte ebenfalls, daß er mit einer stichhaltigen Entschuldigung aufwarten mußte, falls es ihm nicht gelang, Jason Dolton zu schlagen, der ein kleines Pferd aus einem hiesigen Stall ritt.
Sir Mark, Victoria und George waren gekommen, um David bei seinem ersten Ritt zu unterstützen. Als David sich zu ihnen gesellte, standen sie zusammen mit Sam Hunter in einer kleinen Gruppe am Ausgang auf der anderen Seite.

»Wo steckt Lucy?« fragte er lächelnd und nahm seine Kopfbedeckung höflich zur Begrüßung ab.

Victoria stand breitbeinig da. Heute trug sie einen braunen Pelzhut und einen unvorteilhaften Mantel. »Sie ist beschäftigt, wünscht dir aber viel Glück. Bist du nervös?« fragte sie ihn und wickelte den Riemen ihres Fernglases um die Finger.

»Sobald ich im Sattel sitze, ist alles in Ordnung«, gestand David.

Die Klingel, mit der die Jockeys zum Aufsteigen gebeten wurden, ertönte. David und Sam gingen zu Bideford hinüber, die nervös herumzappelte und es nicht erwarten konnte, sich endlich in Bewegung zu setzen.

»Das ist ein zähes, ausdauerndes Tier, nehmen Sie sie nur richtig ran«, riet Sam, als der Stallknecht David in den Sattel half. »Und viel Glück.«

Der Start der rund Zweieinhalb-Meilen-Strecke lag gleich neben den Tribünen hinter dem Wassergraben. Diesen Wassergraben beäugte David gespannt. Heute mußte er zum ersten Mal bei einem Rennen über einen solchen Graben springen. In Irland waren sie verboten worden, weil sich eine ganze Reihe von Pferden beim Springen Rückenverletzungen zugezogen hatten.

Man merkte Bideford an, wie sehr sie sich freute, endlich wieder an einem Rennen teilzunehmen.

Als David sie im Handgalopp über die Bahn ritt, hatte er alle Mühe, sie am Davonsprinten zu hindern. Als sie den Start erreichten und darauf warteten, daß die Bauchgurte kontrolliert wurden, weigerte sie sich, ganz ruhig neben den anderen Pferden entlangzugehen. Sie tänzelte umher, schüttelte den Kopf, klapperte mit ihrer Trense. Schweiß tropfte von ihrem Hals. David wünschte, er hätte an Handschuhe gedacht, aber dafür war es jetzt zu spät.

Schließlich rief der Starter sie herbei. Kaum hatte er das

Zielband heruntergelassen, stürmte Bideford auf das erste Hindernis zu, als säße ihr der Teufel im Nacken. David wußte, daß es sinnlos war, sie zurückzuhalten. Statt dessen hielt er die Zügel fest im Griff und saß still.

Doch Bideford steigerte ihr Tempo. Falls es ihr aus irgendeinem Grund nicht gelang, rechtzeitig abzuspringen, mußte David damit rechnen, im Krankenwagen abtransportiert zu werden. Beinah unbewußt begann er die Schritte bis zum Zaun zu zählen, auf den sie wie ein Expresszug zugaloppierten. Erst kurz davor nahm Bideford die Beine hoch und sprang. Der Vorgang ängstigte sie fast ebensosehr wie David. Sie war so schnell, daß sie beim Aufsetzen den Halt verlor. Ihre Nase berührte die Rennbahn, und für einen Augenblick rechnete David damit, über ihren Kopf geworfen zu werden.

Auf der Tribüne hielt Victoria die Luft an und klammerte sich an den Arm ihres Vaters. Erst als es Bideford gelang, wieder ihr Gleichgewicht zu finden und mit angelegten Ohren auf das nächste Hindernis zuzuhalten, entspannte sie sich wieder.

Der Schreck, beinah gestürzt zu sein, brachte Bideford wieder zur Vernunft. Ihr Ungestüm legte sich, und sie verfiel in ein normales Tempo. David hörte kaum, wie ihre Hufe aufs Gras schlugen, als sie auf das nächste Hindernis zugaloppierte. Diesmal lag sie mit ihren Berechnungen richtig. David gab ihr daraufhin einen Klaps auf den Hals, aber sie genoß das Rennen viel zu sehr, um es zu bemerken. Sie galoppierte weiter, machte Strecke gut, sprang über die Hindernisse, wie auch immer sie kamen, und ließ die anderen Teilnehmer weit hinter sich zurück.

Der Wassergraben nahte. Sie überwanden ihn problemlos. David ließ sie einfach machen.

Sosehr die anderen sich auch bemühten, sie konnten die Distanz von zehn Längen nicht verringern. Da spürte David, daß seine Stute ermüdete. Dabei waren sie schon auf dem Weg ins

Ziel. Bis auf zwei Reiter hatten alle anderen aufgegeben. Ihr langer Schritt verkürzte sich, und ihr schöner Kopf begann vor Erschöpfung auf und ab zu zucken. Sie war wie ein Wagen, dem das Benzin ausging. David saß still und ließ sie ein Dutzend Schritte lang in Ruhe. Er ließ ihr Zeit, richtig durchzuatmen. Zum Ziel ging es nun bergab, was hilfreich war, aber nun mußte er eingreifen. In dem Augenblick, als er spürte, daß sie sich etwas erholt hatte, drückte er die Beine an ihren Bauch und riß fest an den Zügeln, um ihr zu helfen, das Gleichgewicht wiederzufinden. Erleichtert merkte er, daß das Tier reagierte. Ihre Schritte wurden zwar nicht länger, aber es lag mehr Kraft darin. Als sie über das vorletzte Hindernis sprang, spürte David, daß sich ihnen ein anderes Pferd näherte. Bis zum Ziel war nur noch eine Achtelmeile zurückzulegen und ein Hindernis zu überwinden, und genau da tauchte ein grauer Kopf neben Davids linkem Bein auf. Bideford hatte das andere Pferd schon vor ihm bemerkt. Er spürte, wie sich jeder Muskel in ihrem Körper anspannte. Sie wollte nicht überholt werden, aber ihre kurzen Beine waren müde, und ihr Körper brannte vor Erschöpfung. David half ihr, so gut er konnte, rüttelte sie auf, spornte sie an nicht aufzugeben.

Als sie auf das letzte Hindernis zuhielten, waren die Zuschauer von ihren Plätzen aufgesprungen und riefen ihnen begeistert zu. Was anfänglich wie eine Formsache ausgesehen hatte, war nun zu einem heftigen Wettstreit geworden. Jetzt ging es um alles oder nichts.

Mit harter Hand steuerte David die Stute auf das Hindernis zu, als ob es gar nicht vorhanden sei. In einer letzten Anstrengung steckte Bideford alle ihre verbliebene Kraft in den Sprung. Sie landete eine Länge vor ihrem Verfolger, und diesen Abstand hielt sie, bis der Zielpfosten verschwommen an ihnen vorbeiflitzte.

Lucy Tredingtons Entscheidung, sich in Davids Cottage zu stehlen, hatte all ihren Mut erfordert. Die Sachen eines anderen, in diesem Fall die ihres Bruders, zu durchwühlen, widersprach eigentlich ihrem Naturell. In mancherlei Hinsicht machte der Umstand, daß es Davids Cottage war, die Sache nur noch schlimmer. Und doch war das etwas, was sie tun mußte; sie mußte sich Gewißheit verschaffen, daß er tatsächlich der Bruder war, den er zu sein behauptete.

Mit dem Ersatzschlüssel öffnete sie die Hintertür. Ihr Herz pochte laut, als sie sich auf Zehenspitzen über den Steinboden bewegte, durch den schmalen Gang und die Stufen hinauf zu einem Treppenabsatz kam, von dem aus man in zwei kleine Schlafzimmer gelangte. Beide Türen standen einen Spaltbreit offen. Zögernd schob sie die erste auf. Das Ding knarrte in den Angeln.

Bei dem Geräusch machte Lucy einen Satz. Sie wartete eine Minute, schalt sich dafür, daß sie so leicht aus der Fassung zu bringen war, faßte sich dann ein Herz und trat in das Zimmer, das allem Anschein nach Davids Schlafzimmer war.

Das Bett war gemacht, aber seine Reithosen lagen unordentlich auf einem Lehnstuhl. Lucy zögerte wieder kurz, bevor sie mit ihrer Suche begann. Dann aber durchsuchte sie, fest entschlossen, jede Tasche, jeden Saum. Sie drehte die Matratzen um und überprüfte jeden Ort, der potentiell als Versteck genutzt werden konnte.

Nachdem sie das Cottage eine Stunde lang von unten bis oben durchforstet hatte, war sie nur auf eine sauber abgeschriebene Liste in einem kleinen Sekretär im Wohnzimmer gestoßen, auf der David seine Ritte in Irland festgehalten hatte. Zu ihrer Überraschung waren das mehr, als sie angenommen hatte. Und sie hatte auch noch ein Notizbuch entdeckt, mit einer Liste von Pferden und Preisen. Dabei handelte es sich bestimmt um die Tiere, die er ge- und verkauft hatte. Aus den Beträgen ergab sich, daß er keinen Verlust gemacht hatte, auf der anderen Seite aber auch keinen großen Gewinn für sich verbuchen konnte. Lucy legte das Buch wieder in die Schreibtischschublade zurück, wo sie es gefunden hatte, als das Telefon läutete.

Das abrupte Ende der Stille schreckte sie aus ihrem Tun auf. Sie saß reglos da, bis nach dem vierten Läuten der Anrufbeantworter ansprang und zurückspulte, um eine kurze Nachricht zu übermitteln. Die körperlose Stimme einer Frau mit irischem Akzent wünschte David bei seinem ersten Rennen in England Glück. Lucy warf einen Blick auf ihre Armbanduhr. Es war fünf vor drei. David mußte in Wincanton schon am Start sein. Wie könnte er jetzt noch daheim anrufen, um seine Nachrichten abzuhören?

Noch auf dem Weg zum großen Haus zerbrach sich Lucy über dieses Rätsel den Kopf.

Davids Herz schlug wie verrückt, als Bideford mit zwei Längen Vorsprung in die Ziellinie ging.

Ihm war so, als bestätige der Sieg endlich seine Identität. Unter Beifallsgeschrei begab er sich in die für die Sieger vorbehaltene Absperrung. Dort erwartete ihn eine Menschenmenge, die sich darüber freute, daß es einem Amateur und darüber hinaus einem Neuling gelungen war, ein Dutzend Profis zu schlagen. Daß er auf einem unterschätzten Pferd gesiegt hatte, fiel dabei nicht ins Gewicht.

Unter den Leuten, die in der Bar darauf warteten, ihm zu seinem ersten Sieg gratulieren zu dürfen, war auch Johnny Henderson.

Sir Mark stellte sie einander vor.

»David, ich bin sicher, du erinnerst dich an meinen Patensohn, Johnny Henderson?«

David nickte. »Aber gewiß doch. Wie geht es dir?«

Johnny schüttelte entgeistert den Kopf. »Mein Gott, David, natürlich hörte ich, daß du wieder da bist, aber irgendwie konnte ich es nicht richtig glauben. Aber an diesem Sieg gibt es keinen Zweifel.«

Johnnys Vorstellung beeindruckte David. Als Kinder waren sie miteinander befreundet gewesen, und es bestand kein Grund, warum das nicht weiterhin der Fall sein sollte. Die Schwierigkeit lag darin, zu überspielen, wie wenig sie jetzt einander kannten.

Von vornherein hatten sie ausgemacht, bei diesem ersten Zusammentreffen nicht allzu viele Worte zu wechseln. Aber es schien kein Fehler zu sein, den anderen zu zeigen, wie gut sie miteinander auskamen.

Ungefähr nach einer halben Stunde, nachdem die Leute sich beruhigt hatten und dem nächsten Rennen ihre Aufmerksamkeit schenkten, saß David zwischen Johnny und Sir Mark auf der Tribüne.

»George erzählte mir, daß du einen Großteil der Pferde gekauft hast, die er in dieser Saison starten lassen wird«, sagte er zu Johnny.

»Alle fünf und außerdem noch verdammt billig. Nun, mit einer Ausnahme. Eigentlich müßten sie alle irgendwo ein Rennen gewinnen. Und mit etwas Glück kann er damit beweisen, daß er etwas auf dem Kasten hat.«

»Vor einiger Zeit hat er mich gebeten, sie mir anzusehen. Über das teure Tier – Letter Lad – ist er nicht glücklich. Es will nicht springen, sagt er.« Er deutete ein Lächeln an.

»Braucht nur etwas Training, das ist alles, denke ich«, erwiderte Johnny.

»Das habe ich auch gesagt. Ich sage dir was, falls er ihn für den Preis verkaufen will, den er bezahlt hat, wäre er sein Geld wert. Falls ich mir die Kaufsumme borgen kann, könnte ich was mit ihm anfangen.«

Henderson grinste. Auch ihm fiel es schwer, sich nicht anmerken zu lassen, welche Ironie in all dem lag.

»Sicher. Ich werde sehen, was ich tun kann. Vielleicht wird George sich von dem Pferd trennen, für den Kaufpreis und die bislang entstandenen Kosten.«

In den kommenden Wochen nahm David an mehreren Rennen teil, heimste eine stattliche Anzahl Siege ein und zog das Interesse der Sportjournalisten auf sich. Er wurde mit alledem gut fertig, arbeitete weiterhin hart auf dem Gestüt und genoß sein neues Leben. Als sein Vater ihn fragte, ob er Ende Oktober Deep Mischief auf einem Aufwärmrennen für den Hennessy Cup reiten wollte, freute er sich und fühlte sich geschmeichelt, wenngleich er insgeheim fand, daß er sich diesen Ritt nicht verdient hatte. Und als Sir Mark darauf anspielte, daß er vielleicht sogar an dem großen Rennen teilnehmen sollte, konnte er sich vor Aufregung kaum beherrschen. Falls sich das Pferd beim Hennessy gut machte, war das nächste Ziel, das anvisiert werden mußte, der Cheltenham Gold Cup.

Aber er dachte oft an Irland und wußte nur zu gut, daß er sich bald darum kümmern mußte, etwas an Marys Situation zu ändern. In dem Wissen, daß der nächste Schub ihrer Krankheit garantiert kam, hatte er sie zu überreden versucht, sich einer fünftägigen Behandlung mit Methylprednisolone-Injektionen zu unterziehen, um die Rückenmarksveränderungen einzudämmen, aber Mary weigerte sich, in ein Krankenhaus zu gehen. Wie sie ihm während ihrer wöchentlichen Telefonate versicherte, hatte sich ihr Zustand in letzter Zeit wenigstens nicht verschlechtert.

Anfang Oktober bat Sir Mark ihn, nach Newmarket zu fahren, wo er zwei Fohlen bei der Auktion von Jährlingen in Tattersall zum Verkauf angemeldet hatte. Zu seiner Verblüffung sollte Susan ihn in der Rolle der Stallgehilfin begleiten.

»Sie liebt es, auf Versteigerungen zu gehen«, erklärte Sir Mark. »Ich hoffe, es stört dich nicht.«

David störte das natürlich überhaupt nicht, aber es überraschte ihn, daß Susan ihn begleiten mochte, zumal sich an ihrem feindseligen Auftreten ihm gegenüber nichts geändert hatte.

David erklärte sich freiwillig bereit, den Pferdetransporter zu fahren, damit er und Susan auf der sechsstündigen Fahrt von Devon nach Suffolk ungestört wären. So hätte er wenigstens Gelegenheit herauszufinden, warum Susan ihn immer noch mißtraute.

Die beiden Einjährigen sollten am Dienstagmorgen versteigert werden. Das hieß, daß sie am Sonntag auf dem Auktionsgelände eintreffen mußten, damit den potentiellen Käufern genug Zeit blieb, sich die Pferde anzuschauen.

Mit der Hilfe eines Stallknechts verfrachteten Susan und David am Sonntagmorgen gleich nach dem Frühstück die Tiere in den Anhänger und fuhren in Richtung Osten nach Newport. Wie gewöhnlich gab Susan sich völlig geschäftsmäßig und legte David gegenüber eine fast aufdringliche Gleichgültigkeit an den Tag. Erst nachdem sie Bristol hinter sich gelassen hatten, bemerkte er, daß sich ihr Verhalten änderte. Auf einmal war sie umgänglich, sogar freundlich, aber beim Gespräch tat sie so, als ob sie sich erst gerade kennengelernt hätten. David fragte sich natürlich, warum sie ihre Haltung geändert hatte.

Etwa eine Stunde später dämmerte es ihm. Sie war betont vorsichtig vorgegangen, so daß es ihm die längste Zeit nicht aufgefallen war, daß sie ihn über die kleinsten Details ausfragte und sein Wissen über Barford und die Familie testete.

Aus ihrem veränderten Verhalten meinte er ablesen zu können, daß er sich offenbar weitaus besser machte, als sie erwartet hatte.

David lächelte in sich hinein. Ihre fortwährende Skepsis ging ihm nicht wirklich auf die Nerven, vor allem jetzt nicht, wo jedermann wußte, daß Sir Mark seine Identität von offizieller Seite hatte bestätigen lassen, aber er fragte sich dennoch, woher ihre Zweifel rührten. Um sich auf amüsante Art die Zeit zu vertreiben, beschloß er, ihren Fragen mit eigenen zuvorzukommen. »Wie geht es eigentlich Ihrem Vater?« nutzte er die Gesprächspause, als sie auf die M25 fuhren.

Sie warf ihm einen kurzen Seitenblick zu und antwortete nicht sofort.

»Ich sehe ihn kaum«, rückte sie schließlich mit der Sprache heraus.

»Es tat mir ziemlich leid, als ich mitbekam, daß er nicht mehr auf Barford arbeitet. Ich mochte den alten Ivor früher sehr. Er hat mir das Reiten beigebracht.«

»Und er hat meiner Mutter erzählt, daß Sie es nicht richtig konnten«, konterte Susan geschwind.

Die Ambivalenz ihrer Antwort, die für kurze Zeit zu einer Art Waffenstillstand zwischen ihnen führte, brachte ihn zum Lachen. Aber wie sehr er sich auch darum bemühte, die Anziehungskraft, die bei ihrer ersten Begegnung aufgeflackert war, wiederaufleben zu lassen, an Susans Distanziertheit änderte sich nichts.

Nach ihrer Ankunft mußte David feststellen, daß er und Susan kaum noch Zeit allein verbrachten. Eine Menge Menschen interessierten sich dafür, die beiden Pferde anzuschauen, die vom Great Barford Gestüt stammten. Damit war Susan ausreichend beschäftigt, während David von ein paar Pferdebesitzern belagert wurde, die darauf erpicht waren, sich mit ihm bekannt zu machen und ihm auf diesem Wege ein oder zwei Nominierungen anzudrehen. Jeder dieser Männer zeigte sich bereit, die Gebühr zu senken, um die Möglichkeit zu erhalten, eine gute Stute in die Bücher zu bekommen. Höflich hörte David sich ihre Angebote an, aber er ließ sich in seinen eigenen Ansichten über die Zucht nicht von der Aussicht auf preisgünstige Geschäfte beeinflussen.

Obwohl Newmarket, die Verkäufe und das ganze Treiben auf dieser Vollblutpferd-Auktion neu für ihn waren, fühlte David sich nicht fehl am Platz. Daheim in Irland hatte er jahrelang Artikel über Versteigerungen gelesen. Mit einer Mischung aus Erleichterung und Aufregung sah er zu, wie das erste Hengstfohlen in den Ring geführt wurde. Er wußte, daß jeder Einjährige nur einmal die Chance hatte, zu einem anständigen Preis verkauft zu werden. Falls irgend etwas dazwischen kam und man deshalb nicht die zugeteilte Verkaufszeit einhielt, reduzierte sich der Wert des Pferdes drastisch. Käufer nahmen jede Gelegenheit wahr, sich zurückzuziehen, auch wenn der Kauf praktisch schon besiegelt war.

Als Susan das junge Pferd durch den Ring führte, machte David sich im Geist eine Notiz. In Zukunft durfte er nicht mehr zulassen, daß sie diese Aufgabe übernahm. Sie war viel zu attraktiv. An den Gesichtern der Bieter, die sich am Eingang und am Ring versammelt hatten, konnte er ablesen, daß sie sich über sie und nicht über den Einjährigen unterhielten.

Die Summe, die der Auktionär mit seiner Singsangstimme ausrief, erhöhte sich langsam. Davids Spannung stieg merklich. Seiner Einschätzung nach mußte das Pferd mindestens eine Summe von fünfzigtausend Pfund erzielen, um die Kosten für den Unterhalt und den Wertverlust des Muttertiers zu decken. Aber die Gebote kamen nun spärlich. Es sah schon so aus, als ob der Jährling nur für die Hälfte der Summe veräußert werden könnte, als ein Agent, der einen der großen japanischen Gestütsbesitzer vertrat, einstieg. Von da an erhöhte der Auktionär die Summe bei jedem Zuruf um fünftausend Guineas, weil auch er spürte, daß der neue Bieter zum Kauf bereit war.

Es dauerte weniger als zwei Minuten, bis der Preis auf einhundertundzwanzigtausend Guineas gestiegen war. Bei dieser Marke verabschiedete sich der andere Bieter und stieg aus. Der Hammer fiel, und Susan führte den Jährling in gestrecktem Galopp weg, damit der neue Besitzer sich davon überzeugen konnte, ob er einen klugen Kauf getätigt hatte oder nicht.

Obwohl er mit der Aufzucht von Jährlingen wenig zu tun gehabt hatte, lebte David nach dem Verkauf auf. Als Leiter des Gestüts und als Sohn des Besitzers lag es in seiner Verantwortung, mit den Tieren Gewinne zu erzielen. Selbst wenn ihr zweites Hengstfohlen nur zu einem moderaten Preis verkauft würde, hätten sie Kasse gemacht. Allerdings war das nächste Hengstfohlen in Davids Augen eher ein Rennpferd. Eine Stunde später wurde er in seiner Meinung bestätigt. Beim zweiten Verkauf lag das letzte Gebot bei dreihundertundsechzigtausend Guineas. Bei dem Käufer handelte es sich um die reiche Witwe eines Schiffahrtsmagnaten, die erst kürzlich mit einem grauen Hengstfohlen ähnlicher Zeichnung wie die des soeben ersteigerten ein Classic gewonnen hatte. David ging zu ihr hinüber. Sie nahm einen Platz neben dem Auktionär ein. Er schüttelte ihre Hand und wünschte: »Viel Glück mit ihm.«

Sie nahm seine guten Wünsche mit wohlwollendem Lächeln entgegen. David erwiderte es und machte sich auf den Weg, um den reibungslosen Transfer der jungen Pferde zu organisieren.

Zuerst sorgte er dafür, daß die beiden Einjährigen sich der routinemäßigen Atemuntersuchung unterzogen, dann suchte er nach den Personen, die von nun an für ihr Wohlergehen zuständig waren, und schilderte ihnen kurz den Charakter der beiden Hengstfohlen. Nachdem das erledigt war, begab er sich zu den Ställen und gab jedem der Pferde eine Karotte. Auch wenn er sie erst seit knapp zwei Monaten kannte, hatte er doch das Gefühl, als müsse er seine Kinder ziehen lassen.

Susan hatte Tränen in den Augen, als sie das Sattel- und

Zaumzeug im Transporter verstauten. Die Formalitäten waren erledigt, und David kletterte hinter das Steuer, um zurück nach Devon zu fahren.

Susan brauchte nicht lange, um wieder die Fassung zu erlangen. »Ihre erste Auktion ist ein ganz schöner Erfolg gewesen.«

»Ach kommen Sie, Susan. Sie wissen doch ganz genau, daß ich erst seit kurzem zurück bin und deshalb nicht für diese Jährlinge verantwortlich bin.«

»Das meinte ich nicht«, erwiderte sie. »Ich meinte, daß es Ihnen gelungen ist, jedem, der in der Rennwelt einen Namen hat, zu verklickern, daß Sie David Tredington sind.«

David wurde nicht sauer. Er warf ihr seitlich einen Blick zu und schmunzelte. »Wissen Sie, Susan, ich bin inzwischen der Meinung, daß Sie ein kleiner Snob sind. Nur weil ich die Manieren und den Akzent eines Bauern aus Mayo habe, halten Sie es für unmöglich, daß ich ein Tredington bin.«

Susan schwieg.

»So ist es doch, nicht wahr?« beharrte David triumphierend. »Endlich habe ich den Nagel auf den Kopf getroffen, ist es nicht so? Nun, ich werde Ihnen etwas verraten. Ich werde mich nicht mit einem Schlag ändern, nur um Ihrer Vorstellung von einem englischen Landbesitzer gerecht zu werden. Wäre ich George ähnlicher, würde Ihnen das besser gefallen?«

Bei dieser Frage mußte Susan einfach grinsen. »Nein, ganz bestimmt nicht«, sagte sie. Aber trotz seiner Ermunterung ging sie nicht weiter auf dieses Thema ein. Für den Rest der Fahrt war sie nicht bereit, über etwas anderes als Pferde und das Gestüt zu plaudern.

Nach der Unterhaltung, die er und David in Wincanton geführt hatten, hatte Johnny Henderson sich sofort darangemacht, George zu bearbeiten und ihn davon zu überzeugen, sich von Letter Lad zu trennen. Allerdings mußte er George einen »tierischen Profit«, in diesem Fall fünfhundert Pfund, zugestehen.

David konnte sich ausrechnen, daß das Eintreffen des Wallachs auf Great Barford zu Spannungen zwischen ihm und George führen würde, aber das nahm er hin. Und daß er herausfand, warum das Pferd, das er in Irland mit eigenen Augen über Eisentore springen gesehen hatte, hier Schwierigkeiten machte, über einen Strohballen zu kommen, verschaffte ihm beträchtliche Befriedigung.

Gleich an jenem Morgen, als Letter Lad auf Barford eintraf, begann David mit ihm zu arbeiten. Zuerst führte er ihn über ein paar Cavalettis, die gerade mal einen Fuß hoch waren. Es zeigte sich schnell, daß es keinen Sinn hatte, damit fortzufahren. Beim Auftreten litt das Pferd augenscheinlich unter starken Schmerzen. Die kleinen Sprünge hatte Letter Lad nur aus Tapferkeit hingenommen.

David brachte Letter Lad in den Stall zurück und holte eine gebogene Fesselschere. Beim Sprung hatte das Pferd darauf geachtet, beim Aufsetzen mit dem linken Huf zuerst den Boden zu berühren. David hob den rechten Huf hoch und schob ihn zwischen die Beine. Dabei wandte er den Rücken dem Pferd zu. Er begann, gegen die Hufwand und die Sohle zu drücken, fuhr mit den Fingern vorsichtig und mit leichtem Druck um den Huf. David ahnte schon, was er finden würde.

Gut zwei Zentimeter hinter dem Hornstrahl kratzte er eine Schicht totes Horn mit den Fingernägeln weg, ehe er wieder nach der Fesselschere griff.

Kaum begann er, die Schere behutsam zusammenzudrücken, machte Letter Lad einen Satz nach hinten, riß sein Bein weg und wieherte vor Schmerz. Mit geblähten Nüstern stand das Pferd zitternd da, beäugte David ängstlich und schien bereit, um sein Leben zu laufen.

Langsam und ganz ruhig streckte David die Hand aus. »Komm, alter Junge. Ich wollte dir nicht wehtun.«

Letter Lad wieherte zwar laut, erlaubte David aber, wenn auch widerwillig, seine Nase zu streicheln. Nachdem er ein paar Minuten leise auf das Tier eingeredet hatte, kehrte das Vertrauen des Pferdes zurück. Nach ein paar ermutigenden Worten ließ David das Pferd stehen und ging los, um ein Rinnhufmesser und einen kleinen Eimer warmes, desinfiziertes Wasser zu holen.

Er bat Victoria, ihm behilflich zu sein, und kehrte mit ihr in den Stall zurück. Sie hielt Letter Lads Kopf fest, während David sich wieder dem rechten Huf widmete.

Mit der sichelförmigen Klinge solcher Messer schnitt man schmale Rillen in den Pferdehuf oder man beschnitt ihn, bevor man ein neues Hufeisen anbrachte.

So schonungsvoll wie möglich begann David, die Sohle von Letter Lads Huf zu beschneiden. Das Hühnerauge, das seiner Meinung nach seit einiger Zeit angeschwollen war, drückte sehr. Die Hufhöhe hatte es gewissermaßen geschützt, so daß einige Zeit verstrichen war und das Ding so groß werden konnte. Als David immer mehr wegschnitt, wurde das Pferd zusehends unruhiger und wollte seinen Huf wegziehen. David drückte die Knie fester zusammen, damit genau das nicht geschah. Als er eine kleine Stelle hellen Fleisches erkennen konnte, legte er nochmals das Messer an, woraufhin eine Fontäne roten Blutes ins Stroh spritzte.

Victoria atmete tief durch. Sie war genauso froh wie das Pferd, daß die Prozedur ein Ende nahm. »Kein Wunder, daß er nicht springen mochte.«

David verstaute das Messer in seiner Tasche, griff nach dem Eimer und wusch die Öffnung aus, die er gemacht hatte. »Mich überrascht, daß er damit überhaupt gesprungen ist. Wahrscheinlich ist er auf einen spitzen Stein oder einen Nagel oder sonstwas getreten, als er bei George war. Ich werde für ein, zwei Tage einen Breiumschlag auflegen und dann dem Hufschmied sagen, daß er ihm einen Lederschuh überzieht, damit sein Fuß eine Zeitlang geschützt ist. Er hat jetzt einen ziemlich dünnen Huf, und falls wir nicht aufpassen, bekommt er wieder neue Hühneraugen.«

Nachdem Letter Lad den Lederschuh fünf Tage getragen hatte, kehrte sein Selbstvertrauen langsam zurück. Ein paar Tage später sprang er dann genauso, wie David es von ihm erwartete, und genoß seine Beweglichkeit über alle Maßen.

Am folgenden Sonntag fand George heraus, wohin sein Pferd verkauft worden war.

Er trat zu David in die Sattelkammer. »Ist das dort hinten Letter Lad?«

David lachte. »Aber sicher. Ich dachte mir schon, daß du ihn erkennen würdest.«

Georges rotes Gesicht verriet seine wachsende Neugier. »Und wie springt er?«

»Zunehmend besser. Ich spielte schon mit dem Gedanken, ihn wieder zu verkaufen«, gestand David, »als ich das Hühnerauge entdeckte. Jetzt, wo er sein Selbstvertrauen zurückgewonnen hat, springt er wie ein Lachs im Frühling.«

»Warum hast du mir nicht gesagt, daß du ihn kaufen willst?«

David grinste. »Komm, George. Wenn du gewußt hättest, daß ich hinter dem Pferd her bin, hättest du den doppelten Preis verlangt.«

Es kostete George einige Anstrengung, diesen Schlag ins Gesicht hinzunehmen. »Na gut«, sagte er. »Ich denke, beim Rennen und in der Liebe ist alles erlaubt. Und ich bin ziemlich zufrieden mit mir gewesen, weil ich ihn mit Profit verkauft habe.«

David hob eine Augenbraue. »Dann mußt du ihn für einen verdammt guten Preis gekauft haben«, versuchte er, ihn zu besänftigen.

»Ich habe Johnny ganz genaue Anweisungen gegeben«, antwortete George selbstzufrieden. »Und doch wäre es mir lieber gewesen, er hätte mir gesagt, wer der Käufer ist«, schickte er verschmitzt nach.

Einmal pro Woche telefonierte David mit Mary Daly. Sie erweckte nicht den Eindruck, als ob seine Abwesenheit ihr sehr zusetzte. Die Neuigkeiten über seine Fortschritte und Erfolge erfüllten sie mit Stolz. Sie versicherte ihm, daß sie im Moment ganz gut mit den Schüben fertig wurde, so sie denn auftraten. Und es gab zwei Nachbarn, die sich bereit erklärt hatten, falls nötig, zu helfen.

Johnny Henderson hatte einmal über eine Verlobte, die für sechs Monate abwesend war, gesagt, »Abwesenheit läßt das liebende Herz auf Wanderschaft gehen, zumindest war das bei mir der Fall.« David fand nicht, daß sein Herz so viel gewandert war, wohl aber seine Erinnerungen an Mary und Mayo, die von Tag zu Tag mehr verblaßten. Und genau das bereitete ihm ein schlechtes Gewissen. Er konnte es sich verzeihen, daß seine Liebe zu Irland abflaute, aber nicht zu Mary. Sie hatte ihm so lange soviel bedeutet.

Sechs Wochen nach seinem Jockey-Debüt in England ritt David Deep Mischief in Newbury in der Vorentscheidung für den Hennessy.

»Was immer passiert, ich möchte nicht, daß das Pferd sich überanstrengt.« Als sie zusammen in der Sattelkammer standen, klangen Sam Hunters Instruktionen für David ungewöhnlich streng. In der Woche vor dem Rennen hatte sich bei ihm der Verdacht eingeschlichen, daß das Pferd möglicherweise nicht hart genug für seinen ersten Ritt in dieser Saison trainiert worden war.

Sam hatte sogar mit dem Gedanken gespielt, das Rennen sausen zu lassen und das Pferd direkt für den Hennessy anzumelden, doch andererseits hatte Deep Mischief diese Erfahrung dringend nötig. Bisher hatte er fünfmal an einem Hindernisrennen teilgenommen und es niemals mit erstklassiger Konkurrenz zu tun gehabt. Es wäre ziemlich unfair gewesen, ihn ins kalte Wasser zu werfen, wo er das Schwimmen kaum geübt hatte. Aber Sam wollte vermeiden, daß das Pferd erschöpft zurückkam und sich bis zu dem wirklich wichtigen Rennen nicht erholte. Deep Mischief war ein treues Tier, das immer alles gab. Sam wußte, daß er sich in Grund und Boden rannte, falls David nicht aufpaßte.

David hingegen rechnete damit, daß es nicht einfach würde, Sams Anweisungen zu befolgen. Deep Mischief war immer sehr enthusiastisch bei allem, was er tat. Was immer man von ihm verlangte, er tat es bereitwillig, mit angelegten Ohren und dem Bedürfnis zu imponieren.

Neun Sprinter gingen bei dem zweieinhalb Meilen langen Rennen an den Start. Die Distanz stellte für Deep Mischief kein Problem dar. Unter normalen Umständen hätte David ihn gleich von Anfang an an die Spitze getrieben, aber da waren ein paar andere Jockeys, die das Rennen um jeden Preis machen wollten. Aus diesem Grund war David nicht bereit, gleich zu Beginn des Rennens am Streit um die Spitzenposition teilzunehmen. Kurz nach dem Start bremste er das Pferd und ließ es im hinteren Feld laufen.

Die Anführer legten einen moderaten Galopp vor, bis sie an der Tribüne vorbeikamen und über das zweite Hindernis sprangen. An diesem Punkt beschleunigte sich das Tempo, und Deep Mischief hatte Probleme mit der Geschwindigkeit. Da David Sams Instruktionen immer noch im Ohr hatte, blieb er passiv, während das Pferd versuchte, sich von allein den neuen Gegebenheiten anzupassen.

Kurz nachdem sie das nächste Hindernis überwunden hatten, mußte David feststellen, daß sein Pferd um ein Dutzend Längen zurückgefallen waren. Deep Mischief hatte Davids Zurückhaltung falsch interpretiert und war – ganz im Widerspruch zu seinem Charakter – mißmutig geworden, weil er außen vor blieb. David spürte die Stimmung des Pferdes, zog an den Zügeln und begann ihn anzutreiben.

Es bedurfte weiterer fünf Hindernisse, um Deep Mischief davon zu überzeugen, daß das Rennen noch zu gewinnen war. Langsam, aber sicher holte er auf, und sein langer, gleichbleibender Schritt pendelte sich auf einen vorteilhaften Rhythmus ein. Er flog nur so auf das abschüssige Hindernis zu, hielt sich dicht an der Innenumzäunung und legte die Ohren an, als er auf die Gerade zuhielt.

Drei Hindernisse vor dem Ziel spürte David, daß Deep Mischief seine Anstrengung vergrößerte. Er wollte das vordere Pferd unbedingt überholen.

Ein paar der anderen Pferde fielen zurück, so daß Deep Mischief weiter nach vorn gelangte. In diesem Moment wußte David, daß sie nicht mehr siegen konnten, obwohl das Pferd beim zweitletzten Hindernis alles gab. Er holte immer noch auf, aber die Reiter, die das Feld anführten, waren zu weit vorn, um noch von ihnen erreicht werden zu können.

David ließ Deep Mischief noch eine halbe Länge näher ans Hauptfeld heranrücken, bis er sich genug verausgabt hatte, und zog dann die Zügel an, um auszuschließen, daß sie in das Gedränge um die schlechteren Plätze gelangten.

Deep Mischief kam als sechster ins Ziel, zwanzig Längen hinter dem Gewinner. David grinste zufrieden. Jetzt, wo dieses Rennen unter Dach und Fach war und sie diese Strecke prima bewältigt hatten, zweifelte er nicht mehr daran, daß Deep

Mischief beim Hennessy eine gute Chance hatte, vorausgesetzt, daß alles gutging. Sam Hunter und sein Vater waren bestimmt zufrieden mit seiner Vorstellung.

Nachdem David sich umgezogen hatte und zu den anderen Teilnehmern stieß, blieb er abrupt stehen, als ihn jemand rief.
»Aidan!«
Unweigerlich drehte er sich um, ohne sich große Gedanken zu machen. Schließlich hatte er keinen Hehl aus seiner irischen Vergangenheit gemacht.
Ein kleiner Mann in einem langen, fleckigen Regenmantel schaute ihn mit melancholisch blauen Augen an. Aufgrund der nikotingrauen Haare, des zurückweichenden Haaransatzes und der Borsten, die aus seinem linken Nasenloch sprossen, schätzte er ihn auf Ende fünfzig. David kannte den Typ Mensch, aber nicht den Mann.
»Guten Tag.«
»Tag, mein Freund. Könnten wir uns kurz unterhalten?«
Der Mann sprach mit einem Mayo-Akzent. David nickte.
»Ich bin allerdings auf dem Weg in die Bar, ich bin dort verabredet.«
»Es wird nicht lange dauern.«
David zuckte mit den Achseln, als der Mann ihn begleitete und sich seinem Tempo anpaßte. »Wir sollten uns ein bißchen abseits halten, damit unser Gespräch nicht belauscht wird.«
»Hören Sie, was wollen Sie von mir?« David bemühte sich, wie immer höflich zu sein, damit man ihm nicht seine Ungeduld anmerkte.
Der Mann legte die Hand auf seinen Arm und packte unerwartet kraftvoll zu. »Mein Name ist Emmot MacClancy. Ich bin auch aus Mayo, und ich kannte früher Mary Daly, als sie noch in London lebte.« Er sprach die Worte mit ungewöhnlicher Eindringlichkeit.

Mary hatte David gegenüber immer wieder betont, daß es niemand aus jener Zeit gab, der von ihrem Umzug nach Irland und ihrer Namensänderung wußte. Er glaubte ihr, aber die Worte dieses Mannes ließen ihn nervös werden. Seinem Gegenüber warf er einen amüsierten Blick zu.

»Ich weiß nicht, wovon Sie reden.«

»O doch, das tun Sie.« Er hielt eine verrunzelte Hand hoch. »Leugnen Sie es nicht. Aber machen Sie sich keine Sorgen, ich werde niemandem verraten, wo man suchen muß, um die Wahrheit rauszufinden, vorausgesetzt, Sie zeigen sich mir gegenüber erkenntlich für meine Verschwiegenheit.«

David stierte ihn verblüfft an. »Ich glaube, Sie bringen da was durcheinander. Sie verwechseln mich mit jemandem.« David war zum Gehen entschlossen. Er hatte keine Lust auf diese ominöse Konfrontation, aber der Blick des Mannes, der ihn mit solch unverhohlener, selbstmitleidiger Ablehnung musterte, hypnotisierte ihn beinah.

»Ich verwechsle überhaupt nichts, und falls Sie sich nun abwenden und weggehen, werden Sie es bereuen. Ich weiß genausogut wie Sie, daß Sie nie und nimmer David Tredington sind. Und falls Sie das auch weiterhin leugnen, kann ich keine Garantie dafür übernehmen, was in Zukunft passiert.«

Es kostete David seine ganze Willenskraft, auf dem Absatz umzudrehen und wegzugehen. Mit pochendem Herzen verfluchte er sich für sein fahrlässiges Verhalten. Der Erfolg der letzten Wochen hatte ihn seine Verwundbarkeit vergessen lassen. Selbst Susan Butley hatte aufgehört, ihn weiter zu piesacken.

Aber jetzt sorgte die Begegnung mit diesem kleinen Iren mit den wäßrigen Augen dafür, daß er schlagartig wieder genau dorthin zurückkatapultiert wurde, wo er sich vor fünf Wochen befunden hatte, also vor seiner Ankunft in Devon und bevor er auch nur ein Wort über Barford Manor gehört hatte.

5 Irland, August

Manchmal trifft einen das Glück zu einem Zeitpunkt, wo man am wenigsten damit rechnet. Und dann ist man mehr als überrascht und registriert mit Staunen, wie sich lang geschmiedete Pläne blitzschnell in Luft auflösen. Für Johnny Henderson kam das Glück plötzlich, aber nicht unerwartet. Er hatte an einem rostigen, schwarzen Tisch draußen vor Brady's Bar in Westport in der Grafschaft Mayo gesessen. Die Ärmel seines ehemals frisch gestärkten Hemdes waren bis zu den Ellbogen hochgekrempelt. Die Falten, die er eigenhändig in seine farnfarbenen Baumwollhosen gebügelt hatte, hatten sich längst in Luft aufgelöst, und seine braunen Schuhe waren von einer Staubschicht überzogen. Unter dem Hutrand eines Panamas beobachtete er, leicht entrückt und einigermaßen frustriert, die an ihm vorbeiziehenden Einwohner, Touristen und Bauern aus dem Umland.

Seit zwei Wochen war Johnny in Irland. Mit seinem alten BMW hatte er zahllose Meilen auf den heißen, leeren Straßen zurückgelegt und unter einer dieser raren irischen Hitzewellen zu leiden gehabt. Ja, er hatte über tausend Meilen abgefahren und nichts erreicht.

Er hatte den Auftrag – oder wenigstens vage verbale Instruktionen – erhalten, sich nach einem Dutzend Springer umzusehen, deren Potential ihren jeweiligen Züchtern bislang nicht aufgefallen war. In Wahrheit war er noch niemals einem irischen Züchter über den Weg gelaufen, der kein Auge für das wie auch immer geartete Potential seiner Tiere gehabt hätte. Inzwischen hatte er keine große Hoffnung mehr, ein halbwegs geeignetes und bezahlbares Pferd zu finden, aber er war durchaus gewillt, etwas Abenteuerlust an den Tag zu legen, zumal er darauf angewiesen war, Geschäfte zu machen.

Aus diesem Grund war er in den Mittelwesten von Irland gefahren, das weitab von den ausgetretenen Pfaden lag, die die englischen Einkäufer von jungen Zuchtpferden normalerweise absuchten. Die Züchter hier, die für gewöhnlich selten richtig gute Angebote für ihre Tiere erhielten, legten – so hoffte er – einem potentiellen Käufer möglicherweise eine etwas weniger kaltschnäuzige Haltung an den Tag.

Er hatte beschlossen, seine letzten paar hundert Pfund auf einer Rundreise durch Irland zu verschwenden und nach billigen Pferden Ausschau zu halten, die er seinen unfreundlicheren und nicht ganz so finanzkräftigen Kunden anzudrehen gedachte. Wenn er Glück hätte, machte er tausend Pfund pro Pferd, falls er überhaupt fündig würde.

Während er die Bauern in Westport beäugte, die in die Stadt gekommen waren, um etwas zu kaufen, zu verkaufen oder nur um sich mit ihren Freunden zu treffen und zu trinken, fragte er sich, ob einer von ihnen ein paar kräftige und junge Vollblüter in seinem windschiefen Stall stehen hatte, irgendeinen talentierten Pegasus, der nur darauf wartete, am anderen Ufer der Irischen See eine Chance zu erhalten. Ja, ein paar von ihnen besaßen sicherlich ein paar gute Pferde.

Und während er so nachdachte, seinen Phantasien nachhing und einen zweiten Jameson's bestellte, fiel sein Blick auf einen bestimmten Mann, seiner Kleidung und seinem ungewaschenem Transporter nach ein Farmer. Aber weder der Beruf des Mannes noch die vage Möglichkeit, daß er vielleicht ein unterschätztes Hengstfohlen auf seinem Hof stehen hatte, entfachte Johnnys Aufmerksamkeit. Nein, die fast unheimliche Ähnlichkeit, die er zu den Mitgliedern der Familie Tredington aus Barford, in der Grafschaft Devon gelegen, aufwies, verschlug ihm ein, zwei Minuten lang den Atem.

Dieses mittelgroße Individuum mit den glatten, graubraunen Haaren und den grauen Augen, das gerade die Straße überquerte und auf ihn zukam, hatte ein kantiges Kinn, eine gerade Nase und ein wohlproportioniertes Gesicht, allesamt Merkmale, die die Tredingtons in den vergangenen vier, fünf Generationen in sich vereint hatten. Auch andere, nicht gleich auf den ersten Blick erkennbare Eigenheiten hätten es diesem Mann erlaubt, sich unbemerkt in eine Familienfotografie der Tredingtons zu schleichen.

Johnnys Herz setzte einen kurzen Schlag lang aus. Seine rechte Hand, die das Whiskyglas umfaßte, zuckte und verschüttete etwas von der goldgelben Flüssigkeit, als er sich dessen bewußt wurde, was er da sah.

Der Bauer war nur noch wenige Meter von ihm entfernt.

»Guten Morgen!« rief Johnny. »Wie geht es Ihnen?«

Der Mann hielt inne und drehte den Kopf, um nachzusehen, wer ihn da grüßte. Zuerst identifizierte er Johnny nicht als den, der ihn rief, zumal er aus dem Tonfall schloß, daß es sich nur um einen Bekannten handeln konnte, der ihn angesprochen hatte.

»Guten Morgen«, wiederholte Johnny, nun entschlossen, den Mann nicht einfach von dannen ziehen zu lassen.

Der Mann warf Johnny einen Blick zu und bemerkte das freundliche, hintergründige Grinsen, das den Mund des Engländers umspielte.

»Ihnen auch einen guten Morgen«, antwortete er mit der den Iren eigenen Leutseligkeit und einem Akzent, der nun überhaupt nicht mit den Tredingtons in Verbindung zu bringen war.

Johnny wirkte überrascht. »Gütiger Gott! Sie sind nicht David Tredington, oder? Es tut mir leid, aber Sie könnten geradewegs als sein Doppelgänger durchgehen. Ich glaube sogar, Sie hätten seine Mutter täuschen können. Bitte, Sie müssen sich einfach von mir auf einen Drink einladen lassen.«

Ein Drink war genau das, wonach Aidan Daly bei dieser ungewöhnlichen Hitze der Sinn stand. Und eilig hatte er es auch nicht – auf dem harten und steinigen Boden seines Hofes, wo er unter den Fittichen von Croagh Patrick arbeitete, war Hast quasi ein Fremdwort. »Sicher«, sagte er und zog neben Johnny einen Stuhl unter dem Tisch hervor. »Ich muß zugeben, meine Kehle ist staubtrocken.«

Wie sich herausstellte, hatten der überschwengliche, selbstsichere Engländer und der unaufdringliche Ire eigentümlicherweise eine Menge gemein. Außerdem hegten beide Männer ein reges Interesse für Vollblutzuchtpferde.

Johnny verriet Aidan, aus welchem Grund er in Irland war.

Obwohl er sich nicht einbildete, das Interesse dieses Pferdehändlers mit hervorragenden Beziehungen erregen zu können, erzählte der Ire von einem ziemlich beachtlichen Hengstfohlen, gerade drei Jahre alt und noch nicht ausgewachsen. Aidan machte kein Hehl daraus, daß das Tier, das bei ihm daheim eine Menge Heu verschlang und das auf einem Stück Land graste, welches eher als karg zu bezeichnen war, nicht gerade aus bester Zucht stammte.

»Hört sich ganz gut an«, sagte Johnny, »ist aber wahrscheinlich zu teuer für mich. Tatsache ist, daß ich mich in den preisgünstigeren Regionen dieses Geschäfts tummle. Pferde für Zocker, die nicht gerade wohlsituiert sind, das ist schon eher meine Sache. Meinen Sie, daß Sie mir da weiterhelfen könnten?«

Als Aidan das hörte, wußte er, daß er diesem sympathischen Engländer bestimmt behilflich sein und gleichzeitig etwas dazuverdienen könnte, ohne ihn übers Ohr hauen zu müssen.

Der Hof der Dalys war kein profitables Unternehmen. Daran änderten auch die Zuschüsse nichts, die es tröpfchenweise aus Brüssel regnete. Erst vor ein paar Wochen hatte seine Mutter ihn darüber aufgeklärt, daß die Ärzte ihre fortschreitende Multiple Sklerose bestätigt hatten. Bald, hatte Mary sich beklagt, stünden ihr nur noch zwei Optionen zur Verfügung. Entweder sie begab sich für immer längere Zeiträume ins Krankenhaus oder sie trieb das Geld auf, um eine ganztägige Pflegekraft einzustellen, damit Aidan sich weiterhin um die Farm kümmern konnte.

So wie die Dinge im Moment standen, sah er keine Möglichkeit, das Geld aufzutreiben. Vielleicht, malte Aidan sich aufgeregt aus, könnte er eine Art Geschäftsbeziehung zu diesem Johnny Henderson aufbauen und ihn in Zukunft mit Pferden für die – wie er des öfteren gehört hatte – nicht endenwollende Schlange von heißhungrigen englischen Käufern beliefern. Er bezweifelte nicht, daß Johnny, was seinen Rang als Pferdehändler anbelangte, sich viel zu bescheiden gegeben hatte. Nein, so ein Mann kannte garantiert genau die richtigen Leute.

»Zufälligerweise könnte ich Ihnen tatsächlich behilflich sein, Johnny. Ich habe hier an einer ganz stattlichen Anzahl von Rennen teilgenommen, Geländejagdrennen, und ich weiß, woher die meisten Pferde stammen und welches Tier etwas taugt, falls es richtig geritten wird. Ein paar dieser Pferde dürften für einen angemessenen Preis zu haben zu sein.«

Kaum hatte Johnny einen Blick auf Aidan geworfen, war sein Interesse am Pferdehandel auf den zweiten Platz gerückt. Eine Sache von viel größerer Bedeutung hatte inzwischen den Vorrang.

Doch fürs erste mußte er die Rolle des Pferdehändlers beibehalten, das riet ihm seine Menschenkenntnis.

»Aidan, das wäre ja phantastisch. Um Ihnen die Wahrheit zu sagen, ich habe schon nicht mehr daran geglaubt, etwas Passendes zu finden. Aber da Sie sich hier in der Gegend auskennen, könnte ich mir vorstellen, daß wir ein für uns beide vorteilhaftes Geschäft abschließen.« Er berührte Aidans Hand. »Ich weiß schon, wie wir es machen. Warum fangen wir nicht mit Ihren Pferden an und sehen uns dann die an, die Sie sonst noch kennen? Das heißt, falls Sie Zeit haben.«

»Sehr gern. Aber um einen guten Preis herauszuschlagen, müssen wir uns etwas ausdenken«, erwiderte Aidan, der sich bereits für die Idee erwärmte. »Die Leute müssen glauben, daß sie an mich verkaufen und daß Sie nur ein Freund sind, der mich begleitet.«

»Aber natürlich!« stimmte Johnny zu. »Und wir teilen uns dann den Profit, den ich in England erziele.«

»England ist für mich zu weit weg. Es würde mir reichen, ein paar hundert Pfund pro Pferd zu kassieren.«

Johnny lachte. »Ihnen ist der Spatz in der Hand auch lieber als die Taube auf dem Dach, nicht wahr? Keine Sorge. Ich bin ein ehrlicher Mensch, aber ich bin natürlich auch Geschäftsmann und darum durchaus bereit, Ihre Bedingungen zu akzeptieren.«

Sie tranken noch ein paar Gläser, bis es für Aidan zu spät war, die Geschäfte zu erledigen, derentwegen er nach Westport gefahren war. Nach einer Weile mußte er nach Hause zu seiner kranken Mutter, die schon auf ihn wartete. Sie verabredeten, Johnny solle am nächsten Morgen zur Farm hinausfahren. Leicht schwankend begab sich Aidan daraufhin zu seinem Fahrzeug.

Johnny war aufgefallen, daß er das Trinken bei warmen Wetter besser vertrug als Aidan. Er selbst war noch relativ nüchtern. Kaum war Aidan auf die Straße gebogen, die in Richtung Westen nach Louisburgh führte, da machte Johnny sich schon voller Elan daran, Erkundigungen über ihn einzuziehen.

In einer Bar, wo die Klientel mit ganzem Herzen den Pferderennen verschrieben war, stellte er leise, vorsichtige Fragen über Aidan Daly.

Aidan, erfuhr er, wurde von den Männern, die ihn zu kennen und über ihn Bescheid zu wissen vorgaben, selbst in diesem kleinen, verschlafenen Ort als Hinterwäldler angesehen.

»Dieser Mann sollte heiraten und Kinder kriegen«, sagte ein kleiner, zahnloser Mann, der wie Rumpelstilzchen aussah. »Mit achtundzwanzig Jahren lebt er immer noch auf dem Hof seiner Mutter, fünfzehn Meilen weiter die Landstraße hoch, hinter Croagh Patrick. Und in die Stadt kommt er nur selten.«

»Aber«, erzählte ein anderer Informant Johnny, »das ist ein Mann, der unter den Jockeys eine Spitzenstellung hätte einnehmen können, wenn er es gewagt hätte, ein wenig abenteuerlustiger zu sein. Ich habe ihn auf Pferden gewinnen gesehen, die eigentlich gar nicht an den Start hätten gehen dürfen. Der kann alles aus einem Pferd rausholen.«

»Sicher, der ist ein großartiger Jockey«, pflichtete Rumpelstilzchen bei und bestellte drei frische Guiness. »Ist eine grauenvolle Verschwendung, die man da mitansehen muß. Der hätte sogar drüben in England zu den besten gehören und eine Menge Kohle scheffeln können. Und was die Pferdezucht anbelangt, ist er ein wandelndes Lexikon. Er träumt davon, im Lotto zu gewinnen und seine armen alten Stuten nach Coolmore zu schicken, um sie dort für fünfzigtausend Pfund decken zu lassen.«

»Es heißt, daß seine Mutter sozusagen der Stolperstein in seinem Leben ist. Sie hat 'ne kleine, runtergekommene Farm – auf der kriegt man nicht mal einen Ziegenbock satt –, aber sie will nicht weg, und ohne Aidan kommt sie nicht zurecht. Es gab mal einen Ehemann, aber der ist gestorben oder hat sie sitzenlassen, das weiß niemand so genau, bevor sie aus England zurückkehrte.«

Ab diesem Punkt wurden die Informationen nach Johnnys Einschätzung immer spekulativer, aber was er bisher in Erfahrung gebracht hatte, entsprach der Wahrheit und paßte hervorragend zu dem Plan, der in seinem Kopf langsam Form annahm. Doch fürs erste würde er weiter in der Rolle des Pferdehändlers auftreten, selbst wenn das bedeutete, daß er sich einen dieser alten Klepper anschauen mußte, die Aidan ihm zeigen wollte.

Die Sonne spiegelte sich in den blauen, von kleinen Inseln durchzogenen Gewässern der Westport Bay, als Johnny Henderson am nächsten Morgen in westliche Richtung fuhr. Zu seiner Linken türmte sich die dunkle Seite des Croagh Patrick auf. Das war wahrlich ein erhabener Anblick, aber Johnnys Gedanken drehten sich ausschließlich um die vor ihm liegende Jagd. In der Gestalt Aidan Dalys hatte ihm das Schicksal eine Schatztruhe in Aussicht gestellt. Leider war er sich der vor ihm liegenden Probleme durchaus bewußt, die es zu lösen galt, ehe er über den Schlüssel zum dazugehörigen Schloß verfügte.

Nach zehn Meilen hielt er am Straßenrand an, sah auf seine Karte und fand den kleinen Hügel im Süden, hinter dem er – wie Aidan ihm versichert hatte - Mrs. Dalys Hof finden würde. Johnny bog in einen schmalen Weg ein und machte in der Ferne mitten auf dem Hügel ein paar schmutzigweiße Gebäude aus.

Selbst an diesem sonnigen Morgen bedurfte es einiger Phantasie, um die Gegend als üppig zu bezeichnen. Derjenige, der sich vor vielen Jahrhunderten entschlossen hatte, hier zu siedeln, hatte offenbar nicht viele andere Möglichkeiten gehabt. Nichtsdestotrotz haftete dem Landstrich eine schroffe Schönheit an.

Johnny rollte von dem Weg auf einen tief gefurchten Pfad,

der zum Bauernhaus und ein paar dazugehörigen, im Verfall begriffenen Scheunen führte.

Auf dem Weg zum Haus fiel sein Blick auf zwei Pferde in erstklassigem Zustand, die auf einem karstigen Feld grasten und die Schäbigkeit des Hofes nur noch hervorhoben. Selbst Johnnys alter BMW wirkte auf dem unordentlichen Vorhof, auf dem er parkte, fehl am Platz.

Er schaltete den Motor aus und trat in den stillen, warmen Sonnenschein hinaus. Es dauerte ein, zwei Minuten, ehe sich etwas in dem Haus, vor dem er stand, rührte. Dann tauchte eine Frau auf alten Nußbaumholzkrücken in der Tür auf.

Sie strahlte ihn an. »Guten Morgen. Sie sind bestimmt der Mann, den mein Sohn in Westport kennengelernt hat, nicht wahr?«

»Ja, so ist es«, antwortete Johnny mit einem freundlichen Lächeln. »Guten Morgen, Mrs. Daly.«

»Sie können mich Mary nennen«, bot die Frau an. »Bitte, treten Sie ein, Aidan wird gleich kommen.«

Johnny folgte ihr durch die Eingangstür direkt in eine kleine und ordentliche Bauernhausküche. Mary setzte sich.

»Entschuldigen Sie«, sagte sie. »Ich leide unter dieser schleichenden Paralyse. Sie kommt und geht. Heute kommt sie. Schenken Sie sich doch bitte ein Glas Paddy ein.«

»Danke sehr, das mache ich gern.« Johnny griff nach der Flasche, auf die sie gedeutet hatte, und füllte das Glas, das schon auf dem Tisch stand.

»Nun«, fuhr die Frau fort, »Aidan hat mir gesagt, daß Sie aus England sind und Pferde kaufen möchten.«

»Das stimmt.« Beim Sprechen studierte er Aidans Mutter. Anhand ihrer grauen Haare und der strahlendblauen Augen schätzte er sie auf nicht ganz fünfzig. Die Krankheit hatte sie aber merklich altern lassen. Dennoch sah man gleich, daß sie früher eine sehr schöne Frau gewesen sein mußte. Und man merkte ihr ebenfalls an, daß sie in ihrem Leben eine Menge Schmerz hatte erleiden müssen. »Tja, ich bin auf der Suche nach gut genährten Zuchtpferden und nicht nach Tieren mit erstklassigem Stammbaum.«

»Wir sind ganz einfache Leute, aber Aidan weiß, was er tut. Manchmal wünschte ich allerdings«, sagte sie leise, »er hätte die Chance, seine Talente richtig zu nutzen, aber er ist ein guter Sohn und möchte mich hier nicht alleinlassen.«

Da war der besagte Stolperstein, und Johnny machte sich im Geist eine Notiz. »Draußen auf dem Feld habe ich zwei ganz nette Hengstfohlen gesehen. Gehören die Ihnen?«

»Ja, aber darüber sollten Sie mit Aidan sprechen – ach, da ist er ja.«

Aidan klopfte sich den Staub von den Stiefeln, ehe er ins Haus trat. »Wie geht es Ihnen?« fragte er Johnny. »Sie haben sich doch hoffentlich nicht von meiner Mutter die Wahrheit über diese Pferde erzählen lassen, oder?«

Johnny sprang auf und schüttelte Aidans Hand. »Meiner Meinung nach sehen die ganz anständig aus.«

»Um die werden wir uns später kümmern. Zuerst möchte ich Ihnen ein paar andere Tiere zeigen, die ohne große Umstände bei einem Rennen an den Start gehen könnten. Wenn Sie ausgetrunken haben, werden wir nach Doo Lough fahren. Dort gibt es ein paar interessante Exemplare.«

Aidan bestand darauf, seinen Pick-up zu nehmen, weil Johnnys Wagen seiner Ansicht nach viel zu auffällig war.

»Das ist ja ermutigend«, bemerkte Johnny. »Wenn jemand meine alte Karre für zu auffällig hält, werden dessen Erwartungen ja nicht allzu hoch sein.«

Aidan nickte und grinste.

An diesem Tag legten sie an die hundert Meilen zurück, machten einen kleinen Abstecher nach Connemara und schauten sich mehr als zwanzig Pferde an. Auf jeder dieser abgelegenen Farmen verhielt sich Johnny entsprechend Aidans Anweisungen, hielt sich im Hintergrund, schaute sich um, sagte aber wenig. Er hörte zwanzig verschiedene Gründe, warum die Pferde verkauft werden müssen, und zwanzig weitere, warum man sie kaufen sollte.

Wieder zurück auf dem Hof der Dalys, bestand Mary darauf, daß Johnny über Nacht blieb, zumal er und Aidan vorhatten, am nächsten Tag wieder ein Dutzend Bauernhöfe abzuklappern. Am folgenden Abend schlug Johnny vor, in dem kleinen Dorf Louisburgh einen Drink zu nehmen.

»Nun?« fragte Aidan erwartungsvoll, als sie sich an einen Tisch setzten. »Was halten Sie von den Pferden?«

Zu seiner Überraschung hatten die beiden Tiere, die Aidan gehörten, Johnny mehr beeindruckt als all diejenigen, die sie sich in den vergangenen beiden Tagen in den zerklüfteten Mayo Hills angesehen hatten. Was nichts daran änderte, daß er sich vage gab. »Ich weiß nicht, Aidan. Ich sagte zwar, daß mein Budget nicht riesig ist, aber, offen gestanden, suche ich nach ein paar Tieren mit etwas mehr Klasse. Dieses Hengstfohlen, das Sie haben, würde meiner Einschätzung nach einen großartigen Sprinter abgeben – es ist garantiert ein- oder zweitausend Pfund wert.«

Aidan machte eine bestürzte Miene. »Glauben Sie wirklich, daß das Pferd in England nur so wenig wert ist? Ich habe hier schon bessere Angebote bekommen, hatte aber vor, erst ein paar Rennen mit ihm zu gewinnen. Die Wahrheit ist, daß wir aus der Farm so wenig rausholen, daß uns gar nichts anderes übrigbleibt, als die Pferde zu verkaufen, um über die Runden zu kommen. Meine Mutter ist eine tapfere Frau, sie würde Ihnen gegenüber niemals zugeben, wie krank sie ist, aber ich muß bald Geld auftreiben, um ihre Behandlung zu bezahlen und eine Pflegekraft einzustellen.«

Voller Anteilnahme schüttelte Johnny den Kopf und sog mit zusammengepreßten Zähnen Luft ein. »Ich werde durch Ihre Vermittlung kaufen, was ich kann, das verspreche ich, Aidan, vor allem nach der Mühe, die Sie auf sich genommen haben. Aber auf der anderen Seite sehe ich im Moment nicht, wie da viel zusammenkommen soll.« Er haßte sich für die Genugtuung, die ihm Aidans Enttäuschung bereitete. »Aber, hören Sie«, fuhr er fort, »so schlimm kann es doch nicht sein, oder? Wird nicht die Krankenversicherung für die Behandlung Ihrer Mutter aufkommen?«

»Nur wenn sie ins Krankenhaus geht, und sie stirbt lieber, als daß sie den Hof verläßt. Das würde ihr das Herz brechen. Gott ist mein Zeuge, manchmal frage ich mich, ob ich jemals die Möglichkeit haben werde, mir eine Frau zu suchen und ein eigenes Leben zu führen. Aber so ist es nun mal. Meinen Vater habe ich nie kennengelernt, und seit ich denken kann, hat es immer nur meine Mutter und mich gegeben. Ihre Lebenserwartung beträgt fünf bis zehn Jahre. Da können Sie sich ausrechnen, daß ihr Seelenfrieden Vorrang hat.«

»Aber sicher«, antwortete Johnny mit sanfter Stimme und nickte einvernehmlich. »Dann brauchen Sie also eine Stange Geld, falls sie auf der Farm alt werden soll?«

Aidan nickte.

»Nun, es tut mir schrecklich leid, falls ich Ihre Erwartungen hinsichtlich eines profitablen Pferdehandels geschürt habe, aber es sieht ganz so aus, als ob ich meine alten und vertrauenswürdigen Quellen anzapfen müßte.«

Er bestellte neue Drinks für sie. Als die beiden frisch gefüllten Gläser zwischen ihnen auf dem Tisch standen, warf er Aidan einen langen und nachdenklichen Blick zu. »Wissen Sie, mir ist eine andere Möglichkeit eingefallen, wie Sie zu Geld, einer Menge Geld, kommen könnten.«

Aidan schaute auf. »Was? Wie? Hier draußen in Mayo?«

»Sie verfügen über einen sehr wertvollen Vorzug, aus dem Sie Kapital schlagen sollten.«

»Und was wäre das?«

»Ihr Gesicht.«

Aidan starrte ihn eine Weile lang an und brach dann in schallendes Gelächter aus. »Sie wollen doch nicht andeuten, daß ich eine Zukunft beim Film habe, oder?«

Johnny grinste. »Könnte schon sein, was weiß ich. Aber das meinte ich nicht.« Er beugte sich vor, um die Vertraulichkeit dessen, was er zu sagen beabsichtigte, zu unterstreichen. »Erinnern Sie sich an unsere erste Begegnung? Vor drei Tagen war das, in Westport, obwohl mir das Jahre zurückzuliegen scheint. Damals hielt ich Sie doch für jemanden namens David Tredington.«

»Der Typ, dessen Doppelgänger ich sein könnte?«

»Ja. Ich habe damals vergessen, Ihnen zu sagen, daß er vom Erdboden verschwunden ist. Seit fünfzehn Jahren hat ihn niemand mehr gesehen.«

Aidan, der nicht genau wußte, worauf sein Gesprächspartner hinauswollte, wurde plötzlich skeptisch. »Und warum hat man den Mann so lange Zeit nicht mehr gesehen?«

Johnny zuckte mit den Schultern. »Er lief im Alter von zwölf Jahren von daheim weg – von einem der schönsten Anwesen in Devon –, nach dem Tod seiner Mutter. Und seit damals hat ihn niemand mehr zu Gesicht bekommen.«

»Woher wissen seine Angehörigen, daß nicht etwa ein Unfall passiert ist? Möglicherweise wurde er getötet, und niemand hat seinen Leichnam entdeckt?«

»Die Polizei hat in Devon jeden Zentimeter abgesucht, ohne irgend etwas zu finden. Sie haben das Anwesen mehrmals durchsucht, aber offenbar hatte er sich einfach in Luft aufgelöst. Dann kam ein Brief, der ein paar Tage nach seinem Verschwinden abgeschickt worden war. Darin stand, daß er sich in

Barford nicht mehr wohl gefühlt hatte. Zu jener Zeit bin ich oft dort gewesen, weil Sir Mark Tredington mein Patenonkel ist. Mit David war ich ziemlich gut befreundet und auch mit seinem Cousin George. Wir sind alle auf dieselbe Schule gegangen. Meine Familie lebte in London, darum habe ich auf Barford immer meine Ferien verbracht. Schon damals interessierte ich mich für Pferde, und dort gibt es ein wunderbares Gestüt. Ich war gerade auf Barford, als es passierte. Das war nur ein paar Wochen, nachdem Davids Mutter bei einer Jagd ums Leben gekommen ist. Er war ein bißchen so was wie ein Muttersöhnchen, und ihr Tod hat ihn fertiggemacht. Anscheinend ist er damit nicht zurechtgekommen, und zu jener Zeit war Sir Mark nur selten daheim. Ich denke mir, daß David sich einfach zurückgezogen hat.«

»Jesus! Dann ging es diesem kleinen Jungen also so dreckig, daß er weggelaufen und nie wieder heimgekommen ist? Wie alt wäre er heute?«

»Siebenundzwanzig, achtundzwanzig.«

Aidan zuckte zusammen. »Das ist mein Alter. Ich bin achtundzwanzig.«

»Ach wirklich?« sagte Johnny aufgeregt. Und dann stellte er ganz ernst seine nächste Frage. »Sagen Sie, Sie sind nicht David, oder? Denn, so wie Sie aussehen, könnten Sie es durchaus sein.«

Aidan schüttelte den Kopf. »Ich habe bis zwölf in England gelebt, aber ich bin nicht dieser David Tredington, keine Chance. Meine Mutter war Haushälterin in einem kleinen Krankenhaus, das von Nonnen geleitet wurde. In Roehampton, in der Nähe von London. Wir hatten dort ein paar Zimmer. Sie müssen wissen, ich kann mich kaum mehr an jene Zeit erinnern. Ich besuchte dort die katholische Schule. Es gefiel mir überhaupt nicht. Meine einzige Freude war, daß ich in den Mietställen in Richmond Park aushelfen durfte. Als meine Mutter von ihrem Onkel die Farm erbte, gab es nichts, was uns aufhalten konnte, dorthin zu ziehen. Obwohl ich bis dahin noch nie in Irland gewesen war, war es Liebe auf den ersten Blick. Ich meine, der alte Hof warf zwar nicht viel ab, aber es ist der schönste Fleck auf Erden, nicht wahr?«

»Aber gewiß doch«, stimmte Johnny zu und freute sich über seine Gefühle. »Und natürlich darf es nicht dahin kommen, daß Ihre Mutter die Farm verlassen und an einem anonymen Ort sterben muß.« Er schlug leicht mit der Faust auf den Tisch. »Und das braucht sie auch nicht, Aidan, das braucht sie auch nicht!«

»Woran denken Sie?« fragte Aidan skeptisch. Im Gegensatz zu seinen Landsmännern war er nicht so schnell bereit, an Wunder zu glauben.

»Sie halten es wahrscheinlich für einen verrückten Plan, aber ich könnte mir vorstellen, daß Sie David Tredingtons Platz einnehmen.« Mit einem leisen Lächeln lehnte er sich zurück.

Aidan betrachtete ihn eine Weile, ohne etwas zu sagen. »Wieso«, fragte er, »sollte ich das tun?«

Johnny trank einen Schluck Bier und begann, ganz langsam zu sprechen, um die Bedeutung dessen, was er zu sagen hatte, zu unterstreichen. »Weil er Sir Mark Tredingtons einziger Sohn ist und nach dessen Tod das gesamte Vermögen erben wird, das sich, grob geschätzt, auf zehn Millionen Pfund beläuft.«

»Sie meinen, ich soll dort auftauchen und das Erbe dieses David Tredington beanspruchen?«

»Genau das meine ich.«

Aidan beäugte Johnny. »Das ist doch absolut verrückt! Und außerdem ein Riesenschwindel.«

»Ja, ich gebe zu, daß es, vom ethischen Standpunkt aus betrachtet, nicht hundertprozentig sauber ist. Und ich muß ein paar Dinge in Erfahrung bringen, ehe ich sichergehen kann, daß es hinhaut, aber soweit ich es sehe und die Fakten kenne, wäre es durchaus durchführbar.«

»Aber, gütiger Gott, das könnte ich niemals tun! Wer soll mir abnehmen, daß ich ein englischer Adliger bin? Ich bin ein Bauer aus Mayo.«

»Gut. Diese Identität haben Sie mit zwölf gewählt, aber nun haben Sie sich entschlossen, nach Hause zurückzukehren. Daß Sie mit irischem Akzent sprechen, macht doch nichts. Ich habe mal einen echten englischen Earl kennengelernt, der tiefstes Australisch redete. Sie müssen sich nur alles merken, was ich Ihnen über den Ort und die Familie sage.«

»John«, wehrte Aidan kopfschüttelnd ab, »das funktioniert nicht. Ich kann das nicht tun. Das wäre Diebstahl oder Betrug oder sonst was, das ist sicher, und ich bin kein Krimineller.«

»Da bin ich mir nicht so sicher. Falls David nicht wieder auftaucht – und soweit ich weiß, geht man davon aus, daß er tot ist – wird alles, das Anwesen und der Titel, an seinen Cousin George gehen. Und ich kann Ihnen versichern, daß Sie die Sache viel besser als George machen würden. Er ist fett, selbstgefällig und großspurig. Ihm Barford zu überlassen wäre reine Verschwendung. Sie würden seiner Familie und Devon einen Gefallen tun, wenn Sie dafür sorgten, daß er all das nicht bekommt.«

»Hören Sie, mir ist egal, wie dieser George ist. Vom rechtlichen Standpunkt aus betrachtet, erbt er, und ich habe kein moralisches Recht, ihm dieses Erbe streitig zu machen. Mehr habe ich dazu nicht zu sagen.« Er verrückte seinen Stuhl, um sich zu erheben.

Johnny hielt die Hand hoch, um seiner Irritation Luft zu machen. »Ich kann Ihre Argumentation nachvollziehen, Aidan, aber warten Sie. Was ich sage, ist wahr, und außerdem hätten Sie keine Probleme mehr mit Ihrer Mutter. Von Anfang an würden Sie über ausreichend Geld verfügen, um eine ganze Schar von Pflegekräften zu bezahlen.«

Doch diesmal ließ Aidan sich nicht davon abhalten, nach Hause zu gehen. »Ich würde mich sehr freuen, mit Ihnen, was die Pferde betrifft, ins Geschäft zu kommen, John, aber Sie können es sich abschminken, daß ich mich an diesem verrückten Täuschungsmanöver beteilige. Es würde nicht funktionieren, aber ich würde auch nicht mitmachen, wenn ich es für möglich hielte. Tja, ich muß jetzt heim. Falls Sie sich das Hengstfohlen noch einmal anschauen möchten und Ihr Gebot überdenken, sind Sie herzlich willkommen.«

Johnny gab bereitwillig nach. »In Ordnung«, grinste er, »aber denken Sie noch mal darüber nach. Sie könnten sichergehen, daß sich Ihre Mutter in Zukunft keine Sorgen mehr machen muß. Und Sie könnten ihr die bestmögliche Behandlung und Pflege finanzieren, die es für Geld zu kaufen gibt. Dafür wäre sie Ihnen bestimmt mehr als dankbar, dessen bin ich mir sicher.«

6

Johnny Henderson lächelte, bis Aidan die Bar verlassen hatte, und selbst danach mußte er noch schmunzeln.

Während seiner Unterhaltung mit Aidan war ihm der Vorschlag, den er Aidan Daly unterbreitet hatte, zusehends plausibler und durchführbarer erschienen. Alles paßte hervorragend zusammen. Sogar der Umstand, daß Aidan erst im Alter von zwölf Jahren nach Mayo gekommen war. Es kam ihm beinah so vor, als hätte jemand mit langer Hand dafür gesorgt, daß es einen irischen Bauern gab, auf den die Rolle des David Tredington maßgeschneidert war.

Erst jetzt fiel Johnny auf, daß er Aidan seine Idee viel zu schnell, zu unverblümt unterbreitet hatte. Und außerdem hatte er nicht die Weitsicht gehabt zu erkennen, daß Aidan moralische Einwände erheben würde. Nun war es zu spät, daran etwas zu ändern, aber sein Instinkt sagte ihm, daß die Fehler wettgemacht werden konnten, wenn es ihm gelang, dieses durchaus fragwürdige Unterfangen mit Mary Dalys zukünftigem Wohlergehen zu rechtfertigen.

Wenigstens war es ihm gelungen, Aidan zu verstehen zu geben, daß man für die finanzielle Seite der tragischen Krankheit seiner Mutter Sorge tragen könnte. Doch in Zukunft mußte er wesentlich subtiler vorgehen, wollte er dem Iren seine Idee schmackhaft machen.

»Morgen!« Johnny Henderson steckte seinen Kopf durch die Tür des weißen Bauernhauses der Dalys.

Mary Daly, an ihrem großen Pinientisch sitzend, der durch die hundertjährige Nutzung zerfurcht und voller Flecken war, schaute auf und lächelte ihn an. In diesem Augenblick merkte man der Frau nichts von ihrem Schmerz an. »Möchten Sie zu Aidan?«

»Möchte ich«, antwortete Johnny. Die irische Angewohnheit, das Wörtchen »ja« zu umgehen, wirkte ansteckend.

»Da wird er sich aber freuen. Er ist draußen in der Scheune bei dem Hengstfohlen. Bitte, kommen Sie doch noch mal ins Haus zurück, bevor Sie gehen. Dann könnten wir miteinander eine Tasse Tee trinken.«

»Das werde ich«, sagte Johnny. »Vielen Dank.«

Er nickte ihr zu, drehte sich um und ging über den mit archaischen Farmgeräten vollgestellten Hof. Da standen ausrangierte Zugwagen, lagen alte Hufeisen und leere Futtersäcke herum. Eine Schar räudiger Katzen führte eine Art Koexistenz mit ein paar wachsamen Hühnern.

Ein bildschöner und herrschaftlicher Hahn thronte hoch auf der Spitze eines Misthaufens vor der Scheune, die gleichzeitig als Stall fungierte.

Der Hahn hielt seinen Schnabel in den Himmel, krähte laut und verkündete Johnnys Ankunft. Einen Augenblick später kam Aidan durch die große Doppeltür des Gebäudes aus weißgewaschenem Stein.

Johnny bemerkte auf der Stelle, daß der Ire über sein Eintreffen erleichtert war.

»Hallo, John. Dann sind Sie also doch gekommen, obwohl ich gestern in der Bar den Moralapostel gespielt habe?«

Johnny lachte. »Machen Sie sich deswegen keine Gedanken. Das stört mich wenig. Wie auch immer, vergessen Sie den Vorschlag, den ich Ihnen unterbreitet habe. Es würde eh nicht funktionieren, wenn Sie nicht mit ganzem Herzen dabei sind. Falls Sie von der Sache nicht überzeugt sind, kann man auch niemand anderen davon überzeugen. Nein«, er tat die Idee mit einer Handbewegung ab, »ich bin gekommen, um mir das Pferd anzuschauen, das mich interessiert.«

»Und welches ist das?«

»Der große Fuchs, der diesem Kesselflicker auf der anderen Seite des Berges neben dem See gehört.«

Aidan grinste hintergründig. »Sie haben ein besseres Auge, als ich geglaubt habe. Dieses Pferd ist nur einmal geritten worden, und zwar von einem Mann, dem Sie nicht mal Ihren Hund anvertrauen würden, weil er wie ein Sack Korn auf einem Pferderücken sitzt.«

»Sie sagten, daß er noch nie gewonnen hat?«

»Das stimmt, aber das Pferd ist sehr beweglich und hat Talent. Gehörte es mir, würde ich es innerhalb weniger Monate fitmachen und zum Sieg führen.«

»Das einzige Problem ist, daß dieser Kerl von dreitausend Pfund gesprochen hat.«

Aidan verwarf diesen Preis mit einem Kopfschütteln. »Auf diese Weise wollte er mich nur wissen lassen, daß das Pferd zum Verkauf steht. Er wird es mir für einen Tausender verkaufen und sich dann ins Fäustchen lachen, im Glauben, er hätte mich über den Tisch gezogen.«

»Falls Sie ihn für tausend kriegen, sind wir im Geschäft. In England habe ich einen Kunden, der mir einen Preis zahlen wird, der einen netten Profit abwirft.« Johnny dachte an George Tredington. Der Mann liebte es, Pferde aus seinem eigenen kleinen Stall an den Start zu schicken, und wenn sie gewannen, dann brüstete er sich hinterher damit, daß er sie sehr billig erstanden hatte. George hatte ihn damit beauftragt, vier oder fünf Pferde zu kaufen, die ihm halfen, dieses Ziel zu erreichen und gleichzeitig seinem Onkel Mark zu zeigen, daß er die entsprechenden Fähigkeiten und das nötige Wissen hatte, um ein Gestüt wie Barford zu leiten. Wenigstens einmal wollte George den alten Herrn – wie er sich ausgedrückt hatte – dazu bringen, ein Lob auszusprechen.

Sie marschierten zusammen zum Haus zurück. »Überlassen Sie das mir«, schlug Aidan vor. »Falls Sie mich noch mal begleiten, wird er riechen, daß Sie hinter dem Pferd her sind, und Ihr englischer Akzent würde den Preis in die Höhe schnellen lassen.«

»Gut«, stimmte Johnny zu. »Wenn Sie sagen, daß man das Pferd für tausend Pfund bekommen und dann etwas daraus machen kann, dann genügt mir das.«

»Sie werden es nicht bereuen«, versprach Aidan.

Sie traten in die Küche, in der immer noch Mary Daly saß. »Verzeihen Sie, daß ich nicht aufstehe«, entschuldigte sie sich mit sanfter Stimme, »aber heute geht es mit den Krücken nicht so gut. Aidan, würdest du den Kessel wieder aufstellen?«

Er tat, worum sie ihn gebeten hatte. Ein besorgter Blick huschte über sein gebräuntes Gesicht.

Als sie zu dritt am Tisch saßen und Tee tranken, fragte Mary Daly Johnny über England aus.

»Ich bin seit sechzehn Jahren nicht mehr dort gewesen«, erzählte sie. »Seit Aidan und ich den Konvent verlassen haben. Es ist doch seltsam, ich dachte damals nicht, daß ich für immer weggehen würde, aber als wir erst einmal hier waren, hatte ich keine Lust mehr zurückzukehren. Immer und immer wieder habe ich Aidan versprochen, daß wir irgendwann gehen würden. Und nun ist der arme Junge nie weiter als bis Dublin gekommen, und all das nur wegen dieses Hofes.«

»Mach dir keine Sorgen, Mutter, meine Stunde wird schon noch schlagen.«

»Das hoffe ich, das hoffe ich sehr. Nun aber, Mr. Henderson, erzählen Sie mir von England.«

Johnny zielte mit seinen Antworten auf Aidan ab, plauderte ausführlich über das Leben des Landadels, über die Chancen und das Vergnügen, die man in den in England immer noch überaus beliebten Sportereignissen wie der National Hunt und den Geländejagdrennen geboten bekam. Mary Daly entging nicht, daß die Augen ihres Sohnes bei Johnnys Schilderung aufleuchteten.

Später, als Aidan nach draußen ging, um sich um die Kühe zu kümmern, vertraute seine Mutter sich Johnny an.

»Ich halte ihn hier nicht fest, müssen Sie wissen. Ich habe niemals zu ihm gesagt, er solle nicht gehen, aber dennoch – so gern er es täte, ich meine, mehr von der Welt sehen, mehr aus seinem brillanten Talent mit Pferden zu machen – hätte er wahrscheinlich das Gefühl, mich im Stich zu lassen, weil ich hier ansonsten keine weiteren Familienangehörigen habe, einmal abgesehen von ein paar alten Onkeln, die viel zu alt sind, um noch einen Fuß vor den anderen zu setzen.« Sie zuckte mit den Schultern. »Vielleicht sollte ich doch darauf bestehen, ins Krankenhaus zu gehen.«

Johnny schüttelte den Kopf. »Das würde ihm auch nicht helfen«, behauptete er. »Er würde doch wissen, daß Sie die Farm vermissen. Aber hören Sie, es ist gut möglich, daß er mir bei ein paar Projekten zur Hand gehen kann. Wie Sie schon sagten, er hat ein gutes Auge und kann prima mit Pferden umgehen, soweit ich gesehen habe. Käme mir geradezu wie eine Schande vor, dieses Potential hier oben versauern zu lassen. Und natürlich würde er dann auch genug Geld verdienen, um für Ihre Pflege aufzukommen.«

Mary blickte spektisch drein, hin- und hergerissen zwischen Hoffnungen und Wünschen. »Ich wünschte bei Gott, daß es eine einfache Antwort gäbe.«

Als Johnny am späten Nachmittag in sein kleines Hotel in Westport zurückkehrte, fuhr Aidan los, um das Pferd auf dem kleinen, heruntergewirtschafteten Hof auf der anderen Seite von Croagh Patrick zu kaufen.

Er rollte auf das windschiefe Eisentor zu, das nur noch aus fünf Längsverstrebungen bestand, und stellte dort seinen

Pick-up ab. Dann ging er den schlammigen Weg zum Tor entlang, trat in den dahinterliegenden Hof ein und schloß das Tor hinter sich. Das einzige, was sich hier bewegte, war der große dunkle Kopf des Fuchses, den er zu kaufen beabsichtigte und dessen Haupt aus dem zusammengezimmerten Fenster eines Hühnerschuppens schaute. Lächelnd und nickend hielt Aidan auf das Pferd zu.

Ohne ein Geräusch zu machen, als schwebe er in der nach Kuhdung stinkenden Luft, tauchte ein kleiner dunkler Mann an Aidans Seite auf. Seine schwarzen Augen funkelten. »Na, ist das nicht ein tolles Pferd?«

»Für ein Schwein habe ich es nicht gehalten«, antwortete Aidan. »Doch bei all den Schlammspritzern kann man sich nur schwer ein Bild von ihm machen.«

Der kleine Mann wirkte verletzt. »Das ist doch nur äußerlich. Aber das Pferd ist in einem prächtigen Zustand.«

»Wir werden sehen«, entgegnete Aidan, unbeeindruckt von der Verkaufstaktik des Farmers.

Der Eigentümer des Pferdes führte ihn in den Schuppen und knotete einen uralten Halfterstrick um den mächtigen Pferdekopf. Als er das Tier herausführte, mußte es den Kopf einziehen, um sich nicht am niedrigen Türrahmen zu stoßen.

Während Aidan das Pferd musterte und Mühe hatte, seine Begeisterung über die ins Auge springenden Qualitäten nicht zu verraten, entstand plötzlich ein Durcheinander auf dem Hof. Eine magere, rötliche Katze schoß aus dem Schuppen und flitzte zwischen Aidan und dem Fuchs hindurch, auf der Flucht vor zwei zornigen Terriern.

Als der große Fuchs das bemerkte, wandte er sich vor Schreck um, riß sich von seinem Besitzer los und stürmte über den Hof zum Tor. Mühelos sprang das Pferd über das Geländer, als handle es sich dabei nur um ein niedriges Hindernis.

Kaum war die Katze aus ihrem Blickfeld verschwunden,

stemmte der kleine, drahtige Bauer voller Stolz die Hände in die Seiten. »Wie ich schon sagte, das ist ein tolles Pferd.«

An jenem Abend rief Johnny George Tredington an, um ihn wissen zu lassen, daß er ein Pferd mit beträchtlichem Potential zu einem anständigen Preis aufgetan hatte.

Später am Abend tauchte Aidan triumphierend mit der Nachricht auf, daß sie Letter Lad für 3350 Pfund haben konnten. Die fünfzig Pfund extra waren nötig gewesen, um die Eitelkeit des Verkäufers zu befriedigen.

Johnny rief George Tredington nochmals an und bat ihn, die Hälfte der Kaufsumme gleich am nächsten Morgen an eine Bank in Irland zu überweisen. George murrte ein wenig, aber schließlich hatte er sich für ein Budget von viertausend Pfund pro Tier entschieden, und was immer er ansonsten von Johnny halten mochte, seinem Sachverstand beim Kauf von Pferden vertraute er.

Es brauchte ein wenig Überredungskunst, aber dann stimmte George zu Johnnys großer Erleichterung zu. Johnny war sich darüber im klaren, daß er das Geld nirgendwo anders auftreiben könnte, und Aidan war mit dem mißtrauischen Pferdebesitzer übereingekommen, daß die Kaufsumme in bar ausgehändigt wurde; daran gab es nun nichts mehr zu rütteln. Außerdem erhielt Aidan für seine Vermittlung zweihundert Pfund, und die Transportkosten mußten auch noch beglichen werden.

Aidan und Johnny setzten sich in der Bar an einen Tisch und tranken eine Flasche Paddy's, um ihr erstes Geschäft zu feiern, doch bald kündigte Aidan ab, daß er heim mußte.

»Bleiben Sie doch noch ein bißchen.« Johnny war nicht gewillt, eine Chance, diesen Mann zu bearbeiten, ungenutzt verstreichen zu lassen. Er lehnte sich bequem zurück und betrachtete den schlanken, gutaussehenden und arglosen Iren, der heute mehr denn je wie ein Tredington aussah. »Heute nachmittag, als Sie die Kühe gefüttert haben, habe ich mich mit Ihrer Mutter unterhalten. Ich habe den Eindruck, daß sie es sehr gut verstünde, wenn Sie loszögen und versuchen würden, etwas aus Ihren Zucht- und Dressurkenntnissen zu machen.«

Aidan zuckte mit den Achseln. »Möglicherweise. Aber wie ich schon sagte, wer würde sich dann um sie kümmern? Und außerdem – woher soll ich das Geld nehmen, um einen anständigen Hof zu finanzieren?«

»Falls Sie es wirklich wollten, habe ich Ihnen ja schon eine Möglichkeit genannt, wie Sie das Geld bekommen könnten. Daran besteht kein Zweifel, glauben Sie mir. Warum sprechen Sie nicht mal mit ihr darüber? Ich meine, gütiger Gott, Sie verschwenden hier doch nur Ihre Fähigkeiten, wenn Sie diese alten Klepper auf den hiesigen Rennbahnen reiten und gleichzeitig versuchen, Kühe auf einem Stück Land zu züchten, auf dem nicht mal ein Ziegenbock satt wird.«

Aidan entwich ein Seufzer. »Sicher, es würde mir schon gefallen, mal ein paar richtig gute Pferde unter die Finger zu kriegen. Ich wüßte schon, was ich mit ihnen anfangen würde.«

Johnny beschloß, einen Vorstoß zu wagen. Er atmete tief durch. »Hören Sie, ich habe mit ihr darüber gesprochen, ihr erzählt, daß ich Sie auf einem prima Hof in England unterbringen könnte, wo Sie die Chance hätten, viel mehr Geld zu verdienen als mit der Farm.«

»Von Geld läßt sie sich nicht beeindrucken.«

»Mag sein, aber in meinen Augen ist sie eine Realistin. Sie beklagt sich nicht, weil es eh nichts bringt. Aber falls es eine Möglichkeit gäbe, daß Sie wirklich etwas erreichen, würden Sie sich über ihre Reaktion noch wundern. Und wenn das außerdem bedeuten würde, daß sie endgültig auf dem Bauernhof bleiben könnte und sich jemand um sie kümmerte, wäre sie überglücklich, wenn Sie etws aus sich machen würden. Falls mich nicht alles täuscht, fühlt sie sich schuldig, weil Sie hier so angebunden sind.«

Letter Lad sollte am nächsten Nachmittag auf Aidans Hof gebracht werden. Am Morgen fuhr Johnny nach Westport, um das Geld zu holen. Mit der mit Geldscheinen vollgestopften Brieftasche fuhr er auf die Farm der Dalys. Als er dort eintraf, war Aidan gerade damit beschäftigt, auf einem der abseits liegenden Felder einen Zaun zu flicken. Seine Mutter, die heute aktiver als die vergangenen Tage war, suchte zwischen den Heuballen im Schuppen nach Eiern. Freundlich wie eh und je, begrüßte sie ihn. Aus ihrem Verhalten konnte er nicht ablesen, ob Aidan sich mit ihr schon über die Möglichkeit seines Fortgangs unterhalten hatte.

Sie drängte ihn ins Haus. Kaum hatte sie sich gesetzt, legte sie los. »Aidan hat mir erzählt, daß es für ihn in Devon eine Möglichkeit gibt.«

Johnny hob abrupt den Kopf. Er hatte nicht damit gerechnet, daß Aidan soviel ausplauderte, und fragte sich sofort, was er seiner Mutter wohl sonst noch erzählt hatte. Nichts in ihrem Verhalten verriet ihm, ob sie dem Vorschlag zustimmte oder abgeneigt war, ob sie sich freute oder traurig darüber war.

Aber Aidan hatte wenigstens überhaupt etwas gesagt. Sie sprach das Thema nicht noch einmal an. Erst als Aidan zurückkam, konnte Johnny erahnen, wie das Gespräch verlaufen war. Heute strahlte Aidan Daly eine Entschlossenheit und Vorfreude aus, die ihn mit einem Mal größer und selbstsicherer wirken ließ. Er zwinkerte Johnny zu. »Kommen Sie mit in den Stall«, schlug er vor.

Im Schuppen fragte er: »Haben Sie das Geld? Der Mann wird bald mit Ihrem Pferd eintreffen.«

»Sicher. Und Ihres habe ich auch dabei.« Er zog die Geldscheine aus der Brieftasche und reichte sie weiter.

»Es gefällt mir, mit einem Mann Geschäfte zu machen, der sein Wort hält«, merkte Aidan an, als er das Geld in die Hosentasche seiner abgewetzten Cordhose steckte.

»Ihre Mutter sagte, Sie hätten mit ihr über England gesprochen«, sagte Johnny.

Aidan nickte.

»Und?« hakte Johnny nach.

»Ich habe ihr den ganzen Schwindel erzählt.«

Johnny konnte es nicht fassen, daß Aidan so naiv war. »Was? Alles? Über die Tredingtons und Barford?«

»Ja. Sie ist dafür.«

»Heiliger Bimbam. Ich hatte nicht gemeint, daß Sie die ganze Sache mit ihr durchsprechen sollten, aber . . . Und sie hatte wirklich nichts dagegen einzuwenden?«

»Ist 'ne ganz schöne Überraschung«, stimmte Aidan zu, »aber als ich ihr von den Möglichkeiten mit den Pferden, mit denen ich zu tun haben würde, erzählte und von dem eingebildeten Cousin, der ansonsten alles erben würde . . .«

»Derselbe eingebildete Cousin, der Ihnen gerade zweihundert Pfund Vermittlungsgebühr gezahlt hat.«

Aidan lachte. »Na, darin liegt eine gewisse Ironie des Schicksals, finden Sie nicht?«

»Dann«, fragte Johnny, »werden Sie es also tun?«

»Sie meinen, ob ich Mr. David Tredington werde?« Aidan gab vor, noch zu schwanken, aber seine Augen verrieten ihn. Sie funkelten auf einmal in einer Art und Weise, die Johnny bisher an ihm nicht beobachtet hatte. »Was soll's!« Er zuckte mit den Achseln, lachte und wurde dann wieder ernst. »Das ist der einzige Weg, um dafür zu sorgen, daß meine Mutter hierbleiben kann. Und das möchte sie um jeden Preis, auch wenn sie es nicht sagt. Nun, um Ihre Frage zu beantworten, ja, ich werde es tun. Ich hoffe allerdings, daß ich nicht jahrelang warten muß, bis ich in der Lage bin, ihr Geld zu schicken.«

»Ich glaube schon mal erwähnt zu haben, daß es nicht schwer sein dürfte, gleich von Anfang an ein stattliches Sümmchen zu verdienen. Schließlich werden Sie der Sohn und der Erbe sein.«

Drei Tage später kehrte Johnny Henderson etwa gleichzeitig mit einer Handvoll irischer Pferde nach Devon zurück. Als Johnny seinen Wagen Porlock Hill hochquälte, rollte ein Pferdetransporter durch George Tredingtons Farmtor.

Braycombe Farm bestand aus einer Ansammlung weißgewaschener Gebäude – Wohnhaus, Scheunen, Vieh- und Pferdeställen –, die in einem engen Tal inmitten vierhundert Morgen minderwertigen Hochlands lagen. Zehn Meilen vom großen Barford-Anwesen gelegen, war Braycombe früher einmal Teil des ganzen Besitzes gewesen. Georges Großvater hatte Braycombe in einem Anfall quälender Schuldgefühle Georges Vater Peregrine geschenkt.

Braycombe war ein fragwürdiges Vermächtnis. Es hatte einen gewissen Wert, aber das Einkommen wog niemals die Anstrengungen auf, die nötig waren, um den Besitz zu unterhalten. Dennoch hatte George, nachdem ihm der Besitz vermacht worden war, darauf bestanden, ihn zu behalten. Mittlerweile verfügte George über jenes spröde, aber durchaus herzliche Verhalten, das englischen Landbewohnern eigen war, und liebte es, darüber zu scherzen, daß er in der City, in London, seine Zeit nur absaß. Man sagte ihm nach, daß er dort eine schöne Stange Geld verdiente, die es ihm in Zukunft erlauben würde, ganz in Braycombe zu leben.

An dem heißen Augusttag, an dem die Pferde eintrafen, befand sich George dort. Er hatte ein paar Tage frei genommen, um sich um die Vorbereitungen der Barford-Jagd zu kümmern, eine Aufgabe, die ihm sein Onkel vor kurzem übertragen hatte und die er sehr ernst nahm.

Er hielt sich gerade in seinem kleinen Arbeitszimmer auf, das auf der kühlen, beschatteten Hausseite lag, als Mike Harding an die einen Spaltbreit offenstehende Tür klopfte.

Mike, ein rothaariger, kräftiger Mann aus Devon, Anfang vierzig, leitete Georges Farm fast ganz allein.

»Die Pferde aus Irland sind eingetroffen, Mr. Tredington.«

»Großartig!« George sprang voller Eifer von seinem Stuhl auf. Sein rundes, rotes Gesicht, das er der Familie seiner Mutter zu verdanken hatte, strahlte, als er seinen massigen Körper hinter dem mit Leder ausgelegten Schreibtisch hervorzwängte, der ihn beinah gefangenhielt. »Ich kann es kaum erwarten, mir diesen Letter Lad anzuschauen. Johnny Henderson hat ihn auf einer Farm im hintersten Winkel der Grafschaft Mayo aufgetan. Das Pferd hat dort drüben ein paar Kirchturmrennen bestritten, aber nie gewonnen, weil die Jockeys immer unfähig gewesen sind. Johnny meint, daß wir was mit ihm anfangen könnten. Ich werde ihn selbst trainieren, obwohl ich selbstverständlich ein wenig auf Jans Unterstützung angewiesen sein dürfte.«

Jan war Mikes Frau.

»Da müssen Sie sie selbst fragen«, erwiderte Mike, der jemanden erst dann mit einer Aufgabe betraute, wenn die Bedingungen ausgehandelt waren.

Mit kurzen, hektischen Schritten stolzierte George durch die niedrigen Türrahmen hinaus in den ordentlich gepflasterten Hof, wo der Fahrer des Lastwagens gerade die Rampe hinunterließ.

»Die letzten dieser Lieferung«, meinte der Fahrer zufrieden.

»Haben Sie auch noch andere Tiere für Henderson gebracht?«

»Nö. Nur die hier.« Er ging die Rampe hoch und schob die Abtrennung weg. Einen Moment später führte er den dunklen Fuchs mit dem rötlich-grauen Fell zu seinem neuen Besitzer.

»Verflucht«, rief George. »Ich habe noch nie ein Rennpferd von dieser Farbe gesehen.«

Mike Harding beäugte das Roß kritisch. »Könnte ein bißchen Futter gebrauchen, aber ansonsten sieht er ganz ordentlich aus.«

George nickte. Er wollte erst noch ein paar andere Meinungen einholen, ehe er sich eine eigene bildete. »Bewegt sich gut«, kommentierte er, als Mike das Pferd in eine der Boxen im Stall führte. »Wie dem auch sei, bringen Sie ihn rein und sorgen Sie dafür, daß er sich einlebt, ehe wir ihn unten auf der Wiese am Fluß grasen lassen.«

Im Haus läutete das Telefon. George eilte nach drinnen.

»Tag, George. Johnny Henderson hier. Und – hast du die Pferde bekommen?«

»Ja. Sie wurden gerade eben gebracht.«

»Und was hältst du von Letter Lad?«

»Kommt mir ein wenig dürr vor, aber ansonsten ganz gut.«

»Ich habe ihn für jemanden gekauft, der weiß, wie man ihn auf Vordermann bringt. Sonst hätte er auch ein paar Tausender mehr gekostet. Aber mach dir seinetwegen kein Kopfzerbrechen. Laß ihn aufs Feld. Ein paar Wochen lang soll er sich richtig satt fressen. Laß ihn erstmal gut Fleisch ansetzen, bevor du anfängst, mit ihm zu arbeiten.«

»Genau das hatte ich vor. Wo steckst du jetzt?«

»In einer Telefonzelle, auf dem Weg nach Lynmouth. In einer halben Stunde dürfte ich bei dir sein, um die andere Hälfte des Geldes zu kassieren.«

George lachte. »Das dachte ich mir schon. Vielleicht spendiere ich dir auch einen Drink.«

Blinzelnd spähte Johnny durch die verschmierten Glasscheiben des Telefonhäuschens auf das sonnenbeschienene Meer und dachte über George nach. Besonders interessierte ihn, wie dessen Reaktion auf David Tredingtons Rückkehr ausfallen würde. Er konnte sie nur schwer erraten.

Nach fünfzehn Jahren und vielen tausend Pfund, die man in die Suche nach dem vermißten Erben von Barford investiert hatte, ging mittlerweile jedermann davon aus, daß George von seinem Onkel den Stand des Baronets und alles, was dazu gehörte, erben würde. Bislang hatte die Familie noch nicht bei Gericht beantragt, David für tot erklären zu lassen, aber dieser Schritt war mehrmals im Gespräch gewesen. Ob das große Anwesen samt Titel an George fallen würde, darüber zerbrachen sich viele Menschen den Kopf. Johnny hatte bisher weder Sir Mark noch George darüber ein Wort verlieren hören, aber er stand der Familie inzwischen auch nicht mehr so nahe wie vor fünfzehn Jahren. Nichtsdestotrotz hielt er Kontakt zu Sir Mark und – nicht ganz ohne Hintergedanken – zu Lucy.

»Lucy! Telefon!«

Irritation zeichnete sich auf Lucy Tredingtons anmutigem und sanftem Antlitz ab, als sie von der Leinwand aufblickte, die auf einer Staffelei vor ihr aufgebaut war. Sie saß im Schatten eines Maulbeerbaums und versuchte zum hundertsten Mal, die Feinheiten von Barfords von einer Mauer umgebenem Garten einzufangen. In fast jedem Monat des vergangenen Jahres hatte sie sich diesem Projekt gewidmet. Den alten Steinmauern, den am Spalier gezogenen Pfirsichbäumen, den eleganten, im Verfall begriffenen viktorianischen Treibhäusern und den Gemüsebeetreihen haftete eine gewisse Unstimmigkeit an, die sie auf die Leinwand zu bannen wünschte, was ihr aber leider niemals zu gelingen schien.

Sich die braunen Haare aus dem Gesicht streichend, stand sie auf und ging zum Haus hinüber.

Drinnen im Wohnzimmer, wo die Familie einen Großteil

ihrer Zeit verbrachte, ließ sie sich auf ein durchgesessenes altes Sofa fallen und nahm das Telefon ab.

Ihre Schwester Victoria, die sie gerufen hatte, studierte ihr Gesicht in der Hoffnung auf eine Reaktion, aber Lucys Züge verrieten nichts. Sie sprach weder interessiert noch gelangweilt und befingerte derweil die Knöpfe ihrer mit Farbspritzern bekleckerten, in indischem Muster bestickten Bluse.

Als sie den Hörer auflegte, fragte Victoria: »Das war Johnny, nicht wahr?«

Lucy nickte.

»Was wollte er?«

»Hat sich für ein paar Tage eingeladen.«

Victorias Augen leuchteten auf. »Toll. Ist Ewigkeiten her, seit er bei uns zu Besuch war.«

»Ja. Ich frage mich, was er hier will.«

Zufälligerweise hatte Johnny Sir Mark Tredington, nicht aber seine Töchter vor wenigen Wochen getroffen. Sie waren beide bei den Goodwoods übers Wochenende auf eine Gesellschaft eingeladen gewesen. Johnny hatte von Sir Mark in Erfahrung gebracht, welche Sorte Pferde er im kommenden Jahr zu kaufen gedachte, und sich gleichzeitig danach erkundigt, ob er sich für seinen Patenonkel umsehen sollte.

Sir Mark, scharfsinnig wie immer und sich durchaus Johnny Hendersons Qualitäten und Schwächen bewußt, hatte eingewilligt, für jeden Vorschlag, den er ihm unterbreitete, offen zu sein. Er mochte Johnny immer noch sehr, zumal er einer der wenigen engen Freunde seines vermißten Sohnes gewesen war, und es freute ihn immer, wenn er bei einer ihrer Unterhaltungen hin und wieder ein Wort über David verlor.

Als Johnny an jenem warmen Nachmittag eintraf, fand er Sir Mark mit Victoria in seinem Arbeitszimmer vor. Die beiden sahen sich im Fernsehen das Rennen in Newmarket an.

Sir Mark wartete, bis der Wettstreit, der gerade im Gang war, beendet war, ehe ihm ein Wort über die Lippen kam.

»Guten Tag, Johnny. Ich wußte gar nicht, daß du zurück bist.«

»Ich habe heute morgen angerufen und mit Lucy gesprochen. Sie sagte, ich könnte für ein paar Nächte bei euch bleiben. Ich hoffe, das geht in Ordnung.«

»Soll mir recht sein.« Sir Mark regelte die Lautstärke herunter. »Nun, wie war es in Irland?«

Johnny warf Victoria einen Blick von der Seite zu. »Ich glaube, ich habe was für dich gefunden.«

Sir Mark musterte ihn kurz. »Gut, davon mußt du mir später erzählen. Tja, ich denke, für einen Drink ist es noch etwas zu früh. Ich werde Susan bitten, uns Tee zu servieren.«

Er erhob sich, und Johnny folgte ihm durch die wohltuende Kühle des dunklen Flurs in den hinteren Teil des Hauses. Neben der Küche lag das Büro, in dem Sir Marks Sekretärin ihre Arbeit verrichtete.

Susan Butleys Blick hielt Johnny nur mit Mühe stand. Obwohl sie ein Mädchen aus dem Ort war, verfügte sie über Eigenschaften, die dem Produzenten einer Hollywood-Seifenoper sofort ins Auge gesprungen wäre. Johnny wußte, daß sie der Familie, für die sie arbeitete, aus tiefstem Herzen ergeben war. Einmal hatte er ihr, ohne groß nachzudenken, den Hof gemacht, und sie hatte seine Bemühungen kurzerhand abgeschmettert, aus Solidarität zu Lucy, der sie unterstellte, ein Auge auf Johnny geworfen zu haben.

»Hier ist Johnny«, verkündete Sir Mark, »er wird für ein paar Tage bei uns bleiben. Sie können Mrs. Rogers darüber informieren, falls Lucy es nicht schon getan hat. Und wären Sie vielleicht so freundlich, uns eine Kanne Tee aufzubrühen, ja?«

»Aber gewiß doch, Sir Mark.« Die junge Frau zog ihre langen Beine unter dem Schreibtisch hervor und stand auf. Safranfarbene Leggings brachten jede Kurve ihrer wunderschön geformten Beine zur Geltung. Als sie das Zimmer verließ, konnte Johnny sich ein wohlwollendes Grinsen nicht verkneifen.

Nachdem sie ihnen den Tee im Arbeitszimmer serviert und Victoria ihn eingeschenkt hatte, schien Sir Mark durchaus gewillt zu sein, eine Weile zu plaudern.

»Und – was für Pferde hast du in Irland für mich gefunden?«

»Nicht viele. Aber ich habe ein schönes Pferd für George gekauft.«

»Ach ja? Und was hat er damit vor?«

»Er möchte es wohl gern selbst trainieren.«

»O je.« Sir Mark hob eine Augenbraue. »Ich hoffe nur, er hat nicht viel dafür bezahlt.«

Johnny lachte. »Nein, hat er nicht«, antwortete er mit einem irischen Akzent. »Aber«, bohrte er nach, »warum sagst du ›o je‹?«

»Du weißt genausogut wie ich, daß George keine Ahnung von Pferden hat.«

»Vielleicht nicht«, stimmte Victoria zu, »aber es schadet ja nichts, wenn er es lernt. Und schließlich, wenn er irgendwann mal unser Gestüt erbt . . .« Sie beendete ihren Satz nicht.

Sir Mark beantwortete Johnnys Seitenblick mit einem knappen Nicken. »Sieht ja wohl ganz danach aus, als ob das Gestüt an George gehen wird. Ich weiß nicht, den Mädchen gegenüber scheint das unfair zu sein, obwohl ich natürlich dafür sorgen werde, daß es ihnen niemals an etwas mangeln wird, aber das Anwesen und der Titel gehören in meinen Augen nun mal zusammen.«

»Du hast nichts Neues über David in Erfahrung gebracht, oder?« erkundigte sich Victoria mit einem Zittern in der Stimme.

Der alte Herr nickte wieder. »Nein, nichts Neues. Natürlich habe ich die Hoffnung nicht aufgegeben. Letzte Woche hat sich die australische Polizei mit mir in Verbindung gesetzt. Sie haben einen Bericht erhalten, daß jemand namens David Tredington auf einer Yacht in der Nähe der Insel Norfolk vermißt wird. Das wird im Moment alles überprüft. Die Mannschaft bestand aus drei Mitgliedern. Alle wie vom Erdboden verschwunden. Sie hatten vor, von Sidney aus auf die Fidschis zu segeln.«

Einen Moment lang brachte Johnny kein Wort über die Lippen. Es war unglaublich, daß diese Sache gerade jetzt ein Thema war.

Sir Mark las in seinen Augen die Enttäuschung. »Ich weiß, es ist nicht einfach – selbst nach dieser langen Zeit nicht. Aber wie ich eben sagte, es gibt noch keine Gewißheit. Ich habe eine Anwaltskanzlei damit beauftragt, sich um diese Sache zu kümmern. Ich hätte es euch gegenüber nicht erwähnen sollen, jedenfalls nicht, ehe die Identität nicht eindeutig festgestellt ist. Ich bete nur, daß er es nicht ist.«

»Gott, ich hoffe nicht«, sagte Victoria energisch. »Ich bin immer noch davon überzeugt, daß er eines Tages zurückkommt.«

»Nun, man weiß ja nie«, pflichtete Johnny ihr bei. »Es kann sich dabei leicht um eine Verwechslung handeln, also bete weiter.«

»Du hast ganz recht, Johnny, vom Tod sollte man nicht sprechen. Kommt«, schlug Sir Mark vor, dessen Stimmung sich urplötzlich änderte, »laßt uns rausgehen und nach den Pferden sehen.«

»Sehr gern. Stört es euch, wenn ich die Videokamera aus dem Wagen hole? Ich würde sehr gern ein paar Aufnahmen von den Tieren in eurem Stall machen, nur als Erinnerung.«

»Wieso nicht?« sagte Sir Mark. »Gute Idee.«

Später schaute Johnny bei Lucy in dem kleinen Dachzimmer vorbei, das sie während ihrer Aufenthalte in Barford als Studio benutzte.

»Hallo, Lucy.«

Mit zusammengekniffenen Augen betrachtete sie die Leinwand, die sie aus dem Garten hochgeschafft hatte. Als er hereinkam, mußte sie unwillkürlich lächeln. »Tag, Johnny. Du siehst gut aus, so braun. In wessen Villa hast du deine Zelte aufgeschlagen?«

»In niemandes. Ich habe gearbeitet. Und die Sonne hat endlich mal in Irland geschienen.«

»Was für eine Überraschung, nicht wahr? Ich hatte eigentlich vor, nach Aix zu fahren, aber hier ist es so schön.« Sie zeigte auf das Mansardenfenster und die dahinterliegenden grünen Hügel, die zur See hin langsam abfielen.

»Woran arbeitest du gerade?« erkundigte sich Johnny und stellte sich hinter sie, um das Bild zu betrachten.

»Sag nichts«, riet sie ihm.

»Aber es ist hervorragend. Mir gefällt die Art, wie du das Gemüse dargestellt hast.« Er legte ihr die Hände auf die Schulter und massierte sie sanft.

»Fang nicht an, mir Honig um den Mund zu schmieren, Johnny. Und falls du dir eingebildet hast, hier eine schnelle Nummer schieben zu können, vergiß es.«

»O nein! Erzähl mir nicht, daß es einen neuen Mann in deinem Leben gibt?«

»Nein, den gibt es nicht, und ich bin nicht daran interessiert, unsere letzte Szene zu wiederholen.«

Johnny richtete sich auf. »Oh, in Ordnung«, sagte er mit einem etwas übertriebenen Mißmut, der aber nicht gänzlich gespielt war. Jetzt, wo er ihr nahe war und die Sonne in ihrem Haar und ihre Wärme spürte, hatte er dieses altvertraute Gefühl im Bauch und eine Spannung in den Lenden.

Lucy lachte. »Ich hätte nichts an dir auszusetzen, wenn du nicht so ein verwöhnter Kerl wärst. Du bist einfach zu sehr daran gewöhnt, immer das zu bekommen, wonach dir der Sinn steht.«

»Nur bei Frauen«, protestierte Johnny.

»Wie auch immer, weshalb bist du hier?«

»Selbstverständlich um dich zu sehen!«

»Unsinn! Ich nehme an, du möchtest Dad dazu überreden, ein paar Pferde zu kaufen?«

»Ja, das auch. Aber, um ehrlich zu sein, ich mußte in die Gegend, um George zu treffen, und hatte Lust, ein paar freie Tage einzulegen, und«, er zeigte aus dem Fenster, wie Lucy das eben getan hatte, »wo könnte es schöner sein?«

Johnny sah ein, daß jeder ernsthafte Versuch, ein neues Schäferstündchen mit Lucy in die Wege zu leiten, nach hinten losgehen und seinen Besuch auf Barford verkürzen würde. Seine Eitelkeit, nicht seine sexuellen Bedürfnisse, wurde durch Victorias Bewunderung und Aufmerksamkeit befriedigt. Wann immer er sich in ihrer Gegenwart aufhielt, gab er sich zuvorkommend und charmant. Schließlich bestand ja die Möglichkeit, daß sein Verhalten Einfluß auf Lucy hatte, und außerdem würde man ihn auf diese Weise nicht so leicht hinausschmeißen können.

Er nahm sich vor, sich nützlich zu machen, half bei der Arbeit, die die Pferde im Gestüt verursachten, streifte mit George durch die Fasanenpferche und saß mit Sir Mark über den Hengstbüchern.

Und die ganze Zeit über streute er Fragen ein, spielte auf die Veränderungen an, die über die Jahre hinweg auf dem Anwesen vorgenommen worden waren, und versuchte, den Status Quo von damals herauszukriegen, als David noch hier gelebt hatte. Bei jeder Gelegenheit machte er Fotos und Videoaufnahmen und vergrub sich in alten Familienalben in der Bibliothek. Bei seinem Tun legte er eine Selbstverständlichkeit und Subtilität an den Tag, daß keiner seiner Gastgeber auf die Idee kam, Fragen zu stellen.

Allein Susan Butley, die sich wie üblich schützend vor die Familie stellte, reagierte skeptisch. Daher reduzierte er seinen Kontakt zu ihr auf ein Minimum. Als er einmal mit ihr für eine Weile allein war, sprach er mit ihr über Ivor, der vor vielen Jahren als Stallgehilfe auf dem Gestüt gearbeitet hatte, und stellte ihr arglos klingende Fragen über ihn.

»Ich sehe ihn nie«, antwortete sie kurzangebunden. »Jedenfalls nicht, seit er Mum verlassen hat.«

Aber mit ein wenig Beharrlichkeit brachte er sie dazu, über ihre Kindheit in einem der Cottages der Stallgehilfen zu plaudern. Auf diese Weise brachte Johnny in Erfahrung, wer genau zu jener Zeit, als David verschwand, auf dem Gestüt gearbeitet hatte.

Als er sein Dossier über den Haushalt der Tredingtons, über die Geschichte der Familie und ihre Freunde fertiggestellt hatte, gelang es Johnny, die Möglichkeit, daß der echte David Tredington möglicherweise im Pazifischen Ozean ertrunken war, in den hintersten Winkel seines Gehirns zu verbannen. Schließlich wäre das eine schreckliche Verschwendung von Aidan Dalys bemerkenswerter Ähnlichkeit zu den Tredingtons gewesen.

Zwei Wochen nachdem die für George bestimmten Pferde in Devon angeliefert worden waren, stieg Aidan Daly in seinen alten Pick-up, um nach Westport zu fahren. Als er auf der menschenleeren Straße von den Bergen in Richtung Meer fuhr, befiel ihn eine Nervosität, die er sonst nur von den Rennen her kannte. Nun, da ihm das Schicksal in der Gestalt von Johnny Henderson eine wirkliche Alternative zu der Sackgasse beschert hatte, in der er seit der Erkrankung seiner Mutter steckte, fühlte er sich lebendiger und entschlossener als jemals zuvor.

Johnny fiel auf, daß sich auf Aidans hübschem Gesicht ein neues, selbstsicheres Lächeln breitmachte und daß seine wachen Augen vor Eifer funkelten.

»Sie sehen aus, als hätten Sie im Lotto gewonnen.«

»Um Ihnen die Wahrheit zu sagen, jetzt, wo ich mich mit dem Schwindel angefreundet habe, freue ich mich darauf.«

»Großartig. Ich habe ausreichend Material gesammelt, um Sie mit David Tredingtons Kindheitserinnerungen vertraut zu machen.«

Sie saßen in der dunklen und leeren Bar eines kleinen Hotels am Stadtrand. Hier hatte Johnny sein Hauptquartier aufgeschlagen, hier wollte er Aidan Daly in David Tredington verwandeln.

Den ersten Nachmittag verbrachten sie ausschließlich in seinem engen Zimmer und studierten die Videos, die Johnny gemacht hatte, die Karten, Lagepläne und die Fotos des Hauses, der Ländereien und der anderen Höfe auf dem Anwesen.

Johnny hatte auch einen Familienstammbaum mitgebracht und eine Liste mit den Namen der Nachbarn, des Doktors, der Arbeiter auf dem Gestüt, der Zimmermädchen und Haushälterinnen, die David als Junge gekannt haben mußte. Und er wühlte in seinen Erinnerungen an die gemeinsame Schulzeit. Zur zusätzlichen Anregung zeigte er ein Video von etwa dreißig Pferden, die im Augenblick zum Gestüt gehörten.

Nun, wo Aidan sich entschlossen hatte, die Sache durchzuziehen, war er begierig, schnell zu lernen.

Nach ein paar Tagen, als der Ire die Namen der Cousins und die Familienbanden der Tredingtons aus dem Effeff herunterleiern konnte und mit jedem Winkel des großen Anwesens vertraut zu sein schien, wurde auch Johnny zunehmend lebhafter. Johnny hielt es für wenig sinnvoll, Aidan gegenüber die vor der Insel Norfolk verschollene Yacht anzusprechen. Seiner Einschätzung nach war der Zeitpunkt gekommen, sich ein paar der vertrackteren Probleme zuzuwenden.

»Sie machen sich hervorragend. Je mehr Sie wissen, desto überzeugender werden Sie sein.«

»Ich habe mir einige Gedanken gemacht«, bekannte Aidan. »Ich werde eine hieb- und stichfeste Geschichte brauchen, mit der ich die letzten fünfzehn Jahre belegen kann. Am einfachsten wäre es, wenn ich mich mehr oder minder an die Wahrheit halte. Die Frage ist allerdings, was ich mit meiner Mutter mache. Sie hat eingewilligt zu sagen, daß sie und ich uns auf dem Schiff nach Irland kennengelernt haben und daß sie mich quasi adoptiert hat, weil ich keine Lust hatte, wieder nach Barford zurückzukehren. Auf diese Weise paßt alles mehr oder minder zusammen.«

»Großartig!« stimmte Johnny zu. »Da sehe ich keine Schwierigkeiten. Der einzige Stolperstein, mit dem wir rechnen müssen, ist ein Bluttest. Aber ich bin davon überzeugt, daß Sir Mark ihn nicht für nötig erachten wird, falls Sie richtig reagieren. Schließlich sind Sie als David sehr überzeugend, und da käme das fast einer Beleidigung gleich. Aber selbst wenn er Sie um eine Blutprobe bittet, denke ich mir, daß er sie nicht durchführen lassen wird, wenn Sie bereitwillig auf seinen Vorschlag eingehen. Na, darum kümmern wir uns, wenn es soweit ist. Auf der anderen Seite gibt es ein paar Dinge, die ich einfach nicht in Erfahrung bringen konnte – Kleinigkeiten familiärer Natur, aber ich denke, nach so vielen Jahren wird Ihnen niemand einen Strick daraus drehen, wenn Sie sich nicht an alles erinnern.« Er legte eine Pause ein und nickte ermutigend. »Allerdings gibt es ein Problem, mit dem wir fertig werden müssen. David hatte ein kleines Muttermal, genau hier.« Johnny deutete auf die linke Seite des Halsansatzes.

Aidan fiel die Kinnlade herunter. »Wie sollen wir das denn hinbiegen?«

»Keine Sorge. Es wird nicht wehtun, wenigstens nicht sehr. Ich habe bei einem hiesigen Tätowierstudio einen Termin gemacht. Der Mann wird dafür sorgen, daß es so aussieht, als ob Sie es vor Jahren hätten entfernen lassen. Und falls die Familie Sie diesbezüglich fragt, behaupten Sie, daß es sich bösartig verändert hätte und man Ihnen riet, es entfernen zu lassen.«

Mit angehaltenem Atem wartete Johnny auf Aidans Reaktion.

Unerwarteterweise grinste er. »Tja nun, ich denke, mir bleibt keine andere Wahl. Wer A sagt, muß auch B sagen.«

»Das ist die richtige Einstellung. Der Tätowierer macht sich morgen an die Arbeit.«

Am folgenden Wochenende kamen Aidan und Johnny überein, die Sache zu starten. Die seltsame Erfahrung, Jugendfotos von sich und David Tredington verglichen und dabei eine frappierende Ähnlichkeit festgestellt zu haben, hatte Aidans letzte Zweifel ausgeräumt. Er konnte sich mittlerweile so stark in das Leben und die Umgebung des jungen David hineinversetzen, daß er sich manchmal tatsächlich für den vermißten Jungen hielt.

Mit dem Lummenei in der Tasche, um das – wie Johnny wußte – Lucy ihren Bruder vor fünfzehn Jahren gebeten hatte, verabschiedete Aidan sich von seiner Mutter, versprach ihr, dafür Sorge zu tragen, daß sie in Zukunft bequem leben könne, und fuhr nach Dublin mit dem festen Vorsatz, in eine andere Welt und in die Fußstapfen eines anderen Mannes zu treten.

7 Devon im November

An dem Morgen, an dem Mickey Thatcher auf dem Friedhof der Saint Kenelm's Church beigesetzt worden war, rührte Ivor Butley zwei Teelöffel Zucker und einen Schuß Whisky in seinen Tee. Er saß an einem kunstharzenen Tisch mit gesprungener Platte in der dreckigen Küche einer Sozialwohnung am Stadtrand eines kleinen Ortes in Devon, zwanzig Meilen von Great Barford. Ein Lächeln umspielte seinen Mund. Heute hatte er sein Geld bekommen, und nun beabsichtigte er, zum Pferderennen zu gehen.

Er hörte, wie es vor seiner Tür raschelte und dann leicht krachte, und schlurfte daraufhin in seinen Hausschuhen los, um die *Sun* und *Sporting Life* zu holen. Er schlug gleich die Seite drei der *Sun* auf, stieß ein kurzes, verschroben klingendes Gelächter aus und legte die Zeitung beiseite. Dann schlug er die Rennsportzeitung auf und blätterte zu der Seite vor, auf der die Teilnehmer von Newton Abbot aufgeführt waren.

Mit dem Finger fuhr er die Namensliste der Jockeys entlang, bis sein Blick auf den Namen David Tredington fiel. Dann trat er in Gedanken eine Zeitreise an, die fünfzehn Jahre zurückging.

Ihm kam es vor, als könne er sich ganz genau an jede Einzelheit des Tages entsinnen, an dem Sir Marks Sohn verschwunden war. Jedes winzige Detail hatte sich in seine Erinnerung eingeprägt, als ob alles erst gestern passiert wäre. Und das aus gutem Grund, denn im Verschwinden des Jungen lagen alle seine Probleme begründet, damals und heute noch. Deswegen hatte er auch zu trinken begonnen. Und fast noch ehe er damals richtig begriffen hatte, was vorging, hatte er seine Arbeit und dann seine Familie verloren. Die Flasche, die sein Niedergang gewesen war, spendete ihm nun Trost.

Stöhnend und kopfschüttelnd schlug er die Zeitung zu. Er brannte darauf, David Tredington zu begegnen, und Newton Abbot war für diesen Zweck ein Ort so gut wie jeder andere. Ihn zu sehen, ihm beim Reiten zuzuschauen, würde beweisen, daß sein Verstand ihn nicht zum Narren hielt.

Aidan Daly rutschte auf den Rücksitz von Jason Doltons Subaru. Victoria, die vorn neben ihrem Ehemann saß, hatte angeboten, ihn nach Newton Abbot mitzunehmen.

Jason hatte an diesem Tag vier Ritte zu absolvieren, darunter einen, an dem auch Just William, der Sir Mark gehörte und nun von seinem Sohn geritten werden sollte, teilnahm.

Während Jason mit viel zu hoher Geschwindigkeit auf der kurvenreichen Nebenstraße nach South Molton fuhr, vermied Aidan jedwede Konversation mit seinem Schwager, weil das meistens eine sperrige Angelegenheit war. Statt dessen machte er sich Gedanken über David Tredington.

In den neun Wochen, die seit seiner Ankunft in Barford verstrichen waren, war Aidan in Gedanken fast immer bei jenem Mann, dessen Identität er angenommen hatte. Wie wohl jeder Schauspieler hatte er versucht, sich in die Persönlichkeit hineinzuversetzen, die darzustellen er sich bemühte. Das war ihm bis zu einem so hohen Grad gelungen, daß er manchmal selbst davon überzeugt war, David Tredington zu sein.

Auf unerklärliche Weise fand er, daß er mit dem vermißten Jungen viel gemein hatte, wenngleich er aus den Reaktionen der Menschen, mit denen er in letzter Zeit zu tun gehabt hatte, schließen mußte, daß der zwölfjährige David, an den sie sich erinnerten, nicht sonderlich beliebt gewesen war, und daß nun, fünfzehn Jahre später, der neue David sich in vielerlei Hinsicht größerer Sympathie erfreute. Aidan konnte sich des

Eindrucks nicht erwehren, daß die Menschen überzeugt waren, das selbstgewählte Exil in Irland habe ihm nur gut getan. Daß, von wenigen Ausnahmen abgesehen, niemand Zweifel an seiner Identität hatte, erleichterte ihm seine Rolle sehr. Schon kurz nach seiner Rückkehr hatte es sich herumgesprochen, daß Sir Mark aus tiefstem Herzen davon überzeugt war, dieser Mann, dieser David, sei echt. Das hatte er Aidan gegenüber sogar ganz offen ausgesprochen und ihm dabei unverwandt in die Augen geblickt. Bislang war dieser Moment Aidans größte Herausforderung gewesen. Denn weil seine Schuldgefühle so ausgeprägt waren, hätte er beinah die Wahrheit gesagt. Aidan war sich sicher, daß er ein Geständnis abgelegt hätte, wenn der alte Herr nicht so überzeugt geklungen und so glücklich ausgesehen hätte.

Mit dem Problem jedoch, vor dem er und Johnny sich von Anfang an am meisten gefürchtet hatten, waren sie bisher nicht konfrontiert worden. Von dem echten David existierte keine Haarlocke, kein Bruchstück eines Fingernagels, den man für einen DNS-Test hätte verwenden können. Als Aidan von Sir Mark um eine Blutprobe gebeten wurde, um es mit dem seinigen zu vergleichen, hatte Sir Mark seine Bereitwilligkeit, dieser Bitte sofort zu entsprechen, als Bestätigung für seine Echtheit ausgelegt und den eigentlichen Test gar nicht durchführen lassen. Das nahm Aidan zumindest an, denn danach hatte niemand mehr ein Wort darüber verloren.

Kaum war dieses Hindernis aus dem Weg geräumt, fühlte Aidan sich in seiner Rolle pudelwohl und war entschlossen, alles in seiner Macht Stehende zu tun, um das Vertrauen seines neuen Vaters zu rechtfertigen. Gleichzeitig verlor er den eigentlichen Sinn dieses Unterfangens nicht aus den Augen. Er hatte die Absicht, umgehend nach Irland zurückzukehren, sobald er in der Lage war, die Pflege seiner Mutter finanziell zu tragen. Das Gehalt, das er für seine Arbeit auf dem Gestüt erhielt, sparte er und hatte zudem begonnen, noch etwas dazuzuverdienen, indem er mit beträchtlichem Geschick in den Pferdehandel eingestiegen war.

Am schwierigsten war es, Johnnys Ungeduld im Zaum zu halten. Aidan hatte zugestimmt, ihm fünf Prozent der Summe zu geben, die Aidan infolge seines Identitätswechsels einnahm.

Einmal abgesehen vom ehrlich verdienten Geld, hatte Aidan in den letzten Wochen nichts gewonnen. Selbstverständlich leugnete er nicht, daß ihm materielle Vorteile zuteil geworden waren, aber er hatte gleichzeitig den Eindruck, auch etwas zu geben. Er hatte sein Leben sehr genossen, und die meiste Zeit über war es ihm gelungen, sein schlechtes Gewissen zu beruhigen – bis zu jenem Tag, als Emmot MacClancy in sein Leben getreten und Mickey Thatcher umgekommen war.

Obwohl es der Polizei nicht gelungen war, einen stichhaltigen Beweis dafür zu finden, daß die von der Brücke gefallene Schlafkoje etwas anderes als ein schrecklicher Unfall war, war Aidan immer noch davon überzeugt, daß jemand die Hand im Spiel gehabt hatte und er für Mickeys Tod verantwortlich war. Er fand nicht, daß die Polizei sich große Mühe gab, die Begleitumstände genauer zu untersuchen. Es lief also darauf hinaus, daß er die Wahrheit allein herausfinden mußte – das war er Mickey schuldig. Fürs erste mußte er ohne Unterstützung von offizieller Seite zurechtkommen.

Zwei, drei Tage nach Fontwell hatte sein Instinkt ihm geraten, die ganze Sache hinzuschmeißen und seine Siebensachen zu packen, bevor sich ein weiteres Unglück ereignete. Aber diese Entscheidung hatte er, zu Johnnys Erleichterung, immer wieder verschoben, weil sein Leben als David Tredington beträchtlich bequemer war.

Aidan, Victoria und Jason trafen kurz nach Sam Hunters

Transporter in Newton Abbot ein. Jason ging gleich los, um sich für seinen Ritt im ersten Rennen umzuziehen, während Victoria und Aidan sich zum Parkplatz begaben und zuschauten, wie einer von Sams Gehilfen Just William die Rampe hinunterführte.

Der Fuchs war ziemlich nervös. Mit angelegten Ohren und aufgeregten Augen verdrehte er wild den Kopf. Die Rampe hinunterzugehen, widerstrebte ihm gewaltig. Zuerst sperrte er sich, dann machte er einen Satz und warf den Gehilfen fast um.

Victoria stand neben Aidan. »Jesus!« rief sie. »Der ist heute aber schlechter Laune. Bist du sicher, daß du ihn reiten willst?«

»Wieso? Meinst du, Jason möchte den Ritt machen?«

»Der reitet doch schon ein anderes.«

»Ich weiß, aber sein Pferd ist noch jünger als dieses. Wie auch immer, selbstverständlich werde ich ihn reiten. Falls es mir gelingt, ihn in den Griff zu bekommen, könnte er siegen. Obwohl ersteres doch sehr fraglich ist.«

Das Rennen war das vierte, das an diesem Tag auf dem Programm stand. Fünfzehn jungfräuliche Pferde waren da, im Alter von fünf bis neun Jahren, von denen die meisten bestimmt keinen Sieg heimbrachten, ehe sie aus Altersgründen bei Kirchturmrennen starteten. Aidan war der einzige Amateur, Jason der einzige richtige Profi in diesem Rennen. Alle anderen Teilnehmer waren Gelegenheitsjockeys.

In der Nähe des Startplatzes sah man sofort, welche Reiter als nächstes an den Start gingen. Noch ehe der Starter mit der Kontrolle der Bauchgurte fertig war, hatten sie längst die Schutzbrillen aufgesetzt. Ihre Pferde schwitzten und wurden durch die Aufregung der Reiter, die sich über den Hand- und Beinkontakt übertrug, unruhig.

»Na, wer setzt auf Sieg?« rief Aidan, als der Starter losging, um auf sein Podest zu steigen. Niemand antwortete. Aidan bewegte Just William auf die Innenseite. Zwei junge Jockeys drängten sich vor ihn, darauf erpicht, einen schnellen Start hinzulegen. Keiner der beiden wirkte vertrauenswürdig. Aidan überlegte, ob er zur Außenseite herüber sollte, um ihnen aus dem Weg zu gehen, aber dieses Manöver hätte Just William zurückfallen lassen können. Falls ihm etwas daran lag, auf diesem Pferd die ganze Strecke zurückzulegen, dann nur, wenn er bis kurz vor dem Ziel im Feld blieb. Eine andere Wahl blieb ihm nicht. Er mußte den beiden Grünschnäbeln folgen und hoffen, daß die Pferde, die sie ritten, springen konnten.

Es war Aidans erstes Rennen in Newton Abbot. Er war die Rennstrecke zu Fuß abmarschiert und hatte sich ausgerechnet, daß man auf solch einer engen Bahn ein schnelles Tempo vorlegen mußte. Und es würde aufs Springen ankommen. Er war sich durchaus darüber im klaren, daß es schwer sein würde, aufzuholen, wenn man erst einmal zurückgefallen war. Und genauso kam es dann.

Die fünfzehn Pferde schossen auf das erste Hindernis zu, als wären sie Sprinter. Es überraschte Aidan immer wieder, wie schnell selbst ein schlechtes Pferd galoppieren konnte. Er hängte sich an die ersten beiden, die glücklicherweise so großen Abstand hielten, daß Just William das Hindernis erkennen konnte. Falls Aidan es schaffte, diesen Abstand zu halten, hatte Just William keine Möglichkeit zum Ausscheren, es sei denn, er riß eines der anderen Tiere mit sich.

Als sie vorwärts donnerten, spürte Aidan, wie sein Pferd den Kopf hochriß und nach rechts schaute. Keine drei Schritte später nahm Aidan die Peitsche hoch und zog sie ihm so hart über das rechte Schulterblatt, daß das Fell aufplatzte. Just William holte auf und drängte sich zwischen die beiden Anführer. Zwei Schritte vor dem Zaun bohrte er seine Hufe in den Boden. Um abzubremsen, war er zu schnell, aber als er zum

Sprung ansetzte, was von der Tribüne aus wie in Zeitlupe wirkte, rannte ein anderes Pferd in ihn hinein und warf ihn um. Wie eine Puppe wurde Aidan aus dem Sattel geschleudert und landete auf dem Boden direkt vor dem Roß zu seiner Linken. Noch bevor er den Boden berührte, zog er instinktiv Arme und Beine zum Schutz vor seinen Rumpf und drückte die Knie an den Brustkorb.

Auf der Bühne wurde Victoria starr vor Angst, als sie ihren Bruder fallen und über das Gras purzeln sah, während die Pferde links und rechts an ihm vorbei galoppierten. Wie durch ein Wunder schien er sich keine ernsthaften Verletzungen zugezogen zu haben. Plötzlich kam eines der hinteren Pferde direkt auf ihn zu und riß mit seinen Hufen die Schutzhaltung auf.

Victoria verfluchte den Jockey, der keinen Versuch unternommen hatte, dem menschlichen Hindernis auszuweichen. Als sie die Farben erkannte, hielt sie den Atem an. Das war Jason gewesen.

Aidan wurde zu dem nahegelegenen Erste-Hilfe-Raum gefahren, wo Victoria schon auf ihn wartete. Die Hintertür des Krankenwagens wurde aufgestoßen, und Aidan erhob sich mit einem Lächeln. Er war über und über mit Schlammspritzern bedeckt, und ein blauer Fleck prangte auf seiner linken Wange. Davon abgesehen, sah er ganz gut aus.

»Bist du in Ordnung?« erkundigte sie sich ängstlich und skeptisch.

»Sicher. Dein Mann hat mir eins übergebraten, das ist alles.«

Der Sarkasmus in seiner Stimme entging ihr nicht. Sie überlegte, ob sie ihren Mann verteidigen sollte, aber so weit ging ihre Loyalität zu Jason nun auch wieder nicht. Daher schwieg sie.

»Laß mir ein paar Minuten, und dann treffen wir uns im

Wiegeraum«, schlug Aidan fröhlich vor. Er fühlte sich schuldig, weil er sie in die Situation gebracht hatte, sich zu schämen.

Mit zusammengekniffenem Mund nickte Victoria, während ein paar St. John's Sanitäter darauf bestanden, Aidan nach drinnen zu bringen.

Fünf Minuten später, nachdem der Arzt ihn untersucht hatte, nahm er Kappe und Peitsche und spazierte nach draußen. Auf dem Weg zum Umkleideraum kam ein kleiner, rotgesichtiger Mann in einer alten, gewachsten Jacke und mit einem schmutzigen Stoffhut auf ihn zu.

»David!« rief der Mann in breitestem Devon-Akzent. »Der junge David Tredington! Freut mich, daß du nach dem Sturz wieder auf die Beine gekommen bist.«

Aidan beäugte den kurzen, grobgesichtigen Mann und fragte sich, wer das, verdammt noch mal, sein könnte.

»Tag. Wie geht es Ihnen?«

»Na, ich lande immer noch ein paar Treffer, bin allerdings arbeitslos. Und das schon seit ein paar Jahren, weil sie viele Höfe dicht gemacht haben.«

Aidan nickte teilnahmsvoll, während er im Geist Unmengen von Informationen durchforstete, mit denen Johnny ihn in Irland gefüttert hatte. Dieser Kerl hatte offensichtlich etwas mit Pferden zu tun. Vielleicht hatte er zu jener Zeit, als David weggelaufen war, auf Barford als Stallknecht gearbeitet. Aidan zermarterte sich den Kopf auf der Suche nach einem Namen, während der Mann ihn mit einem leicht unverschämten, verkniffenen Lächeln begutachtete.

»Du weißt nicht mehr, wer ich bin, nicht wahr? Überrascht mich nicht, nach fünfzehn Jahren. Ich hörte, daß du zurück bist.«

Triumphierend hellte sich Aidans Miene auf, als ihm ein passender Name einfiel.

»Aber sicher weiß ich, wer Sie sind, Ivor. Wie oft haben Sie mich auf den Rücken eines dieser launischen Pferde gesetzt?«

Völlig irritiert, stierte Ivor Butley ihn an, bis er sich von dem Schock erholt hatte. »Dann erinnerst du dich also an mich?«

Aidan musterte ihn vorsichtig. In der Stimme des Mannes hatte ein Hauch Sarkasmus mitgeschwungen. Vielleicht, dachte er, hatte er sich geirrt und dieser Mann war nicht Ivor. Aber in Panik verfiel er nicht. Schließlich war es durchaus entschuldbar, wenn er diesen Mann nach all dieser Zeit mit jemand anderem verwechselte. Daß er sehr erleichtert war, als der Mann fortfuhr, ließ er sich nicht anmerken. »Aber ich wette, du hast nicht gehört, was mit mir passiert ist, nachdem du Barford verlassen hattest.«

»Ich fürchte, nein.«

»Sir Mark hat mich entlassen. Er sagte, ich trinke zuviel. Nichts als dummes Zeug war das. Ich habe niemals eins der Pferde vernachlässigt. Natürlich arbeitet Sue nun dort, aber die redet ja nicht mit mir, ihre Mutter auch nicht.«

So, dachte Aidan, das war als Ivor Butley – Susans Vater, den man gefeuert und der von Frau und Tochter verlassen worden war und einen Job nach dem anderen in allen möglichen Miet- und Reitställen in der Gegend von West Country angenommen hatte, bis es niemanden mehr gab, der ihn anheuern wollte, obwohl er für ein lächerliches Gehalt zu arbeiten bereit war. Aidan inspizierte ihn mit zunehmender Neugier. Wenn man sich etwas Mühe gab, konnte man trotz der geplatzten Äderchen und der Säufernase in seinem Gesicht etwas erkennen, das an Susan erinnerte, obgleich Vater und Tochter, was die Persönlichkeit anbelangte, keinerlei Ähnlichkeiten aufzuweisen schienen, von einem gewissen Hang zur Sturheit einmal abgesehen.

»Nun, trinken wir was zusammen«, schlug Aidan vor, »nachdem ich mich umgezogen habe?«

»Nein, ich möchte dich nicht in Verlegenhei bringen. Aber es freut mich, daß du mich erkannt hast – war bestimmt nicht einfach nach dieser langen Zeit.«

Auf der Heimfahrt erwähnte Aidan sein Zusammentreffen mit Ivor.

Victoria nickte. »Er treibt sich des öfteren auf Rennbahnen hier im Umkreis herum, der arme alte Kerl. Ist ziemlich schrecklich, das mitanzusehen. Laut Sue wohnt er inzwischen in einer scheußlichen kleinen Wohnung in Tiverton. Er lebt von der Sozialhilfe und liest den ganzen Tag die Rennseiten. Trotzdem scheint er immer genug Whisky auftreiben zu können.«

»Was ist mit ihm passiert, nachdem ich weg war?«

»Ich kann es nicht genau sagen. Ich meine, er ist ja jahrelang bei uns gewesen, nicht wahr, wenigstens solange ich zurückdenken kann. Muß sehr seltsam gewesen sein, ihn wiederzusehen. Er war doch dein großer Kumpel damals, nicht wahr? Und er hat dir das Reiten beigebracht.«

Das alles hatte Johnny Aidan erzählt. Er nickte. »Ja, das hat er. Aber was ist mit ihm passiert?«

»Nun, nachdem du weg warst, ist er aus den Fugen geraten. Keine Ahnung, warum. Er fing an, schwer zu trinken, und ich nehme an, daß Dad eines Tages keine Lust mehr hatte, ihn aus dem Bett zu scheuchen, damit er sich um die Pferde kümmerte. Shirley, Sues Mutter, hat versucht, ihn in Schutz zu nehmen, aber falls ich mich nicht täusche, haben sie sich andauernd gestritten, und dann sind Shirley und Sue ausgezogen, runter nach Lynmouth. Shirley bekam in einem der Hotels eine Stelle, und Ivor, wie ich fürchte, einen Tritt in den Hintern.«

Aidan nickte. »Es scheint ein trauriger Fall zu sein. Ehrlich gesagt, ich hätte ihn nicht erkannt, wenn er nicht auf mich zugekommen wäre. Ich habe ihn auf einen Drink eingeladen, aber er hat das Angebot abgelehnt und gesagt, er wolle mich nicht in Verlegenheit bringen.«

»Und – hättest du dich seinetwegen geschämt?«

»Nein, kein bißchen, obwohl er inzwischen ziemlich runtergekommen aussieht. Kommt mir komisch vor, wenn ich mir vorstelle, daß er jemanden wie Susan zustande gebracht hat.«

»Ja, finde ich auch. Nun, sie ist der Star der Familie geworden. Ihre Mutter hat sehr viel gearbeitet, damit sie einen Abschluß in Ilfracombe machen konnte. Wir alle haben damit gerechnet, daß sie nach London geht und sich einen prima Sekretärinnenjob angelt, nachdem sie ihr Examen bestanden hatte und wo sie doch so gut aussieht, aber sie war entschlossen, bei uns zu arbeiten. Da hatten wir Glück, wie ich meine.«

»Ich bezweifle leider, daß sie mich mag«, sagte Aidan beinah beiläufig.

»Ganz im Gegenteil, falls du meine Meinung hören willst. Aber sei's drum, du interessierst dich doch bestimmt nicht für so eine zielstrebige Person, oder?«

»Das weiß ich noch nicht«, antwortete Aidan nachdenklich.

Jan Harding kehrte zurück von ihrem abendlichen Stalldienst auf der Braycombe Farm. Ihr Mann Mike, der bei George Tredington als Gestütsmeister arbeitete, saß schon in der Küche ihres Cottages und las die Regionalzeitung.

»Und, wie geht es ihnen allen?« fragte sie routinemäßig.

»In verdammt gutem Zustand sind sie. Die hohen Herrschaften haben keinen Grund zur Klage. Obwohl ich ziemlich verärgert bin.«

»Warum?«

»Ich habe gerade von Sam Hunters Stall erfahren, daß Letter

Lad jetzt dort ist. Er hatte offenbar ein Hühnerauge. Sie sagten, daß David ihn daheim ein paar Wochen lang trainiert hat und daß er jetzt großartig springt. Er macht sich hervorragend, und sie werden ihn morgen in Sandown laufen lassen – und ich war es, die ihn fit gemacht hat«, setzte sie säuerlich nach.

»Wer reitet ihn jetzt?«

»Natürlich David. Ich habe George gesagt, er soll etwas Geduld haben, dann bringen wir ihn auf Vordermann, aber der dumme Kerl hielt sich für besonders schlau und dachte nur an den schnellen Profit, als Johnny Henderson sagte, er hätte einen Käufer für das Tier. Aber du kannst mir glauben, George ist bestimmt nicht sonderlich erfreut gewesen, als er erfuhr, daß das Pferd nach Barford gekommen ist.«

»Geschieht ihm recht. Aber das muß man David lassen, er hat ihn nur einmal hier geritten und hat anscheinend gleich gewußt, was mit ihm los ist. Ach ja, da fällt mir ein, dein Bruder Ivor hat angerufen, wie immer betrunken, und hat was darüber geschwafelt, daß er David auf der Rennbahn getroffen hat. Er wollte mit dir sprechen.«

Jan antwortete zuerst nicht. Ihrem Mann entging der besorgte Ausdruck, der über ihr wettergegerbtes Gesicht huschte, nicht. »Hat er? Nun, ich meine, früher oder später mußte er ihm ja mal über den Weg laufen.«

»Wieso? Wo liegt das Problem?«

»Keine Ahnung, aber ich war seit jeher der Meinung, daß Davids Verschwinden der Anfang von Ivors Problemen gewesen ist.«

»Der arme Ivor, o Gott, wie leid er mir tut!« höhnte Mike. »Der ist sich selbst immer der ärgste Feind gewesen. Jeder hat sich den Rücken krumm gemacht, um ihm danach wieder auf die Beine zu helfen, und was hatten sie davon? Nichts, gar nichts.«

»Was hat er gesagt?«

»Er wollte, daß du ihn noch heute abend besuchen kommst. Ich sagte, daß das nicht in Frage kommt. Wie ich eben schon sagte, der war wieder gut angeschickert. Da kannst du dich eh nicht richtig mit ihm unterhalten.«

»Ich werde hinfahren.«

»Was? Nur weil dein nichtsnutziger älterer Bruder dich ruft, fährst du dreißig Meilen, um dir sein Gejammere anzuhören?«

»Es kommt ja nicht oft vor, daß er mich um etwas bittet, oder? Es muß wichtig sein. Tut mir leid, Mike. Ich versuche, nicht allzu spät zurückzukommen.«

Mike seufzte. »Möchtest du, daß ich dich begleite?«

»Nein. Ich komm schon allein zurecht.«

Eigentlich hatte Ivor gar nicht damit gerechnet, daß Jan käme, obwohl sie ihn kurz zurückgerufen und ihr Kommen angekündigt hatte. Als sie dann an seiner Tür klingelte, öffnete er mit schadenfrohem Grinsen.

»Tag, Jan. Bin wirklich froh, daß du gekommen bist. Ich mußte mit jemandem reden. Komm doch rein. Willst du einen Schluck Whisky?«

»Nun, was ist so wichtig, daß ich hier runterfahren mußte?«

»Wichtig ist es, da hast du den Nagel auf den Kopf getroffen. Mann, was ich heute gesehen habe. Jetzt kann ich das, was sie mir angetan haben, diesen verfluchten Tredingtons, endlich zurückzahlen. Die haben mir mein Leben verpfuscht und meine Tochter gestohlen.«

»Deine Tochter gestohlen?« rief Jan ungläubig aus. »Susan hat verdammt hart gearbeitet, um dort angenommen zu werden, das weißt du ganz genau. Das war allein ihre Entscheidung.«

»Na gut, aber sie ist irgendwie verführt worden, von deren

Geld und allem. Und sie hat sich im Lauf der Zeit in einen richtigen kleinen Snob verwandelt.«

»Ich möchte mal erfahren, woher du das wissen willst. Du hast sie doch seit zwei Jahren nicht mehr gesehen.«

»Gesehen vielleicht nicht, aber ich habe meine Quellen.«

»Hör mal, ich weiß nicht, was dich auf die Idee bringt, daß die Tredingtons dir was schuldig sein könnten, so wie du dich aufgeführt hast; aber wie zum Teufel stellst du dir vor, es ihnen heimzuzahlen?«

»Nein, ich werde es ihnen nicht nur heimzahlen, sondern auch noch ein nettes Sümmchen rausschlagen. Dann muß ich nicht länger in dieser miesen Absteige hausen.«

»Wo du auch wohnst, es wird dort immer wie in einer Absteige aussehen. Aber fahr nur fort, wie willst du es anstellen?«

Ivor nahm einen Schluck aus einem verschmierten Whiskyglas und betrachtete seine Schwester geheimnisvoll. »Ich weiß etwas, das Sir Mark Tredington nicht weiß, nicht wissen kann, sonst hätte er diesen Typen nicht in sein Haus gelassen.«

»Was für einen Typen? Meinst du seinen Sohn David?«

»Nein. Ich meine nicht seinen Sohn David. Ich meine diesen Typen, der sich für David ausgibt.«

»Wovon, in aller Welt, redest du, Ivor? Jedermann weiß, daß das David ist. Sie haben ihn überprüfen lassen. Das habe ich George am Telefon sagen gehört, und man kann immer noch sehen, wo früher das Muttermal war und so weiter.«

»Laß dich doch nicht von einem Muttermal ins Bockshorn jagen. Was immer der Typ angestellt hat, um sie davon zu überzeugen, daß er der vor Jahren verschwundene David ist, ich kann dir sagen, daß er es nicht ist.«

Mike Harding war noch auf, als seine Frau aus Tiverton zurückkam. Er schaute von einem alten Rennsportbuch auf, in dem er gerade las.

»Na, was wollte der alte Säufer?«

»Er hat mir erzählt, daß er mit den Tredingtons abrechnen wird, weil sie ihn fertig gemacht und seine Tochter gestohlen haben.«

Mike lachte laut heraus. »Das ist ein guter Witz, seine Tochter gestohlen. Und, wie will er das anstellen?«

»Das hat er mir nicht genau verraten. Ich nehme an, daß er versuchen wird, David zu erpressen.«

»David erpressen? Ist doch lächerlich. David ist noch gar nicht lange genug zurück, um etwas angestellt zu haben, oder? Oder bildet Ivor sich ein, etwas über David zu wissen, aus dessen Zeit in Irland? Könnte ja durchaus möglich sein. Ich frage mich auch, wieso David plötzlich auf die Idee gekommen ist, aus Irland wegzugehen.«

»Nein, darum geht es nicht. Er behauptet, daß es ganz und gar unmöglich ist, daß David David ist.«

»Was soll denn das nun wieder heißen?«

»Er sagt, daß David ein Betrüger ist. Von dieser Meinung ist er nicht abzubringen.«

»In dem Fall muß sein versoffener Verstand nicht mehr richtig funktionieren. Jeder weiß, daß Sir Mark alles überprüft hat. Ich meine, da gab es schon ein paar Leute, die vermuteten, daß er nicht echt ist. Aber niemand hat jetzt noch Zweifel daran. Dein Bruder hat endgültig den Verstand verloren. Falls er das Ding durchzieht, wird er im Knast landen, was uns allen nur recht sein kann.«

»Sprich nicht so über ihn. Wenn es hart auf hart kommt, gehört er eben doch zur Familie.«

»Was hat er jemals für dich getan, außer dich jedes Mal, wenn du ihn für einen Job vorgeschlagen hast, im Stich zu lassen?«

»Wie dem auch sei, er ist sich sicher, daß das nicht David ist, und das hat er nicht nur gesagt, weil er betrunken war. Seit er ihn reiten gesehen hat, ist er völlig aus dem Häuschen.«

»Ist er mit der Sprache rausgerückt, warum er sich so sicher ist?«

»Nein, das habe ich aus ihm rauszukriegen versucht, aber da hat er einfach dicht gemacht. Er sagte nur, daß dieser Typ nicht einmal wie David reitet.«

»Was soll das nun wieder? Wie kann er nach fünfzehn Jahren einen Unterschied erkennen?«

»Ich habe nicht die geringste Ahnung, Mike, aber er hat ständig behauptet, daß das nicht David sein kann und daß er die Tredingtons für das, was sie ihm angetan haben, bezahlen lassen wird.«

»Das ist doch alles hirnverbrannter Unsinn, oder? Kann gar nicht anders sein. Der ist immer sauer gewesen wegen dem, was passiert ist, und nun glaubt er, wieder auf die Beine zu kommen, indem er ein paar fiese Gerüchte in Umlauf setzt und die Familie in Verlegenheit bringt.« Mike dachte über seine eigene Rolle nach. »Ich werde mit George darüber sprechen. Schließlich arbeiten wir für die Familie, und George mag vielleicht ein arroganter Kerl sein, aber er zahlt gut, und ich will mit dem Treiben deines Bruders nicht in Verbindung gebracht werden. Das könnte uns unsere Jobs kosten.«

In Mikes Augen funkelte ein zorniges Feuer. Die Möglichkeit, daß die Loyalität seiner Frau zu ihrem nichtsnutzigen Bruder das behagliche Leben, das sie sich auf Georges Farm geschaffen hatten, in Gefahr bringen konnte, machte ihn wütend.

Jan fühlte, daß Mikes Reaktion sie beunruhigte. Zu spät kam die Reue darüber, daß sie ihm von Ivors Vorhaben erzählt hatte. Um sich die eigenen Zweifel nicht anmerken zu lassen, lachte sie über den Vorschlag ihres Mannes. »Das wird nicht passieren«, behauptete sie. »Niemand wird uns jemals die Schuld für das geben, was er anstellt. Und außerdem ist das wahrscheinlich eh nur Bockmist, was da in seinem Kopf herumgeistert.«

Der fünfte November war ein wunderbar klarer Tag. Die über Exmoor aufgehende Sonne strahlte auf den mit Reif überzogenen Boden herab, als Aidan von seinem Cottage zum Stallhof ging.

Aidan, der gerade ein frisch zugerittenes Fohlen trainierte, freute sich über den Geruch und den Anblick dieses Herbstmorgens. In diesem Moment befiel ihn eine leichte Unruhe, und im verborgensten Winkel seines Bewußtseins fürchtete er, daß dieses Leben nicht für immer so weitergehen könnte.

Die Tatsache, daß er an diesem Nachmittag Letter Lad beim Rennen reiten sollte, elektrisierte ihn. Seit er diesen Wallach nach Barford gebracht und trainiert hatte, hatte ihn das Tier zunehmend mehr beeindruckt, und obwohl er das niemandem gegenüber zuzugeben bereit war, setzte er große Hoffnungen auf das Pferd. Voller Vorfreude hielt er diesen wunderschönen Wallach, auf dessen Rücken er saß, an, im Schritt zu gehen.

Eine Weile lang sinnierte er mit einem ihm fremden Kribbeln im Magen über das vor ihm liegende Wochenende. Lucy würde mit einer Gruppe von Freunden aus London zum Mittagessen kommen. Sie hatten sich vorgenommen, auf dem Rasen vor dem Haus ein großes Feuerwerk zu veranstalten. Unter den Gästen würde auch die hübsche und langbeinige Emma, Lucys Journalistenfreundin, sein.

Gleich bei ihrer ersten Begegnung hatte Aidan sich nichts vorgemacht. Obwohl sie sich eindeutig für ihn interessierte, machte er sich eigentlich nicht viel aus ihr. Sie war einfach nicht sein Typ, im Gegensatz zu Susan Butley, die viel eher seinen Vorstellungen entsprach, aber leider nichts mit ihm zu tun haben wollte. Daher hatte er doch immer wieder an Emma denken müssen.

Aidans Charme und gutes Aussehen machten die Tatsache wett, daß er im Lauf seines Lebens nur wenig Erfahrungen mit Frauen gesammelt hatte. Seit seiner Pubertät hatte er immer wieder mit einem der Mädchen aus seinem Dorf geflirtet, was hin und wieder zu Liebesabenteuern von unterschiedlicher Leidenschaft und Qualität geführt hatte. Nur zu deutlich war er sich bewußt, wie wenig er für einen Mann in seinem Alter über den intimen Umgang zwischen den Geschlechtern wußte. Eigenartigerweise steigerte das in den Augen mancher Frauen seine Anziehungskraft nur noch, aber das wußte er natürlich nicht.

Er verstand zwar nicht, weshalb Emma ihm so eindeutig zu verstehen gegeben hatte, daß sie an ihm interessiert war, aber er war ein gesunder Mann mit normalem Verlangen und sah insofern keinen Grund, ihr Vorhaben in Frage zu stellen. Nun mußte er sich eingestehen, daß er sich genauso darauf freute, sie zu sehen, wie es ihn danach drängte, Letter Lad zu reiten.

Aidan war schon auf dem Weg nach Sandown, als Lucy und Emma mit vier weiteren Freunden, Johnny Henderson eingeschlossen, auf Barford eintrafen. Kurz vor Beginn der Fernsehübertragung gesellten sich alle zu Sir Mark, um mit ihm das Rennen anzuschauen.

Von seinem ersten Hindernisrennen auf Letter Lad war Aidan keineswegs enttäuscht. Das Pferd war von seinem vierten Platz so angetan, daß es ganz aufgeregt und nervös zum Sattelplatz tänzelte, darauf abzielend, die Aufmerksamkeit der Menschen auf sich zu lenken.

»Was für ein Rennen«, meinte Aidan zu dem Stallburschen, als sie zurückkamen. Wenn sie auf das Hindernis auf der abschüssigen Strecke nicht zu schnell zugehalten hätten und beim Landen nicht unglücklich aufgekommen wären, hätten sie wahrscheinlich noch einen besseren Platz herausgeholt.

Äußerst zufrieden mit sich und dem Pferd, ließ Aidan das Wiegen über sich ergehen. Nächstes Mal würde er die Geschwindigkeit ein bißchen drosseln und dann sehen, was sie tatsächlich erreichen konnten.

Auf dem Weg zum Umkleideraum erlebte er so etwas wie ein *Déjà-vu*, als die kleine, verlotterte Gestalt in dem alten Barbour und mit der flachen Kopfbedeckung in sein Gesichtsfeld trat.

Wieder lag auf Ivor Butleys Gesicht dieses unstete, höhnische Grinsen, das er schon in Newton Abbot an den Tag gelegt hatte.

Aidan nickte ihm freundlich zu. »Tag, Ivor. Sie haben ja einen weiten Weg auf sich genommen. Ich hoffe, Sie sind nicht nur gekommen, um mir den Rücken zu stärken.«

»Nein, obwohl ich meine, du hättest gewinnen können. Ich wollte dich noch mal kurz sprechen.«

»Gut. Dann werde ich Sie auf den Drink einladen, den Sie neulich ausgeschlagen haben.«

»Nein. Ich möchte dich unter vier Augen sprechen.«

Aidan zuckte mit den Achseln. »Gut. Ich bin gleich wieder zurück.«

Fünfzehn Minuten später fand er Ivor an der Stelle, wo er ihn stehengelassen hatte.

Zusammen verließ das ungleiche Paar die Rennbahn und ging auf den Parkplatz zu. Nachdem sie die Menschenmenge hinter sich gelassen hatten, fragte Aidan Ivor, was er von ihm wolle.

»Nun, laß mich mal nachdenken«, antwortete Ivor mit gerunzelter Stirn. »Ein ansehnliches Einkommen für nicht allzuviel Arbeit und eins von diesen netten kleinen Cottages. Das würde für den Anfang genügen.«

»Sie meinen, auf dem Anwesen?«

»Ja.«

»Hören Sie, Ivor, ich werde mit meinem Vater darüber sprechen. Ich leite das Gestüt ja nur, und im Moment haben wir genug Stallburschen. Ich hörte, daß Sie sich mit meinem Vater überworfen haben, nachdem ich von daheim weg bin, und es tat mir sehr leid, das zu hören, aber da ist nicht viel, was ich tun kann.«

»Aber du wirst eine Menge tun können, wenn Sir Mark nicht mehr da ist und du alles erbst. Und erzähl mir ja nicht, daß du nichts tun kannst. Wenn du wirklich willst, geht es schon.«

Aidan registrierte, mit welcher Selbstsicherheit der Mann seine Forderungen formulierte. Ja, er stellte Forderungen, er bat nicht um einen Gefallen.

»Um der alten Zeiten willen würde ich natürlich gern etwas für Sie tun«, begann Aidan zögernd, »aber der Zeitpunkt ist nicht günstig. Ich habe meinem Vater, als ich zurückkehrte, gesagt, daß ich keine Sonderbehandlung wünsche, sondern nur das Gehalt des Gestütsmeisters, und so ist es auch, einmal abgesehen davon, daß ich ein paar Pferde ge- und verkauft habe.«

»Du bist ein durchtriebenes Schlitzohr, nicht wahr?«

Plötzlich mußte Aidan an Susan Butley denken, die genau dieselben Worte gewählt hatte, als er sie in Lynmouth vor dem Anchor getroffen hatte, gleich nachdem er in Devon eingetroffen war. Da musterte er Ivor genauer. »Wieso sagen Sie das?« fragte er ihn mit einem Lachen.

»Weil du den alten Mann dazu gebracht hast, darum zu kämpfen, daß du bleibst. Hat mir meine Tochter geflüstert. Ich habe gestern abend mit ihr telefoniert, zum ersten Mal seit zwei Jahren.«

»Das hat nichts mit durchtrieben zu tun«, entgegnete Aidan verunsichert. »Ich war mir nur bewußt, wieviel Schmerz ich ihm zugefügt hatte. Da hatte ich nicht das Gefühl, automatisch ein Recht darauf zu haben, wieder heimzukehren und mich dort einzunisten.«

»Da kann ich dir kaum widersprechen, zumal du überhaupt kein Recht hast. Du bist genausowenig David Tredington wie ich der Duke of Edinburgh.«

Obwohl Aidan sich innerlich auf diese Beschuldigung eingestellt hatte, blieb er stehen. Aus Ivor Butleys Ton wurde deutlich, daß er sich hundertprozentig sicher war, einem anderen als David Tredington gegenüberzustehen.

Aidan riß sich zusammen und warf Ivor einen entrüsteten Blick zu. »Und, was um alles in der Welt, bringt Sie auf diese Idee?«

»Ich weiß es eben«, antwortete Ivor bestimmt. »Egal, ob Sir Mark dich hat überprüfen lassen. Und da nützt es auch nichts, dafür gesorgt zu haben, daß es so aussieht, als hättest du dir dein Muttermal entfernen lassen.«

»Ich verstehe«, sagte Aidan. Seine Nervosität ließ er sich nicht anmerken. »Würde es Ihnen was ausmachen, mir zu erzählen, weshalb Sie sich so sicher sind?«

»Es gibt ein paar Dinge, die jeder hätte sehen können, wenn er nur genau hingeschaut hätte. Erstens habe ich David das Reiten beigebracht, und ich habe ihm gezeigt, daß man die Zügel innen am kleinen Finger vorbei führt. Diese Art der Zügelführung hätte er niemals abgelegt. Und ich habe dich die letzten beiden Tage reiten gesehen. Du hältst die Zügel anders.«

Aidan lachte. »Gütiger Gott, Ivor. Ich glaube nicht, daß das viel beweist. Als ich nach Irland kam, habe ich meinen Stil grundsätzlich geändert.«

Ivor schüttelte starrsinnig den Kopf. »O nein. So wie man reiten gelernt hat, reitet man immer. Das ändert sich nicht. Und außerdem«, fügte er hinzu und wischte seine feuchte Nase ab, »ist das nur einer der Gründe, warum ich weiß, daß du nicht David bist. Es gibt noch andere, stichhaltigere, wirst schon sehen. Ich weiß nicht, wer du bist, aber ich weiß, so sicher wie ich hier stehe, daß du niemals David Tredington bist.«

Aidan starrte lange Zeit in Ivors aggressive kleine Augen. Dann lächelte er und zuckte mit den Achseln. »Na gut. Und was wollen Sie nun unternehmen?«

Ivor kicherte triumphierend. »Nichts – solange du mir gibst, was ich will. Und das ist nicht viel, jedenfalls nicht für jemanden, der all den Zaster erben wird.« Er warf Aidan einen herausfordernden Blick zu. »Aber falls du mir nichts gibst, werde ich jedem erzählen, daß du nicht der bist, den du zu sein vorgibst. Und das kann ich beweisen – problemlos. Dann wird George Tredington alles kriegen, und du landest im Knast, falls ich dich nicht vorher erwische«, drohte er mit gespielter Tapferkeit.

Aidan beobachtete, wie Ivor sich schlurfenden Schrittes entfernte. Er fühlte sich hundsmiserabel. Die Drohung von Ivor hatte weitaus mehr Gewicht als die von MacClancy. Es war nicht nur das Muttermal oder die Art, wie er ritt, nein, Ivors Worte hatten ihn davon überzeugt, daß der kleine Trunkenbold sich absolut sicher war, daß er ein Betrüger war und daß seine Behauptung, falls nötig, bewiesen werden konnte.

Aidan hatte nicht die Courage, zu den Tribünen zurückzukehren. Er ging zum Parkplatz für Jockeys, stieg in den Mercedes, den Sir Mark ihm geliehen hatte, und fuhr zurück nach Devon, nach Hause.

Daheim in Great Barford hatte sich eine Schar Menschen in Aidans Alter, alles selbstbewußte Städter, versammelt, die entschlossen war, an diesem Tag eine Menge Spaß zu haben. Diejenigen Freunde Lucys, die ihn bisher noch nicht kennengelernt, aber schon von ihm gehört hatten, begrüßten ihn interessiert. Sir Mark gratulierte ihm persönlich zu seinem Ritt und gab zu erkennen, daß er mit seiner Taktik voll und ganz einverstanden war. »Sehr klug von dir, ihn beim ersten Mal erst vorsichtig ranzunehmen und abzuschätzen, was er kann. Wie es aussieht, hast du ein gutes Pferd gekauft.«

Mit dem im Haus vorherrschenden Geist der oberflächlichen Vergnügungen konnte Aidan nicht mithalten. Vor dem Feuerwerk hielten sich die meisten im Atelier auf und nippten an ihren Drinks. Er registrierte, daß Emma ihn auch heute mit unverhohlenem Interesse betrachtete, als er sich aus dem Raum schlich. Es drängte ihn danach, sich mit Johnny Henderson unter vier Augen zu unterhalten.

In einem eigens dafür ausgestatteten Zimmer im hinteren Teil des Hauses spielte Johnny Billard. Als Aidan durch die Tür trat, legte er gerade das Queue an. Er warf Aidan einen Blick zu und stieß zu. »Warum zum Teufel noch mal, hast du das Rennen nicht gewonnen?« fragte er mißmutig.

»Du hast doch nicht auf meinen Gewinn gesetzt, oder?«

»Doch, verdammt noch mal.«

Aidan hatte für diese Torheit nur ein Achselzucken übrig. »Du hättest mich erst fragen sollen. Dann hätte ich dir verraten, daß er heute nicht gewinnen wird. Nächstes Mal, vielleicht...«

»Jeder hat gesehen, daß du dem Pferd keinen Dampf gemacht hast. Hat mich überrascht, daß die Rennleitung dich nicht zu einem Schwätzchen eingeladen hat. Die Quote wird er niemals wieder kriegen.« Johnny schickte einen langen Ball über den makellosen, grünen Filz und versenkte die rote Kugel. Nur noch die schwarze war auf dem Tisch zu sehen. Sein Mitspieler, ein langhaariger Mann Ende zwanzig und mit Adlernase, zog die Augenbrauen hoch und spähte leicht gereizt auf den Tisch.

»Falls du den einlochst«, konstatierte er in schleppendem Tonfall, »werde ich dir wohl einen Hunderter schulden.«

»Ja«, sagte Johnny, als er um den Tisch lief, auf der Suche nach dem besten Platz. »Zück schon mal dein Scheckbuch. Ich will das Geld gleich heute und nicht irgendwann einmal.«

Er setzte das Queue an und schoß die letzte Kugel vom Tisch. Ohne zu lächeln, legte er sein Queue in der dafür vorgesehenen Wandhalterung ab.

Der Verlierer stellte widerwillig einen Scheck aus und reichte ihn Johnny. »Ich denke, ich brauche jetzt einen ordentlichen Drink«, verkündete er beim Verlassen des Zimmers. Johnny wartete, bis seine Schritte im Flur verhallten, ehe er das Wort an Aidan richtete.

»Was für ein Arschloch! Aber wenn ich noch vier solche Spiele gegen ihn gemacht hätte, hätte ich immerhin das Geld zurückgewonnen, das ich deinetwegen verloren habe.«

Heute zeigte Johnny zum ersten Mal so etwas wie Feindseligkeit Aidan gegenüber. Es war klar, daß er ziemlich betrunken war, und Aidan spürte, daß ihn noch etwas anderes beschäftigte.

»Deine Wetterei hat nichts mit mir zu tun.«

»Nicht? Nun, es paßt mir auch nicht in den Kram, daß du Emma anbaggerst. Und außerdem interessiert sie sich nur für dich, weil sie dich für David hält.«

»Keine Ahnung«, entgegnete Aidan. »Ich habe sie bisher erst einmal getroffen. Aber ich werde ihr schon erzählen, daß ich nicht David bin, oder willst du das lieber übernehmen? So wie die Dinge stehen, wird sie es eh bald erfahren.«

Plötzlich war Johnny beunruhigt. »Wieso? Was ist passiert? Ich dachte, du hättest dich um MacClancy gekümmert.«

»Habe ich auch. Ich gehe nicht davon aus, daß er uns in Zukunft Schwierigkeiten machen wird.« Aidan hörte, wie sich ein paar Leute in Richtung Billardzimmer bewegten. »Komm, laß uns die Beine vertreten und nach dem Feuerwerk sehen.«

Johnny folgte ihm widerwillig.

Draußen in der kühlen, klaren Nachtluft entfernten sie sich vom Haus in Richtung des großen Lagerfeuers, das neben dem Küchenvorgarten vorbereitet worden war. Im fahlen Lichtschein des aufgehenden Neumondes und der Lichter aus dem Haus sahen sie eine Gestalt, die auf dem aufgeschichteten Holz ruhte. Das Gesicht bestand aus einer Kohlrübe, die Nase aus einer Karotte. Ein verschmitztes Grinsen lag auf seinem Gesicht. Instinktiv schlugen Johnny und Aidan eine andere Richtung ein, als ob die Puppe sie belauschen könnte.

»Nun?« fragte Johnny. »Was ist jetzt das Problem?«

»Ivor Butley. Er hat mich gestern in Newton Abbot gesehen. Er kam direkt auf mich zu, um zu prüfen, ob ich ihn erkenne. Einen Moment lang konnte ich ihn nicht einordnen, aber dann ging ich im Geist all die Leute durch, von denen du mir erzählt hast, und riet einfach drauflos. Ich habe ihn überrascht, aber das hielt nicht lange vor. Und dann hat er sich ein bißchen darüber beklagt, daß er hier seinen Job auf dem Gestüt verloren hat. Ich habe ihn auf einen Drink eingeladen, aber das hat er ausgeschlagen.«

»Und – wo liegt das Problem?«

»Ich bin noch nicht fertig. Heute ist er wieder aufgetaucht, in Sandown, hat mich in die Ecke gedrängt und mir ins Gesicht gesagt, daß er wisse, daß ich nicht David sei und daß er es beweisen könne. Aus der Art und Weise, wie er das gesagt hat, habe ich geschlossen, daß er dazu sehr wohl in der Lage ist.«

Johnny antwortete nicht gleich. Seinen Gesichtsausdruck konnte Aidan nicht erkennen, aber er merkte, daß Johnny gewillt war, seine Einschätzung zu teilen.

»Mist! Ich frage mich, wieso er sich so sicher sein kann.«

»Er behauptete, ich würde die Zügel anders als David halten, aber das führte er nur deshalb als Argument an, weil er noch mit einem weitaus stichhaltigeren Grund aufwarten kann. Den hat er mir natürlich nicht genannt. Vielleicht steht er noch in Verbindung mit David. Vielleicht hat David ihm gesagt, wohin er gehen wollte. Schließlich hast du mir erzählt, daß sie früher gute Freunde gewesen sind.«

»Das waren sie auch. David hat eine Menge Zeit in den Ställen bei Ivor verbracht. Ivor war damals kein schlechter Jockey, und er kannte seine Pferde. Erst nachdem David verschwunden war, ist er aus dem Leim gegangen und fing an, sich unmöglich zu benehmen.« Johnny schöpfte Luft. »Was für ein Mistkerl! Wo wir uns so gut gemacht haben. Und, was wirst du jetzt unternehmen?«

»Falls er einen Beweis für seine Behauptung hat, gibt es nicht viel, was ich tun kann.«

»Gütiger Gott, Aidan!« Die Vorstellung, sein Anteil des Tredington-Erbes könne ihm durch die Lappen gehen, sorgte dafür, daß Johnny mit einem Schlag wieder nüchtern wurde. »Du darfst jetzt nicht aufgeben. Was wollte er dafür, daß er die Klappe hält?«

»Eine Art Rente und ein Cottage. Für den Anfang.«

»Nun, das ist ja nicht das Ende der Welt.«

»Du spinnst doch, Johnny. Der Mann ist ein Säufer und Spieler. Wenn er erstmal weiß, daß er mich in der Zange hat, wird er mich ausbluten, und ich kann dann nichts dagegen unternehmen. Weißt du, diesmal müssen wir das Ganze endgültig abblasen. Jesus, ich meine, wenn es nicht Ivor wäre, dann wäre es ein anderer. So werde ich nachts niemals Ruhe finden. Mein schlechtes Gewissen macht mir jetzt schon genug zu schaffen.«

Johnny hatte mit seiner Frustration zu kämpfen. »Mach einfach weiter, Aidan«, riet er ihm schnell. »Ich weiß verdammt genau, daß du all das nicht aufgeben möchtest. Du stehst doch darauf, den gutaussehenden, blaublütigen Amateur-Jockey zu spielen, auf den alle Mädchen abfahren. Und was soll aus deiner Mutter werden? Sie verläßt sich darauf, daß du in Zukunft irgendwie für sie aufkommst. Willst du sie nun im Stich lassen?« Er packte Aidan am Arm. »Hör mal, du mußt einen Weg finden, mit Ivor fertig zu werden. Ich habe dir das letzte Mal geholfen – ich meine, ich habe Emmot für dich aufgespürt, damit du ihn dir vornehmen kannst. Aber bitte laß dich jetzt nicht zu irgendeiner idiotischen Aktion hinreißen.«

Leise grollend trat Aidan gegen einen frischen Maulwurfhügel im grünen Rasen. »Ich weiß nicht. Natürlich gefällt es mir hier, und natürlich will ich meine Mutter nicht hängen lassen, aber die Tatsache, daß Mickey umgekommen ist, hat mich ziemlich betroffen gemacht... Und ich mag die Menschen hier, heiliges Kanonenrohr. Ich hasse es, sie anlügen zu müssen.«

»Aber du schadest ihnen doch nicht«, entgegnete Johnny verzweifelt. »Ganz im Gegenteil. Und am Tod des Jungen trägst du keine Schuld – wie auch? Da steckte nicht MacClancy dahinter, das war ein Unfall. So was passiert nun mal.«

»Ich bin mir nicht so sicher, daß es ein Unfall war. Und etwas sagt mir, daß die Polizei es auch nicht für einen Unfall hält.«

»Die stellen selbstverständlich alles in Frage, aber da es kein triftiges Motiv gibt, haben sie ja nicht viel in der Hand, um weiterzumachen, oder? Hör auf, dir Sorgen zu machen«, bettelte Johnny.

Aus dem hinter ihnen liegenden Haus drang der Lärm der Partygäste, die nun in die Nacht hinaustraten, um den Scheiterhaufen mit der Puppe zu entzünden und das Feuerwerk aufsteigen zu lassen.

»Wir werden morgen weiterreden«, schlug Aidan im Flüsterton vor und rief dann den näherkommenden Menschen mit lauter Stimme zu, »Lucy, wer soll dieser Kerl sein? Sieht ganz nach Jeffrey Archer aus.«

8

Tom Stocker, der Gärtner auf Barford, hielt eine brennende Fackel an den Scheiterhaufen. Eine drei Meter hohe Flamme stach in die windstille, kühle Nacht. Innerhalb weniger Minuten hatten sich die Familienmitglieder und die Gäste um das Feuer versammelt. Auf ihren Gesichtern bildeten sich die Glut der Hitze und der tanzende Lichtschein ab.

Die Anzahl der Partygäste war mittlerweile auf dreißig angestiegen. Ein Dutzend Personen übernachteten auf dem Landsitz, der Rest waren Freunde der Familie aus dem Ort. Manche von ihnen hatten David früher gekannt und nutzten jetzt die Gelegenheit, sich mit eigenen Augen davon zu überzeugen, was für ein Mensch er im Lauf seiner Abwesenheit geworden war.

Trotz der aus seiner Begegnung mit Ivor Butley resultierenden Anspannung gelang es David, sie für sich zu gewinnen. Die Tatsache, daß er von der Familie bedenkenlos aufgenommen worden war, erleichterte ihm die Sache ungemein. Seine irische Art, die vor allem in seinem Dialekt deutlich zum Ausdruck kam, stieß so manchen vor den Kopf. Aber die meisten freuten sich darüber, daß er derjenige war, der eines Tages Barford übernehmen und in Zukunft im sozialen Leben in Devon eine gewichtige Rolle spielen würde.

Zwei von Lucys Freunden trugen einen glänzenden Kupferkessel mit einem von ihnen angesetzten Rumpunsch herbei. Sie stellten ihn auf einen Gartentisch neben dem Lagerfeuer und füllten das starke Gebräu in Bierkrüge. Nachdem Aidan ein paar Gläser des außerordentlich harmlos schmeckenden Punsches getrunken hatte, fing auch er endlich an, sich zu amüsieren. Johnny Henderson, wie immer sofort zur Stelle, machte sich daran, die Feuerwerkskörper anzuzünden.

Raketen mit bunten Lichterschweifen stiegen in den Sternenhimmel und endeten als blinkende, vielfarbige Lichterblumen vor dem dunklen Hintergrund. Goldregen funkelte knisternd, und Feuerräder kreischten. Die vom Punsch angeheiterte Menschenmenge hielt dem Anlaß entsprechend den Atem an und kicherte vergnügt.

Irgendwann stand Emma auf einmal neben Aidan und hielt sich an seinem Arm fest, als eine Reihe Raketen mit ohrenbetäubendem Lärm über ihren Köpfen explodierte. Bei der Gelegenheit wirkte es ganz natürlich, daß er seinen Arm um sie legte.

»Du wirst dafür sorgen, daß mir nicht kalt wird, nicht wahr, du kühler Mann?« fragte sie ihn.

Im Licht des Lagerfeuers betrachtete er ihr Gesicht und grinste. »Was glaubst denn du?«

Mit einem Lachen schmiegte sie sich in seinen Arm.

Hinter ihnen stand George Tredington und beobachtete sie. Als Aidan zu ihm hinüberschaute, grinste er bis über beide Ohren und drehte sich zum Kupferkessel hin, um sich nachzuschenken. Auf der anderen Seite des Feuers, das inzwischen zu ein paar rotglühenden Scheiten heruntergebrannt war, stand Susan Butley und schaute ihm unverwandt in die Augen. Aidan warf ihr ein Lächeln zu und nahm seinen Arm von Emmas Schulter.

Als das Feuerwerk verloschen, der Kupferkessel leergetrunken und das Lagerfeuer zu Asche zerfallen war, kehrten die Gäste nach und nach ins Haus zurück. Dort erwartete sie das Abendessen und Musik, Billard und Kartenspiel. Victoria versuchte, ein paar Spiele in Gang zu bringen, wozu die Gäste aus London allerdings keine Lust hatten. Ihr Interesse galt eher dem nicht versiegenden Nachschub an Getränken und dem Einfädeln sich anbahnender Beziehungen.

In all dem munteren Treiben schlug Sir Mark sich wacker

und plauderte im Atelier mit denjenigen, die sich für Pferdesport interessierten. Aidan wurde herbeigeschafft, den Personen vorgestellt, die er bislang nicht kennengelernt hatte, und gebeten, von seinen bisherigen Erfolgen auf den englischen Rennbahnen zu berichten.

Emma verlor er aus den Augen, bis sie sich einige Zeit später mit einem festgefrorenen Lächeln auf den Lippen dazugesellte und sich neben Aidan auf dem Boden räkelte.

Nach einer Weile legte sie ihre Hand auf seinen Arm. »Komm, Davy, du hast lange genug über Pferde geredet.«

Aidan freute sich über die Gelegenheit, den Pferdeenthusiasten zu entwischen. »Ich werde dieses Mädchen an die frische Luft bringen. Meiner Meinung nach hat sie die dringend nötig, und dann kann ich ihr gleich noch den großartigen irischen Riesen am Himmel zeigen.«

»Was für einen irischen Riesen?« fragte jemand.

»O'Ryan.«

Er stand auf und hielt Emma die Hand hin, um ihr beim Aufstehen behilflich zu sein. Auf dem Weg nach draußen kamen sie an Susan Butley vorbei.

Weder der Anblick, den die nackte Emma bot, noch der erste intensive physische Kontakt mit ihr enttäuschten Aidan. Seit Monaten, eigentlich seit er nach England gekommen war, hatte er mit keiner Frau mehr geschlafen, und eine Nacht mit Emma zu verbringen war für ihn eine ganz neue Erfahrung.

Die frustrierenden Zusammentreffen mit Susan und ihre offensichtlich ablehnende Haltung ihm gegenüber hatten bei ihm zu einem Anstau sexueller Energie geführt, die dringend einer Entladung bedurfte. Emmas nüchterne und natürliche Einstellung sorgte dafür, daß sich bei ihm keine Schuldgefühle einstellten, und erweckten in ihm den Eindruck, daß ihre Motive seinen nicht unähnlich waren.

Erst nachdem ihr erster und gemeinsamer Höhepunkt abgeklungen war, fragte er sich, ob Emma die Dinge, die sie ihm ins Ohr geflüstert hatte, auch ernst meinte. Auf der anderen Seite hielt er es für durchaus möglich, daß der Alkohol sie bei ihren Worten beflügelt hatte.

Leicht ermattet und ganz ruhig lag er neben ihr und spürte nach dem Orgasmus noch ein leises Zittern in seinen Gliedern.

»Geht es dir gut?« fragte er leise.

»Mmm. Könnte gar nicht besser sein. Bis jetzt habe ich es noch nie mit einem Jockey getrieben.«

»Tja, ich bin nur ein Amateur.«

»Das hat man aber nicht gemerkt«, murmelte Emma. Sie machte eine halbe Drehung, schlug ihr langes Bein über ihn und tastete nach seinem für den Moment schlaffen Glied.

Später, als sie sich so lange geliebt hatten, daß es ihnen schwer fiel, zu sagen, wessen Körper wem gehörte, und sie von einem dünnen Schweißfilm überzogen waren, gelangten sie noch einmal zusammen zum Höhepunkt. Erst dann brach Emma mit einem kehligen und zufriedenen Stöhnen auf ihm zusammen.

»Das war gut«, hauchte sie.

»Ja, nicht wahr«, stimmte Aidan zu.

Emma stützte sich auf ihren Ellbogen auf, so daß ihre Brustwarzen seine Brust streiften, und blickte in seine strahlendblauen Augen. »Du bist mir ein Rätsel, weißt du? Irgendwie hatte ich nicht damit gerechnet, daß so ein netter, gesunder Mann wie du das Tier in sich rauslassen kann, aber ich hätte es dennoch wissen müssen.«

Aidan lachte. »Und ich bildete mir ein, du seist so betrunken, daß du gar nicht wüßtest, ob du kommst oder gehst.«

»Verrat mir«, fragte sie mit verschmitztem Lächeln, »bist du wirklich ein Tredington?«

Aidan zwinkerte. »Soweit ich weiß«, antwortete er leichthin, was ihn einige Mühe kostete.

»Ich glaube nicht, daß deine Schwester hundertprozentig davon überzeugt ist«, sagte Emma, ohne zu zeigen, daß sie wußte, welche Wirkung ihre Worte auf ihn hatten.

»Welche Schwester?«

»Lucy, wer sonst?«

»Warum? Hat sie dir das gesagt?«

»Nicht direkt, aber ich schließe das aus der Art und Weise, wie sie über dich spricht.«

»Großer Gott«, sagte Aidan, »das ist mir nicht aufgefallen. Ich frage mich, wieso.«

»Nun, bist du David?«

Aidan lachte. »Nein, natürlich nicht. Ich bin nur so ein aus Irland reingeschneiter Kerl, der eine Möglichkeit sah, hier bequem zu leben. Und ich hatte das Glück, daß das mit dem Bluttest und so hingehauen hat...«

Emma blickte ihn verunsichert an. »Lucy hat mir nichts davon erzählt, daß man dich einem Bluttest unterzogen hat.«

»Ich denke nicht, daß Dad mit ihr darüber gesprochen hat.«

»Dann bist du also wirklich David?«

»Du scheinst enttäuscht zu sein.«

»In gewisser Weise, ja. Mir gefiel die Vorstellung, du seist ein Betrüger.«

»Nun, erzähl Lucy nicht, was ich gesagt habe. Wird mir Spaß machen, sie in den nächsten Tagen im Auge zu behalten.«

»In Ordnung.« Emma grinste und streichelte sein Kinn. »Oh, ich hatte den Eindruck, daß sich unter der Decke etwas rührt. Hast du damit etwas zu tun?«

Als Aidan Susans gerötete Wangen erblickte, lief er selbst auch rot an.

Es war Sonntagmorgen, und die Pferde mußten noch gefüttert und die Ställe ausgemistet werden. Jeden zweiten Sonntag half Susan bei der Stallarbeit aus, damit die Stallburschen einmal ausschlafen konnten.

Aidan fragte sich, ob sie gesehen hatte, wie Emma sich eine halbe Stunde vor dem allgemeinen Aufwachen ins Haus zurückgeschlichen hatte. Sie schien irgendwie verärgert, aber Aidan legte im Umgang mit ihr die gleiche Höflichkeit an den Tag, um die er sich seit seiner Ankunft in Barford in ihrer Gegenwart stets bemühte.

So fütterte er die Stuten und Fohlen, während Susan sich um die Jährlinge kümmerte. Nach etwa zehn Minuten ging er in den Futterstall, wo sie sich gerade mit einer Schaufel in der Hand über einen Futtertrog beugte. Leise trat er hinter sie. Als sie sich umdrehte und ihn sah, erschrak sie.

In ihren Augen spiegelte sich eine ungewohnte Verletzlichkeit.

»Was gibt es?« fragte Aidan, ehe sie ihre Gefühle verstecken konnte.

Susans Züge wurden hart. »Was meinen Sie mit ›Was gibt es‹? Was soll es schon geben?«

»Sie scheinen irgendwie verärgert zu sein.«

Susan kippte die Schaufel Gerste in einen Plastikeimer zu ihren Füßen.

»Ich bin verärgert«, sagte sie, ohne ihn anzuschauen, »weil Sie so ein verdammter Schwindler sind.«

Aidans Blick gab nichts preis. »In welcher Hinsicht?« fragte er.

»Dem Anschein nach in vielerlei Hinsicht. Was haben Sie denn mit einer Kuh wie dieser Emma zu tun?«

»Nicht viel.«

Susan begegnete seinem Blick. Für einen Augenblick schien seine Antwort sie zufriedenzustellen. »Na schön, aber wie sehr hier alle von Ihnen angetan sein mögen, ich bin mir so sicher wie eh und je, daß Sie nicht David sind.«

»Genau dasselbe hat mir Ihr Vater gestern gesagt. Haben Sie ihm Ihre Einstellung verraten?«

»Ja, so könnte man es sagen. Als David verschwand, war Vater völlig aus dem Häuschen, und als die Menschen behaupteten, David würde zurückkommen, da ein Brief von ihm eingetroffen war, beharrte er darauf, daß sie ihn nie wiedersehen würden. Den Grund für seine Überzeugung hat er uns nie verraten, aber er behauptete immer und immer wieder, daß es keine Hoffnung für eine Rückkehr Davids gäbe.«

»Haben Sie ihn in letzter Zeit gesprochen?«

»Ja, vorgestern, seit Ewigkeiten zum ersten Mal. Er hat mir erzählt, daß er Sie bei den Rennen getroffen hat, und wollte wissen, was hier vorgeht.« Sie zuckte mit den Achseln. »Ich sagte ihm, daß Sie wieder hier wohnen und daß Sie in den Augen der Familie und Nachbarn David sind. Da lachte er und behauptete steif und fest, daß Sie genausowenig David sind wie Gott.«

Während sie sprach, zerbrach Aidan sich den Kopf darüber, wie er vorgehen sollte. Ein Teil von ihm hätte ihr am liebsten die Wahrheit gesagt und damit die Stolpersteine aus dem Weg geräumt, die der Beziehung, die sie eigentlich eingehen könnten, im Weg standen. An seinen Gefühlen für sie hatte auch die mit Emma verbrachte Nacht nichts geändert.

Auf der anderen Seite durfte er dieses Risiko nicht eingehen: Vielleicht war sie ja in der Lage, seine Motive zu akzeptieren und den Mund zu halten, vielleicht aber auch nicht.

»Ich fürchte, daß Ihr Vater nicht ganz auf der Höhe ist. Falls Sie ihn in letzter Zeit nicht zu Gesicht bekommen haben, wissen Sie möglicherweise nicht, wie schlecht es um ihn bestellt ist. Wahrscheinlich ist er mittlerweile ein richtiger Säufer und lebt – wie die meisten Alkoholiker – in einer Phantasiewelt.«

Aidan setzte sich auf den Tisch neben der Futtertruhe. »Sie müssen wissen, daß er immer noch stinksauer über das ist, was mit ihm nach meinem Verschwinden passiert ist.« Jetzt zuckte er mit den Achseln. Susan machte einen wesentlich unsichereren Eindruck als noch vor fünf Minuten.

Aidan fuhr fort. »Ich habe keine Ahnung, was sich abgespielt hat. Ich mochte ihn damals sehr. Und ich habe mit ihm eine Menge Zeit verbracht, wie Sie wissen. Manchmal hat er Sie auch mit auf den Hof gebracht; Sie sind damals neun oder zehn gewesen, erinnern Sie sich?«

»Ja, ich erinnere mich«, antwortete Susan und fühlte sich geschmeichelt.

»Aber wovon reden Sie eigentlich dauernd? Sie und ich, wir sind doch so gut miteinander ausgekommen, ehe Sie wußten, wer ich bin.«

»Denken Sie, daß ich mir dessen nicht bewußt bin? Aber selbst für den Fall, daß Sie wirklich David sind, welche Zukunft hätte eine Beziehung zwischen uns? Ich bin hier nur die Sekretärin, und nach dem, was gestern nacht passiert ist, bin ich nicht mal sicher, ob mein Interesse nicht langsam abflaut.«

»Was war denn gestern nacht?«

»Ich habe gesehen, wie diese dünne Kuh sich taumelnd aus Ihrem Cottage geschlichen hat.«

»Falls Sie einen Heiligen wollen, wäre ich eh nicht der Richtige für Sie.«

Durch die offenstehende Scheunentür hörten sie, wie jemand über den Hof ging. Einen Moment später spazierte Victoria in den Futterstall. Aidan und Susan gelang es gerade noch rechtzeitig, eine geschäftsmäßige Miene aufzusetzen, ehe sie hereinkam.

»Tag, David. Hätte nicht gedacht, daß du heute morgen so früh aufstehst, vor allem nicht nach Hugos teuflischem Rumpunsch.«

»Na, nur gut, daß ich heute nicht am Dreimeilenrennen teilnehme. Hier schleppe ich ja nur ein paar Futtereimer hin und her, und außerdem hilft mir Susan.«

Victoria lächelte Susan zu. »Sie sind großartig. Ich weiß nicht, wie Sie das machen.«

»Nun«, meinte Aidan, »ich habe meine Arbeit erledigt. Jetzt werde ich erstmal im großen Haus frühstücken.«

»Mrs. Rogers wird sich freuen. Seit einer halben Stunde wartet sie vergeblich darauf, daß jemand auftaucht und was ißt«, plapperte Victoria drauflos. »Die einzige, die ich auf den Beinen gesehen habe, war diese verrückte Freundin von Lucy, diese Emma. Aber bei der vermute ich nicht, daß die groß frühstückt.«

Im zehn Meilen entfernten Braycombe kämpfte George Tredington sich aus seinem schweren Eichenbett und schlüpfte in einen seidenen Hausmantel.

Er stieg die knarrende Treppe hinunter, füllte Pulver einer starken brasilianischen Kaffeeröstung in eine altmodische Kaffeemaschine, ließ ein Glas mit Wasser vollaufen und warf drei Alka-Seltzer hinein.

Gerade als er das sprudelnde Gemisch hinunterspülte, klopfte Mike Harding an die Küchentür und trat ein.

»Morgen, Mister Tredington. Gute Party gestern?«

»Ich weiß es nicht. Ich denke, nicht.«

»Sie hätten lieber Orangensaft trinken sollen.«

»Ja, aber dann hätte ich ja gestern schon wissen müssen, wie es mir heute geht. Was verschafft mir so früh an einem Sonntagmorgen die Ehre?«

»Früh? Es ist nach zehn.«

»Nun, was wollen Sie von mir?« fragte George leicht gereizt.

»Da gibt es etwas, wovon ich glaube, daß ich es Ihnen erzählen sollte, denn es hat mit der Familie zu tun.«

»Dann nehmen Sie lieber Platz. Der Kaffee müßte jede Minute fertig sein.«

Mike Harding ließ sich auf einen Küchenstuhl fallen und überlegte, wie er anfangen sollte.

»Es geht um Jans Bruder Ivor«, begann er.

»Ich dachte, es ginge um meine Familie.«

»Es geht ... um David.«

Georges Blick wurde eine Spur neugieriger. »Um David? Meinen Cousin?«

»Ja. Sie wissen ja, bevor er verschwand, waren er und Ivor, als er noch auf Barford arbeitete, ziemlich dick miteinander.«

»Ja, gewiß doch. Ivor brachte ihm das Reiten bei, obwohl ich sagen muß, daß damals niemand damit rechnete, daß er einmal ein so guter Jockey werden würde, wie er es heute ist. Wie auch immer, was hat der alte Trunkenbold ausgeheckt?«

Mike atmete erst einmal tief durch. »Ich gehe davon aus, daß er Schwierigkeiten machen könnte.«

George sagte nichts.

»Er sagte zu Jan, daß er nicht davon überzeugt ist, daß David David ist.«

George schien entgeistert zu sein. »Wovon, um alles in der Welt, reden Sie da?«

»Verstehen Sie mich nicht falsch, das ist nicht meine Meinung, Mr. Tredington. Das hat Ivor gesagt. Er behauptete zu wissen, daß David nicht wirklich David ist, sondern ein Betrüger.«

»Was? Das ist absurd«, wehrte George ab. »Ich würde nicht auf diesen Dummkopf hören. Ich meine, immerhin ist er die meiste Zeit betrunken und kann nicht mal unterscheiden, ob heute Heiligabend oder ein ganz gewöhnlicher Dienstag ist.«

»Aber sicher, das habe ich auch zu Jan gesagt, aber sie hat ihn dann Freitagabend besucht. Da ist er ziemlich nüchtern gewesen und völlig aus dem Häuschen. Er hatte David beim

Rennen in Newton Abbot getroffen und behauptete dann, daß er nie und nimmer ein Tredington ist.«

»Wie, verdammt noch mal, soll der sich denn entsinnen? Und überhaupt, es liegt doch auf der Hand, daß David sich verändert hat und nicht mehr der ist, der er mit zwölf gewesen war. Die meisten Leute verändern sich, wenn sie erwachsen werden.«

»Ja, aber er besteht darauf, eindeutig beweisen zu können, daß das nicht David ist.«

Ganz langsam schenkte George Kaffee in die beiden Tassen. »Und wie soll er das beweisen können?«

»Das weiß ich nicht. Das hat er Jan nicht verraten, sondern nur, daß er es könnte und daß er sich mit Hilfe dieses Wissens an den Tredingtons rächen wolle.«

»Sich rächen? Wofür?«

»Dafür, daß man ihn gefeuert hat, nehme ich an, und außerdem dafür, daß man ihm seine Tochter gestohlen hat, so drückt er sich zumindest aus.«

George brach in schallendes Gelächter aus. »Na, das ist doch wirklich durchgedreht. Susan Butley hatte seit jeher nichts anderes im Kopf, als auf Barford irgendeinen Posten zu ergattern. Und, offen gesagt, das war wahrscheinlich gar nicht so unklug, denn ihr ist es zu verdanken, daß Sir Mark das Anwesen jetzt ganz anders führt.«

»Nun, das sagt Ivor jedenfalls, und so wie es aussieht, ist es ihm ernst.«

»Aber damit wird er nichts erreichen. Mein Onkel hat Davids Geschichte gründlich nachprüfen lassen. Davon hat er David gegenüber selbstverständlich nichts erwähnt, obwohl seine Vorsichtsmaßnahmen meiner Ansicht nach mehr als vernünftig waren. Schließlich hat man ihn nun wieder offiziell als rechtmäßigen Erben eingesetzt«, fügte er bedauernd hinzu.

»Das habe ich gehört, Mr. Tredington, aber ich erzähle Ihnen nur, was Ivor gesagt hat. Wo er doch Jans Bruder ist, und falls er etwas anstellt, will ich nicht, daß das auf uns zurückfällt. Außerdem gehören Sie doch zur Familie.«

»Gütiger Gott, ich würde Jan niemals für das, was Ivor tut, verantwortlich machen.«

»Nun, ich wollte nur sichergehen. Und außerdem hielt ich es für meine Pflicht, Sie zu informieren.«

»Das war richtig so. Herzlichen Dank, Mike. Ich werde sehen, was ich da unternehmen kann.«

Georges Antwort erleichterte Mike ungemein. »Danke, Mr. Tredington. Falls Sie Ivor eventuell einen Besuch abstatten möchten...«

George griff den Vorschlag in Gedanken auf, legte dabei die Hand auf den Mund und tippte mit dem Zeigefinger an die Oberlippe. »Das ist gar keine schlechte Idee. Geben Sie mir seine Adresse. Ich werde versuchen, demnächst mal bei ihm vorbeizuschauen.«

Nach dem Frühstück auf Barford, zu dem Emma nicht erschienen war, gingen Johnny Henderson und Aidan zum Gestüt, um sich die Jährlinge anzuschauen.

Da Susan inzwischen weg war, lag der Stall verlassen da. Johnny verschwendete keine Zeit und kam gleich auf das Thema zu sprechen.

»Gut, Aidan, ich habe mir über diesen verdammten Igor Butley meine Gedanken gemacht. Warum soll ich ihm nicht einen Besuch abstatten und dabei in Erfahrung bringen, wieviel er weiß? Vielleicht sollte ich vorschlagen, ihm dabei behilflich zu sein, mit dir ins Geschäft zu kommen. Falls er tatsächlich was weiß und es beweisen kann, müssen wir ihn kaufen.«

»Johnny, ich habe dir gesagt, daß es keinen Weg gibt, ihn zu kaufen. Wenn wir ihm Geld geben, wird er gierig und uns ausquetschen wie eine Zitrone.«

»Laß uns darüber reden, wenn wir in Erfahrung gebracht haben, was er weiß. Ich gehe mal davon aus, daß er eine Vermutung hat, sich die nun groß ausmalt und dabei in Fahrt geraten ist über die vielen vielversprechenden Möglichkeiten. Wahrscheinlich versucht er es einfach mal, weil er eh nichts zu verlieren hat.«

»Na gut, aber ich kann dir jetzt schon sagen, daß er mehr als eine bloße Vermutung hat. Der weiß Bescheid. Jetzt ist nur noch die Frage, ob er etwas beweisen kann oder nicht.«

»Gut, ich werde mich der Sache annehmen. Das Problem ist, daß ich morgen in London sein muß – ich habe ein Treffen mit einem Mann, der ganz scharf darauf ist, ein paar teure Jährlinge zu kaufen. Und ich komme am Dienstag zur Jagd hierher. Darum kann ich ihn nicht vor Mittwoch sehen. Hör mal, Aidan«, bat er, »unternimm nichts, bis ich ihn gesprochen habe. Ich wette, ich kann das regeln.«

In Aidans Blick lag Entschlossenheit. »Johnny, falls er wirklich die Katze aus dem Sack lassen kann, werf ich die Sache hin. Unter diesen Umständen behagt es mir nicht, David Tredingtons Platz einzunehmen.«

Johnny schöpfte verzweifelt Atem. »Mach dir keine Sorgen, ich bin sicher, daß er blufft. Du wirst schon sehen.«

Die Gäste verließen Barford Manor am Sonntagnachmittag. Aidan sah zu, wie die Wagen unter lauten Verabschiedungen und Versprechen, bald wieder zu Besuch zu kommen, abfuhren.

Johnny Henderson fuhr als letzter weg. Als sein Auto mit Emma auf dem Beifahrersitz die Zufahrt hinunterrollte, legte sich eine angenehme Stille über den Landsitz.

Mit einem Lächeln auf den Lippen kehrte Aidan zusammen mit Sir Mark ins Haus zurück.

»Komm, laß uns in der Bibliothek einen Drink nehmen«, schlug der Baronet vor.

»Solange es nicht dieser Rumpunsch von gestern abend ist, gern.«

Sir Mark lachte. »Gott sei Dank war um Mitternacht nichts mehr davon übrig.«

In der Bibliothek wurde die Miene des älteren Mannes auf einmal ernster und mißmutiger. Er schenkte sich einen Drink ein und setzte sich damit in seinen Lieblingssessel. »Bedien dich selbst«, forderte er Aidan mürrisch auf.

Aidan nahm ihm gegenüber Platz, auf der anderen Seite des Kamins, in dem kein Feuer brannte. Durch das hohe Fenster schien das Herbstlicht fast horizontal auf die Statue des heiligen Georg und die Bücherregale dahinter.

Aidan musterte seinen Adoptivvater. »Du siehst erschöpft aus.«

Sir Mark nickte. »Diese Wochenenden steck' ich nicht mehr so leicht wie früher weg. Es ist nicht so, daß es mir nicht gefällt, wenn die nächste Generation in meinem Haus feiert. Übrigens wünschte ich, Victoria hätte sich in jemand anderen verliebt, bevor dieser Jockey auf der Bildfläche erschienen ist. Nicht«, fügte er hinzu, »daß ich etwas gegen Jockeys hätte.« Er stieß einen Seufzer aus. »Aber eigentlich darf ich mich nicht beklagen. Sie ist eine prima Tochter, vor allem wenn man bedenkt, daß sie von einem alten Haudegen wie mir erzogen wurde.«

»Ich kann mir nicht vorstellen, daß dich jemand als alten Haudegen ansieht.«

Sir Mark lächelte, aber das Lächeln verflog schnell, und sein Gesicht erstarrte in der Maske überwältigender Traurigkeit. Er musterte Aidan. »David, es gibt etwas, das ich dir erzählen muß. Hätte ich schon eher tun sollen, aber nicht mal die Mädchen wissen davon, obwohl sie vielleicht einen Verdacht haben.«

Aidan hielt den Atem an.

»Ich fürchte, ich bin nie ein Mann gewesen, der mit Krankheiten umgehen konnte, und als die Bauchschmerzen anfingen, ignorierte ich sie. Man kann eine Menge Schmerz ertragen, wenn man dazu bereit ist.« Er hielt inne und betrachtete gedankenverloren den heiligen Georg, der sein Schwert in den Drachen stieß. »Vor ein paar Monaten, kurz bevor du aufgetaucht bist, wurden die Schmerzen zu stark, daß ich nicht mehr darüber hinwegsehen konnte. Und als die Ursache des Schmerzes diagnostiziert wurde, war es zu spät, um dagegen etwas zu unternehmen.«

Die Trockenheit, mit der Sir Mark seine Geschichte vortrug, rührte Aidan zu Tränen. »Was ist es?« fragte er im Flüsterton.

»Zuerst die Milz und nun der Darm. Sie hätten die Möglichkeit, einen Großteil davon rauszuschneiden, und danach müßte ich mich monströsen Strahlungsdosen unterziehen, aber die Wahrscheinlichkeit, daß das hilft, ist minimal, und wenn ich schon gehen muß, dann – ehrlich gesagt – lieber mit etwas mehr Würde.«

»Aber sicher«, stimmte Aidan panisch zu und verabscheute die Tatsache, daß sie dem Ziel von Johnnys Plan viel näher waren, als sie geglaubt hatten. »Aber sicherlich ist es doch einen Versuch wert? Ich meine, du bist erst sechzig. Du hast noch zwanzig oder mehr Jahre vor dir, und du hast eine Menge zu geben.«

»Hab' ich? Wem? Ich bin nur ein Mann, der das Glück hatte, allein durch seine Geburt ein Vermögen zu bekommen.« Er holte mit dem Arm aus. »Ich habe ein paar gute Pferde gezüchtet. Nicht gerade ein bahnbrechendes Ergebnis. Die meisten Menschen würden mich als wandelnden Anachronismus bezeichnen.«

»Du hast den dir nahestehenden Menschen eine Menge zu geben. Lucy, Victoria . . . und mir.«

Sir Mark nickte. Ein vages Lächeln umspielte seinen Mund.

»Und dir. Das hat mich sehr glücklich gemacht. Und es macht mir alles viel leichter.«

»Haben sie dir wenigstens etwas gegen die Schmerzen verschrieben?«

»O ja. Jeden Tag schlucke ich eine Tasse voll Pillen. Grauenhaft.« Er rang sich ein Lächeln ab und versuchte, seinen Zustand zu überspielen. »Die lindern etwas, aber machen mich auch depressiver. Oder vielleicht nehmen meine Depressionen auch von allein zu.«

Aidan betrachtete den Mann, der ihm vertraute, der ihm väterliche Zuneigung und damit etwas schenkte, was er nie gekannt hatte. Auf einmal war ihm bewußt: Er wollte nicht, daß dieser Mann starb. Mit aller Macht spürte er, daß er keine Geheimnisse zwischen sich und ihm haben wollte. Würde sein Geständnis das Leben dieses Mannes nur für eine kurze Zeit verlängern, hätte er prompt die Wahrheit gesagt. Aber sein Verstand sagte ihm, daß wahrscheinlich das Gegenteil der Fall sein würde.

»Großer Gott, Dad, ich hatte ja keine Ahnung. Du hast dir gar nichts anmerken lassen. Ich wünschte so sehr, daß ich etwas tun könnte.«

»Kannst du auch. Du hilfst mir sehr, indem du hier bist. Dadurch, daß ich wieder einen Sohn habe.« Er grinste. »Und da ist noch etwas anderes, das du für mich tun könntest: Auf Deep Mischief den Hennessy Cup für mich gewinnen. Schließlich weiß man ja nie, vielleicht ist er hinterher ein Gold Cup Pferd. Einen Gold Cup habe ich noch nie gewonnen.«

Aidan lachte. »Wir werden dieses verdammte Rennen für dich gewinnen, warte nur ab. Und paß auf, daß du auch deins gewinnst«, fügte er mit sanfter Stimme hinzu.

»Danke.« Sir Mark nickte ohne eine Spur Selbstmitleid. »Doch ich bin mir bewußt, daß ich nicht der einzige bin, der Probleme hat. Ich wollte dich eigentlich schon längst fragen, wie es Mary geht. Das muß dir große Sorgen machen – schließlich ist sie dir fünfzehn Jahre eine Mutter gewesen.«

»Ja, das macht mir Sorgen«, antwortete Aidan. »Ihr Zustand verbessert sich anscheinend nicht, und sie muß in Bälde mit totaler Unbeweglichkeit rechnen. Sobald ich etwas Geld mit dem Verkauf von Pferden verdient habe, werde ich für sie die Pflege organisieren, damit sie daheim bleiben kann.«

»Ich könnte dir möglicherweise unter die Arme greifen.«

Aidan war für Sir Marks großzügiges Angebot dankbarer, als er ihm zeigen konnte, schüttelte dennoch den Kopf. »Nein, Dad. Sie obliegt nicht deiner Verantwortung, und ich habe dir von Anfang an gesagt, daß ich es hier allein schaffen möchte – und das kann ich auch.«

»Ja, das glaube ich auch. Aber es wird eine Weile dauern, ehe du dir die Position verschafft hast, die einen gewinnbringenden Pferdehandel erlaubt.«

»Mit Letter Lad müßte mir das gelingen.«

»Du hast vor, ihn zu verkaufen?«

»Sobald er einen Hinweis auf sein Potential geliefert hat.«

»Ich hoffe allerdings, daß du nicht zuviel aus ihm rausschlägst, denn das würde den alten George rasend machen.«

»Bisher hatte ich nicht den Eindruck, daß er richtig sauer ist.«

»Nein«, stimmte Sir Mark zu. »Ich bin sehr beeindruckt ... Doch noch mal zurück zu Mary. Hältst du es nicht für besser, rüberzufliegen und sie zu besuchen? Wir kommen hier auch ein paar Tage ohne dich zurecht. Am Sonntag reitest du, nicht wahr?«

»Um ehrlich zu sein, nein.«

»Aber du hast mir doch gesagt, daß Letter Lad in Chepstow läuft. Hat Sam beschlossen, ihn zurückzuziehen?«

»Nein, aber er darf nur 63½ Kilo tragen, darum werde ich Jason fragen müssen.«

Sir Mark nickte zustimmend. »Gute Idee. Ich frage mich allerdings, ob er das Angebot annehmen wird. Trotzdem würde es mich freuen, wenn du bis dahin zurück wärst und wir das Rennen zusammen anschauen könnten. Warum fliegst du nicht Dienstag nach der Jagd oder Mittwochmorgen und bleibst ein paar Tage?«

Aidan grinste. »Du bist sehr aufmerksam. Daran habe ich gerade auch gedacht.«

»Ich sag dir was, dieser Taunton-Bauherr – wie hieß er noch gleich? –, Bruce Trevor, der Mann, für den du das Rennen gewonnen hast, der hat ein Flugzeug samt Piloten. Der könnte dich rüberfliegen lassen. Das Flugzeug steht in Weston. Ich werde ihn gleich mal anrufen. Er wird mir bestimmt diesen Gefallen tun, wenn ich ihn darum bitte«, sagte Sir Mark.

Nach einer unruhigen Nacht, in der ihn sein schlechtes Gewissen mehr denn je plagte, wachte Aidan mit dem Wunsch auf, sich voller Tatendrang in seine Arbeit zu stürzen, um Sir Mark seine Großzügigkeit wenigstens auf diese Weise zu vergelten.

Er und Johnny hatten vereinbart, nichts gegen Ivor Butley zu unternehmen, bis Johnny ihm einen Besuch abgestattet hatte. An diesem Tag ritt Aidan nicht bei Sam Hunter aus, sondern verbrachte den Morgen damit, zwei junge Stuten aus erstklassiger Zucht zuzureiten, bevor sie probeweise auf einen Hof nach Newmarket geschickt wurden. Dort wollte man sich darüber Gewißheit verschaffen, wie sie sich in einem Flachrennen machten.

Die Tredingtons hatten es sich zur Regel gemacht, vielversprechende Jungstuten zu behalten und nur die Hengstfohlen zu verkaufen. Normalerweise schickte man die jungen Stuten zu einem Trainer, der sie gegen Ende ihres ersten Lebensjahres zuritt. Aidan war es aber gelungen, Sir Mark davon zu überzeugen, daß er diese Aufgabe genausogut selbst erledigen und dem Gestüt damit die Kosten für ein mehrmonatiges Training ersparen konnte.

Aidan liebte es, mit jungen Pferden zu arbeiten, und wußte, wie wichtig es für ihr späteres Verhalten war, daß man sie von Anfang an richtig behandelte. Er verfügte über die Fähigkeit, ein einmal gestecktes Ziel unbeirrbar zu verfolgen. So vergingen ein paar äußerst zufriedenstellende Stunden, ehe er sich ins große Haus begab, wo er mit Sir Mark zu Mittag aß. Erst dann meldete sich sein schlechtes Gewissen aufs neue.

Mit keinem Wort gingen sie auf die Unterhaltung vom Vorabend ein. Statt dessen diskutierten sie beim Essen, welche Stute sie im kommenden Frühjahr von welchem Hengst decken lassen sollten. Man merkte Sir Mark an, daß er seine Arbeit, der er nun seit über dreißig Jahren nachging, mit Freude verrichtete, obwohl sie sich beide durchaus der Tatsache bewußt waren, daß er den Erfolg der Paarungen, die sie gerade besprachen, höchstwahrscheinlich nicht mehr miterleben würde.

Nach dem Mittagessen verspürte Aidan das Bedürfnis, allein zu sein, Haus und Gestüt hinter sich zu lassen und zu versuchen, das Dilemma, in dem er steckte, zu lösen. Den ganzen Morgen über hatte sich jedermann auf einen Sturm eingestellt, aber nun hatte sich der Wind etwas gelegt, und hie und da blitzte sogar ein Fleckchen blauer Himmel durch die flachen Winterwolken.

Er sattelte eine der älteren Stuten, die in dieser Saison nicht gefohlt hatte, und ritt mit ihr vom Hof hinaus auf die weiten Weiden, die zu den Klippen hochführten. Zuvor mußte er aber auf einer Schneise eine halbe Meile lang durch einen Bergahorn- und Eichenwald reiten. Am Ende der Schneise kam er durch ein Tor, hinter dem sich die ersten Felder auftaten. Auf einem Springer hätte er ohne zu zögern über das vier Fuß hohe Gatter gesetzt, aber auf dieser alten, untrainierten Stute war das zu riskant. So stieg er ab und führte sie zu dem rostigen Metallschnapper, mit dem das Tor gesichert war, um davor wie angewurzelt stehenzubleiben. Aus dem Augenwinkel heraus hatte er am gegenüberliegenden Feldrand eine Bewegung wahrgenommen. Dort wucherte eine windgepeitschte Hecke, die sich eine Klippe hochschlängelte.

Ein Mann mit khakifarbenen Hosen und Jackett spazierte hinter der Hecke entlang. Die Art und Weise, wie er sich fortbewegte, hatte etwas Vorsichtiges, Tastendes an sich, das Aidan verriet, daß er nicht entdeckt werden wollte.

Aidans angeborene Neugier ließ ihn innehalten und beobachten, wie die Gestalt das Ende der Hecke erreichte und dann über die offene Weide zum Klippenrand eilte, hinter dem sie verschwand.

Über diese hochliegenden Weiden war Aidan schon des öfteren geritten, zumal sie – trotz der fehlenden Geländer entlang der Klippe – als Trainingsgelände genutzt wurden. Aufgrund der dünnen Erdschicht versickerte Regenwasser schnell.

Aidan war gerade im Begriff, das Gatter aufzumachen, als eine zweite Gestalt hinter der Hecke auftauchte und heimlich der ersten folgte. Aidan kniff die Augen zusammen, um die beiden Gestalten zu erkennen, aber die Entfernung war einfach zu groß. Das einzige, was er mit Sicherheit sagen konnte, war, daß diese Person, wahrscheinlich ein Mann, einen langen braunen Mantel trug. Gespannt beobachtete er, wie der Verfolger ebenfalls über das weite Feld marschierte und dann aus seinem Blickfeld verschwand.

Selbstverständlich fragte er sich, was die beiden Gestalten da trieben. Vielleicht handelte es sich um eine Art Katz-und-Maus-Spiel zwischen einem Wilderer und einem Wildhüter. Leise öffnete er das Gatter, führte die Stute hindurch, machte das Tor wieder zu und stieg auf. Dann trottete er langsam an der Hecke entlang bis zur Klippenspitze. Nachdem er sein Pferd an einem Schwarzdornbusch festgebunden hatte, legte er die letzten dreißig Meter bis zum Klippenrand zu Fuß zurück.

An der Stelle, wo die beiden Gestalten abgetaucht waren, tat sich eine flache, grasbewachsene Rinne auf. Jetzt war niemand hier. Aidan ging bis zum Klippenrand. Hier, am tiefsten Punkt, führte ein wenig benutzter, steiniger Pfad in Serpentinen zum Meer hinunter.

Der Mann im langen, braunen Mantel erreichte gerade das Ende des Pfades. Aidan warf sich zu Boden, damit er ihn von unten nicht sehen konnte, und reckte dann den Kopf aus dem feuchten Gras, um einen Blick auf den schmalen und menschenleeren Strand zu werfen.

Das braungekleidete Individuum lief nun schnell, aber durchaus vorsichtig den Strand hinunter in Richtung der nackten Felsspitze, die ins Meer hinausragte. Es war offensichtlich, daß er sich nur darum kümmerte, von seinem Vorgänger nicht gesehen zu werden. Nicht ein einziges Mal schaute er nach hinten zur Klippe, von der aus Aidan ihn im Liegen beobachtete. Bevor er ans Strandende gelangte, kletterte er auf einen niedrigen Felsvorsprung, zwängte sich in eine kleine Felsnische und wartete dann.

Zwanzig Minuten später begann Aidan sich um die alte Stute Sorgen zu machen, die er zurückgelassen hatte. Die Feuchtigkeit drang langsam durch seinen langen, gewachsten Reitmantel, und außerdem hatte ein Gezeitenwechsel stattgefunden, und das Meer kehrte zum Fuß der Klippe zurück. Der Mann in Braun rührte sich nicht von der Stelle, und Aidan hatte inzwischen die Hoffnung aufgegeben, ihn aus dieser Entfernung identifizieren zu können.

Aidan fand, daß es an der Zeit war, aufzubrechen. Was immer sich dort unten abspielte, es ging ihn wahrscheinlich eh nichts an. Dennoch ließ seine Neugierde ihn noch einen Moment ausharren. Und dann wurde er für sein Warten belohnt.

Der erste Mann kam anscheinend aus einer Art Höhle, die Aidan von seinem Platz aus nicht sehen konnte. Sein Verfolger hatte ihn ebenfalls gesehen und drängte sich tiefer in den Schutz seines Verstecks.

Der Khaki-Mann schien sich nun ganz sicher zu sein, daß ihm niemand gefolgt war. Ohne einen Blick nach hinten zu werfen, ging er denselben Weg zurück, den er gekommen war. Kurz bevor er den Pfad, der nach oben führte, erreicht hatte, kam der Mann im braunen Mantel aus seinem Versteck, doch statt dem anderen zu folgen, lief er in die Richtung, aus der er gekommen war.

Gebannt verfolgte Aidan das Treiben der beiden Männer, konzentrierte sich aber bald auf den Mann, der nun die Klippe unter ihm hochkraxelte. Auf halber Strecke war er eigentlich nah genug, daß Aidan ihn hätte erkennen können, wenn er den Kopf gehoben hätte. Aber das geschah erst etwas später, als er nur noch etwa fünfzehn Meter unter Aidan stehenblieb. Dort kreuzte ein kleines Rinnsal den Pfad, und der Mann schaute endlich auf.

Aidan brauchte den Bruchteil einer Sekunde, bis er begriff, wer das war. Danach zog er blitzschnell den Kopf ein und ging im hohen Gras in Deckung. Mit geneigtem Kopf stand er auf und lief geduckt zu seiner Stute. Innerhalb weniger Sekunden saß er im Sattel und drängte das störrische Tier in einem Handgalopp zurück zum Gatter am Waldrand.

Diesmal mußte Aidan das Risiko eingehen und die müden Knochen der Stute auf die Probe stellen. Er hielt geradewegs auf das Tor zu, machte sich ganz leicht, trieb sie an und ließ sie über das Hindernis springen. Ohne den geringsten Widerstand tat sie es. Wohlgefällig grinsend, tätschelte Aidan ihr den Hals, ehe er an den Zügeln riß und ihr umzukehren befahl, weil er wissen wollte, ob Ivor Butley schon oben auf der Klippe zu sehen war.

Zu Aidans Erleichterung dauerte es ein paar Sekunden, bis sich eine Gestalt am Horizont abzeichnete. Erleichtert stieß er einen Seufzer aus und sah, wie Ivor zur schützenden Hecke rannte und dann zum Wald hinunterlief.

Aidan ritt mit dem Pferd in den Wald. Auf einmal tat es ihm leid, daß er die alte Stute so geschunden hatte, doch schien es ihr nichts ausgemacht zu haben, und als sie auf den Vorplatz des Gestüts ritten, war sie nicht einmal außer Atem.

Er vertraute sie Billy, einem der Stallgehilfen, an und bat ihn, sie ordentlich abzureiben. »Irgendwelche Nachrichten?« erkundigte er sich.

»Nein, Mr. David, aber Jason hat Sie vorhin gesucht.«

Aidan blieb stehen. »Wie lange ist das her?«

»Keine Ahnung. Eine halbe Stunde?«

»Was wollte er?«

»Hat er nicht gesagt.«

»Falls er noch mal reinschaut, sagen Sie ihm, daß ich drüben im Haus bin.«

Aidan sah sich noch ein paar Pferde an, ehe er in seinen Land Rover kletterte und die paar hundert Meter zu Jasons und Victorias Cottage fuhr. Seine Schwester kam an die Tür.

»Tag, Davy«, sagte sie. »Du siehst ein bißchen naß aus. Möchtest du eine Tasse Tee oder etwas anderes?«

»Nein, danke. Ich wollte kurz mit Jason sprechen.«

»Er ist nicht da. Ich weiß nicht, wo er steckt. Er war nicht hier, als ich reinkam.«

»Wann war das?« fragte er in einem schärferen Ton, als er beabsichtigt hatte.

»Ist das wichtig?« fragte ihn Victoria besorgt.

»Nein. Er hat mich nur gesucht. Ich dachte, es ginge darum, daß er Letter Lad reiten soll.«

»Er hat sich gefragt, wieso du das möchtest.«

»Bei ihm kommt es mit dem Gewicht hin. Ich liege drüber«,

lautete Aidans Antwort. »Wie auch immer, richte ihm aus, daß ich im Haus bin.«

Mrs. Rogers machte Aidan Tee und erzählte ihn, daß Sir Mark sich nicht wohl fühlte und sich in sein Zimmer zurückgezogen hatte. Susan war nach Lynmouth gefahren, um Briefpapier zu kaufen. Aidan versuchte, sich mit der Haushälterin zu unterhalten, war in Gedanken aber bei Ivor Butley, der heimlich nach Barford gekommen und einen schlüpfrigen Klippenpfad hinuntergestiegen war, um dann eine halbe Stunde in einer Höhle zu verbringen, und das auf einem der unzugänglichsten Strände an der Küste Norddevons.

Darauf bedacht, sich seine Ungeduld nicht anmerken zu lassen, ließ Aidan Mrs. Rogers allein in der Küche zurück und wanderte durch die stillen Hausflure zur Bibliothek. Als er am Büro vorbeikam, hörte er, daß die Faxmaschine in Betrieb war. Sie erwarteten die genauen Einzelheiten zur Teilnahme am Rennen. Er trat ins Büro, um die Nachricht zu lesen.

Sein Blick huschte über das Papier, das die Maschine ausgespuckt hatte. Darauf war eine Nachricht an Sir Mark von einer Anwaltskanzlei aus Sidney in Australien.

»*Wir haben die Meldung erhalten, daß die Mannschaft der White Finn, die vor der Insel Norfolk vermißt worden war, aufgelesen worden und am 2. November auf den Fidschis eingetroffen ist. Wir haben keine Bestätigung erhalten, daß David Tredington sich unter den Geretteten befindet, und auch keine weiteren Informationen hinsichtlich der Identität dieser Person. Sobald sich etwas Neues ergibt, werden wir Sie darüber in Kenntnis setzen.*«

Beim Lesen wurde Aidan so dumpf vor Schreck, daß er kaum mehr das Papier in seinen Händen fühlte. Die widerstreitenden Möglichkeiten, die ihm durch den Kopf schossen, schlugen ihm auf den Magen.

Aufgrund dessen, was er heute nachmittag beobachtet hatte, hegte er keinen Zweifel mehr daran, daß Ivor Butleys Höhlenbesuch dem Zweck diente, zu beweisen, daß Aidan nicht David war. Und daß jemand anderer – der Mann im braunen Mantel – wahrscheinlich dasselbe Ziel verfolgte. Aber, verdammt noch mal, wer war dieser David Tredington im Südpazifik? Und was wußte Sir Mark über ihn?

Einen Moment lang spitzte er die Ohren, lauschte, ob noch jemand im Haus war, und als er nichts hörte, faltete er das Papier zusammen und steckte es gerade noch rechtzeitig in seine Tasche, ehe irgendwo im Haus die Stimme eines Mannes ertönte. Einen Moment später hallten Schritte durch den Korridor, und George Tredington kam am Büro vorbei.

Aidan ging aus dem Raum, um ihn zu begrüßen. »Tag, George.«

»Oh, guten Tag, David. Mrs. R. hat mir verraten, daß du in der Bibliothek steckst.«

»Bin gerade auf dem Weg dorthin. Möchtest du einen Drink?« Zusammen schlenderten sie den Korridor entlang zur Bibliothek.

»Danke. Ich wollte dich sprechen. Ich muß nun endlich wissen, ob du morgen an der Jagd teilnimmst. Falls nicht, drängen sich schon eine Menge Leute um deinen Platz.«

Aidan nickte, während er die beiden Whiskys einschenkte. »Ich dachte, ich sollte mitmachen, obwohl ich nicht damit rechne, den Vögeln große Angst zu machen.«

»Dürfte interessant werden zu sehen, wie du jetzt schießt. Früher als kleiner Junge war ich ziemlich neidisch auf dich.«

»Nun«, begann Aidan vorsichtig, »seit damals bin ich nicht mehr in Übung.«

»Was soll's? Dürfte ein guter Tag werden.« Sie hörten, wie jemand durch den Flur ging. Erwartungsvoll drehte George den Kopf zur Tür. »Ich hoffe, es ist dein Vater. Ich wollte mich mal erkundigen, ob er mit meinen Instruktionen für Jim Wheeler zufrieden ist.«

Jason Dolton kam hereinmarschiert. Er trug dreckige Reitstiefel und einen langen braunen Wachsmantel, der dem glich, den Aidan vor einer halben Stunde weggehängt hatte.

Mit säuerlicher Miene nickte er Aidan zu. »Vicky sagte, daß du zurück bist. Du hast vorgeschlagen, daß ich am Samstag Letter Lad reiten soll?«

»Du hast doch keine Probleme, das Höchstgewicht einzuhalten, oder?« fragte Aidan.

»Nein, natürlich nicht.«

»Nun, ich liege weit darüber. Er ist auf das Hindernisrennen gut vorbereitet, und ich dachte, es gefällt dir, wenn du zur Abwechslung mal einen Sieg sicher hast.«

»Das ist überaus großzügig von dir«, grunzte Jason sarkastisch. »Ich werde den Ritt übernehmen, falls ich nichts Besseres angeboten kriege.«

»Prima!« rief Aidan mit gespieltem Enthusiasmus. »Du wirst schon kein besseres Angebot erhalten. Letter Lad müßte nach seiner letzten Vorstellung gewinnen.«

»Wir werden sehen«, sagte Jason und machte auf dem Absatz kehrt.

»Warte mal, Jason«, bat George, der Schwierigkeiten hatte, ihn als Familienmitglied anzusehen. »Du hast mir immer noch nicht Bescheid gegeben, ob du morgen an der Jagd teilnimmst. Du weißt, daß du eigentlich dabeisein solltest, ansonsten wird es ziemlich schwierig, die ganze Sache richtig zu organisieren.«

Jason spähte zu Aidan hinüber. »Kommt er mit?«

»Ja«, antwortete George ungeduldig.

»Dann komme ich auch.« Ohne ein weiteres Wort zu verlieren, zog Jason davon.

Aidan sagte nichts, bis Jasons Schritte im Korridor verhallten. Er versuchte, in seinem Schwager die Person zu sehen, die Ivor zum Strand hinunter gefolgt war. George riß ihn aus seinen Gedanken.

»Was für ein blöder Hund. Ich weiß immer noch nicht, was Vicky dazu gebracht hat, diesen Typen zu heiraten.«

»Ich glaube nicht, daß er immer so ist«, meinte Aidan. »Für ihn war es wahrscheinlich ein höllisch verlockendes Angebot, in diese Familie einzuheiraten. Und«, fügte er hinzu, »vielleicht dämmert es ihm langsam, daß er niemals an die Spitze kommen wird.«

»Meinst du?«

»Ich fürchte, ja.«

»Hmmm«, grunzte George. »Da fällt mir ein«, sagte er, »ich wollte ja mit dir über Letter Lad sprechen. Wie hat er sich am Samstag gemacht?«

Aidan zuckte mit den Achseln. »Hast du dir das Rennen nicht angesehen?«

»Doch. Es kam mir nicht so vor, als ob er richtig bei der Sache gewesen ist.« George fiel es schwer, nicht ironisch zu klingen.

»Tja, nun«, sagte Aidan mit einem breiten Grinsen, »ich kann nicht erwarten, daß sie alle gewinnen. Vielleicht war ich ein bißchen zu optimistisch, und vielleicht war es richtig, daß du ihn verkauft hast.«

»Na, du wirst schon noch sehen, daß es richtig war«, sagte George und lachte herzhaft. »Aber trotzdem – viel Glück mit ihm.«

»Danke.« Aidan war hocherfreut, daß George das Ergebnis des Rennens in Sandown falsch interpretiert hatte. »Nun, ich bin ziemlich durchgeweicht, ich werde jetzt heimgehen und mich eine Weile lang in der Badewanne ausruhen.«

»Gut«, sagte George. »Und ich werde warten, bis dein Vater hier unten auftaucht.«

9

Am Dienstag, dem Tag der Jagd, war es in der Morgendämmerung trocken. Am Himmel hing aber eine dicke, graue Wolkendecke.

Sir Mark hatte vorgeschlagen, Aidan solle zum Frühstück ins große Haus hochkommen. Johnny Henderson hatte sich eingeladen, die Nacht auf Barford zu verbringen, war aber erst gegen drei Uhr morgens aus London eingetroffen. Er und George hatten sich schon am Frühstückstisch eingefunden, als Aidan das Zimmer betrat.

Mrs. Rogers trug Platten mit Rührei und gebratenem Speck auf, während George sich über die Qualität des Sports ausließ, dem sie heute nachzugehen gedachten.

»Ich habe mein Gewehr Johnny geliehen, nur für diesen Tag, sozusagen als Vorschuß, damit er ein paar anständige Pferde für mich einkauft«, plapperte George fröhlich drauflos. »Und das obwohl er dir Letter Lad verkauft hat. Außerdem werde ich ein Auge auf Jim Wheelers Treiber werfen und aufpassen, daß sie ihre Arbeit ordentlich verrichten. Da es windstill ist, dürften wir in den Schluchten auf prima Vögel treffen. Und natürlich gibt es Unmengen davon in den Eichenwäldern. Es wäre ganz wunderbar, wenn der alte Lord Barnstaple zur Abwechslung auch mal was treffen würde.«

»Hör mal«, sagte Johnny und kaute auf einem Stück Speck herum. »Wenn die Pferde, die ich für dich gekauft habe, anfangen, Siege einzufahren, dann will ich noch ein paar zusätzliche Jagdtage.« Dabei fixierte er George, wohlwissend, daß allein der Gedanke, ein paar Sieger zu trainieren und damit seinen Namen in den Zeitungen stehen zu sehen, genügte, um jedes, aber auch wirklich jedes Versprechen einzulösen.

»Aber klar doch, mein Junge, klar doch. Ich werde mich höchstpersönlich darum kümmern, daß es nächste Saison Unmengen von Vögeln gibt, allein für dich.«

Aidan hörte aufmerksam zu. Einmal abgesehen von den wenigen heimlichen Ausflügen mit einem der Wildhüter und einem Ausflug zu einer Tontaubenschußanlage mit einem geborgten Zwölfkaliber, hatte er in seinem Leben keine Waffe abgefeuert. Dieser Art von Freizeitvergnügen war er in Irland nicht nachgegangen. Und nun sah es so aus, als ob David als Junge eine Art Knüller gewesen war, was den Umgang mit einem Gewehr anging.

Lord Barnstaple, der Besitzer des angrenzenden Landsitzes, und zwei ziemlich reiche Bauern aus der Gegend tauchten im Verlauf des Frühstücks auf. Alle drei beteiligten sich an den Kosten der Jagd. Insgesamt nahmen acht Waffen teil. Mike Harding und Victoria, beide mit einem Sechzehnkaliber, gehörten ebenfalls zur Truppe.

Als der Tisch sich füllte, gelang es Aidan, Johnnys Blick zu erhaschen und anzudeuten, daß sie sich dringend unterhalten müßten.

Keiner nahm so recht Notiz von ihrem Verschwinden, zumal sie erklärten, daß sie die Absicht hatten, einen Blick auf die Gewehre zu werfen. In der Waffenkammer sorgten sie als erstes dafür, daß man sie nicht belauschen konnte.

»Hör mal, Johnny«, begann Aidan, »hier unten hat sich einiges zugetragen.«

»Ach ja, und was?« fragte Johnny nervös.

»Gestern habe ich Ivor Butley gesehen, und jemand folgte ihm zum Strand hinunter.«

»Zum Strand? Zu welchem Strand?«

»Dort hinten, hinter den Galoppweiden, in der Nähe einer Stelle namens Stanner Head.«

»Und, was zur Hölle noch mal, hatte Ivor dort zu suchen?«

»Das weiß ich nicht, woher auch«, antwortete Aidan gereizt. »Aber ich würde mal annehmen, daß es was mit dem Beweis seiner Behauptung zu tun hat, daß ich nicht David bin.«

»Aber wieso dort unten?« Johnny schüttelte verständnislos den Kopf.

»Weiß ich doch nicht! Vielleicht hat David dort etwas hinterlassen, was Ivor jahrelang verschwiegen hat. Jedenfalls ging er in eine Höhle und kam erst eine halbe Stunde später wieder raus. Und kaum war er weg, stieg ein anderer Typ rein.«

»Und wer war das?«

»Ich war zu weit weg, um ihn erkennen zu können.«

Johnny musterte ihn neugierig. »Aber du hast eine Vermutung, oder?«

Seufzend nickte Aidan. »Ich bin mir nicht sicher, und ich weiß auch nicht, wo da die Verbindung bestehen soll, aber ich denke, es war Jason.«

»O mein Gott. Genau was uns noch fehlte«, stöhnte Johnny. »Ich frage mich, was der will. Klar, es geht ihm völlig gegen den Strich, daß du hier aufgetaucht bist. Daraus hat er schließlich nie einen Hehl gemacht. Er denkt, Vicky bekommt jetzt ihre Farm nicht mehr.«

»Sicher, das weiß ich. Aber es würde mich interessieren, wie er auf Ivor gekommen ist.«

»Ich werde sehen, was ich morgen aus Ivor rausquetschen kann, wenn ich ihm einen Besuch abstatte.«

»Das könnte eventuell zu spät sein.«

»Aber anders geht es nicht. Es würde ja wohl komisch aussehen, wenn ich auf einmal nicht an der Jagd teilnehme.«

»Ja, ich denke, das würde auffallen. Mark hat für mich morgen einen Flug nach Shannon arrangiert, damit ich Mary besuchen kann, aber du mußt auf jeden Fall morgen dort hinfahren. Ich traue diesem Ivor nicht über den Weg. Und da ist noch was, das ich dir zeigen muß.« Aidan zog das Fax aus der Tasche, das er vergangenen Abend eingesteckt hatte, und reichte es Johnny.

Beim Lesen schnitt Johnny eine Grimasse. Mit einem Achselzucken gab er es Aidan zurück. »Mach dir deswegen keine Sorgen.«

»Was soll das denn heißen? Falls der echte David auf den Fidschi-Inseln aufgetaucht ist, sind wir am Ende.«

»Ich weiß nicht, wer das sein soll, verflucht noch mal, aber ich bin mir ziemlich sicher, daß das nicht der echte David ist, und – was noch viel wichtiger ist – Sir Mark auch.«

»Dann hast du darüber also Bescheid gewußt?«

»Um ehrlich zu sein, ja. Mark hat mir davon erzählt, nachdem er den ersten Bericht erhalten hatte, daß ein gewisser David Tredington Mitglied der Besatzung war, die mitsamt der *White Fin* vermißt wurde.«

»Und wann war das?«

»Als ich im August hier war, um Material für dich zu sammeln.«

»Und warum hast du mir dann nichts davon gesagt?«

»Ich wollte verhindern, daß du dich davon aus der Bahn werfen läßt. Und außerdem erhielt Mark einen Bericht von diesen Anwälten, in dem stand, daß sie von diesem David Tredington, der in Australien gewesen ist, keine Spur finden konnten. Das war kurz bevor du hier aufgetaucht bist. Und schließlich hat er dich ohne Vorbehalte akzeptiert, was nur heißen kann, daß er diesen Kerl nicht für seinen Sohn hält.«

»Mann, das hättest du mir sagen müssen.«

»Aber zu jenem Zeitpunkt war ich mir ja noch nicht mal sicher, ob du überhaupt mitspielen würdest. Da bin ich eben das Risiko eingegangen.« Johnny grinste. »Zum Glück, nicht wahr? Sonst wären wir niemals so weit gekommen, wie wir jetzt sind.«

»Ich wünschte, es wäre alles nicht so gekommen«, sagte Aidan. »Bis du aufgetaucht bist, habe ich in Mayo ein friedliches Dasein geführt. Und nun ist Mickey tot, und ein alter Saufbold von Stallgehilfe droht mir, und Jason wird es auch tun, falls er es war, den ich gestern gesehen habe.«

»Hör mal, zerbrich dir über Ivor Butley nicht den Kopf. Ich bin sicher, daß wir mit ihm fertig werden, egal, was er weiß.«

»Ich bete zu Gott, daß du recht hast. Wir sollten jetzt lieber wieder zu den anderen stoßen, sonst fängt George zu jammern an.«

Auf dem Weg zurück ins Eßzimmer fing Mrs. Rogers Aidan im Korridor ab, um ihm zu sagen, daß ihn jemand am Telefon sprechen wollte. Johnny ging zu den anderen, Aidan begab sich in Sir Marks Arbeitszimmer.

»Hallo?«

»Mr. Tredington?«

»Ja.«

»Hier spricht Sergeant King von der Kripo in Hamshire. Es haben sich ein paar Dinge ergeben, wegen dieses Unfalls, bei dem Mickey Thatcher umgekommen ist. Es wäre mir lieb, wenn ich Ihnen, so schnell wie möglich, ein paar Fragen stellen dürfte.«

Aidans Herz klopfte laut. »Was für Dinge?«

»Das werde ich Ihnen sagen, wenn ich bei Ihnen bin. Wann würde es Ihnen passen? Falls möglich, würde ich gern noch heute kommen.«

»Ich bin mehr oder minder den ganzen Tag beschäftigt«, entschuldigte sich Aidan. »Aber gegen sechs Uhr hätte ich Zeit.«

»Das würde mir passen. Könnten Sie mir den Weg beschreiben?«

So ruhig wie möglich gab Aidan ihm die Anweisungen und legte dann den Hörer auf. Seine Frustration wuchs ins Unermeßliche. Es war die Hölle, bis am Abend warten zu müssen, um zu hören, was die Polizei ermittelt hatte. Er war der festen Überzeugung, daß es, was immer es sein mochte, seinen Verdacht bestätigen würde, daß der Unfall kein Unfall gewesen war. Und daß er eigentlich das Opfer hätte sein sollen.

George hatte sich ein neues Ritual ausgedacht, um die Nummern für den jeweiligen Stand zu ziehen. Als Jason nach dem Frühstück zu den anderen stieß, wurde jedem Gewehr ein kleiner silberner Schnapsbecher mit Portwein zugeordnet. Alle Jagdteilnehmer kippten gleichzeitig je ein Glas, auf dessen Grund sie ihre Nummer eingraviert fanden.

»Ich habe die Numerierung und die Treibjagdgruppen neu geordnet«, verkündete George, »damit ihr erst dann wißt, wie die Sache läuft, wenn ihr an Ort und Stelle seid.«

Die Gruppe startete in südlicher Richtung in einem Konvoi aus Land Rovern. Kaum waren die Wagen von der Auffahrt gerollt, bogen sie auf einen Feldweg ab, der zum Fluß führte. Dort erwartete sie eine Horde von etwa zwanzig Treib- und Aportierhunden mitsamt den Treibern. Sie plauderten miteinander, traten von einem Bein aufs andere, um die feuchte Kälte in Schach zu halten, brüllten ihre Hunde an und nickten den Jagdteilnehmern zu, die sie kannten.

Johnny Henderson saß in Aidans Land Rover. Als sie neben den anderen Fahrzeugen parkten, packte er Aidans Arm. »Jesus! Hast du gesehen, wer an der Treibjagd teilnimmt?«

Aidan inspizierte die Gruppe der dick eingepackten Männer. Ein paar hielten Hunde an Leinen, und die meisten hatten lange Stöcke in den Händen, um ins Unterholz und Gebüsch zu schlagen. Unter ihnen, auf den Stock gelehnt, befand sich Ivor Butley, der seine Hände warmblies.

»Großer Gott!« zischte Aidan. »Kommt der sonst auch mit?«

»Hab ihn seit Jahren nicht mehr gesehen.«

»Kannst du versuchen herauszufinden, warum er hier ist?« bat Aidan. »Mal sehen, was er zu sagen hat.«

»Sicher. Als er noch auf Barford arbeitete, kannte ich ihn ziemlich gut.«

Sie stiegen aus und unterhielten sich mit den anderen Jagdteilnehmern. Nur Jason hielt sich abseits, weil er sich nicht zugehörig fühlte und deshalb wie üblich sauer war.

»Ich werde mich den Treibern anschließen«, verkündete George im Tonfall eines Generals, der zur Schlacht bläst. »Falls es noch Fragen gibt, dann richten Sie sie bitte an mich.«

Johnny schlenderte zu den Treibern hinüber und begrüßte diejenigen, die er kannte, bis er vor Ivor stand.

»Gütiger Himmel! Das ist doch Ivor, nicht wahr? Habe Sie seit Jahren nicht mehr gesehen. Was führt Sie denn hierher?«

Ivor war in der Defensive. »Mr. George hat mich am Sonntag daheim besucht. Er sagte, daß ihm ein paar Treiber fehlten. Und auch, daß er den Standard heben wolle, jetzt, wo er die Organisation der Jagd übertragen bekommen hat.«

»Schön, Sie wiederzusehen. Kein Hund, wie?«

»Habe seit Jahren keinen Hund mehr.«

»Ich hätte eigentlich gedacht, Sie würden eine Waffe tragen, hm? Früher sind Sie ein ziemlich beachtlicher Schütze gewesen. Wie dem auch sei, ich werde Ihnen hinterher einen Drink spendieren, falls Sie ein paar Viecher in meine Richtung scheuchen.« Johnny setzte zu einem herzhaften Lachen an und plauderte noch mit ein paar anderen, ihm bekannten Treibern.

George führte jetzt die Leute zu ihren Ständen. Aidan war schon auf dem Weg zu einem Pfosten am anderen Ende der Schlucht. George wies Johnny in die entgegengesetzte Richtung.

Um den Tag richtig einzuläuten, hatte George dafür gesorgt, daß auf beiden Seiten der Schlucht eine Konifere aufgestellt wurde, und wie er vorausgesagt hatte, flog eine Schar kreischender Fasane von den Baumwipfeln davon und suchte auf der anderen Seite der tiefen Schlucht Schutz.

Aidan versuchte, sich an alles zu erinnern, was man ihm gesagt hatte, und zielte immer auf einen Punkt vor den Vögeln. Zu seiner Überraschung gelang es ihm, ein paar Vögel herunterzuholen. Allerdings war ihm dabei gar nicht wohl.

Hinterher kam George zu ihm und gratulierte überschwenglich. »Nicht schlecht für einen Mann, der seit fünfzehn Jahren nicht mehr geschossen hat. Ich fürchte, in der nächsten Runde wird es nicht ganz so gut laufen, aber danach wird's wieder besser.«

Jason, der alles traf, worauf er zielte, war alles andere als überschwenglich und mürrischer denn je.

»Jetzt reicht es mir«, sagte er zu George. »Ich habe Besseres zu tun, als hier rumzustehen und mit einer Horde Snobs auf diese Vögel zu schießen.« Und damit schob er sein Gewehr in das Futteral.

»Das ist aber schade«, entgegnete George, ohne seine Erleichterung über Jasons Entscheidung zu verheimlichen. »Andererseits bleibt uns anderen dann mehr zum Schießen.«

»Falls ihr sie trefft«, höhnte Jason und ging mit großen Schritten zu seinem alten Pick-up hinüber, ohne sich von den anderen zu verabschieden.

Zwanzig Minuten später war Aidan ganz allein, außer Sichtweite der anderen Jagdteilnehmer. Er sollte die Flanke eines Eichenwäldchens sichern. George hatte ihm versprochen, daß ein paar Vögel über die Treiber hinwegfliegen würden, falls das Glück ihm hold war.

Er hörte, wie einer der Männer den Treibern und Hundeführern mit einem Pfiff signalisierte, sich in Bewegung zu setzen. Dann hallten Schläge auf Holz durch den Wald. Geschrei und Rufe drangen zu ihm hinüber. Ein paar Minuten später hörte er Gewehrschüsse, die auf der anderen Seite abgegeben wurden. Offenbar stiegen die Fasane zahlreich auf. Leider flog keiner in seine Richtung. Er war sich auch gar nicht sicher, ob er auf sie schießen würde, falls sie zu ihm geflogen kamen, hatte sein Gewehr aber dennoch entsichert und gezückt.

Hinter ihm lag ein dichter Mischwald, in welchem das Exmoor-Rotwild gern Unterschlupf suchte. Im Wald knirschte es. Er fragte sich, ob gerade ein Hirsch oder ein Reh unterwegs war, und drehte den Kopf, konnte aber im dichten, undurchdringlichen Wald nicht viel erkennen. Als er sich wieder nach vorn wandte, ertönte hinter ihm ein Schuß. Fast gleichzeitig breitete sich in seinem Arm ein scharfes Brennen aus.

Er war getroffen worden.

Einen Augenblick begriff er nicht, was geschehen war. Er betrachtete seinen schmerzenden Arm. Blut quoll aus einem Riß in seinem Barbour. Er beugte den Arm und zuckte zusammen, war aber zugleich beruhigt, daß er sich überhaupt bewegen ließ. Sein Gewehr ließ er fallen, ohne es zu sichern. Als sich vor seinen Füßen ein Schuß löste, machte er einen Satz. Die Kugel drang in die weiche Erde.

Er zog seinen gewachsten Mantel und das Tweedjackett aus, das er darunter trug. Sein Hemd war blutig, doch die Wunde konnte er jetzt inspizieren. Inzwischen schmerzte sie nicht mehr ganz so sehr, und nachdem er sie mit seinen Fingern vorsichtig am Rand betastet hatte, kam er zu dem Ergebnis, daß sie nicht tief war. Die Kugel, die ihn getroffen hatte, hatte ihn glücklicherweise nur gestreift.

Nach kurzer Überlegung zog Aidan wieder seine Jacke an und hob das Gewehr auf. Die leere Patronenhülse warf er weg, legte eine neue ein und stürmte in den Wald. Einen Weg gab es nicht. Nach etwa zwanzig Metern traf er auf eine schmale Brandschneise. Das zwischen den Reifenspuren der Holzfällerlastwagen wachsende Gras stand hoch und war feucht. Zehn Meter weiter kreuzten sich zwei Wege. Ein Stück weiter den linken Weg entlang entdeckte er einen knapp fünf Meter hohen Hochstand an einer Lichtung. Er lief darauf zu, blieb darunter stehen und spitzte die Ohren.

Bis auf das melancholische Zwitschern der kleinen Waldvögel, das verängstigte Rufen der Fasane und die Gewehrschüsse in der Ferne konnte er nichts hören. Aidan stieg auf die Leiter des dicken Hochstands. Als seine Augen auf Bodenhöhe der Plattform waren, entdeckte er eine leere Patronenhülse. Er kletterte ganz nach oben und hob sie auf. Sie war noch warm. Wer immer sie abgefeuert hatte, konnte noch nicht weit gekommen sein. Zehn oder fünfzehn Sekunden lang lauschte er ganz angespannt. Doch da war nichts zu hören.

Von der Plattform aus suchte er nach der Stelle, wo er angeschossen worden war. Mit einem Fernglas war sie trotz der belaubten Äste ganz gut zu sehen.

Sein Verstand arbeitete auf Hochtouren. Nach dem, was Mickey zugestoßen war, hatte er sich selbst das Versprechen gegeben, daß es keine weiteren Todesfälle geben durfte – koste es, was es wolle. Und schließlich gab es keinen Grund, ihn zu töten, jedenfalls nicht für jemanden, der wußte und beweisen konnte, daß er nicht David Tredington war.

Vor Unsicherheit und Zorn zitternd, stieg er die Leiter hinunter und schaute sich nach Fluchtspuren um. Leider verfügte er nicht über die Fähigkeit, Spuren zu lesen. Im Waldstück neben der Brandschneise gab es nichts, was ihm auffällig erschien.

In der Ferne ertönten die Schüsse sporadischer. Die Treibjagd ging dem Ende entgegen, und die anderen erwarteten sicherlich, daß er zu ihnen stieß, um weiterzuziehen. Im Laufschritt kehrte er zu seinem Stand zurück und hörte, wie ein Pfiff das Ende des Treibens verkündete.

Er schaute sich um, ob möglicherweise jemand gesehen haben könnte, was passiert war. Das schien nicht der Fall zu sein. Er rieb etwas Erde auf seinen Barbour, damit man das Blut nicht erkennen konnte, entlud sein Gewehr und marschierte um den Wald herum zu seinem Land Rover.

George verbreitete Hektik, sprach mit den Treibern, die gerade ungefähr zwanzig abgeschossene Fasane auflasen. Aidan warf er einen kurzen Blick zu.

»Hast du was erwischt? Ich hörte Schüsse aus deiner Richtung kommen.«

Aidan schüttelte den Kopf und rang sich ein Lächeln ab. »Hab sie nicht getroffen.«

»Pech gehabt. Mach dir nichts draus, hier haben sie eine ganze Menge erwischt.«

»Stört es dich nicht, daß du kein Gewehr hast?«

»Es macht mir viel Freude, mich um alles zu kümmern, aber vielleicht übernehme ich bei der nächsten Runde Jasons Stand.«

»Dann ist er also gegangen?«

»Ja, vor dem letzten Treiben ist er ausgestiegen, der Blödmann.

Nach zwei weiteren Treiben kehrten sie zum Mittagessen in eine kleine verlassene Försterhütte ein. Mrs. Rogers und ein paar weitere Frauen aus dem Dorf waren dort vor ihnen mit einem großen Kessel Rehbraten, einer Kiste Rotwein und Port eingetroffen. Trotz der Enge war es ihnen in dem ehemaligen Wohnzimmer gelungen, eine hübsch gedeckte Tafel mit einem silbernen Kerzenleuchter anzurichten.

Johnny und Aidan traten zusammen ein. Erfreut sog Johnny den Geruch des Rehbratens ein. »Das riecht phantastisch, Mrs. Rogers. Haben Sie ihn gemacht?«

»Nein, Victoria.«

»Ach was? Ich habe mich schon gefragt, wo sie abgeblieben ist. Beim letzten Treiben hätte sie eigentlich neben mir sein sollen. Ich nehme an, sie hat Ihnen unter die Arme gegriffen.«

»Nein, ich habe sie nicht gesehen. Sehen Sie, da kommt sie ja.«

Victoria kam mit bedrückter Miene ins Haus.

»Tag, Vicky. Wo hast du gesteckt?«

»Tut mir leid«, entschuldigte sie sich. »Jason hatte mal wieder schlechte Laune und wollte mit mir reden«, gestand sie. Man merkte ihr an, wie peinlich ihr das war.

Aidan warf ihr einen geharnischten Blick zu. Er hatte ja schon herausgefunden, daß Jason seit der zweiten Runde verschwunden war. Als er den Blick abwandte, schossen ihm eine Menge verrückter Gedanken durch den Kopf. Aber Johnny ließ ihm nicht die Möglichkeit, ihnen nachzuhängen.

»Erinnerst du dich an die Mittagessen, als wir noch Kinder waren?« fragte er.

Aidan nickte abwesend.

»Weißt du noch, Aidan«, rief Johnny quer durch den Raum, »als wir im Alter von zehn versuchten, einen Schluck Port zu nehmen?«

Aidan lachte über die nicht existente Erinnerung an das Ereignis.

Die Stimmung im alten Försterhaus wurde ausgelassener, je mehr Jagdteilnehmer eintrafen und sich um den Tisch versammelten. Wein wurde ausgeschenkt und literweise getrunken, bis alles aufgegessen war und der Port herumgereicht wurde. Diese Mahlzeit wurde traditionsgemäß spät eingenommen, so daß vor Sonnenuntergang nur noch Zeit für zwei weitere Treiben blieb.

Obwohl Aidan sich bemühte, an der Unterhaltung teilzunehmen, mußte er immer wieder daran denken, daß jemand versucht hatte, ihn umzubringen. Wann immer er nach der leeren Patronenhülse in seiner Tasche tastete, wurde er daran erinnert, daß der niederträchtige Vorfall kein schrecklicher Alptraum gewesen war.

Den anderen schien nicht aufzufallen, wie unwohl er sich fühlte. Sie hatten zuviel Wein getrunken, um derlei subtile Stimmungen zu registrieren. Als einer seiner Tischnachbarn nach draußen ging, um seine Blase zu entleeren, nutzte Johnny Henderson die Gelegenheit und setzte sich zu Aidan.

»Was ist denn mit dir los? Du siehst aus, als wäre dir ein Gespenst erschienen«, flüsterte er.

»Tut mir leid.« Aidan bemühte sich, bessere Laune zu bekommen. »Ich erzähl es dir später.«

Johnny schob die Augenbrauen hoch und schloß sich der Unterhaltung auf der anderen Seite an.

Nach dem vorzüglichen Mittagessen kehrten die Jagdteilnehmer der Hütte den Rücken. Die Treiber und Hundeführer kletterten aus dem Land Rover, wo sie ihre belegten Brote verzehrt hatten. Als Aidan das sah, schaute er zu Johnny hinüber, der kaum wahrnehmbar nickte und zu ihnen herüberschlenderte, um mit ihnen ein paar Worte zu wechseln.

Aidan wandte sich an George, der neben ihm stand.

»War heute morgen nicht der alte Ivor Butley unter den Treibern?« fragte er ihn.

»Ja, das war er. Ich habe ihm am Sonntagabend einen Besuch abgestattet.« George blickte sich nervös um, ob jemand ihr Gespräch belauschen konnte. »Um ehrlich zu sein, der hat ein paar komische Thesen über dich auf Lager.«

Aidan bemühte sich, seine Reaktion auf das leichte Heben einer Augenbraue zu beschränken, während George fortfuhr.

»Seine Schwester Jan arbeitet bei mir als Stallgehilfin, und er hat ihr erzählt, daß er dich bei den Rennen getroffen hat und...« George legte eine unbequeme Pause ein. »Nun, um ganz offen zu sein, er behauptet, sicher zu sein, daß du nicht David bist.«

Aidan lachte. »Nun, er dürfte nicht der erste sein, der seit meiner Rückkehr derlei Gedanken hegt, und bestimmt auch nicht der letzte, falls ich mich nicht täusche. Dieser dumme alte Narr, ich hab ihn auf der Stelle wiedererkannt.«

»Aber sicher«, sagte George. »Trotzdem hielt ich es für besser, in Erfahrung zu bringen, was an seiner idiotischen Theorie dran ist, weißt du, nur für den Fall. Ich habe ihm verklickert, daß die Familie sich davon überzeugt hat, daß du David bist und nicht der Hauch eines Zweifels an deiner Echtheit besteht. Und ich habe den Eindruck, daß mir das gelungen ist. Na, und bei der Gelegenheit fragte er mich, ob er heute auf die Jagd mitkommen könnte, und das hielt ich für eine gute Gelegenheit, ihm seine einfältigen Thesen endgültig auszutreiben.« George warf Aidan einen ängstlichen Blick zu. »Ich hoffe, du findest, daß ich richtig gehandelt habe?«

»Aber klar doch, George. Vielen Dank. Ich vermute, den alten Kerl verbittert noch all das, was nach meinem Verschwinden passiert ist. Vielleicht kommt er darüber hinweg, wenn er in den Schoß der Familie zurückkehren darf.«

»Genau das habe ich auch gedacht«, sagte George erleichtert darüber, daß Aidan sein Tun guthieß. »Weil er sich früher als ziemlich nützlich und kompetent erwiesen hat, habe ich eingewilligt, ihn heute mitzunehmen. Aber er hat anscheinend einen riesigen Flachmann mitgebracht, denn schon nach ein paar Treiben war er total besoffen, und da mußte ich ihn unglücklicherweise heimschicken.«

Nach dem Essen traf Aidan nichts mehr, aber davon schien niemand Notiz zu nehmen. Obwohl George ihn neugierig beobachtete, versagte er sich jedweden Kommentar. Nach – wie es Aidan vorkam – endlosen Stunden verstaute die Jagdgesellschaft schließlich ihre Gewehre in den Fahrzeugen und fuhr über die kurvigen Straßen zurück zum Haupthaus des Anwesens. Johnny hatte sich zu Aidan in den Wagen gesetzt.

»Was ist passiert?« fragte er, kaum daß Aidan den Motor angelassen und sich dem Konvoi angeschlossen hatte.

»Jemand hat heute morgen versucht, mich zu erschießen.«

»Scheiße!«

»Ja, und das wäre auch gelungen, wenn ich mich nicht rechtzeitig umgedreht hätte. So hat mich die Kugel nur am Oberarm getroffen und ein Stück Fleisch rausgerissen.«

»Bist du in Ordnung?«

»Es geht schon, es ist nicht ernst. Aber die Sache gerät langsam außer Kontrolle. Vielleicht wollte die Person, die die Schlafwagenkoje auf meinen Wagen geworfen hat, mich umbringen und nicht nur warnen. Vielleicht war es MacClancy.«

»Warum um alles in der Welt sollte MacClancy immer noch darauf aus sein, dich zu töten? Du hast gesagt, er würde keine Schwierigkeiten mehr machen. Und wie soll er jemanden aufgetrieben haben, der dir hier was antut?«

»Was weiß ich? Ich weiß nicht, was ich von alldem halten soll. Vielleicht hätte ich den Vorfall gleich der Polizei melden sollen, aber jetzt ist es dafür zu spät.«

»Nein, du kannst nicht zur Polizei gehen, ohne ihnen zu sagen, wer du bist.«

»Selbstverständlich kann ich das. Der einzige Grund, warum ich die Wahrheit bislang nicht gesagt habe, ist Sir Mark. Du hattest heute morgen ganz recht, als du sagtest, er akzeptiere mich voll und ganz. Es besteht kein Zweifel, daß ihm das guttut. Langsam habe ich deswegen ein richtig schlechtes Gewissen, aber ich weiß ganz genau, daß es für ihn die Hölle wäre, jetzt die Wahrheit zu erfahren.«

Johnny warf ihm einen zynischen Blick zu. »Das ist ja ein ganz edler Beweggrund, Aidan, aber ich nehme auch an, daß du nicht scharf darauf bist, die nächsten paar Jahre nur Haferschleim zu essen. Und was ist mit deiner Mutter und dem Geld, das du in Zukunft für ihre Pflege brauchen wirst?«

»Falls ich etwas gelernt habe, seit ich in England bin, dann daß ich keine großen Probleme damit haben dürfte, mir mit Pferden ein anständiges Leben finanzieren zu können.«

»Aber es besteht ein kleiner Unterschied zwischen einem anständigen Leben und einem Erbe von zehn Millionen Pfund – abzüglich der halben Million, die an mich geht«, meinte Johnny.

Aidan parkte den Wagen neben den anderen Fahrzeugen hinter dem Haus.

»Nun«, sagte er, als er den Motor abschaltete, »an deiner Stelle würde ich wegen des Geldes nicht so aus dem Häuschen geraten.«

Alle Jagdteilnehmer wurden nach dem Tee noch auf einen Drink eingeladen, ehe sie sich verabschiedeten. Obwohl Jason nicht zurückgekehrt war, hatte Victoria sich zu ihnen gesellt. Den Unmut über ihren launischen Mann ließ sie sich nicht anmerken. Die Gäste hatten sich im großen Atelier versammelt und unterhielten sich zuerst über das sportliche Ereignis, das hinter ihnen lag, ehe sie sich anderen Themen zuwandten.

Die meisten interessierten sich für Pferderennen und nutzten Aidans Anwesenheit, um ein paar Insidertips zu erfahren. Während er sich mit ihnen freundlich unterhielt, drehte sein Verstand Kapriolen und quälte ihn mit der Frage, wer auf ihn geschossen hatte.

Es mußte jemand sein, der zur Jagdgesellschaft oder zum Haus gehörte, jemand, der wußte, daß er an diesem Morgen auf die Jagd gehen und welchen Stand er dabei beziehen würde.

Jason hatte sich seit seinem Verschwinden nicht mehr blicken lassen, und Aidan war sich ziemlich sicher, daß er es gewesen war, der Ivor Butley heimlich zum Strand hinunter gefolgt war.

Er zweifelte keine Sekunde daran, daß der Mann am Strand Ivor gewesen war, und ausgerechnet heute war er zum ersten Mal seit Jahren wieder hier aufgetaucht. Was Aidan allerdings nicht begriff war, aus welchem Grund Jason oder Ivor oder MacClancy oder gar sonst jemand beabsichtigte, ihn zu töten. Es war offensichtlich, daß Jason am Tag, an dem Mickey starb, beim Rennen in Fontwell sauer auf ihn gewesen war, aber Aidan konnte einfach nicht glauben, daß er deswegen versucht haben sollte, ihn umzubringen.

Vielleicht war es doch Ivor gewesen, vielleicht hatte er aus Aidans Verhalten in Sandown geschlossen, daß er keine Chance hätte, und möglicherweise hatte er sich infolgedessen von Verbitterung und Frustration leiten lassen ...

Diesen Gedanken und der Unterhaltung, die er gleichzeitig führte, bereitete Mrs. Rogers Nachricht, daß man ihn am Telefon zu sprechen wünsche, ein Ende.

Er entschuldigte sich und ging ins Büro, um dort den Anruf entgegenzunehmen.

»Tag, Davy.« gurrte Emmas Stimme durch die Leitung. »Wie lief die Abschlachterei?«

»Ganz gut, vorausgesetzt, man war kein Fasan.«

»Und wie lief es bei dir?«

»Was meinst du damit?«

»Nun, Lucy meinte auf dem Weg zurück nach London, daß sie den Eindruck hatte, daß du wegen des Schießens ein wenig nervös gewesen seist.«

»Ich ... nervös?«

»Nun, möglicherweise sagte sie nicht nervös, sondern angespannt.«

»Ach wo, es lief ganz gut. Ich habe ein paar getroffen, und alle waren mehr als zufrieden.«

»Sonst ist nichts passiert?«

Aidan zögerte. »Was meinst du damit?«

»Du klingst ein bißchen komisch.«

Aidan lachte zwanghaft. »Spielst du jetzt auf meinen irischen Dialekt an?«

»Na, macht ja nichts, kommst du bald mal nach London?«

»Keine Ahnung«, antwortete er und beeilte sich hinzuzufügen, »im Moment machen die Pferde eine Menge Arbeit. Und morgen früh fliege ich nach Irland, wo ich bis Ende der Woche bleibe.«

»Na, dann wäre es wahrscheinlich besser, wenn ich in nächster Zeit mal eines der Rennen besuche.«

Als Aidan an Emma dachte, wie sie nackt auf seinem Bett lag, verspürte er ein heftiges Ziehen zwischen den Beinen.

»Aber verrat mir erst nach dem Rennen, daß du da warst, sonst kriege ich Probleme mit dem Reißverschluß der Reithose.«

Emma lachte. »Wenn ich nur daran denke, wie du in diese Dinger reinsteigst, wird mir schon ganz anders.«

»Du bist eine aufregende Frau. Ich melde mich demnächst bei dir«, versprach Aidan, »aber jetzt muß ich zu den anderen zurück.«

Aidan plagten Schuldgefühle, als Emma sich etwas kühl von ihm verabschiedete. Als er den Hörer aufgelegt hatte, rief er sich in Erinnerung, daß sie eine junge Frau war, die sehr wohl in der Lage war, sich um sich selbst zu kümmern. Und außerdem interessierte er sich viel eher für Ivor Butleys tiefgründige Tochter.

Er verließ das Büro, kehrte aber nicht auf direktem Weg zur Jagdgesellschaft zurück. Statt dessen wanderte er durch die hohen Korridore des Hauses zum hinteren Hof, auf dem die Wagen geparkt waren.

Er trat aus der Hintertür, stand einen Moment lang reglos

da und vergewisserte sich, daß er allein war. Nieselregen hatte eingesetzt, und die alten Pflastersteine glänzten im Schein einer nackten Glühbirne. Nachdem er sich Gewißheit darüber verschafft hatte, daß niemand in der Nähe war, hielt er nach zwei Fahrzeugen Ausschau und ging dann zu ihnen hinüber.

Beide Wagen waren unverschlossen; einer gründlichen Durchsuchung stand nichts im Wege. Er hegte die Hoffnung, ein Gewehr zu finden, zu dem die Patronenhülse paßte, die immer noch in seiner Tasche lag. Aber in den beiden Autos und in den anderen drei, die er daraufhin durchsuchte, fand er nichts Auffälliges. In Jasons Pick-up, mit dem Victoria gekommen war, entdeckte er auch nichts von Belang.

Gerade als er die Tür zuwarf, hörte er, wie jemand in den Hof trat. Er versteckte sich hinter der Tür des Subarus und hoffte inständig, daß das nicht Victoria sei.

Neugierig spitzte er die Ohren. Die Schrittgeräusche auf den Pflastersteinen ließen vermuten, daß es sich um einen Mann handelte. Er riskierte einen Blick über die Motorhaube und sah George auf eine grüne Tür auf der anderen Seite des Hofes zugehen. Die Tür gehörte zu einem kleinen Lagerraum, in dem alles mögliche aufbewahrt wurde. Er ging hinein und kehrte, nachdem es darin kurz geklappert hatte, mit einem sperrigen Gegenstand zurück, den er hinten in seinem Range Rover verstaute. Ohne sich umzusehen, schlug er die Klappe des Wagens zu und eilte gehetzt zum Haus zurück.

Kaum war er verschwunden, verließ Aidan sein Versteck und ging zu Georges Wagen. Den Atem anhaltend, öffnete er die Klappe. Wie sich herausstellte, handelte es sich bei dem sperrigen Gegenstand nur um eine Tontaubenschußanlage, mit der er vergangene Woche seine Schießkünste zu verbessern gesucht hatte. Aidan vermutete, George sei nach diesem Tag ebenfalls zu der Erkenntnis gekommen, daß es ihm an Übung mangelte, er aber zu feige war, das öffentlich zuzugeben.

Frustriert, daß er nichts entdeckt hatte, was ihm weiterhalf, mischte sich Aidan wieder unter die im Atelier versammelten Gäste. In der Zwischenzeit schien ihn niemand vermißt zu haben, zumal sich ein paar der Jagdteilnehmer ins Billardzimmer abgesetzt hatten. So selbstverständlich wie möglich nahm er an den verschiedenen Unterhaltungen teil, während sein Verstand auf Hochtouren arbeitete und er mehrere Möglichkeiten durchspielte, wie er von nun an vorzugehen habe.

Eine halbe Stunde später begannen die Jagdteilnehmer sich zu verabschieden, bis schließlich nur noch Sir Mark, George, Johnny und Aidan zurückgeblieben waren. Wie immer war George die Höflichkeit in Person. Er gratulierte Aidan zu seiner moderaten Vorstellung während der Jagd und spielte leichten Herzens auf Letter Lad an, ehe er sich ebenfalls verabschiedete. Als er durch das Tor fuhr, kam ihm ein unbekannter Vauxhall entgegen. Kurz darauf öffnete Mrs. Rogers einer großgewachsenen dünnen Gestalt die Tür, die sich als Detective Sergeant King auswies. Mrs. Rogers führte den Mann in die Bibliothek und benachrichtigte dann Aidan.

»Guten Abend«, begrüßte Aidan den Sergeant wenig später.

»Sind Sie Mr. David Tredington?«

»Ja. Nehmen Sie bitte Platz.« Sie setzten sich vor den Kamin. »Wie kann ich Ihnen helfen?«

»Wie ich schon am Telefon sagte, haben sich ein paar Dinge ergeben. Wir glauben, den Lastwagen ausfindig gemacht zu haben, der die Schlafkojen transportierte. Und man hat eine Art fluoreszierende Farbe entdeckt, die möglicherweise erst vor kurzem auf Ihr Fahrzeug gesprüht wurde.«

»Fluoreszierende Farbe? Wo? Wie? Ist mir nicht aufgefallen.«

»Na, das wundert mich nicht. Vom Boden aus ist das nämlich nicht möglich, denn obwohl Sie relativ groß sind, dürften

Sie nicht in der Lage sein, auf das Dach eines so hohen Fahrzeuges zu schauen.«

»Die Farbe war auf dem Dach?«

»Ja, ein kleines ›x‹. Können Sie sich erinnern, ob es Ihnen früher schon mal aufgefallen ist?«

»Gott, nein. Das hätte ich doch früher oder später entdecken müssen. Aus welchem Grund hat das Ihrer Meinung nach jemand draufgemalt?«

»Um den Wagen auf der Autobahn zu identifizieren. Von der Brücke aus ist das mit dem Licht der Natriumlampen kein Problem.«

»Dann nehmen Sie also an, daß jemand auf mich gewartet hat?«

»Warum sonst sollte man sich die Mühe machen, Ihr Fahrzeug zu markieren?«

Aidan hatte es die Sprache verschlagen. »Jesus! Sie wollen damit also sagen, daß Sie glauben, uns wollte jemand ermorden?«

»Ja, ich würde behaupten, daß jemand eindeutig versucht hat, Sie zu töten.«

Die offizielle Bestätigung seiner eigenen Vermutungen, die ihm seit acht Tagen, seit dem Unfall, nicht in Ruhe gelassen hatten, schürten sein schlechtes Gewissen hinsichtlich Mikkeys Tod nur noch mehr. Er stand auf und marschierte durch das Zimmer, unfähig, dem Polizisten in die Augen zu schauen. »Dann gehen Sie nun also davon aus, daß jemand versucht hat... mich umzubringen?«

»So ist es.«

Aidan drehte sich zu ihm um. »Aber, verflucht noch mal, wer sollte diese Absicht haben?«

»Ich gehe davon aus, daß Sie eher als wir in der Lage sein dürften, diese Frage zu beantworten. Aus diesem Grund bin ich hier. Wer will Sie Ihrer Meinung nach töten?«

In Aidans Kopf überschlugen sich die Möglichkeiten, die ihn seit dem Unfall permanent beschäftigten. Er schüttelte ihn, um einen klaren Gedanken zu fassen. »Niemand«, murmelte er. »Es gibt absolut keinen Grund, mich aus dem Weg zu räumen – jedenfalls fällt mir keiner ein. Ich bin hier neu. Ich bin erst seit zwei Monaten in England.«

»Das haben wir uns auch zusammengereimt. Aber dennoch könnten Sie ein paar Leuten auf die Füße getreten sein, seit Sie hier sind. Oder hat es vielleicht etwas mit Irland zu tun?«

Aidan schüttelte den Kopf. »Nein. Da gibt es nichts.«

»Wo haben Sie in Irland gearbeitet?«

»Auf einer kleinen Farm in Mayo. Dort drüben hatte ich keine Feinde. Aus welchem Grund auch?«

»Gab es hier jemanden, der Sie vom Pferderennsport abhalten wollte?«

»Wieso? Wenn nicht ich eines der Pferde meines Vaters reiten würde, dann irgendein Profi, und der wäre garantiert noch besser als ich. Und außerdem ist es nicht so, daß jemand große Summen auf eins unserer Pferde setzt.«

»Noch nicht.«

»Ich muß Ihnen sagen, daß ich das für ziemlich unwahrscheinlich halte. Sind Sie sich wegen der Markierung auf dem Wagen vollkommen sicher?«

»Ja, da sind wir uns sicher. Wir haben sie zufällig entdeckt, als das Licht der Sicherheitslampen auf dem Abstellplatz darauf fiel. Sie kippten ja mit dem Wagen um und sind dann etwa zwanzig Meter auf dem Dach weitergeschlittert.«

»Ja, so war es.«

»Und dann haben wir noch gesehen, wie jemand auf dem Abstellplatz auf das Wagendach geklettert ist. Der Zeuge nahm an, daß derjenige nur ein paar Graffities anbringen wollte. Das ist nicht viel, aber ein Anfang. Und Sie können mir wirklich keine Namen nennen, mit denen wir was anfangen könnten?«

»Ich fürchte, nein, obgleich ich alles tun werde, um Ihnen behilflich zu sein.«

»Dessen bin ich mir sicher.«

»Sie erwähnten, Sie hätten den Lastwagen aufgespürt.«

»Vielleicht. Wir wissen, wo die Kojen gestohlen worden sind.« Der Detective stand auf und ging ein paar Schritte auf die Tür zu. »Das ist gar nicht weit von hier. Die örtliche Polizei meint, eine Spur zu haben. Wir werden sehen.« Er zückte ein Notizbuch, schrieb seinen Namen und seine Telefonnummer auf, riß die Seite heraus und reichte sie Aidan. »Melden Sie sich, falls Ihnen etwas einfällt, ja? Ich werde Sie höchstwahrscheinlich noch mal sprechen müssen, also denken Sie darüber nach, ob Ihnen nicht doch ein paar Namen einfallen. Keine Umstände. Ich finde allein hinaus.«

Aidan sah dem sich entfernenden Polizisten hinterher. Als die Schritte im Flur verhallten, ließ er sich in den Sessel fallen und stierte nachdenklich in den leeren Kamin.

Später ging er nach oben. Johnny Henderson kam gerade aus dem Badezimmer. In seinem Schlafzimmer berichtete Aidan Johnny, was ihm der Polizist aus Hampshire unterbreitet hatte.

»Hör mal«, schlug Aidan vor, »mit Ivor gehst du besser ganz vorsichtig um. Ich meine, irgendwie scheinen all diese Dinge in Zusammenhang zu stehen.«

»Ich wüßte nicht, wie.«

»Ich auch nicht. Wenn ich das wüßte, wüßte ich auch, mit wem ich es zu tun habe. Morgen früh werde ich um halb sieben abgeholt, das heißt, ich seh' dich dann nicht mehr. Aber ich werde dich auf jeden Fall abends aus Irland anrufen.«

Johnny nickte. »Gut. Nachdem ich Ivor in die Mangel genommen habe, fahre ich nach London. Du kannst mich dort erreichen.«

10

Auf Sir Marks Bitte hin hatte Bruce Trevor sich nicht nur bereit erklärt, Aidan sein Flugzeug zur Verfügung zu stellen, sondern auch angeboten, seinen Chauffeur nach Barford zu schicken und Aidan abholen zu lassen.

Mit der Beschreibung von Trevor als »Taunton-Bauherrn« hatte Sir Mark die kommerzielle Schlagkraft dieses Baulöwen ein wenig heruntergespielt. Bruce Trevor war es zuzuschreiben, daß überall im Südwesten Englands Einkaufszentren entstanden. Im vergangenen Jahr hatte er Anlagen im Wert von 60 Millionen Pfund verkauft. In letzter Zeit verschwendete Trevor allerdings eine Menge Energie und einen Teil seines enormen Vermögens für das Ziel, die wichtigsten Trophäen englischer Springreitwettbewerbe zu ergattern. Aidan war zweimal für diesen Mann geritten und hatte beide Male gewonnen. Daher war Trevor erpicht darauf, daß er bei den angeseheneren großen Amateurrennen wieder für ihn an den Start ging.

Um acht Uhr saß Aidan festgeschnallt auf einem der sechs Sitzplätze einer Cessna Citation, während ein schweigsames Pilotenpaar die Maschine für den kurzen Flug nach Shannon fertigmachte.

Auf der Fahrt nach Hause, die durch Galway führte, hatte Aidan mit einer ganzen Reihe widerstreitender Gefühle zu kämpfen. Er glaubte, nach seinen zwei Monaten als David Tredington ein vollkommen neuer Mensch zu sein. Gleichzeitig keimte beim Anblick der Berge und Küste Wehmut in ihm auf und machte ihn fast krank vor Sehnsucht.

Marys Begrüßung verstärkte seine Verwirrung nur noch.

Natürlich freute sie sich über alle Maßen, wie er vermutet hatte. An ihrem Gesundheitszustand hatte sich während seiner zweimonatigen Abwesenheit nicht viel geändert, und sie verfügte immer noch über diese positive Grundstimmung, die er so an ihr bewunderte.

Als sie sich an den alten Bauernhaustisch setzten und den Eintopf aßen, den sie zum Mittagessen vorbereitet hatte, bombardierte sie ihn mit Fragen über sein neues Leben, über die Familie und seine Ambitionen als Jockey. Seine Antworten schienen ihr Freude zu bereiten.

Widerwillig und erst nach langem, stetem Drängen berichtete sie vom Ergebnis ihrer letzten medizinischen Untersuchung. Es war schwer, zu sagen, was der Doktor, der die Untersuchung durchgeführt hatte, genau meinte. Zwischen den Zeilen lesend, brachte Aidan in Erfahrung, daß Marys Krankheit in eine neue Phase eingetreten war und man damit rechnen mußte, daß sich ihr Zustand bald zum Schlechten veränderte. Sie mußte sich darauf einstellen, daß es schlimmer käme, als sie befürchtet hatte. Aidan notierte sich den Namen des Spezialisten, der sie betreute, um sich mit ihm direkt in Verbindung zu setzen und eine detaillierte Auskunft einzuholen.

Danach berichtete Mary ihm, daß es um die Finanzen nicht gerade gut stand. Das Geld, das ihr durch Aidan zugekommen war, hatte geholfen, den Bankrott hinauszuzögern, aber vom Tisch war das Thema nicht.

Während Aidan von sich erzählte, bemühte er sich, sich den Druck, unter dem er stand, nicht anmerken zu lassen. Das Letzte, was er wollte, war, daß sie von dem Jungen erfuhr, der infolge des ganzen Betruges ums Leben gekommen war, und daß ihm selbst erst gestern nach dem Leben getrachtet worden war. So plauderte er lächelnd über die Hoffnungen, die er beim Hennessy und – falls Gott ihm wohlgesonnen war – beim

Cheltenham Gold Cup auf Deep Mischief setzte. Und obwohl er sich daheim wohl fühlte, kreisten seine Gedanken immer wieder um Ivor Butley, Jason und MacClancy. Alle paar Minuten fragte er sich, was Johnny wohl herausgefunden hatte, und dann zählte er die Stunden, bis er ihn in London anrufen durfte.

Ein Tiefdruckgebiet aus nordwestlicher Richtung folgte Johnny Henderson von Devons Nordküste nach Tiverton.

Angesichts des mit Regenpfützen übersäten, ungeteerten Parkplatzes der Sozialwohnungen stieg Johnny fluchend aus seinem Wagen und kämpfte sich auf Zehenspitzen zu dem schäbigen Gebäude vor. Dort stieg er die Treppe hoch zu Ivors Wohnung.

Er drückte auf den kleinen Klingelknopf und hörte, wie es drinnen in der Wohnung schellte. Fünf Minuten später hämmerte er gegen die Tür und schrie durch den Briefkastenschlitz. Als eine alte Frau in Hausschuhen und einer ausgefransten Schürze ihren Kopf aus der Tür der Nachbarwohnung steckte, war es ihm immer noch nicht gelungen, Ivor an die Tür zu holen.

»Falls Sie Mr. Butley sprechen möchten, der ist ausgegangen.«

»Aber es ist noch nicht mal neun Uhr.«

»Ich weiß. Aber manchmal geht er für ein paar Tage auf einen Hof und kümmert sich dort um die Pferde, wenn die Besitzer weg sind.«

»Ich dachte, er hätte keine Arbeit.«

»Dann sind Sie also vom Sozialamt?« fragte die Frau neugierig.

»Gott, nein. Ich . . . ich bin ein Freund.«

Davon war die Frau nicht überzeugt, sah aber keinen Grund, ihm nicht behilflich zu sein. »Er arbeitet nicht oft, aber wie ich schon sagte, da gibt es einen Bauern, ist so was wie ein Freund, und dem hilft er ab und zu aus. Er wird dann immer von ihm abgeholt, damit er sich sicher sein kann, daß er auch kommt, nehme ich an.«

»Wissen Sie, wo der Hof liegt?«

»Nicht weit weg, außerhalb von Washfield. Bacon, so heißt der Bauer, paßt zu ihm. Er sieht ein bißchen wie ein Schwein aus.«

Johnny nickte. Er konnte sich nicht vorstellen, daß ein Freund von Ivor nicht widerlich war. »Bacon in Washfield?«

»Ja.«

»Und Sie sind sich sicher, daß er dort ist?«

»Ja, ich habe sie vor knapp einer halben Stunde wegfahren gesehen.«

»Ich bin Ihnen überaus dankbar, denn ich muß ihn dringend sprechen.«

»Würde mich nicht stören, wenn Sie ihn hinter Schloß und Riegel brächten.«

Johnny verriet ihr nicht, daß das nicht sein Ziel war. Er drehte sich um, lief die Betontreppe hinunter, und ohne auf den Schlamm zu achten, der gegen seine Hosenbeine spritzte, flitzte er im Regen zu seinem Auto.

Kaum hatte er sich auf dem Fahrersitz niedergelassen, zog er eine Straßenkarte hervor, suchte Washfield, das ein paar Meilen außerhalb lag, und rollte dann auf die Straße.

Eine Nachfrage im ersten Cottage des Dorfes ergab, daß Mr. Bacon ein kleiner Hof namens Withy Farm gehörte, der eine Meile weiter nördlich unweit der Hauptstraße lag. Im Lauf der Unterhaltung gewann er den Eindruck, daß Mr. Bacon dort in der Gegend kein großes Ansehen genoß.

Als er endlich die Withy Farm erreichte, war er nicht überrascht. Die Felder und heruntergewirtschafteten Gebäude verrieten gleich beim ersten Blick eine schlampige Führung. Die beiden wohlgenährten Stuten auf einer Koppel neben der Straße standen allerdings im Widerspruch zum Gesamteindruck.

Vorsichtig fuhr Johnny mit seinem BMW den holprigen Weg zum Haus mit der Ansammlung von Steinscheunen hinunter, deren Tore mit verrosteten Hufen geschmückt waren. Er rollte durch ein offenstehendes Tor und stellte den Wagen auf den ungepflegten, unkrautüberwucherten Vorplatz neben alten Anhängern und einem Misthaufen ab.

Er stieg aus und verstaute eine Flasche Scotch in der Tasche seines Burberrys. Mittlerweile nieselte es nur noch leicht. Mit großen Schritten hielt er auf eine Veranda und eine überdachte Tür zu, deren Lack abblätterte.

Es gab keine Klingel, sondern nur einen rostigen Türklopfer. Diesmal tauchte Ivor sofort auf. Er sah noch schäbiger aus als sonst und kaute auf etwas herum. Der alte Stallgehilfe mußte zweimal hinschauen, ehe er begriff, wen er da vor sich hatte.

Dann grinste er so breit, daß seine wenigen schlechten Zähne und ein Bissen Toastbrot zum Vorschein kamen. »Tag, Mr. Henderson. Sind Sie gekommen, um von Bert ein Pferd zu kaufen?«

»Nein. Ich wollte Sie sehen. Man hat mir gesagt, daß Sie sich hier ein paar Tage lang um die Pferde kümmern.«

»Stimmt. Bert bringt ein paar Tiere zum Verkauf nach Ascot. Was wollen Sie von mir?«

»Geht es in Ordnung, wenn ich hereinkomme?« fragte Johnny und trat in den vollgestopften, dreckigen Flur, in dem stechender Bratgeruch hing.

Ivor führte ihn in ein Zimmer und schloß die Tür. »Was wollen Sie?« fragte er zunehmend skeptischer.

Johnny musterte ihn kurz. »Es geht um David Tredington.«

»Was ist mit ihm?« fragte Ivor steif.

»Nur keine Aufregung, Ivor. Wir sind auf derselben Seite. Gibt es in diesem Haus einen Ort, wo man sich einigermaßen in Ruhe unterhalten kann?«

Ivor begriff schnell, in welche Richtung sich das Gespräch entwickelte. Er grinste wieder, diesmal nicht ganz so unsicher, und machte die Tür zu einem nach vorn liegenden Zimmer auf, das wohl vor zwei Generationen möbliert worden war.

»Gibt es hier eventuell zwei saubere Gläser?«

Ivor nickte und verließ das Zimmer. Einen Moment später tauchte er mit zwei schlierigen Whiskygläsern auf. Johnny zog ein Taschentuch hervor und polierte eins sorgfältig, bevor er in beide Whisky schenkte. Dann nahmen die beiden Männer auf zwei Chintzsesseln Platz.

»Ich nehme an, daß Sie nicht gerade davon überzeugt sind, daß David derjenige ist, den er zu sein vorgibt«, begann Johnny.

Ivor trank einen großen Schluck Whisky und atmete tief durch. »Hat er Ihnen das gesagt?«

Johnny überging seine Frage. »Warum zweifeln Sie an seiner Identität?«

»Es ist nicht so, daß ich daran zweifle. Ich weiß verdammt genau, daß er nicht David ist.«

»Aber Sir Mark hat ihn überprüfen lassen. Ein Detektiv wurde nach Irland geschickt, und er bestätigte Davids Geschichte, woraufhin die Familie ihn offiziell akzeptiert hat.«

»Das mag sein, aber er ist es nicht, darauf können Sie Gift nehmen«, beharrte Ivor stur.

»Und wieso sind Sie sich da so sicher?« drängte Johnny.

»Zerbrechen Sie sich darüber nicht den Kopf. Verraten Sie mir lieber, warum Sie anscheinend auf meiner Seite sind.«

Johnny nippte am Whisky – zum ersten Mal – und sah zu, wie Ivor erneut einen großen Schluck nahm.

»David hat mich gebeten, Ihnen einen Besuch abzustatten und einen Vorschlag zu unterbreiten.«

»Sie meinen den Typen, der sich als David ausgibt.«

»Wir werden ihn David nennen, falls es Sie nicht stört. Falls Sie etwas wissen, das ihm Schwierigkeiten machen könnte und Sie es beweisen können, ist er bereit, sich mit Ihnen gütlich zu einigen.«

Ivor grinste wieder. »Das gefällt mir schon besser. Also, wenn ich den Mund halte, kriegt Ihr Freund das Anwesen. Geschieht diesen verdammten Tredingtons ganz recht, wenn ein Betrüger alles erbt.«

»Ich bin ebenfalls an einem zufriedenstellenden Ergebnis interessiert«, gestand Johnny leise.

»Dann wollen Sie also auch Ihren Schnitt machen?« fragte Ivor kichernd. »Ich habe Sie immer für einen Spieler gehalten. Sie haben ihn hierher gebracht, stimmt's? Nun, das haben Sie gut eingefädelt. Er sieht wie ein Tredington aus, das stimmt, und er weiß Bescheid. Hat mich wirklich umgehauen, daß er wußte, wer ich bin. Wäre ich mir nicht sicher gewesen, daß er es nicht ist, wäre ich ihm bestimmt auf den Leim gegangen.«

»Und nun werden ihm die anderen auf den Leim gehen.« Johnny schenkte Ivor Whisky nach.

»Na, dann dürfte es doch ein nettes Sümmchen wert sein, falls ich die Klappe halte, oder?«

»Das hängt von den Beweisen ab, mit denen Sie aufwarten können.«

»Aber dann müßte ich sie Ihnen ja verraten, nicht wahr?«

»Falls Sie was rausschlagen möchten, werden Sie mir verraten müssen, was Sie wissen – sonst kommen wir nicht ins Geschäft.«

»Ich werde Ihnen erzählen, was passiert ist, aber ich werde Ihnen nicht verraten, wo der Beweis dafür liegt, weil Sie sonst eventuell auf die Idee kommen, den Beweis zu vernichten, falls Sie überhaupt rankommen. Und dann bin ich der Gelackmeierte, meinen Sie nicht?«

Johnny seufzte. »Wir werden sehen.«

»Zuerst will ich wissen, was für mich drin ist.«

»Kommt nicht in Frage. Erst wenn Sie mir das erzählt haben, was Sie mir erzählen möchten, werde ich Ihnen verraten, was es wert ist.«

Ein Lächeln breitete sich auf Ivors Gesicht aus. Jetzt hatte er endlich den Eindruck, die Situation unter Kontrolle zu haben.

»Ich weiß, wo David Tredington ist, jetzt, in diesem Augenblick.«

Johnny verzog keine Miene. Reglos betrachtete er den kleinen Mann.

»Oder wenigstens das«, sagte Ivor, »was noch von ihm übrig ist.«

»Wollen Sie damit sagen, daß er tot ist?«

Ivor nickte. »Allerdings.«

Johnny schluckte schwer. »Woher ... wissen Sie das?«

Nun, wo Ivor darüber sprach, wurde er nervös und hielt sich an seinem Whiskyglas fest. »Ich habe ihn an dem Tag, an dem er verschwunden ist, tot am Strand aufgefunden.«

»Gütiger Gott!« flüsterte Johnny ergriffen. Mit einem Schlag war das Rätsel, das Davids Familie fünfzehn Jahre lang in Bann geschlagen hatte, gelöst. »Und was ist da passiert?«

Ivors Augen wurden feucht. Nach einem leisen Stöhnen sprach er weiter. »Es war meine Schuld.«

Die Erinnerung und die Schuldgefühle, die ihn seit Jahren plagten, brachten ihn zum Weinen. »Ich fühlte mich scheußlich. Ich mochte den Jungen wirklich gern, er hat mich immer wie einen echten Freund behandelt. Aber es ist mir nicht gelungen, ihn wiederzubeleben, und da wußte ich, daß man mir die Schuld geben würde.« Betroffen hielt er inne und starrte in sein Glas.

Johnny wartete stumm darauf, daß er fortfuhr, aber Ivor schwieg beharrlich.

Ohne ein Wort zu sagen, musterte Johnny ihn. Der Regen und der Wind draußen vor dem Haus schienen lauter zu werden. Zum ersten Mal fiel ihm auf, daß auf dem Hof ein Hund bellte. »Haben Sie jemals mit jemandem darüber gesprochen?« fragte er schließlich.

Ivor schüttelte den Kopf. »Selbstverständlich nicht. Ich bin danach vor die Hunde gegangen, weil ich wußte, daß ich irgendwie schuld war. Warum, das konnte ich niemandem sagen, oder? Und dann hat man mich eh gefeuert, und Shirley und Susan zogen aus. Ab dann wollte niemand mehr etwas von mir wissen.«

Johnny nickte voller Anteilnahme. »Natürlich wäre es viel besser gewesen, Sie hätten gleich die Wahrheit gesagt, aber dazu waren Sie wohl nicht in der Lage, oder?«

»Ich wünschte, es wäre nie passiert. Meine Schuld ist es nicht gewesen, aber mein Leben hat es trotzdem ruiniert. Was immer ich auch hätte tun können, zurückgebracht hätte es ihn nicht, und ich weiß, daß jeder mir die Schuld gegeben hätte.« Er nickte bedächtig, als erleichterte es ihn, nach fünfzehn Jahren endlich darüber zu sprechen. Es war, als dürfe er sich eine Last von der Seele reden.

Auf einmal hatte Johnny den Eindruck, etwas übersehen zu haben. »Aber was ist mit dem Brief? Haben Sie ihn geschickt?«

Ivor schien irritiert zu sein. Johnny bedrängte ihn weiter. »Sie wissen doch, der Brief, den David geschickt haben soll, und in dem stand, wie unglücklich er gewesen ist?«

»Ach der.« Ivor nickte. »Nein. Das ist und bleibt ein Rätsel. Ich nahm an, daß da jemand einen dummen Streich gespielt hatte.«

»Da könnten Sie recht haben«, stimmte Johnny zu. »Und wie kommt es, daß Sie so urplötzlich wieder auf Barford aufgetaucht sind, neulich, bei der Jagd?«

Ivor wandte den Blick ab, als er antwortete. »Ich habe es Ihnen doch schon am Dienstag erzählt. Mr. George hat mich darum gebeten, als er mich besuchen kam. Und ich hielt es für eine prima Gelegenheit, diesen sogenannten David im Auge zu behalten.«

»Aber Sie sind früher weggegangen?«

»Ich hatte noch ein paar Dinge zu erledigen.«

»Ach ja, was denn?«

»Geht Sie nichts an.«

»Falls es was mit David zu tun hatte, schon.«

»Nun, ich werde Ihnen nichts mehr verraten, bis mir etwas Schriftliches von Ihrem Gaunerfreund vorliegt.«

Johnny erhob sich. »Gut. Das wird allerdings ein paar Tage dauern, also haben Sie Geduld, verstanden? Gegen Ende der Woche komme ich zurück, und dann sprechen wir uns wieder.«

An einem Mittag, an dem Aidan abwesend war, ging Sir Mark zum Gestüt hinunter, um mit Victoria und dem Gestütsmeister die Runde zu drehen. Sie hatten gerade die Hälfte der Pferde begutachtet, als Susan Butley atemlos und mit Tränen in den Augen auf den Hof gerannt kam.

»Sir Mark. Es tut mir leid, aber ich muß heute früher Schluß machen«, sagte sie mit brüchiger Stimme.

»Was ist denn, Susan?« Er sah, daß sie sich alle Mühe gab, nicht völlig zusammenzubrechen.

»Sie haben gerade meinen Vater gefunden. Eins von Bert Bacons Pferden hat ihm mit dem Huf am Kopf getroffen.«

»Herr im Himmel! Ist er schlimm verletzt?«

»Ja! Man hat ihn ins Krankenhaus von Exeter gebracht. Er liegt auf der Intensivstation, aber er wird nur noch ein paar Stunden durchhalten. Er hat anscheinend stundenlang bewußtlos in der Box gelegen, weil niemand da war, der ihn hätte finden können.«

Zur Beruhigung legte Sir Mark ihr die Hand auf die Schulter. »Warum lassen Sie sich nicht von Victoria fahren?«

»Nein!« Ihre Weigerung klang schroffer als beabsichtigt. »Nein, vielen Dank. Ich möchte lieber allein sein.«

Sir Mark warf Victoria einen Blick über die Schulter zu und zuckte mit den Achseln. »Na gut, aber rufen Sie mich später an und sagen Sie mir, wie es um ihn steht.«

»Aber sicher. Danke.«

Susan rannte daraufhin sofort zu ihrem Wagen zurück.

»Der arme alte Ivor«, sagte Sir Mark, als er ihr hinterherschaute. »Aber man hätte wirklich nicht zulassen dürfen, daß er sich noch um Pferde kümmert.«

Zusammen mit Victoria begab er sich ebenfalls ins Haus. In seinem Arbeitszimmer nahm Sir Mark den Telefonhörer ab und wählte Mary Dalys Nummer in Mayo.

Aidan lief rot an, als er Sir Marks Stimme hörte.

»Tag, David. Wie geht es dir dort drüben?«

»Nicht schlecht, danke. Und wie steht es bei euch?«

»Nun, es tut mir leid, dich zu stören, aber ich hatte das Gefühl, dich anrufen zu müssen. Hier hat es einen ziemlich scheußlichen Unfall gegeben. Susans Vater wurde von einem Pferd am Kopf getroffen, anscheinend ziemlich schlimm. Sie nehmen an, daß er es nicht überleben wird, und da ist sie sofort ins Krankenhaus nach Exeter gefahren.«

Aidan wurde leichenblaß. Daß Ivor Butley solch einen Unfall haben sollte und ausgerechnet an dem Tag, wo Johnny Henderson ihn besuchen wollte, war ein Zufall, an den er zu glauben nicht bereit war. Und doch mußte er sich widerwillig eingestehen, ein Problem weniger zu haben, falls Ivor tatsächlich starb. Es sei denn, er plauderte vor seinem Tod.

Aidan wandte sich ab, damit seine Mutter sein Gesicht nicht sah. »Der arme alte Ivor«, murmelte er. »Ich kann mich noch gut an ihn erinnern.«

»Ja?« Sir Mark klang überrascht. »Na, ich fürchte, er wurde sehr unzuverlässig, darum mußte ich ihn gehen lassen. Das ist wahrscheinlich auch der Grund dafür, daß ich Susan eingestellt habe, obgleich ich, offen gesagt, nicht annehme, daß sie in den letzten Jahren viel mit ihm zu tun gehabt hat. Das war eine große Schande. Zu seiner Zeit war Ivor einer der besten Stallgehilfen weit und breit. Ehrlich und pflichtbewußt, und er konnte einfach hervorragend mit Pferden umgehen. Aber dann hat er zu trinken begonnen. Ich kann nicht begreifen, warum Bert Bacon den armen alten Kerl auf seinen Hof hat aufpassen lassen. Falls er stirbt, halte ich es für besser, wenn er auf dem Kirchenfriedhof in Barford begraben wird, falls das erwünscht ist«, fügte er hinzu.

Aidan mußte an die Beerdigung denken, der er an diesem Ort beigewohnt hatte – damals war Mickey Thatcher zu Grabe getragen worden. Und vielleicht trug er indirekt auch an diesem zweiten Todesfall die Schuld.

»Ich halte es für besser, wenn ich sofort nach Hause komme«, platzte Aidan heraus und bereute es sogleich. »Jetzt, wo Susan weg ist«, setzte er hastig hinterher, »und soviel vorzubereiten ist, wer wird da meine Arbeit erledigen?«

»Nun, es liegt ganz bei dir. Hast du die Möglichkeit, dich mit Bruce Trevors Piloten in Verbindung zu setzen?«

»Ja, kein Problem. Einer gab mir eine Nummer und sagte, er würde mich abholen kommen, wann immer es mir lieb ist, falls er nicht gerade unterwegs sei. Ansonsen werde ich einen Flug nach Bristol buchen.«

»Gib uns dann bitte Bescheid, um welche Uhrzeit wir dich abholen sollen.«

Eine Stunde später fuhr Aidan nach Louisburgh, um Johnny Henderson in London anzurufen.

Johnny nahm nach dem zweiten Läuten ab. »Aidan? Ich sitze hier schon seit einer Stunde herum und warte auf deinen Anruf.«

»Hast du Ivor besucht?«

»Ja, das habe ich. Ein äußerst interessantes Gespräch hatte ich mit ihm. Die Einzelheiten kann ich dir am Telefon nicht erzählen, aber die Situation ist fürs erste unter Kontrolle.«

»Weißt du nicht, was ihm zugestoßen ist?«

»Nein.« Johnny registrierte zum ersten Mal Aidans gequälten Tonfall. »Was denn?«

»Er hatte so was wie einen Unfall. Man hat ihn bewußtlos in der Hengstbox gefunden, und man rechnet nicht damit, daß er ihn überleben wird.«

»Jesus! Wann ist das passiert?«

»Heute, vor ein paar Stunden erst. Wann bist du von ihm weg?«

»Gegen elf. Und da hatte er schon ein gehöriges Quantum Whisky intus. Überrascht mich eigentlich, daß er es noch bis zum Stall geschafft hat.«

Aidan wußte nicht, ob er log oder die Wahrheit sagte. Daher hielt er den Mund und wartete, was Johnny als nächstes sagen würde.

»Aidan? Bist du noch dran?«

»Sicher, ich bin dran, Johnny.«

»Hör mal, ich war es nicht, ich schwöre es dir! Das muß ein verdammter Unfall gewesen sein; ja, unter aller Garantie. Wie hätte ich denn das verfluchte Pferd dazu bringen sollen, ihm einen Tritt zu verpassen?«

»Woher weißt du, daß es ein Tritt gewesen ist?«

»Nun, wie sonst soll es passiert sein? Aber verrat mir lieber, was man Susan gesagt hat.«

»Man hat ihr gesagt, daß es ein Tritt war.«

»Siehst du?« rief Johnny erleichtert. »Die ganze Sache paßt uns natürlich hervorragend in den Kram.«

»Und genau das macht mir Sorgen.«

»Himmel noch mal, Aidan, so was würde ich nie und nimmer tun.«

»Als ich mit dir darüber sprach, warst du ziemlich gereizt.«

»Natürlich war ich gereizt, um ehrlich zu sein sogar richtig sauer, aber wir haben uns geeinigt, wirklich.«

»Na, er kann durchkommen, und dann wird er reden. Darauf müssen wir uns einstellen.«

»Scheiße!«

»Nun, es kommt, wie es kommen muß«, meinte Aidan. Und möglicherweise, dachte er, hätte der ganze Alptraum damit ein Ende. »Hör mal, es gibt nichts, was wir tun könnten. Wir werden einfach abwarten müssen. Falls ich etwas Neues erfahre, werde ich es dich wissen lassen. Ich muß jetzt wieder zurück.«

Aidan legte auf und stierte durch die verschmierten Fensterscheiben in das Licht, das aus der Bar gegenüber auf die Straße fiel. Nicht zum ersten Mal fragte er sich, auf was er sich da, zum Teufel noch mal, eingelassen hatte.

Am kommenden Morgen holte George Tredington Aidan am Flughafen von Bristol ab. Dankbar ließ Aidan sich auf den lederbezogenen Beifahrersitz des großen BMW fallen.

»Morgen, David«, begrüßte George ihn mit düsterer Miene. »Hast du das mit Ivor gehört?«

»Ich hörte, er liegt im Krankenhaus.«

»Tja, ich fürchte, er hat es nicht geschafft. Er ist tot. Der arme alte Kerl. Ich frage mich, was der in einer Hengstbox zu suchen hatte.«

Aidan konnte gar nicht anders als sich erleichtert fühlen. »Ist er noch zu Bewußtsein gekommen, ehe er starb?«

»Nein. Ist ein bißchen seltsam, wie er den Tritt verpaßt bekommen hat, aber das Pferd hat einen schlechten Ruf, und wenn du mich fragst, war Ivor wahrscheinlich nicht nüchtern.«

Leeren Blickes starrte Aidan in den grauen Morgen hinaus und versuchte, seine Gedanken zu ordnen. »Am Dienstag, auf der Jagd, sah er ziemlich fertig aus. Und auch als ich ihn auf den Rennen traf.«

»Ich habe dir doch erzählt, daß er über dich diese eigenartigen Behauptungen aufgestellt hat, oder?«

Aidan nickte. »Ja, das hast du.«

»Und ich nehme an, daß die Polizei dich dazu befragen wird.«

»Die Polizei? Was hat die denn damit zu tun?«

George grinste. »Keine Sorge. Ich habe nur einen Witz gemacht. Es besteht kein Grund zur Annahme, daß da jemand seine Hand im Spiel hatte, obwohl ich mal vermute, daß es eine Untersuchungskommission geben wird, da die Begleitumstände ja ziemlich bizarr waren.«

»Wer hat ihn eigentlich gefunden?«

»Bert Bacon.«

»Wer ist das?«

»Ein Züchter und Pferdehändler mit ziemlich schlechtem Ruf. Seltsamerweise ist es ihm im Lauf der Zeit gelungen, ein paar gute Pferde zu züchten, obwohl sein Hof wie ein Schweinestall aussieht. Aber auf der anderen Seite hatte er immer ein Auge für Stuten. Er war wahrscheinlich die einzige Person, die Ivor immer mal wieder ein paar Tage arbeiten ließ, was auch nicht oft vorkam. Er kam so gegen drei, vier Uhr nachmittags heim und fand Ivor in der Box, betrunken und mit eingeschlagenem Kopf.«

»Ist Susan dort unten?« erkundigte Aidan sich.

»Ja, und auch seine Schwester Jan, die bei mir als Gestütswärterin arbeitet.«

»Sie ist Ivors Schwester, nicht wahr? Das hatte ich ganz vergessen. Wie hat sie es aufgenommen?«

»Nicht besonders gut. Gott weiß, warum. In den letzten

fünfzehn Jahren hat Ivor ihr nichts als Schwierigkeiten gemacht. Aber sie wird schon darüber hinwegkommen.«

Den Rest der Fahrt unterhielten sie sich nur noch sporadisch. Aidan mußte aufpassen, daß er sich seine Grübeleien nicht anmerken ließ. Zu seiner Erleichterung setzte George ihn bei seinem Cottage ab und sagte, er müsse sofort nach Braycombe zurück.

Es war erst halb elf. Aidan hätte eigentlich schnurstracks ins Haus gehen, Sir Mark begrüßen und nach den Ställen sehen sollen, aber statt dessen ging er nach oben, um sich umzuziehen. In seinem Schlafzimmer genoß er es, allein zu sein. Er legte sich aufs Bett und stierte an die Decke.

In seinem Kopf überschlugen sich die Ereignisse der vergangenen Woche.

Zweimal hatte man ihm gedroht.

Zwei Unfälle?

Zwei Todesfälle.

Zwei Anschläge auf sein Leben.

Selbst wenn er wollte, konnte er nun nicht so ohne weiteres die Rolle schmeißen, die er übernommen hatte. Jetzt, wo er um Sir Marks Gesundheitszustand wußte, schon gar nicht. Auf einmal war Aidan entschlossen, die Wahrheit herauszufinden, umwillen Sir Marks, des vermißten Jungen und seiner selbst. Nachdem er die Entscheidung gefällt hatte, wurde er ruhiger und begab sich zum großen Haus hinüber. Sir Mark begrüßte ihn mit einer weiteren unangenehmen Überraschung.

»Es gibt ziemlich alarmierende Neuigkeiten über den alten Ivor. Susan hat aus dem Krankenhaus angerufen. Der Pathologe, der gestern nacht die Autopsie durchgeführt hat, hat erklärt, daß der Hengst ihn unter normalen Umständen niemals so getreten hätte.«

»Wie? Was soll das heißen?«

»Das weiß ich nicht genau, aber offenbar stimmte was nicht

mit dem Winkel, unter dem der Huf den Kopf traf. Und außerdem stammt der Schlag wohl von einem Hinterhuf, und das Pferd war nur vorn beschlagen. Ich nehme an, daß sie nun von einem unnatürlichen Tod ausgehen.«

»Gütiger Gott! Warum sollte jemand daran interessiert sein, einen Mann wie Ivor umzubringen?«

»Keine Ahnung. Vielleicht hatte er Schulden oder so was in der Art.«

Plötzlich hatte Aidan den Eindruck, als ob ihm jemand einen Strick um den Hals legte und ihn langsam zuzog. Er schenkte sich eine Tasse Kaffee ein und trank einen Schluck. »Ich wollte dir noch sagen, daß ich Dienstagabend Besuch von der Polizei hatte.«

»Das dachte ich mir schon. Hatte bestimmt mit deinem Unfall zu tun, aber doch nichts mit Ivor, oder?«

»Nein, ich wollte es nur erwähnen.«

»Und was wollten sie von dir?«

Aidan seufzte. »Sie sagen, daß jemand eine Art Markierung auf das Autodach gemalt hat. Sie denken, es ging darum, das Fahrzeug leichter zu erkennen, und daß möglicherweise jemand auf der Brücke wartete, bis wir kamen, um dann die Schlafkoje runterzuschmeißen. Der Mann fragte mich, ob ich einen Verdacht hätte, wer so was tun könnte. Natürlich sagte ich, daß mir niemand einfällt.«

Sir Mark warf ihm einen langen, besorgten Blick zu. »Und, gibt es jemanden?«

Aidan schüttelte den Kopf. »Selbstverständlich nicht. Wieso auch?«

Den restlichen Morgen über war Aidan frustriert, daß er keine Nachricht von Johnny erhielt. Am liebsten hätte er ihn Auge in Auge gesprochen, um sich davon zu überzeugen, daß er nicht für den Schlag auf Ivor Butleys Kopf verantwortlich war. Darüber hinaus drängte es ihn zu erfahren, was Ivor gesagt hatte. Aber als er Johnnys Nummer in London wählte, meldete sich am anderen Ende niemand. So schrieb er, geplagt von Gewissensbissen wegen seiner plötzlichen Abreise, eine Karte an seine Mutter und fuhr ins Dorf, um sie bei der Post einzuwerfen. Als er in sein Cottage zurückkehrte, wartete Victoria auf ihn.

Obwohl seine Verdächtigung Jasons nur auf einer vagen Vermutung basierte – er konnte gegen ihn nur den Besitz eines braunen Regenmantels und sein frühes Verschwinden von der Jagd anführen –, hielt Aidan ihn immer noch für einen der Hauptverdächtigen, vor allem jetzt, wo Ivor tot war. Gleichzeitig war er sich sicher, daß – falls Jason seine Finger im Spiel hatte – Victoria nicht in seine Machenschaften involviert war. Daher begrüßte er sie voller Überschwang und Herzlichkeit, was ursprünglich nicht in seiner Absicht gelegen hatte.

Sie schien erfreut zu sein. »Tag, David. Wo hast du gesteckt?«

»Habe eine Karte zur Post gebracht.«

»Oh? Wem schreibst du denn? Doch nicht Emma?«

Victorias skeptischer Blick und die Tatsache, daß er in den letzten beiden Tagen keinen Gedanken an Emma verschwendet hatte, erheiterten ihn sehr.

»Nein. Nur an Mary. Ich fand es nicht gut, daß ich den Besuch abgebrochen habe, obgleich sie nicht sauer zu sein schien. Und ich habe ihr versprochen, bald wieder zu Besuch zu kommen.«

»Muß schon komisch für sie sein, dich solange als Sohn angesehen zu haben und nun auf einmal als jungen Engländer vorzufinden. Wie dem auch sei, ich wollte nur ein bißchen mit dir plaudern und dich fragen, ob du morgen zu Sam gehst.«

»Sicher«, antwortete er leichthin, »warum denn nicht? Wäre nicht schlecht, Letter Lad noch vor Samstag reiten zu sehen.«

»Bist du okay, David? Du siehst etwas niedergeschlagen aus.«

»Nein, nein, es geht mir gut. Ich habe mich nur gefragt, wie Deep Mischief laufen wird. Ich möchte, daß er den Hennessy gewinnt. Das würde Dad gefallen.« Er warf einen Blick auf seine Uhr. »Da ich ihm versprochen habe, noch vor dem Mittagessen bei ihm reinzuschauen, mache ich mich jetzt lieber auf den Weg. Ich seh dich dann spätestens morgen.«

Aidans Unbehagen steigerte sich durch den Umstand, daß Susan Butley zur selben Zeit wie er im großen Haus eintraf. Mit ihr hatte niemand gerechnet, denn sie hatte just an diesem Morgen angerufen und gesagt, daß sie bis zum Begräbnis ihres Vaters in Exeter blieb.

Sie nickte Aidan zu. »Ich bin froh, daß Sie da sind, ich möchte mit Ihnen sprechen.« Heute wirkte sie weitaus weniger selbstsicher als sonst, und sie verlor kein weiteres Wort, bis sie die Bibliothek betraten, in der Sir Mark arbeitete.

»Guten Tag, Susan«, begrüßte sie der alte Herr warmherzig. »Es ist nicht nötig, daß Sie so schnell wieder Ihre Arbeit aufnehmen.«

»Ich muß morgen wieder zurück. Jan ist noch dortgeblieben, und Mom bat mich, mit ihr zurückzufahren, und außerdem...«, sie zögerte, »wollte ich David sprechen.«

Das war sein Stichwort. »Warum verschieben wir unsere Unterhaltung nicht auf das Mittagessen, Dad? Der Tierarzt ist gerade da, und es gibt da ein paar Angelegenheiten, die ich mit ihm besprechen muß. Möchten Sie mich vielleicht begleiten, Sue?«

Sie warf ihm einen erleichterten Blick zu.

Draußen marschierten sie über den mit Regenwasser vollgesogenen Rasen zu den Ställen.

»Das mit Ihrem Vater tut mir sehr leid.«

»Ach ja?«

»Ja! Er mag nicht mehr der Mann gewesen sein, der er früher mal war, aber er war ein guter Mensch, ehe sein Leben aus den Fugen geriet.«

»Sie meinen, ehe David getötet wurde?«

Aidan hielt mitten im Schritt inne. Sein Herz klopfte laut. Er zwang sich, einen freundlichen Ton anzuschlagen. »Warum sagen Sie das jetzt? Ich dachte, wir hätten das alles am Sonntag geklärt.«

»Ich auch«, erwiderte Susan, die Ruhe in Person. »Aber als die Autopsie verriet, daß Dads Tod kein Unfall gewesen ist, brach meine Mutter fast zusammen. Als wir vom Krankenhaus wegfuhren, erzählte sie mir etwas, worüber sie bislang nie gesprochen hatte.«

Aidan räusperte sich. »Und was war das?«

»Sie sagte, Dad hätte sie schwören lassen, es niemals jemandem zu erzählen, nicht einmal mir, und daran hatte sie sich auch gehalten, obwohl es dann so schlimm wurde, daß sie ihn verließ.« Sie legte eine Pause ein. Obwohl Aidan zahllose Gedanken durch den Kopf schwirrten, sagte er nichts.

Als sie vom Rasen auf einen Weg ausscherten, hörte man nur das Knirschen des Kieses unter ihren Füßen. »Ich nehme an«, fuhr Susan fort, »sie begriff, warum Dad sich so mies fühlte, und hat ihn wahrscheinlich nicht dafür verantwortlich gemacht.«

»Ihn wofür verantwortlich gemacht?« fragte Aidan.

»Er dachte, es wäre seine Schuld. David hatte ihn wochenlang gedrängt, eines der Hengstfohlen reiten zu dürfen, das gerade zugeritten worden war. Es war ein wunderschönes Tier, aber ein paar Monate nachdem es geschah, brach es sich das Bein und mußte getötet werden – ich kann mich nicht mehr an das Tier entsinnen.«

»Das macht ja nichts«, erwiderte Aidan, darum bemüht,

sich seine Ungeduld nicht anmerken zu lassen. »Also, was ist passiert?«

Susan seufzte. »Nun, Dad erlaubte ihm, auf dem Hengstfohlen auszureiten. David wollte zu den Klippen galoppieren. Er war ein guter Reiter, aber Dad hätte ihn niemals allein losziehen lassen dürfen.« Sie hielt inne und platzte endlich mit der Wahrheit heraus. »Das Hengstfohlen kam ohne David zurück. Eine Stunde später. Dad begriff, daß der Junge irgendwo abgeworfen worden war, und machte sich auf die Suche nach ihm. Er befürchtete, daß ihm etwas Schreckliches zugestoßen war. Und er gab sich dafür die Schuld, denn Sir Mark hatte ausdrücklich verboten, daß David junge Pferde ritt.«

Aidan spürte, wie schwer es Susan fiel, ihm diese Geschichte zu erzählen. »Der arme alte Dad, er muß krank vor Sorge gewesen sein. Er suchte überall, fand David aber nirgendwo auf den Feldern. Voller Panik ging er zum Strand hinunter. Zuerst entdeckte er ihn dort auch nicht, aber nach einer Weile fand er ihn doch, er lag hinter einem Felsen bei Stanner Head . . .« Susans Stimme versagte. »Er muß von der Klippe gestürzt sein. Hatte sich den Hals auf den Felsen gebrochen. Und dann hat ihn wahrscheinlich die Flut aufs Meer rausgetragen und ihn in eine Höhle geschwemmt. Er war tot.«

»Jesus«, zischte Aidan und atmete langsam aus. »Fünfzehn Jahre lang trug Ihr Vater dieses tragische Geheimnis mit sich herum.«

»Er gab sich die Schuld, rechnete damit, eingesperrt zu werden und seine Arbeit, das Cottage zu verlieren . . . Und er hatte bis dahin so gern hier gearbeitet. Er versteckte den Leichnam, jedenfalls hat er das Mum erzählt. Niemand hat ihn jemals gefunden. Sie suchten natürlich nach ihm, aber als sie den Brief erhielten, nahm jeder an, daß er fortgelaufen war.«

»Aber wer hat den Brief geschickt? War das Ihr Vater?«

»Keine Ahnung.«

»Hat ... Ihre Mutter eine Ahnung, wo er den Leichnam vergraben hat?«

»Nein, nicht die geringste. Das wollte er ihr nicht verraten; er sagte, er wolle nicht, daß sie da mit reingezogen wird. Ich nehme an, er hat ihn irgendwo verscharrt.«

Aidan konnte sich ausrechnen, daß Ivors Strandbesuch etwas damit zu tun hatte. Er spielte mit dem Gedanken, Susan reinen Wein einzuschenken und ihr jetzt und hier zu erzählen, was er am Tag vor der Jagd beobachtet hatte, aber da schossen ihm schon andere Möglichkeiten durch den Kopf.

Er konnte bluffen und behaupten, daß er – David – nicht gestorben, sondern weggelaufen war. Es stand nur Ivors Wort gegen das seine, und der konnte nun nichts mehr sagen.

Aber Susan wußte Bescheid. Wie immer er es sagte, sie würde ihm nicht glauben.

Sie näherten sich jetzt den Ställen. Dort könnte gut ein Dutzend Menschen ihre Unterhaltung belauschen. Er blieb stehen. »Lassen Sie uns weitergehen. Wir können einen Blick auf die Stuten auf der Koppel werfen.«

Susan nickte. Sie sah ziemlich elend und verletzlich aus. So hatte er sie bisher noch nicht erlebt. Er lächelte voller Ernst und Zuneigung.

»Was werden Sie nun unternehmen?« fragte er sie leise.

Susan warf ihm einen verunsicherten Blick zu. Die Feindseligkeit der letzten Monate war verschwunden. Insgeheim war Aidan erleichtert. Er begriff, daß er und Susan, was ihre Beziehung anging, einen Wendepunkt erreicht hatten. Zögernd streckte er die Hand aus und legte sie auf ihren Arm, um ihn in einer Geste der Aufmunterung vorsichtig zu drücken.

»Darüber habe ich mir schon den Kopf zerbrochen. Es gibt nicht viel, was ich tun kann, oder? Ich weiß nicht, wo Dad den Leichnam begraben hat, und ohne einen Leichnam, wer soll mir da glauben? Aber falls Dad ermordet worden ist, muß ich wissen, warum. Und ich könnte mir denken, daß auch Sie den Grund dafür wissen möchten.«

»Dann rechnen Sie also mit der Möglichkeit, daß ich etwas damit zu tun hatte? Ihr Vater hat Ihnen ja verraten, daß er weiß, daß ich nicht David bin.«

Ein leises Lächeln breitete sich auf Susans Lippen aus. Das waren überraschend weiche und sinnliche Lippen für eine Frau, die es gewohnt war, sich nur auf sich verlassen zu können. »Daran habe ich auch gedacht. Es schien auf der Hand zu liegen. Aber dann dachte ich zurück, und da fiel mir ein, daß ich weiß, wo Sie zur Zeit, als er starb, waren.«

»Vielleicht habe ich jemanden bezahlt, es zu tun?«

»Nein, Sie sind kein Mörder, auch wenn ich nicht weiß, wie es dazu kam, daß Sie hier auftauchten und das taten, was Sie tun. Um ehrlich zu sein und falls es Sie tatsächlich interessiert, jetzt, wo jedermann annimmt, daß Sie David sind und irgendwann einmal alles erben werden, ist das Leben hier wesentlich unverkrampfter. Und es macht Sir Mark glücklich.« Sie schenkte ihm ein klägliches Lächeln. »Hören Sie, ich gehe nicht davon aus, daß Sie etwas mit dem Tod meines Vaters zu tun hatten, aber er steht vielleicht mit Ihnen in Beziehung.«

»Ich hoffe ernstlich, daß das nicht der Fall ist.«

»Aber Sie halten es für möglich?«

Aidan zuckte mit den Achseln. »Ich wünschte, ich wüßte es.«

»Johnny Henderson hat ihn besucht«, sagte Susan.

»Das weiß man?«

»Man hat ihn zu relativ früher Stunde in dem Örtchen gesehen und später dann noch mal. Ich gehe davon aus, daß die Polizei ihn verhören wird.«

»Davon hat er mir nichts erzählt.«

»Warum sollte er?« fragte Susan trocken.

Aidan bemerkte, daß er sich verraten hatte, aber vielleicht machte das nun auch keinen Unterschied mehr.

»Wie auch immer«, fuhr Susan fort, »ich habe mir schon gedacht, daß Johnny was damit zu tun hat, und als er mir noch verriet, woher Letter Lad kam – aus einem Dorf in Mayo, das ganz in der Nähe von Ihrem Heimatort liegt –, da war mir alles klar. Schien mir dann doch ein zu großer Zufall zu sein.«

»Richtig.« Aidan nickte. »Aber er hat mir geschworen, daß Ivor noch am Leben war, als er ihn verließ. Und er behauptete auch, daß Ihr Vater ziemlich betrunken war. Wir werden ja sehen, zu welchem Ergebnis die Polizei kommt, aber ich bezweifle stark, daß Johnny seine Hände im Spiel hatte.«

»Wer könnte es dann Ihrer Meinung nach sonst gewesen sein?«

»Es ist zu früh, um das zu sagen.«

Susan musterte ihn gründlich, aber durchaus gewillt, ihm Glauben zu schenken. »Hören Sie, ich weiß nicht, warum Sie hier aufgetaucht sind oder wie Sie das angestellt haben, aber Sie wissen ja, daß ich Ihnen Ihre Geschichte nie abgekauft habe. Allerdings denke ich jetzt, daß Sie mir helfen könnten herauszufinden, was Dad zugestoßen ist, denn irgendwie hat es was mit Ihnen zu tun.« Als sie ihn anschaute, lag eine gewisse Wärme in ihrem Blick. »Und wer immer Sie sein mögen, ein Krimineller sind Sie nicht, jedenfalls nicht tief in Ihrem Innern, das weiß ich ganz genau.«

Ihr Vertrauen schenkte Aidan in diesem Augenblick eine Menge Kraft. »Sie haben recht, ich bin kein Krimineller, und ich möchte genauso dringend wie Sie wissen, was damals mit David passiert ist. Wenn wir das wüßten, wüßten wir wahrscheinlich auch, wer Ihren Vater getötet hat.«

»Haben Sie denn eine Vermutung?«

»Ich habe einen Verdacht, ja, aber ich werde weder mit Ihnen noch mit jemand anderem darüber sprechen, ehe ich mir wirklich sicher bin. Wenn das der Fall ist, werde ich allerdings, so schwer es mir auch fällt, dieses Leben als David Tredington aufgeben und mit der Sprache rausrücken. Es ist nur richtig, daß die Familie erfährt, ob und wie David umgebracht worden ist. Für den Anfang wäre es durchaus hilfreich, wenn wir wüßten, wo sein Leichnam vergraben ist.«

»Aber Dad könnte ihn überall hingebracht haben. Er könnte auf die See hinaus gerudert sein und ihn dort über Bord geworfen haben.«

»Kann schon sein, aber ich habe den Verdacht, daß er das nicht getan hat.«

»Und wieso das?«

»Ist nur ein Verdacht«, wiederholte Aidan mit entschlossener Miene.

An jenem Nachmittag legte der Wind zu, und zum ersten Mal bekam Aidan eine Vorstellung von einem der berüchtigten nordwestlichen Winde, die über den Bristol Channel bliesen. Ein Sturm fegte durch die Bäume auf den Hof und ließ die Stalltüren in ihren Angeln quietschen und Dachziegel klappern.

Aber nach dem, was Susan ihm berichtet hatte, gab es nichts, was ihn von seiner Suche nach Davids Leichnam abhalten könnte.

Er warf eine dicke Steppjacke über, schob die Kapuze über seinen Kopf und machte sich auf zur Klippenspitze.

Er gelangte zu der Stelle, wo David Tredington vor vielen Jahren vom Pferd gestürzt sein mußte. Es windete so sehr, daß seine Augen tränten, als er zum bedrohlich dunklen Himmel über dem grauen, mit weißen Schaumkronen verzierten Meer hochblickte.

Der Sturm setzte ihm zu, der Wind zischte an seinen Ohren

vorbei. Tief unter ihm rollten fast meterhohe Wellen heran und schlugen wild gegen die Felsen am schmalen Strand. Es war sinnlos, jetzt dort hinunterzusteigen.

Er wußte sehr wohl, daß David nicht an so einem Tag verschwunden war, doch selbst an einem der ruhigen Sommertage wäre es tödlich, von einer so hohen Klippe zu stürzen. Er wandte den Blick nach Osten, in Richtung Stanner Head, zu der zerklüfteten, spitzen Klippe, die am Ende der Bucht steil ins Meer abfiel. Langsam und ohne einen weiteren Gedanken an das Wetter zu verschwenden, folgte er dem Klippenrand bis zu seinem Ende.

Dort angekommen, warf er einen Blick nach unten und mußte zwangsläufig an den kleinen Jungen denken, der hier sein Leben gelassen hatte. Der Unfall hatte es wiederum ermöglicht, daß er, Aidan, seine Identität hatte annehmen können. Er empfand viel für diesen kleinen Jungen, dem er sich inzwischen sehr nah fühlte, jetzt, wo er langsam eine Ahnung davon bekam, was ihm damals zugestoßen war. Er war es David schuldig, die Wahrheit ans Tageslicht zu bringen, selbst wenn das bedeutete, den eigenen Betrug aufzudecken.

Nachdem er sich zu diesem Entschluß durchgerungen hatte, folgte er etwa eine Meile lang dem Klippenrand, bis er zu einem kleinen, nur sporadisch besetzten Häuschen der Küstenwache gelangte. Davor parkte ein Lieferwagen, und aus den Fenstern des flachen Betongebäudes, über dessen Flachdach der Wind pfiff, schien Licht. Er ging darauf zu, öffnete die Tür und trat in einen warmen, verrauchten Raum.

Drinnen stand ein Mann, Mitte Vierzig, mit kupferfarbenem Haarschopf, roten Wangen und blauen Augen, der sich bei seinem Eintreten zu ihm umwandte.

»Mr. David«, hieß er Aidan willkommen. »Nicht gerade der richtige Morgen für einen Spaziergang. Ich habe Sie schon aus der Entfernung näherkommen sehen.«

Aidan grinste. »Das Wetter stört mich nicht, und an Regen bin ich gewöhnt, solange ich trocken bleibe.«

»Eine Tasse Tee?«

»Gern. Und – tut sich da draußen was?«

»Nein. Noch nicht. Seltsamerweise haben wir an sonnigen Tagen mehr Probleme. Dann fahren eine Menge Leute raus aufs Meer, ohne zu wissen, was sie eigentlich tun. Bei diesem Wetter sind nur die Leute unterwegs, die es müssen. Aber von Zeit zu Zeit müssen wir uns auch um ein paar Profis kümmern.«

Während er so vor sich hin plauderte, setzte er einen Kessel Wasser auf und kramte zwei Metalltassen samt Teebeuteln hervor.

»Ist hier oben irgendwann mal jemand tödlich verunglückt?« fragte Aidan.

»In den letzten Jahren nicht. Vor etwa zehn Jahren war allerdings ein Mädchen unterwegs, bei einem Wetter wie heute. Sie fiel von den Klippen, die zu Ihrem Grundstück gehören.«

»Was ist mit ihr passiert?«

»Ich nehme an, sie war tot, ehe sie auf den Strand aufschlug.«

»Ich meine, was geschah mit dem Leichnam? Ich könnte mir denken, daß er abgetrieben und hier bei Stanner Head angespült worden ist, oder an die davorliegenden Felsen.«

»O nein, es gibt keine Flut, die irgendwas hierher treibt. Alles wird runter in Richtung Lynton gespült.«

»Immer?« fragte Aidan so ganz nebenbei.

»Na, so ist die Strömung nun mal auf dieser Seite des Kanals.«

Das Wasser kochte, und der Mann von der Küstenwache goß es in die Tassen. Aidan schnappte sich eine und trank dankbar den Tee, während er die Implikationen dessen, was er gerade erfahren hatte, in Gedanken durchspielte.

Er ermutigte den Mann, ihm noch mehr von seiner Arbeit zu erzählen, und genoß die Wärme im Wachhäuschen. Als er es verließ, kannte er die dramatischen Einzelheiten der berühmtesten Schiffbrüche, die vor dieser Küste stattgefunden hatten, und wußte nun auch, daß David entweder von der Stelle, wo er aufgeschlagen war, weggekrochen sein mußte oder daß ihn jemand weggetragen hatte, um ihn hinter den Felsen zu verstecken, wo Ivor ihn dann schließlich gefunden hatte.

11

Der Abend dämmerte schon, als Aidan zum Hof zurückkehrte. Er half den Stallknechten, die die Pferde zum letzten Mal an diesem Tag fütterten; in Gedanken war er jedoch immer noch draußen auf den Klippen. Nach dem, was Susan ihm anvertraut hatte, und nach dem heutigen Gang auf die Klippen hatte Aidan eine deutliche Vorstellung von dem, was mit dem sterbenden Jungen geschehen war. Gleichzeitig war er bestrebt, sich auf die Arbeit auf dem Gestüt zu konzentrieren und Letter Lad für seinen Ritt am Samstag einzustimmen. Allerdings wollte ihm das Bild des Jungen, der tot am Strand lag, nicht aus dem Kopf gehen.

An diesem Abend speiste Susan mit der Familie. Auch Victoria und Jason waren zum Abendessen erschienen. Als sich alle am Küchentisch eingefunden hatten, fragte Sir Mark Aidan, wo er sich nachmittags aufgehalten hätte.

»Ich finde es wunderschön, auf die aufgewühlte See hinauszuschauen«, sagte Aidan. Wirklich gelogen war das nicht. Er behielt Jason im Auge, falls der sich etwas anmerken ließ. »Ich bin bis zum Häuschen der Küstenwache spaziert und dann wieder zurück.«

»Großer Gott! Das klingt ja wahrhaft masochistisch!«

Aidan lachte. »Es war großartig, ehrlich. Nicht ein Regentropfen drang durch meinen Mantel.«

Kurz traf sich sein Blick mit Susans, aus dem er Zustimmung herauslas. Von da an war er nicht mehr ganz so verkrampft. Falls er am Ende für das, was er getan hatte, bezahlen müßte, wollte er den Zeitpunkt selbst bestimmen und sich aus freien Stücken dazu durchringen. Vor allen Dingen mußte Sir

Mark die Wahrheit schonend beigebracht werden. Bewußt lenkte er die Unterhaltung in eine andere Richtung. Sie unterhielten sich nun über Deep Mischiefs Vorbereitung für den Hennessy und besprachen sich mit Jason, der am kommenden Samstag Letter Lad reiten sollte.

Victoria drängte darauf, endlich zu entscheiden, welche Stuten von welchen Hengsten gedeckt werden sollten, und trotz Ivors dramatischem Tod verlief das Abendessen ungewöhnlich normal. Kurz vor zehn verkündete Aidan, daß er nun ins Bett zu gehen gedachte, weil er am nächsten Morgen früh aufstehen mußte.

Die ganze Nacht über hatte der Wind geheult, legte sich aber gegen Morgen, als Aidan um sechs Uhr früh aus den Laken stieg. Die stets zuverlässige Victoria klopfte gegen halb sieben an seine Tür. Sie begleitete ihn zu Sam Hunter.

Gerade als Aidan auf Deep Mischief von der Galopprennbahn zurückgeritten kam, fuhr Johnny auf Sam Hunters Hof. Wie üblich war das Pferd in Form gewesen und hatte den Proberitt im Vergleich zu seinen beiden Stallgenossen mit Leichtigkeit absolviert.

Aidan fiel sofort Johnnys alter Wagen auf, als er sein Pferd auf den Hof brachte. Beim Reiten hatte er sich voll und ganz auf das Tier konzentriert. Jetzt kehrten seine Probleme mit einem Schlag in sein Leben und sein Gedächtnis zurück.

Er rutschte von Deep Mischiefs Rücken. Johnny unterhielt sich gerade mit Sam Hunter.

»Morgen, Johnny«, rief Aidan.

Johnny blickte auf und spielte den Überraschten. »Ich wußte nicht, daß du heute hier wärst.«

»Ich wollte Sam nur etwas Arbeit machen.« Aidan lächelte gekünstelt. »Um ehrlich zu sein, ich fände es prima, wenn ich mich auf Barford kurz mit dir unterhalten könnte. Wir haben da ein paar Hengstfohlen, die wir nicht versteigern möchten. Und es wäre uns lieb, wenn du sie dir mal ansiehst. Ich würde ja gern noch ein bißchen hierbleiben und mit dir quatschen, aber ich bin heute mit Victoria gekommen.«

Mit einem Nicken ließ Johnny ihn wissen, daß er kapiert hatte, daß sie sich hier nicht ungestört unterhalten konnten. »Gut«, sagte er. »Ich hatte eh vor, bei euch reinzuschauen.«

»Gut, dann seh ich dich auf Barford.«

Als Aidan nach Hause fuhr, ließ sich Victoria hocherfreut über Deep Mischiefs Fortschritte aus.

»Hast du ihn eben beim Proberennen unter Druck gesetzt?« fragte sie ihren Bruder.

»Nein, eigentlich gar nicht. Er ist ein klasse Pferd, aber es wird ihm trotzdem guttun, bis zum Hennessy richtig drangenommen zu werden. Leider legt er Gewicht zu, wenn er den Hafer nur anschaut. Aber mach dir keine Sorgen, Sam muß man nicht sagen, was er zu tun hat. Der weiß mehr über das Trainieren von Pferden als sonst jemand.«

Victoria strahlte vor Aufregung, als sie ihren Hoffnungen bezüglich Deep Mischief freien Lauf ließ. »Es wäre großartig, wenn wir mit ihm ein paar der großen Rennen gewinnen würden. Vom Tag seiner Geburt an habe ich gesagt, daß er mal ein Star wird.«

Aidan lachte. »Es muß zehntausend Mädchen geben, die jedes Jahr das gleiche sagen, wenn sie sehen, wie ihre Stuten fohlen.«

»Das ist nicht fair«, erwiderte Victoria. »Ich glaube nicht, daß jedes Fohlen, das bei uns auf die Welt kommt, perfekt ist.«

»Das weiß ich doch. Ich hatte einfach Lust, dich aufzuziehen. Er ist eines der besten Pferde, auf dem ich je geritten bin.«

»Bist du in Irland je ein richtig gutes Tier geritten?«

»Nein, habe ich nicht, jedenfalls kein Pferd dieser Kategorie. Wo ich lebte, haben wir versucht, das Beste aus dem zu machen, was wir hatten.«

»Ist es nicht komisch, daß du gelernt hast, so gut mit Pferden umzugehen, obwohl du so lange weggewesen bist?«

»Eigentlich nicht. Ich mochte Pferde von klein an, noch bevor du gehen konntest. Gleich als ich nach Irland kam, hab ich mich darauf gestürzt. Nirgendwo habe ich jemals mehr Spaß gehabt als auf dem Rücken eines Pferdes.

»Ach ja?« sagte Victoria mit einem Grinsen.

»Ich weiß nicht, was du meinst, du lasterhafte kleine Schwester.«

»Aber längst nicht so lasterhaft wie Lucy.«

»Das überrascht mich nicht.«

»Ich habe am vergangenen Sonntag zufällig eine ziemlich ausführliche Unterhaltung zwischen ihr und Emma belauscht.«

»Davon will ich nichts hören, und ich halte es für eine große Sünde, anderer Leute Gespräche zu belauschen.« Aidan lachte schallend, obwohl ihm in Wirklichkeit gar nicht danach war.

Gegen halb elf fuhr Aidan durch das Tor. Johnny folgte dicht dahinter. Er setzte Victoria vor ihrem Haus ab und fuhr dann zu den Ställen hinüber. Zwanzig Minuten später blickte Aidan draußen auf einer Koppel, fernab neugieriger Ohren, Johnny unverwandt in die Augen und versuchte, die Wahrheit aus ihnen herauszulesen.

»Okay, was genau hat sich zugetragen, als du Ivor besucht hast?«

»Im Grunde genommen läuft es darauf hinaus, daß er mir gesagt hat, daß David tot ist.«

Seine Antwort rief bei Aidan nicht die Reaktion hervor, mit der er gerechnet hatte.

»Ja«, sagte Aidan. »Das weiß ich.«

»Wie? Wer, verflucht noch mal, hat dir das verraten?«

»Susan, gestern. Nachdem der Pathologe meinte, daß an der Art und Weise, wie Ivor getreten wurde, etwas nicht stimmt, ist ihre Mutter mit der Sprache rausgerückt und hat erzählt, daß Ivor ihr vor Jahren gestanden hat, Davids Leichnam unten bei den Klippen entdeckt zu haben, nachdem der Junge von einem Pferd gestürzt war.«

»Das stimmt«, meinte Johnny. »Genau das hat er mir auch gesagt, und außerdem glaubte er, daß er daran schuld sei. Aus diesem Grund hat er auch den Leichnam versteckt. Sues Mutter wußte wahrscheinlich nicht, wo, oder?«

»Nein. Das hat er nie verraten. Er wollte nicht, daß sie es weiß.«

»Nun, das bedeutet immerhin, daß wir uns wegen dieses Typs aus den Fidschis keine Sorgen machen müssen, und nun, wo Ivor aus dem Weg ist, sind unsere Probleme gelöst.«

»Genau das bereitet mir Kopfzerbrechen«, erwiderte Aidan kalt. »Paßt einfach ein bißchen zu gut, und außerdem, wem sollte daran gelegen sein, daß Ivor tot ist?«

»Mein Gott«, flehte Johnny, »ich schwöre, daß ich nichts damit zu tun hatte. Ich habe den kleinen, stinkenden Trunkenbold nicht mal angefaßt.«

Aidan sagte nichts. Er war fast gewillt, Johnny Glauben zu schenken, aber da er ihn inzwischen ganz gut kannte, reichte sein Wort nicht, um ihn hundertprozentig zu überzeugen.

Er seufzte. »Wenn du nur nicht so ein hinterlistiger Teufel wärst. Ich wünschte, ich hätte mich nie auf diese Sache eingelassen. Offenbar hast du vergessen, daß am Dienstag jemand versucht hat, mich zu erschießen, und ich glaube nicht, daß das Ivor war – warum auch? Er hat sich darauf verlassen, daß ich ihm ein behagliches Nest bereite. Aber wenn du es nicht warst, der Ivor umgebracht hat, wer war es dann?«

»Hör mal«, entgegnete Johnny, »der Pathologe kann sich ja geirrt haben, oder vielleicht wurde Ivor wegen einer Sache um die Ecke gebracht, die überhaupt nichts mit dir zu tun hat.«

»Und was ist mit dem Kerl, der die Schlafkojen auf mich geworfen hat?«

»Das ist doch nur eine Vermutung. Letzte Woche gab sich die Polizei mit einem Unfall zufrieden.«

»Nun, das hat sich mittlerweile geändert. Sie wissen, daß jemand meinen Wagen mit einer fluoreszierenden Farbe gekennzeichnet hat. Dieser Sergeant King hat einen weiteren Besuch angekündigt.«

»Der will sich doch nur einen schönen Tag auf dem Land machen, ein bißchen durch Devon fahren, nichts weiter.«

»Wen willst du eigentlich zum Narren halten, Johnny? Hör mal, wir stecken in der Tinte, und das müssen wir schleunigst ändern, ich meine, nicht nur meinetwegen, sondern auch wegen Mutter und Sir Mark. Das bin ich ihm schuldig – er ist so gut zu mir gewesen. Du machst dir keine Vorstellung, wie es ist, einen Vater zu haben, nach all diesen Jahren. Es wäre für ihn ein schwerer Schlag, wenn rauskäme, wer ich in Wahrheit bin, und ich im Knast landen würde. Und außerdem ist er krank.«

Aidan tat es auf der Stelle leid, sich bei Johnny verplappert zu haben, zumal Sir Mark ihn um Verschwiegenheit gebeten hatte. Er versuchte, die Sache runterzuspielen.

»Ist nichts Besonderes, er leidet nur unter starken Rückenschmerzen.«

»Ach, ist das alles?«

»Darum geht es doch gar nicht. Ich fühle mich langsam richtig mies, weil ich sie alle zum Narren halte. Sie sind so gut zu mir gewesen, sie haben mir das Gefühl gegeben, zu ihnen zu gehören.«

»Brillant. Genau das wollten wir doch erreichen. Ich habe dir ja gesagt, daß du es schaffst.«

»Halt die Klappe! Hast du denn kein Gewissen?«

»Tja, jetzt ist es ein bißchen spät, eins zu entwickeln, oder?«

»Hör mal«, fuhr Aidan etwas ruhiger fort, »vielleicht finden sie ja den Typen nicht, der die Kojen runtergeworfen hat. Und vielleicht löst sich auch die Sache mit Ivor in Wohlgefallen auf, aber darauf möchte ich mich nicht verlassen. Ich schwöre dir, ich könnte es nicht ertragen, wenn so was noch mal passiert, wenn noch mal jemand verletzt oder getötet wird. Dafür gäbe es keine Entschuldigung. Ich bin in der Zwickmühle. Ich kann nicht zur Polizei gehen, aber ich kann auch erst dann Ruhe finden, wenn ich weiß, was diesem Jungen zugestoßen ist und wo Ivor seine Leiche gelassen hat. Und – ob du es glaubst oder nicht – ich würde auch gern erfahren, wer mir nach dem Leben trachtet«, fügte er hinzu.

Aidan sah keine Veranlassung, Johnny seinen Plan detailliert zu schildern. Außerdem wußte er selbst noch nicht genau, wie sein nächster Schritt aussehen sollte, aber er war sich sicher, daß er nicht als einziger ein Interesse daran hatte, die letzte Ruhestätte David Tredingtons zu finden.

Als er ins Haupthaus zurückkehrte, war Susan schon nach Hause gegangen. Eigentlich hatte er Lust, sie sofort von dort aus anzurufen und wissen zu lassen, was er zu tun gedachte, für den Fall, daß etwas schiefging, aber er mochte kein Risiko eingehen. So stieg er in seinen Wagen und fuhr ins Dorf, um sie von einer öffentlichen Telefonzelle aus anzurufen.

Noch ehe er das Haupttor erreichte, änderte er seine Meinung. Er durfte sie nicht vom Dorf aus anrufen. Da konnte ihn jemand sehen, und er war sich sehr wohl darüber im klaren, daß die Leute vom Land jede Kleinigkeit bemerkten.

So schlug er eine andere Richtung ein und fuhr die Straße hoch zu einer Telefonzelle, die zwei Meilen die Porlock Road hinunter lag. Sie stand auf einem unbefestigten Pfad am Rand einer kleinen Lichtung. Aidan parkte den Wagen und begab sich in das scharlachrote Häuschen. Er wählte Susans Nummer in Lynmouth und ließ es eine Ewigkeit klingeln, ehe er einsah, daß niemand abnehmen würde.

Durch die licht stehenden Bäume längs der Straße konnte er die angrenzenden Felder ausmachen, die an die zu Barford gehörenden Klippen grenzten. Als er den Hörer einhängte und gedankenverloren zur Küste hinüberblickte, die etwa eine Viertelmeile entfernt lag, entdeckte er eine braunbekleidete Gestalt, die auf den Klippenrand zuging.

Adrenalin schoß durch seinen Körper, als ginge er bei einem wichtigen Rennen an den Start. Wie vom Blitz getroffen rannte er aus der Telefonzelle zu seinem Wagen, zog die Straßenkarte aus der Ablage unter dem Handschuhfach und breitete sie auf seinem Schoß aus. Bald fand er, wonach er suchte. Ein paar Meter hinter der Telefonzelle, auf der anderen Seite der Straße, war als rotgepunktete Linie ein Weg eingetragen, der an einem Feld entlang zur Küste hochführte, um dann – direkt über Stanner Head – in den South-West Coast Path zu münden.

Glücklicherweise hatte der Regen nachgelassen, und auch der Wind blies längst nicht mehr so stark wie am frühen Morgen. Aidan zog Gummistiefel und seinen langen Wachstuchmantel an und stapfte durch den Baumstreifen zum Pfad hinüber.

Die Person, die er verfolgte, hatte seiner Schätzung nach gut fünfzehn Minuten Vorsprung und mußte nun den Klippenrand erreicht haben. Dennoch hielt er sich, wann immer es möglich war, hinter den Hecken versteckt, und seine khakifarbene Kleidung half ebenfalls, ihn zu verbergen.

Am östlichen Ende der Bucht, kurz bevor Stanner Head ins Meer ragte, floß ein kleines Rinnsal zum Klippenrand und tröpfelte den schroffen Abhang hinab. An dieser Stelle fiel die

Klippe steil ab, und es gab nur einen ebenso steilen, kaum befestigten Weg, der zum Strand hinunterführte. Die Leute aus der Gegend und die etwas wagemutigeren Strandspaziergänger nutzten diesen Weg seit Jahren, während vorsichtige Personen lieber eine andere Strecke wählten.

Aidan blieb am Klippenrand stehen. Genau von dieser Stelle aus hatte er vergangenen Montag Ivor beobachtet. Wieder duckte er sich, damit er vom Strand aus nicht entdeckt werden konnte.

Wegen der Ebbe war der steile Sandstrand ungefähr siebzig Meter breit. Von seinem Aussichtspunkt konnte Aidan niemanden erkennen, aber er wartete geduldig, in der Überzeugung, daß der Mann, dem er folgte, noch nicht unten angekommen wäre.

Ein paar Minuten später tauchte die braune Gestalt auf dem Strand auf und eilte in östliche Richtung zu einem Strandabschnitt, der von Felsen eingeschlossen war. Er lief um ein paar flache große Steine herum, die aus dem Sand ragten, um dann aus Aidans Sichtfeld zu verschwinden.

Aidan richtete sich schnell auf und lief an der Klippe entlang zu dem kaum befestigten Weg. Selbst für eine Gemse wäre der Abstieg keine einfache Sache gewesen. Der Untergrund war aufgeweicht, schlammig oder schlüpfriger, scharfkantiger Fels. Obwohl die Klippe nur etwa hundert Meter hoch war, war der Weg eine Drittelmeile lang und schlängelte sich in scharfem Zickzack nach unten.

Aidan überquerte das Rinnsal dicht unterhalb eines kleinen Wasserfalls gerade zum zweiten Mal, an einer Stelle, wo die Steine blitzblank gescheuert und von grünen Algen überzogen waren. Auf einem dieser Steine rutschte er aus, und zwar so unversehens und prompt, daß es eine Sekunde dauerte, bis er überhaupt registrierte, daß er den Halt verloren hatte. Er polterte einen etwa sechzig Grad geneigten Hang hinunter und landete dabei in Schilfgrasbündeln, auf Farnbüschen und Dornensträuchern, die zwischen dem nackten Fels und Schiefer wuchsen.

Er war ungefähr zehn Meter tief gefallen, als er auf einem breiteren, mit Grasbüscheln bewachsenen Felsvorsprung liegenblieb. Laut klappernd purzelten lose Steine auf den Strand hinunter.

Er riskierte einen Blick über den Vorsprung auf die darunterliegenden Felsen, weil er wissen mußte, ob der Steinfall den Mann, den er quasi jagte, aufgeschreckt hatte. Gleichzeitig überprüfte er, ob er Schaden genommen hatte.

Die ganze Sache hatte keine zehn Sekunden gedauert, aber er hatte das Gefühl, durch die Mangel gedreht worden zu sein. Die Streifschußwunde an seinem Oberarm war wieder aufgeplatzt. Er spürte, wie sich sein Hemdsärmel mit warmen Blut vollsog. Sein Gesicht war mit Kratzern und kleinen Schnitten überzogen, und seine Hüfte pochte schmerzhaft. Leise stöhnend streckte er sich. Gebrochen hatte er sich glücklicherweise nichts.

Er wartete, bis er sich sicher sein konnte, daß sein Sturz dem Verfolgten nicht aufgefallen war, und legte dann das letzte Stück des Weges zurück, von nun an streng darauf bedacht, etwas mehr Vorsicht walten zu lassen, wenn seine Route das Rinnsal kreuzte.

Unten am Strand waren die Abdrücke der Gummistiefel im feuchten, braunen Sand deutlich zu erkennen. Er folgte der Spur über den Strand, hinter die herausragenden flachen Steine bis zu einer Höhle, die von der Klippe oben nicht zu sehen gewesen war.

Hinter einem schmalen Durchgang verbreiterte sich die Höhle auf etwa sieben Meter. Aidan drängte sich dicht an den Felsen, um von demjenigen, der in der Höhle war, nicht entdeckt zu werden. Vor diesem Eingang blieb er stehen und spitzte die Ohren. Wegen des pfeifenden Windes und des Tosens der Wellen, die weiter vorn gegen den Strand schlugen, konnte er jedoch nicht mit Gewißheit sagen, ob irgendwelche Geräusche zu ihm nach draußen drangen. Er schlich sich weiter vor, immer auf der Hut, sich nicht gegen die helle Öffnung abzuzeichnen. Weiter drinnen stieß er auf eine weitere Felsspalte, in der er sich versteckte. Der sandige Boden stieg leicht in dem dahinter liegenden Tunnel an, und durch die Felsspalten in der Decke tropfte Regenwasser.

Er warf einen Blick hinaus auf die See, die längst nicht mehr so aufgewühlt wie am Morgen war, und fragte sich, wie lange es wohl dauerte, bis die Gezeiten sich änderten und die Flut kam.

Vorsichtig reckte er den Hals hinter dem Felsvorsprung hervor, der ihm den Blick versperrte, und spähte gespannt in die dunkle Höhle. Das Geräusch kleiner Steinchen, die sandigen Boden hinunterrollten, drang zu ihm, doch war es viel zu dunkel, um etwas genauer erkennen zu können. Da trat er aus seinem Versteck. Den Rücken an der Wand und mit gespitzten Ohren arbeitete er sich ein Stück weit die ansteigende Höhle hoch.

Nach ein paar Schritten verblaßten langsam das Pfeifen des Windes und das Tosen der Wellen, und das leise Tröpfeln einer Quelle schob sich in den Vordergrund. Und dann nahm er noch ein anderes Geräusch wahr. Metall scharrte laut auf Stein, und manchmal ertönte ein dumpfes Geräusch, wie wenn ein großer Steinbrocken auf Sand fiel.

Was immer der Mann da vorn treiben mochte, Aidan nahm an, daß er zu sehr auf seine Arbeit konzentriert war, um noch etwas anderes wahrnehmen zu können. Deshalb ging er das Risiko ein und trat trotz des einfallenden Lichts hinter einem Vorsprung hervor. Als er wieder in den dahinter liegenden Schatten verschwand, hörte er deutlich ein Grunzen und angestrengtes Stöhnen. Da sich seine Augen mittlerweile an die Dunkelheit gewöhnt hatten, erhaschte Aidan einen Blick auf den vertrauten braunen Mantel und die grünen Wellingtons.

Der Mann, der diese Kleidungsstücke trug, lehnte mit dem Rücken zu ihm an einer Steinwand, die stark geneigt und von der See im Lauf von vielen Millionen Jahren glattgespült worden war.

Er stand auf Zehenspitzen und streckte die Hände nach kleinen Felsbrocken aus, die in einem knapp fünfundzwanzig Zentimeter breiten Spalt zwischen einem Felsen und der Höhlendecke gelagert waren. Er hatte eine Art Brechstange mitgebracht. Von Aidans Platz aus sah sie wie ein Brecheisen aus. Nach ein paar Minuten gelang es ihm, ein paar der Felsbrocken zu lösen, die er hinter sich in den Sand fallen ließ, aber mit den größeren hatte er Probleme, weil sie fest unter der Höhlendecke eingeklemmt waren.

Aidan hielt den Atem an. In diesem Moment hörte er, wie ein lauter Schrei durch die Höhle hallte und das leise Tosen der See und das Tröpfeln des Regenwassers vollständig ausblendete.

Blitzschnell drehte Aidan den Kopf und schaute in die andere Richtung. Zwei Leute waren in die Höhle getreten und erforschten nun, wie es um die Klang- und Hallqualitäten des Felstunnels bestellt war. Ihr Lachen verriet ihre Freude über das Echo, das sie produzierten. Hastig ließ der Mann im hinteren Teil der Höhle von dem Felsen ab und wandte sich um. Aidan, der die Bewegung registrierte, schenkte seine Aufmerksamkeit wieder dem Innern der Höhle. Und in einem Sekundenbruchteil blickte er in ein ihm bekanntes, zorniges Gesicht, ehe er wieder in dem dunklen Schatten Schutz suchte.

George Tredington.

Aidan hielt den Atem an. Er zitterte vor Erleichterung darüber, daß er nun endlich wußte, wer sein Feind war.

Die beiden Besucher, die weiter in die Höhle vordrangen, entdeckten George.

»Morgen«, grüßte der eine fröhlich.

»Morgen«, antwortete George unsicher. Offenbar hatte er begriffen, daß er es nur mit ein paar Spaziergängern zu tun hatte. »Kein schöner Tag, um sich in einer Höhle rumzutreiben«, ließ er verlauten. »Aber ein Freund von mir glaubt, daß sein Surfbrett hier reingetrieben wurde. Da habe ich mich angeboten, es für ihn zu suchen.«

Die Spaziergänger gaben sich mit dieser Erklärung zufrieden.

»Wird hier viel hineingetrieben?« fragte die Frau.

»Kommt schon vor«, antwortete George vorsichtig, »aber nicht um dieses Jahreszeit. Na ja, mit dem Brett hatten wir jedenfalls kein Glück.« Er kam auf sie zu und ging zusammen mit den beiden aus der Höhle. »Was für eine Strecke haben Sie heute morgen zurückgelegt?«

Hocherfreut plauderten die Spaziergänger mit ihm über ihre Leistung. »Bislang nicht viel, ungefähr sechs Meilen von Lynmouth aus. Unser Ziel ist es, zum Mittagessen in Porlock einzutreffen.«

Nachdem sie die Höhle verlassen hatten, wurden ihre Stimmen leiser. Aidan wartete ein paar Minuten, ehe er zum Eingang hinunterrannte und einen Blick nach draußen warf. George und die beiden Spaziergänger hielten auf den Klippenweg zu, den Aidan zuvor auch genommen hatte. Er wartete, bis sie auf ihm schon ein gutes Stück hochgestiegen waren, bevor er sich zu der Stelle begab, wo George vor ein paar Minuten noch geschürft hatte.

Aidan warf einen Blick zu dem zwanzig Meter hinter ihm liegenden Höhleneingang, der etwas tiefer lag als die Stelle, wo er gerade stand. Dann wandte er sich um, drehte sich mit dem Gesicht zum Felsen und spähte in den vielversprechenden Spalt zwischen dem Felsen und der Höhlendecke. Da er größer war als George, war es für ihn leichter zu erkennen, welche Steine beiseite geschafft werden mußten, um den Spalt freizulegen. Er konnte an allen fünf Fingern abzählen, daß es mehr als seine bloßen Hände brauchte, um diese Aufgabe zu bewältigen. Da fiel ihm ein, daß George die Brechstange nicht mitgenommen hatte, als er die Spaziergänger abgefangen hatte. Aidan suchte den Boden ab und entdeckte sie rechts von ihm, wo George sie offenbar fallengelassen hatte.

Zuerst rollte er ein paar große Steine vor die Wand und stellte sich darauf. Dann holte er mit dem schweren Eisen aus und drosch auf die größeren Felsbrocken ein. Mit zusammengebissenen Zähnen arbeitete er mit voller Kraft.

Es dauerte eine Weile, bis etwas passierte. Ein großer Stein bewegte sich um ein paar Millimeter und saß dann wieder fest.

Dieser minimale Erfolg reichte allerdings aus, um seine Tatkraft anzufeuern. Diesmal setzte er auf der anderen Seite an und schlug auf den harten Felsbrocken neben seiner linken Schulter ein.

Er hatte keine Ahnung, wie lange er mit den unbeweglichen Dingern kämpfte, die George verzweifelt zu bewegen versucht hatte. Aber er war sicher, daß das, was er dahinter fände, eine der Fragen beantworten würde, die ihm in den letzten zwei Wochen nicht aus dem Kopf gegangen waren.

Fest entschlossen, nun nicht aufzugeben, rannte er zum Höhleneingang hinunter, um sicherzugehen, daß sich weder George noch sonst jemand für die Höhle interessierte. Nur die See kam näher, aber das bereitete ihm kein Kopfzerbrechen.

Er kehrte zu der Felswand und jenem Felsbrocken zurück, den er zu bewegen versucht hatte. Es brauchte eine Menge Kraft, bis er ihn schließlich lockerte. Triumphierend wappnete er sich für den letzten Schritt. Er stellte sich so hin, daß er nicht getroffen werden konnte, wenn er den Fels heraushebelte.

Dann setzte er die Brechstange an der Stelle ab, wo er sich die größte Wirkung versprach, und stemmte sich mit aller Gewalt dagegen. Urplötzlich spürte er, daß er seinem Ziel nah war. Der Felsbrocken sprang aus der Ritze und landete mit einem dumpfen Geräusch auf dem feuchten und sandigen Boden.

Aidan konnte kaum glauben, daß er es geschafft hatte. Er hatte sich tatsächlich den Weg freigebahnt. Hektisch kletterte er auf den heruntergepurzelten Stein, zog sich hoch und starrte ins Nichts, ins Leere. In das Loch fiel kaum Licht. Er zog die Schultern hoch und beschloß, hineinzuklettern, weil er annahm, daß die Öffnung breit genug für ihn war, um hineinzukriechen. Aber ohne Licht war das ein sinnloses Unterfangen. Er konnte überhaupt nichts erkennen. Widerwillig und zutiefst frustriert landete er auf dem Boden.

Da es wieder stärker windete, hörte er nicht, daß die Flut bedrohlich nähergerückt war. Eine erste Welle schlug mit lautem Grollen gegen die Klippe und somit gegen den Höhleneingang. Eine riesige flüssige Zunge schob sich den sandigen Boden hoch und schwappte um Aidans Beine. Wasser umspülte seine Gummistiefel. Alarmiert drehte er sich um.

Die Welle zog sich zurück, und das Meer bereitete sich auf den nächsten Angriff vor. Der untere Teil der Höhle stand schon unter Wasser. Fassungslos rechnete Aidan aus, daß es schon mehrere Fuß hoch stand.

Zwar verriet das Fehlen von Seetieren und Pflanzen, daß das Wasser nicht bis zur Wand hochreichen würde, an der Aidan gerade lehnte, doch stand er ja mit den Füßen bereits im Wasser, was nichts anderes bedeutete, als daß der Eingang bei Flut dicht war.

Aidan war verärgert, weil er nicht auf die Idee gekommen war, sich darüber zu informieren, wie schnell der Gezeitenwechsel vonstatten ging. Andererseits hatte er morgens, als er Barford verlassen hatte, nicht gewußt, daß er sich in einer

Höhle am Meer aufhalten würde. Erst jetzt fiel ihm auf, daß er wahrscheinlich mehrere Stunden damit beschäftigt gewesen war, Steine aus dem Weg zu räumen, und daß er hier festsaß, wenn er sich nicht bald etwas einfallen ließ.

Er inspizierte die Ritze, die er freigelegt hatte, in der Hoffnung, daß er damit dem Meer nicht die Möglichkeit verschafft hatte, auf diesem Weg Wasser in die Höhle zu spülen. Ohrenbetäubendes Krachen und das Verschwinden des Lichts sagten ihm, daß der Höhleneingang von einer neuen Welle heimgesucht wurde. Diesmal reichte ihm das Wasser bis zu den Schenkeln.

Als es sich zurückzog, lag der Meeresspiegel in der Höhle ein paar Fuß oberhalb des Einganges.

Falls er hier herauswollte, mußte er jetzt handeln.

Er watete den sandigen Boden hinunter und hielt mit der zurückweichenden Welle Schritt, bis er ein paar Meter vor dem Eingang merkte, daß das ein Fehler gewesen war. Langsam kam eine Welle auf ihn zugerollt. Ohne zu zögern, zog er Stiefel und Mantel aus, atmete tief ein und warf sich in die aufgewühlten Wassermassen.

Salzwasser brannte ihm in den Augen, und erkennen konnte er nichts. Sand wurde aufgewirbelt. Schaum und Luftblasen erschwerten ihm die Sicht. Eisige Kälte nahm ihn gefangen. Verzweifelt tauchte er nach unten auf den sandigen Grund. Seine Finger berührten den Boden, dann seine Füße, und er kämpfte sich durch das dunkle und aufgewühlte Wasser. Er wagte es nicht, vor dem Durchgang aufzutauchen. Falls er das tat, würde die See ihn mit dem Kopf gegen die Felsdecke schleudern.

Als er fühlte, wie eine neue Strömung ihn hineindrängte, bohrte er die Füße in den Sand und legte sich horizontal ins Wasser, um so wenig Widerstand wie möglich zu bieten. Kurz darauf merkte er, wie das Wasser sich zurückzog. Er stieß sich ab, nutzte die Strömung, ruderte mit Beinen und Armen und tauchte tiefer, weil es dort ruhiger war.

Dann kam wieder eine Welle, warf ihn zurück und zog ihn wieder aufs Meer hinaus. Er konnte nicht abschätzen, wie lange es her war, seit er zum letzten Mal geatmet hatte. Seine Lungen drohten zu platzen, und mittlerweile war es ihm fast egal, ob sie sich mit Wasser füllten, wenn er den Mund aufmachte.

Aber dann wurden die Wasser ruhiger, und ein graues Licht schimmerte über seinem Kopf. Mit einer allerletzten Anstrengung kraulte Aidan weiter, wohlwissend, daß es nicht viel brauchte, um ihn wieder zur Klippe zurückzuspülen.

Doch da hielt er es nicht länger aus. Hilf mir, Gott, flehte er, ehe er den Kopf aus dem aufgeschäumten Wasser steckte.

Er riß den Mund auf, atmete erst die verbrauchte Luft kurz aus und dann heftig und keuchend weiter. Mit blinzelnden Augen sah er, wie eine zwei Meter hohe Wasserwand auf ihn zukam. Tief durchatmend zog er den Kopf ein und betete, daß die Welle über ihn hinwegrollte, bevor er ersticken würde.

Er spürte nur ein leichtes Ziehen, als das Wasser über seinen Kopf strömte. Dann tauchte er erneut auf, atmete durch und drehte den Kopf, um zu sehen, wie knapp er der Gefahr entronnen war.

Fünf Meter weiter vorn konnte er den Höhleneingang erkennen. Er versuchte, sich an die Form und Position der Felsen zu erinnern, die am Fuß der Klippe lagen, und schwamm dann mit kräftigen Stößen aufs Meer hinaus, einzig von dem Gedanken besessen, so schnell wie möglich von den Klippen wegzukommen.

Erst später wagte er, wieder den Kopf zu drehen. Ihm war es gelungen, die Distanz zwischen sich und dem Felsen um etwa zehn Meter zu vergrößern. Dankbar hielt er sich von nun an parallel zum Ufer und schwamm so lange in Richtung Westen, bis er den flachen Felsen, die am östlichen Ende der Bucht aus dem Sand ragten, entronnen war.

Er drehte landeinwärts bei und ließ sich erschöpft von den Wellen an den Strand tragen.

Keine zehn Minuten später lag er im Sand, mit blauen Flecken überzogen, blutend, völlig erschöpft, aber in Sicherheit. Er kroch vom Wasser weg, blieb dann zitternd liegen und ruhte sich dann eine Weile aus, um wieder zu Kräften zu kommen.

Aidan brauchte zwanzig Minuten, um barfuß den mit spitzen Felskanten übersäten Klippenweg zur obenliegenden Weide hochzusteigen. Dort angekommen, schaute er in beide Richtungen, aber niemand lief den Strandweg entlang. Erschöpft und mit schmerzenden Gliedern, ansonsten aber wohlauf, rannte er, so schnell es seine malträtierten Füße ihm erlaubten, zur Straße hinunter, wo er seinen Land Rover zurückgelassen hatte. Von George oder dessen Wagen gab es keine Spur. Er ging davon aus, daß er seinen BMW ein Stück weiter oben auf der Straße geparkt hatte und von dort aus losmarschiert war.

Aidans Uhr war um halb drei stehengeblieben. Er schätzte, daß es nun gegen drei sein mußte. Das Mittagessen hatte er verpaßt, und sicherlich würden sich seine Angehörigen langsam fragen, wo er abgeblieben war.

Er fuhr zu seinem Cottage, wo er sogleich die nassen Kleider abstreifte. Fünf Minuten lang stand er reglos unter der heißen Dusche und kümmerte sich dann um die tieferen Kratzer, die er sich unten am Strand zugezogen hatte. Danach rieb er seine geschundenen Füße mit einer Lotion ein und zog unter Schmerzen ein Paar engsitzende Halbschuhe an. Als das Telefon in der Küche läutete, kam er gerade die Treppe hinunter. Victoria meldete sich aus dem Haupthaus.

»Wo hast du denn gesteckt? Wir haben mit dir zum Mittagessen gerechnet«, sagte sie, ohne auf eine Antwort zu warten. »Kommst du wenigstens zum Tee?«

»Ich war praktisch schon auf dem Weg zu euch. Bin in einer halben Stunde drüben.«

In den Ställen hatte es während seiner Abwesenheit keine Probleme gegeben. Er machte einen kurzen Rundgang und gab den Stallknechten letzte Anweisungen. Als er dann den Eindruck hatte, sich den neugierigen Fragen der Familie stellen zu können, hoppelte er unter Schmerzen ins Haupthaus.

Mit zusammengebissenen Zähnen und einem verkrampften Lächeln spazierte er in die Küche.

Victoria musterte ihn besorgt.

»Was ist denn mit dir passiert? Du siehst aus, als hättest du gerade einen Kampf über zehn Runden mit Mike Tyson ausgefochten.«

Aidan grinste schief. »Mir ist das Benzin ausgegangen. Da ging natürlich nichts mehr. Und dann bin ich auch noch in einen Dornenbusch gefallen.«

»Was für ein Pech«, rief Sir Mark teilnahmsvoll. »War denn kein Benzin im Ersatzkanister?«

»Doch, Gott sei Dank. Sonst hätte ich ja eine ganz schöne Strecke vor mir gehabt.«

»Nun, ich bin froh, daß du zurück bist. Sam Hunter hat gerade angerufen. Und Letter Lad für morgen gemeldet.«

»Großartig!« heuchelte Aidan Enthusiasmus.

»Sam klang diesmal ziemlich zuversichtlich«, verkündete Victoria mit einem breiten Grinsen. »Und obwohl er das niemals öffentlich zugeben würde, Jason auch. George wird stinksauer sein, falls er gewinnt.«

»Meinst du?« fragte Aidan, ohne preiszugeben, was er wirklich dachte. »Mir kam er eigentlich nicht so wütend vor.«

»Dir wollte er es bestimmt nicht zeigen, aber Jan hat mir erzählt, daß er fuchsteufelswild war. Er meint, daß du ihn zum Narren gehalten hast. Sie sagte, daß George glaubt, du hättest ihn absichtlich über den Tisch gezogen.«

»Nun, in gewisser Hinsicht hat er da gar nicht so unrecht. Als ich das Pferd auf Braycombe ritt, wußte ich, daß es Schmerzen hatte, aber George wollte ja nichts davon hören. Und außerdem hat Johnny es so eingefädelt, daß George mit dem Tier etwas Profit gemacht und somit nicht das Gesicht verloren hat.«

»Dann hast du den guten alten George – was die Ehre angeht – aber falsch eingeschätzt. Schließlich mußte er seit deiner Rückkehr einiges hinnehmen.«

Da mischte sich Sir Mark in die Unterhaltung ein. »Das entspricht nicht ganz der Wahrheit. Obschon er erwarten durfte, daß der Hof ihm das Recht auf den Titel verleiht, vorausgesetzt natürlich, daß David tot sei, habe ich mich niemals konkret über die Zukunft dieses Anwesens ausgelassen.«

»Vielleicht nicht, Dad, aber er und alle anderen haben angenommen, daß das meiste an ihn fällt, nicht wahr?«

»Ich denke schon, aber das ist trotzdem keine Entschuldigung dafür, daß er David seinen Erfolg mit diesem Pferd mißgönnt.«

Heute wohnte David zum ersten Mal einer Familiendiskussion über Georges Verhalten bei, und auch in anderen Gesprächen war gelegentlich schon der gleiche Tenor angeschlagen worden. Daß George wegen des Pferdes so eingeschnappt war, überraschte ihn allerdings. Der Mann war offenbar ein begnadeter Schauspieler, wenn die Situation es erforderte. Die Sache mit Letter Lad hatte zwar Georges ablehnende Haltung ihm gegenüber noch verstärkt, hatte andererseits aber rein gar nichts mit seinem hektischen Treiben im Stanner Cave zu tun.

Aidan war entschlossen, so bald als möglich dorthin zurückzukehren, diesmal mit Lampen und dicken Tauen und selbstverständlich erst, wenn die Gezeiten sich wieder geändert hatten und Ebbe war. Mit der Entschuldigung, er habe eine Menge Papierkram zu erledigen, verabschiedete er sich und kehrte in sein Cottage zurück.

Als erstes rief er George an, um herauszufinden, wo er steckte.

George war daheim auf Braycombe. Er klang ungewöhnlich irritiert, als er den Hörer abnahm.

»Was hast du?« fragte Aidan ihn.

»Nichts Wichtiges.« Er redete, als ob Aidan nicht sein einziger Zuhörer wäre. »Die Polizei ist hier. Es geht um Ivor Butley.«

»Aber ich dachte, das sei alles längst geklärt. Er wurde von einem Pferd getreten und ist daran gestorben. Warum sind denn da noch Fragen zu stellen?«

»Keine Ahnung, aber jemand hat Mike Hardings Wagen an diesem Morgen auf Bert Bacons Hof gesehen. Zufälligerweise habe ich ihn mir an diesem Tag ausgeborgt, aber ich bin nicht mal in der Nähe des Hofes gewesen.«

»Na, dann hoffe ich, daß du das klären kannst.«

»Geht schon in Ordnung, ich rufe dich später an. Wirst du daheim sein?«

Er antwortete nicht gleich. »Ja, eigentlich schon. Der Tierarzt kommt gegen sechs Uhr, und ich möchte ihn persönlich sprechen.«

»Gut, dann rufe ich vorher an.«

Aidan ging davon aus, daß George an diesem Tag der Höhle nicht noch einen Besuch abstatten würde. Dazu war die Zeit eigentlich zu knapp, zumal ihn die Polizei verhörte. Die Möglichkeit, daß George am Mittwochmorgen Ivor besucht hatte, warf ein ganz neues Licht auf dessen Tod.

Aidan legte den Hörer auf und suchte die Sachen zusammen, die er für sein Unterfangen brauchte. Diesmal achtete er allerdings darauf, daß er wasserdicht angezogen und richtig ausgerüstet war, um durch die freigelegte Öffnung in der Felswand zu klettern.

Er parkte den Wagen wie zuvor und nahm denselben Weg zum Küstenpfad. Jetzt war es schon fast dunkel. Gezwungenermaßen stieg er mit eingeschalteter Taschenlampe die Klippe herunter, was nicht unbedingt klug war. Er mußte einfach darauf hoffen, daß niemand in der Nähe war und ihn sah, was bei diesem abgelegenen Strandstück und um diese Tageszeit auch sehr wahrscheinlich war. Mit den festen Schnürschuhen, die er nun trug, kam er schneller voran und erreichte den Strand, als eine Welle in die Höhlenöffnung schwappte. Nun hatte er genug Zeit, sich dort drinnen umzusehen.

Langsam ging er den steil ansteigenden, nassen Sandboden zur Felswand im hinteren Teil der Höhle hoch.

Der große Felsbrocken, den er am Nachmittag herausgelöst hatte, befand sich trotz der zurückliegenden starken Flut immer noch genau dort, wo er ihn zurückgelassen hatte. Aidan hielt die Taschenlampe auf die zwei Meter hohe Felswand. Der obere Teil war nicht feucht geworden, was nur bedeuten konnte, daß die Flut nicht so hoch stieg.

Er wickelte das Seil ab, das er sich um die Taille geschnürt hatte, und befestigte ein Ende an dem Felsbrocken, den er zuvor bewegt hatte. Das andere Ende schleuderte er in den Spalt und kletterte dann hoch, bis er den Kopf durch ihn stecken konnte.

Mit der Taschenlampe leuchtete er den dahinterliegenden Raum aus.

Zuerst sah es wie eine ganz normale Höhle aus. Wie sie entstanden war, war ihm jedoch ein Rätsel. Der Boden darin war höher als der des Höhlenraums davor, und soweit er erkennen konnte, bestand er aus feinkörnigem, trockenem Sand.

Er nahm eine Lampe ab, die er ebenfalls an seiner Taille befestigt hatte, band sie ans Seil und ließ sie bis auf den Boden herab.

Die Lampe beleuchtete ein kleines, aber deutlich erkennbares Skelett.

Von der Größe her zu urteilen hatte es einem noch nicht ausgewachsenen Menschen gehört, der wie im Schlaf mit verschränkten Beinen auf der Seite gelegen hatte. Auf den Knochen lagen noch ein paar Stoffetzen und ein Stück weiter ein Paar Schuhe.

Aidan blieb fast das Herz stehen.

Dieses Bild hatte ihn verfolgt, seit er erfahren hatte, daß George mit aller Macht hierher gewollt hatte. Keine Sekunde zweifelte er daran, daß es sich bei dem Skelett um die sterblichen Überreste des echten David Tredington handelte und daß seit dem Tag, an dem der Junge verschwunden war, niemand einen Blick auf diesen Leichnam geworfen hatte.

Am ganzen Leib zitternd, starrte er auf das Skelett jener Person hinunter, deren Leben er an sich gerissen hatte. Bei dem Gedanken, welche schrecklichen Ereignisse dazu geführt hatten, daß ein unschuldiger, zwölfjähriger Junge in diesem bizarren Grab seine letzte Ruhe gefunden hatte, wurde ihm schwindelig.

12

Wie gebannt betrachtete Aidan das Skelett. Ihn beschlich das Gefühl, den Jungen seit Jahren zu kennen. Im Augenblick fiel es ihm nicht leicht, die Endgültigkeit dessen, wofür die Knochen standen, zu verdauen. Sie symbolisierten nicht nur das Ende von Davids Existenz, sondern standen auch für das Ende von Aidans Betrug.

Es drängte ihn, die Knochen zu berühren, um sich Gewißheit zu verschaffen, daß sie echt waren. Langsam zwängte er sich durch den Spalt, der höchstens fünfundvierzig Zentimeter breit war. Zuerst steckte er Kopf und Hals durch und dann eine Schulter, doch die andere blieb hinter jenem Felsbrocken hängen, den er nicht hatte verrücken können. Weil er angenommen hatte, leicht durchzupassen, verzweifelte er, denn sosehr er sich auch quälte, es gelang ihm nicht, mit beiden Schultern durch den Spalt zu gelangen. Er rückte hin und her, probierte jede mögliche Position, bis seine Hände aufgeschürft waren. Langsam schwand seine Hoffnung, jemals in die andere Höhle vorzudringen.

Nach einer Weile dämmerte ihm, daß er allein nicht in der Lage wäre, diese Aufgabe zu bewältigen, und da er noch nicht bereit war, jetzt schon aufzugeben, machte er sturerweise weiter und zerbrach sich währenddessen den Kopf, wen er holen und um Hilfe bitten sollte. Außerdem mußte er dafür sorgen, daß niemand die Gelegenheit hatte, vor ihm hierher zurückzukehren.

Eine Stunde später gab er entmutigt klein bei.

Er zog die Lampe aus der hinteren Höhle hoch und versteckte sie zusammen mit dem Seil und dem Brecheisen auf einem Felsvorsprung, dem die Wellen nichts anhaben konnten.

Auf dem Weg zurück zum Wagen begegnete Aidan niemandem. Als er nach Barford fuhr, nahm in seinem Kopf ein Plan Gestalt an.

Es war nach sieben. Von seinem Cottage aus rief er Susan bei ihrer Mutter an. Mrs. Butley schien der Tod des Mannes, den sie vor vielen Jahren verlassen hatte, ungewöhnlich stark mitzunehmen. Trotzdem gelang es ihr, Aidan darüber zu informieren, daß Susan auf Barford war und dort wichtige Arbeiten erledigte.

Aidan rechnete sich aus, daß es Susan schwerfallen dürfte, Shirley Butleys Trauer über Ivors Tod zu ertragen. In den letzten vierzehn Jahren hatte die Mutter in ihrer Gegenwart kein einziges gutes Wort über ihren Ehemann verloren. Das ging ihm im Kopf herum, während er sie im Haupthaus suchte. Sie war in ihrem Büro und starrte auf den Computerbildschirm. Aidan hatte sich zuvor noch schnell davon überzeugt, daß Sir Mark außer Hörweite war.

»Susan.«

Sie drehte sich um und blickte ihn mit weit aufgerissenen Augen an. »Sie sehen aus, als wäre Ihnen ein Gespenst erschienen.«

Aidan nickte. »Dein Eindruck habe ich auch.«

Da stand sie auf. »Was? Was ist denn?«

»Ich muß Sie sprechen, aber nicht hier. Könnten Sie Sir Mark sagen, Sie müßten mich wegen irgendeiner Sache in meinem Cottage aufsuchen?«

»Klar.«

»Können Sie in zehn Minuten drüben sein?«

Sie nickte.

Susan trat ohne anzuklopfen ein. Nervös ging Aidan in seiner Küche auf und ab. Er deutete auf einen Stuhl und schenkte wortlos eine Tasse Kaffee ein.

»Nun, raus mit der Sprache«, forderte sie ihn auf.

»Ich habe David gefunden.«

Susan sprang auf und packte Aidans Arm. »Was? Wo?«

Aidan atmete tief durch. »In Stanner Cave.«

»Aber wie haben Sie das angestellt?«

»Als Sie mir erzählten, daß Ihr Vater den Leichnam versteckt hat, war ich sicher, daß es da eine Verbindung zu der Höhle gibt. Ich habe es Ihnen zwar nicht gesagt, aber ich habe Ihren Vater am Montag dorthin gehen sehen. Und jemand folgte ihm. Wer, das konnte ich nicht sagen, weil ich zu weit weg war. Aber Ivor habe ich deutlich erkannt, als er den Klippenweg hochstieg. Und heute habe ich wieder gesehen, wie sich jemand auf den Weg dorthin gemacht hat. Ich bin dieser Person bis in die Höhle gefolgt – es war George.«

»George?« Susan machte große Augen.

»Ja, George. Und er hat am Mittwochmorgen Ihren Vater besucht.«

»Woher wissen Sie das?«

»Ich habe heute nachmittag mit ihm telefoniert – ich mußte wissen, wo er steckt, bevor ich wieder in die Höhle ging. Er hatte miese Laune und sagte, daß die Polizei bei ihm sei, weil auf Bert Bacons Hof Mikes Wagen gesehen worden ist und George ihn sich an besagtem Morgen ausgeborgt hatte.«

»Aber was hat das alles mit George zu tun?«

»Das kann ich noch nicht mit Sicherheit sagen, aber ich habe eine ganz gute Vorstellung davon. Heute morgen bin ich ihm ja gefolgt, bis zum Strand bei Stanner Head. Er ging schnurstracks in die Höhle dort. Da folgte ich ihm weiter und sah, wie er sich mit den Felsen an der hinteren Wand zu schaffen machte. Er hat mich nicht gesehen, und nachdem er verschwunden war, ging ich auch dorthin, um rauszufinden, was er getrieben hatte, aber leider hat mich dann die Flut überrascht, und ich mußte dann nach draußen schwimmen.«

»Großer Gott!« seufzte Susan. »Kein Wunder, daß Sie wie durch den Wolf gedreht aussahen, als Sie auftauchten.«

Aidan nickte. »Mir ist ja nichts passiert, Gott sei Dank. Später bin ich dann noch mal mit Licht hineingegangen. Hinter der Felswand habe ich die Lampe heruntergelassen.« Er hielt inne und betrachtete Susan gedankenverloren.

»Und was war da?« fragte sie ihn, obwohl sie die Antwort eigentlich nicht hören mochte.

»Knochen. Ein ganzes menschliches Skelett, das genau in der Stellung dalag, wie die betreffende Person vor fünfzehn Jahren verunglückt war.«

»David?« flüsterte sie.

»Da bin ich mir ganz sicher.«

»Aber wie mag er dorthin gelangt sein?«

»Jemand hat ihn dorthin gebracht.«

»Und wer?«

Aidan bemerkte ihren panischen Gesichtsausdruck. Sie kannte die Antwort schon, aber er sprach es trotzdem aus.

»Ihr Vater.«

Susan zuckte zusammen, schloß die Augen und schüttelte den Kopf.

»Er hat Ihrer Mutter doch anvertraut, daß er den Leichnam begraben hat, oder?«

Sie nickte. »Das muß er auch George gesagt haben, als der ihn besucht hat«, platzte es aus ihr heraus. »Meinen Sie, daß George ihn umgebracht hat?«

»Ich weiß es nicht. Das macht keinen Sinn. Wenn man Davids Leichnam endlich gefunden hätte, hätte George doch viel sicherer sein können, einen großen Teil von Barford und den Titel zu erben, so ist es doch, oder? Hören Sie, ich werde Hilfe brauchen. Sobald ich genau weiß, was damals passiert ist, werde ich Sir Mark einweihen.«

»Das wird ihn schwer treffen«, führte Susan schnell an. »Es

wird für ihn so sein, als verlöre er zwei Söhne auf einmal. Und außerdem ... es geht ihm nicht gut, wissen Sie?«

»Ja, ich weiß.«

»Vielleicht sollten Sie die Sache lieber eine Weile lang auf sich beruhen lassen«, schlug sie leise vor.

»Das kann ich nicht. Damit könnte ich nicht leben. Und außerdem weiß ich nicht, ob ich richtigliege, solange die ganze Angelegenheit nicht restlos aufgeklärt ist. Seit ich hier bin, habe ich so etwas wie die Büchse der Pandora geöffnet.«

»Was soll ich tun?«

»Ich will, daß Sie sich unter irgendwelchen Vorwänden an George hängen, ihn während der nächsten paar Tage ganz genau im Auge behalten. Die Chancen stehen gut, daß er morgen zum Rennen kommt. Würde komisch aussehen, wenn nicht. Und es würde noch komischer aussehen, wenn ich nicht käme. Nun, dann fahren wir also dorthin, gewinnen das Rennen, und dann werden wir ja sehen, was passiert. Da ist noch etwas, was Sie für mich tun könnten. George hat sich Dienstagabend hier die Tontaubenschießanlage ausgeborgt. Könnten Sie Jan veranlassen, sie zu suchen und sie herzubringen? Bitten Sie sie, sie in den Geräteschuppen zu legen. Dort gehört sie nämlich hin. Und sagen Sie ihr, daß George auf keinen Fall davon erfahren darf.«

»Wofür brauchen Sie die?«

»Das weiß ich erst, wenn ich sie mir angeschaut habe. Aber ich habe beobachtet, daß George sie genommen hat, und die Art und Weise, wie er das getan hat, war etwas seltsam.«

Am Abend, beim Gespräch mit Sir Mark, war Aidan bemüht, sich so normal wie möglich zu verhalten. Er erkundigte sich nach dessen Gesundheit, einem Thema, dem Sir Mark keine große Beachtung schenkte, und dann plauderten sie ziemlich angeregt über Letter Lads Chancen beim Rennen, an dem er am kommenden Tag startete. Aidan fragte sich, wie Sir Mark ihm gegenüber reagieren würde, wenn er schließlich die Wahrheit über ihn erführe. Er war sich sehr wohl bewußt, daß er einen Mann getäuscht hatte, der – weil er sich die Rückkehr seines Sohnes sosehr wünschte – willentlich in die Falle gelaufen war, die er zusammen mit Johnny ausgelegt hatte.

Sir Mark hatte ihm Vaterliebe geschenkt, etwas, das Aidan sein Leben lang nie kennengelernt hatte. Und wie hatte er seine Großherzigkeit erwidert?

Aidan zweifelte daran, den Mut zu haben, sich – wenn der richtige Augenblick gekommen war – diesem Mann zu stellen. Leichter wäre es, einfach zu verschwinden und nur eine Nachricht, einen Brief, zu hinterlassen. Aber, und das war ihm auch klar, das wäre der härteste Schlag von allen.

Er mußte an den Brief denken, den David geschickt hatte. Irgend etwas daran kam ihm eigenartig vor. Nach einer Weile wußte er, was es war. David konnte diesen Brief auf gar keinen Fall geschickt haben. Das war ganz und gar unmöglich, weil er drei Tage nach seinem Tod abgeschickt worden war. Aber laut Johnny hatte es sich eindeutig um Davids Handschrift gehandelt. Daran hatte es nie etwas zu rütteln gegeben.

»Woran denkst du?« fragte Sir Mark und riß ihn somit aus seinen Gedanken. Es gelang ihm, sich wieder auf die Unterhaltung einzulassen, aber schon bald ließ er sich eine Ausrede einfallen und kehrte in sein Cottage zurück.

Im Lauf der Nacht mußte er immer wieder an jene unendlich langen Minuten denken, als er durch die aufgewühlte, tosende See geschwommen war. Geistig und körperlich erschöpft, stand er morgens gegen sieben Uhr auf, ohne richtig geschlafen zu haben.

Er fühlte sich nicht gut, war aber entschlossen, an dem Rennen teilzunehmen und das Beste aus dem Pferd herauszuholen, mit dem er so hart trainiert hatte. Er spürte, daß er

Georges Feindseligkeit einen Anlaß geben wollte auszubrechen, es drängte ihn, endlich eine heftige Reaktion herauszufordern.

Nach dem Ankleiden ging er zum Haupthaus hinüber. Er marschierte zum hinteren Hof und trat in den Lagerraum mit der grünen Tür.

Die Tontaubenschußanlage war genau dort, wo er sie haben wollte. Aidan kniete sich daneben und inspizierte sie gründlich. Er wußte nicht genau, wonach er suchte, aber dann fiel sein Blick auf drei, vier weiße Haare. Er nahm sie zwischen die Finger, ertastete ihre Beschaffenheit und nickte. Zufrieden mit seinem Fund packte er sie in einen Umschlag, der er vorsichtshalber mitgenommen hatte, stand auf und ging zum Gestüt.

Sam Hunter hatte leise die Befürchtung geäußert, Letter Lad würde vor seinem zweiten Rennen nervös sein. Das Pferd war so begierig, wieder zu laufen, daß es seit dem Rennen in Sandown kaum mehr im Schritt gelaufen war, und das, obwohl es von einem Mann geritten worden war, der für seine Geduld bekannt war.

Im Lauf der Jahre hatte Sam ein Dutzend Pferde trainiert, die sich nach ihrem ersten Lauf ähnlich verhalten hatten. Normalerweise reichte es, wenn man sie ein paar Tage lang in Ruhe ließ, damit sie sich wieder beruhigten, aber bei Letter Lad hatte das nichts gebracht. Der Junge, der sich um ihn kümmerte, war davon überzeugt, daß das Rennen in Chepstow ihn zur Räson brächte, und hatte Sam versichert, daß es kein wirkliches Problem gab.

Als Sam vom Wiegeraum kam, um ihn zu satteln, spazierte Letter Lad so ruhig und gelassen wie ein junges Pony umher.

Der graue Himmel hing tief, und es begann zu regnen, als Aidan Jason in den Sattel half und ihm Glück wünschte. Zu seiner Überraschung warf Jason einen Blick nach hinten und bedankte sich bei ihm. Neidvoll beobachtete er, wie sein Lieblingspferd mit einem anderen Reiter auf dem Rücken die Koppel verließ. Andererseits wußte Aidan auch, daß er selbst nicht starten durfte.

In Chepstow ritt man auf Lehmboden. Wenn die Erde naß war, klebte sie an den Hufen der Tiere schlimmer als auf allen anderen Rennbahnen in England und behinderte ihren natürlichen Bewegungsablauf. Pferde, die normalerweise mit einem weichen Untergrund gut zurechtkamen, richteten hier oftmals nichts aus. Für Letter Lad war es allerdings so etwas wie eine Heimkehr. Er war in Connemara aufgewachsen, wo es ebenfalls Lehmboden gab, und war dort als Fohlen bei jeder Art von Wetter herumgaloppiert. Jetzt tänzelte er trotz des schweren Regens hocherfreut zum Start.

Durch das Rennglas verfolgte Aidan stolz, wie sein Pferd problemlos zum Startplatz lief, während die anderen schlingerten und ausrutschten. Letter Lad vermittelte den Eindruck, als habe sich seine Energie seit dem letzten Rennen verdoppelt. Wenn man ihn so anschaute, konnte man meinen, er habe jeden einzelnen Muskel unter Kontrolle.

Als Aidan die anderen Teilnehmer musterte, war er sich auf einmal ganz siegessicher. Selbst aus der Ferne spürte er Letter Lads Arroganz. Das Tier schien seinen Konkurrenten beinahe so etwas wie Verachtung entgegenzubringen. Letter Lad war nicht nur größer als die anderen Pferde, sondern wußte auch, daß er viel besser war.

Jetzt kam es nur noch darauf an, daß Jason seine Sache gut machte.

Aidan hatte seinem Schwager gesagt, daß er das Pferd bis zur vierten oder fünften Runde fest im Griff behalten sollte, um sicherzugehen, daß es sich beruhigte, aber der große Rotschimmel hatte andere Vorstellungen. Bis nach der ersten Runde hatte Jason ihn noch unter Kontrolle, dann aber war es damit vorbei. Letter Lad legte Tempo vor, kämpfte sich an die Spitze, und dort blieb er.

Von diesem Punkt an galoppierte und sprang er seine Gegner in Grund und Boden. Er machte keinen einzigen Fehler, kam nicht einmal richtig ins Schwitzen und lief mit aufgerichteten Ohren ins Ziel.

Als sich die anfängliche Aufregung über Letter Lads ersten Sieg etwas gelegt hatte und die Leute begannen, übers nächste Rennen nachzudenken, lief Aidan zum Parkplatz, um mit seinem Mobiltelefon einen Anruf zu erledigen.

Er wählte die Nummer von Barford. Sir Mark höchstpersönlich nahm ab.

»Tag. Ich bin es, David.«

»Gut gemacht! Das Pferd ist brillant gelaufen. Und Jason hat seine Sache auch hervorragend gemacht. Eine kluge Entscheidung. Ich gratuliere!«

Die Gefühle, die in der Stimme des Baronets mitschwangen, sorgten dafür, daß Aidan ein kalter Schauer den Rücken hinunterlief. »Danke. Er hatte natürlich Glück, aber alles lief mehr oder minder wie geplant. Und das Tier ist großartig gesprungen.«

»Dank deines Trainings. Ich nehme mal an, daß George ziemlich entnervt ist.«

Aidan seufzte. »Er sieht jedenfalls nicht allzu glücklich aus.«

Sir Mark kicherte. »Geschieht ihm recht.«

»Hör mal . . . ich wollte heute abend etwas mit dir besprechen. Es gibt was Wichtiges, was ich dir erzählen muß, und ich wollte dich . . . na ja . . . darauf vorbereiten.«

Es dauerte einen Moment, bis Sir Mark antwortete. »Ich hoffe, es handelt sich um gute Neuigkeiten. Es wäre doch schade, wo du heute gesiegt hast.«

»Es gibt da etwas, worüber wir uns unterhalten müssen, und ich kann es nicht länger aufschieben. Darum rufe ich dich ja an, dann kann ich mich nicht mehr davor drücken.«

»Na gut«, stimmte Sir Mark widerwillig zu. »Wir reden, wenn du wieder hier bist. Wird eh nur die Familie da sein.«

In der Bar feierte immer noch eine ansehnliche Gruppe. Selbst Sam Hunter war gekommen. Als Aidan vom Telefonieren zurückkam, gesellte der Stallbesitzer sich zu ihm.

Über Sams Schulter fing Aidan Georges Blick auf. Für den Bruchteil einer Sekunde verlor er die Selbstkontrolle, und schierer Haß leuchtete in Georges ansonsten so freundlichen Augen auf.

»David«, sagte Sam, »ich muß Ihnen nochmals gratulieren. Um Ihnen die Wahrheit zu sagen, ich war nicht halb so siegessicher wie Sie, aber das Pferd hat wirklich was drauf.«

»Hören Sie, Sam, Sie haben ihn eigentlich trainiert. Ich weiß nicht, was Sie davon halten, aber ich denke, wir könnten ihn sogar für eine längere Strecke vorbereiten.«

Sam warf Aidan einen skeptischen Blick zu. »Zuerst sollte er noch ein paar mal an einem Springreiten teilnehmen.«

Aidan nickte lächelnd. Sam mochte es nicht, wenn man ihn drängte. Es war schon schwierig genug gewesen, ihn davon zu überzeugen, Letter Lad so früh an den Start zu schicken. »Ich hoffe, wir erzielen beim Hennessy dasselbe Ergebnis.«

»Sie haben die Bahn ja inzwischen schon ein paar mal abgeritten, und Sie kennen die meisten anderen Teilnehmer. Vorausgesetzt, daß Deep Mischief heil dort ankommt, dürfte er sich ganz ordentlich machen.«

»Es wäre allerdings möglich, daß mir beim Training was dazwischenkommt«, wandte Aidan vorsichtig ein. »Aber ich denke, Sie werden es rechtzeitig erfahren, falls ich ihn nicht reiten kann.«

Sam war schockiert. »Warum sollten Sie ihn denn nicht reiten? Sie sind doch okay, oder? Sie sehen ganz gut aus, wirken vielleicht ein bißchen blaß, aber das ist alles.«

»Sagen wir mal, es könnte sein, daß etwas dazwischen kommt. Aber Sie werden schon jemanden finden, der ihn reiten kann.«

»Na, ich sage das einem Amateur nicht gern, aber ich bin nicht davon überzeugt, daß ich jemanden finde, der ihn genausogut reitet wie Sie.«

»Schmeicheleien sind natürlich immer hilfreich«, sagte Aidan und grinste bis über beide Ohren. »Aber ich gebe Ihnen Bescheid, vielleicht gleich morgen.«

Sam zuckte mit den Achseln. »Lassen Sie sich Zeit.«

»Wir werden sehen.«

Zusammen mit Aidan fuhr Victoria nach Severn Bridge und von an die M5 nach Devon. Sie freute sich noch immer maßlos über den Erfolg und über die Rolle, die ihr Mann dabei gespielt hatte. Aidan mußte daran denken, was für eine großartige Schwester sie ihm gewesen war. Die Vorstellung, sie zu verlieren, behagte ihm überhaupt nicht. Aber er hatte sich entschieden.

Er hoffte, daß er auf andere Weise eine Möglichkeit fände, die Pflege für seine Mutter zu finanzieren. Seit er sich in England aufhielt, war auch das Vertrauen in die eigenen Fähigkeiten gewachsen. Er bildete sich ein, daß er sich auch ohne die Unterstützung der Familie Tredington einen Namen hätte machen können. Nun verfügte er über Informationen über David Tredingtons Tod, die sein eigenes Leben zwangsläufig änderten, und er war fest entschlossen, alles in seiner Macht Stehende zu tun, um seiner Mutter das Leben zu erleichtern, wenn die Krankheit erst einmal völlig von ihr Besitz ergriffen hätte. Der Gewinn, den er mit Letter Lads Verkauf erzielte, würde ihnen finanziell garantiert über die ersten Monate hinweghelfen.

Nach dem gemeinsamen Abendessen mit Jason und Victoria zogen sich Aidan und Sir Mark mit einer fadenscheinigen Entschuldigung in die Bibliothek zurück.

Irgendwie schien Sir Mark den Beginn der anstehenden Unterhaltung hinauszögern zu wollen. Er lief unruhig hin und her, schenkte zwei Whisky ein und plauderte zuerst über Letter Lads Rennen.

Schließlich, als sie in den Sesseln vor dem Kamin Platz nahmen, wo sie schon sooft gesessen hatten, stellte er sich dem Unausweichlichen. »Nun, worum geht es bei diesem Thema, das du so dringend mit mir besprechen möchtest?«

Aidan trank einen großen Schluck Whisky und stand auf, weil er Sir Mark nicht in die Augen schauen mochte.

Er schlenderte durch den Raum und betrachtete den silbernen Saint George. Dann atmete er tief durch. »Es fällt mir sehr schwer, dir das zu erzählen . . .« begann er. Er drehte sich um. Sir Mark saß ganz still, hielt sein Glas in der Hand und beobachtete ihn. Aidan schloß die Augen. »Ich bin nicht dein Sohn«, sagte er langsam und betont deutlich. »Ich bin nicht David Tredington. Mein Name ist Aidan Daly.« Er seufzte leise und öffnete die Augen.

Sir Mark bewegte sich nicht, verzog keine Miene, sondern stierte Aidan nur an. Langsam stellte er sein Glas ab und lehnte sich zurück. »Warum hast du entschieden, mir das jetzt zu erzählen?«

»Weil . . . weil ich David gefunden habe.« Aidan legte den Kopf in die Hände. Und dann blickte er Sir Mark über sie hinweg an. »Oder das, was von ihm übrig ist. Er muß an jenem Tag, als er verschwunden ist, gestorben sein.«

Diesmal zeigte Sir Mark eine Reaktion. Er stand auf. Auf

seinem Anlitz spiegelte sich eine seltsame Mischung aus großer Traurigkeit und Erleichterung. »Dem Himmel sei Dank!« murmelte er. »Woher weißt du, daß er es ist? Wo ist er?«

»In Stanner Cave, hinter einer Felswand im hinteren Teil der Höhle. Glaub mir«, betonte er, »es ist David. Jemand muß ihn dorthin geschleppt und danach die Öffnung mit Felsbrocken verschlossen haben. Gestern ist es mir gelungen, einen dieser Steine herauszulösen und einen Blick hineinzuwerfen. Dort liegt ein Skelett; ich würde behaupten, daß es seit jenem Tag, an dem es dort versteckt wurde, nicht mehr berührt worden ist.«

Sir Mark seufzte. »So lange Zeit . . . Wir haben auch in dieser Höhle gesucht, tief im Innern.«

»Ach ja?«

»Ja, da gibt es so eine Art Schacht, ungefähr hundert Meter von der Klippe landeinwärts. Der obere Teil ist nun mit Dornenbüschen zugewachsen, schon seit Jahren. Sehr gefährlich. Allerdings haben wir nie darüber gesprochen, wir wollten verhindern, daß jemand dort zu Tode kommt. Ich habe zwei Männer dorthin geschickt, weil ich es für möglich gehalten hatte, daß David hineingefallen sein könnte, aber, wie ich schon sagte, sie haben nur den Bereich direkt unter dem Schacht abgesucht. Daß er tiefer hineingegangen sein könnte, hielten wir damals für unwahrscheinlich.« Sir Mark dachte an die Zeit zurück, als sein Sohn verschwunden war. »Was hat dich veranlaßt, dort zu suchen?«

»George. Ich bin ihm gestern morgen dorthin gefolgt. Es ist mir etwas widerfahren, was mich auf die Idee gebracht hat, er könne mehr über Davids Schicksal wissen, als er zuzugeben bereit war.«

»Und was ist mit dir passiert?«

»Jemand hat am Dienstag während der Jagd versucht, mich zu erschießen.«

»Großer Gott!« Sir Mark stand schockiert auf und trat an den runden Tisch, an dem Aidan reglos ausharrte. »Wer? Weißt du das?«

»Nicht sicher, aber da Georges Verhalten sich leicht geändert hat, nehme ich an, daß er seine Finger im Spiel hatte. Zuerst dachte ich an Jason oder Ivor, vor allem, als der am Dienstag überraschend auftauchte. Aber ich bin mir sicher, daß George was damit zu tun hat. Später am Abend habe ich beobachtet, wie er in den Lagerraum ging und die Tontaubenschießanlage herausholte. Ich habe Jan gebeten, bei ihm danach zu suchen, und sie hat sie gestern abend hierher gebracht. Heute morgen lag sie im Lagerraum.«

»Aber was hat die damit zu tun?«

»Weiß ich noch nicht genau, aber ich werde es noch herausfinden. Wie auch immer, ich bin jetzt sicher, daß es nicht Jason war, der auf mich geschossen hat, und falls es Ivor gewesen sein sollte, dann nur, weil George ihn damit beauftragt hat. Oder es war George selbst.«

»Aber wo warst du, als das passierte? Und warum hast du nicht gleich darüber gesprochen?«

»Wie hätte ich? Ich war mir noch nicht sicher, ob ich dir die Wahrheit über mich sagen sollte. Und es geschah, als ich ganz allein war. Die anderen dachten, ich hätte selbst einen Schuß auf ein paar Vögel abgegeben.«

»Aber wieso ist George in die Höhle gegangen?«

Aidan zuckte mit den Schultern. »Ich denke, um zu sehen, ob David noch da war.«

»Dann nimmst du also an, daß George ihn dorthin gebracht hat?«

»Nein. Das war Ivor Butley.«

Erstaunt schüttelte Sir Mark den Kopf. »Aber Ivor hat ihn doch nicht getötet?«

»Nein, nein. Ivor dachte, er sei vom Pferd gefallen, die Klippe hinuntergestürzt und hätte sich dabei tödlich am Kopf verletzt. Dafür gab er sich die Schuld, weil er erlaubt hatte, daß dein Sohn ein junges Pferd ritt, was du verboten hattest. Ich denke, er reagierte einfach panisch.«

Sir Mark schüttelte nachdenklich den Kopf. »Ja, das hätte er wohl getan, aber warum interessiert sich George für diese Sache?«

»Vielleicht wollte er beweisen, daß ich ein Betrüger bin.«

»Möglicherweise«, sagte Sir Mark, »aber das müssen wir mit hundertprozentiger Sicherheit wissen.«

Obwohl die Nachricht von Davids Entdeckung Sir Mark ziemlich getroffen hatte, war er entschlossen, klare und eindeutige Entscheidungen zu treffen.

»Woher weißt du, daß Ivor Davids Leichnam versteckt hat?«

»Susan hat es mir gesagt.«

»Dann weiß sie also Bescheid?«

»Jedenfalls zum Teil. Ihre Mutter hat ihr nach dem Tod des Vaters einiges erzählt. Aber was er mit dem Leichnam angestellt hat, wußte sie nicht, sondern lediglich, daß er ihn weggeschafft hatte.«

»Gut. Dann soll George uns erzählen, was er weiß.«

»Ich nehme nicht an, daß er das tun wird. Vielleicht verrät er es mir, falls ich es richtig einfädele, aber wir werden einen unabhängigen Zeugen brauchen. Was hältst du von dem Polizisten, der Ivors Tod aufzuklären versucht?«

Sir Mark betrachtete Aidan und nickte dann. »Du hast recht« – er machte eine Pause –, »Aidan«, setzte er dann mit einem vagen Lächeln nach. »Aber fürs erste halte ich es für besser, wenn ich dich auch weiterhin David nenne, oder?«

Aidan konnte nicht fassen, mit welcher Gelassenheit Sir Mark die Neuigkeiten aufgenommen hatte. Er betrachtete den Mann, der ihm die letzten beide Monate ein Vater gewesen war. An seinen Gefühlen für ihn hatte sich rein gar nichts geändert. »Es tut mir sehr leid, daß ich dich und die anderen getäuscht habe. Ich konnte meine Rolle nicht mehr weiterspielen, als ich wußte, daß der echte David dort unten tot in der Höhle liegt.«

»Das verstehe ich. Und ich bin dir dankbar – mehr als dankbar – für deine Ehrlichkeit.«

»Wenn wir die Wahrheit über deinen Sohn erfahren haben, werde ich akzeptieren, was danach mit mir geschieht.«

»Das bezweifle ich nicht. Würdest du mir verraten, wer sich die ganze Sache ausgedacht hat?«

»Lieber nicht. Es besteht kein Grund, andere Leute da mit hineinzuziehen. Das halte ich für unnötig. Ich werde die Sache allein durchstehen.«

»Sehr nobel von dir, aber es gibt einmal abgesehen von George und meinen beiden Töchtern nur eine Person, die dich so hervorragend hätte vorbereiten können, und das ist Johnny.«

Darauf erwiderte Aidan nichts.

Sir Mark tat seine Reaktion mit einem Achselzucken und einem leisen Lächeln ab. »Ich verstehe.«

Neben ihm läutete das Telefon. Er nahm den Hörer ab und reichte ihn dann Aidan.

Susan war am anderen Ende der Leitung. »Ich habe mir schon gedacht, daß Sie vielleicht noch dort sind«, sagte sie zu Aidan. »Ich bin bei Jan und Mike in deren Cottage auf Braycombe. George hat sich offenbar zurückgezogen. Ich rechne nicht damit, daß er noch ausgehen wird.«

Aidan warf Sir Mark einen Blick von der Seite zu, ehe er sprach. »Und er hat sich heute nicht mehr draußen bei den Klippen rumgetrieben?«

»Nein. Er ist gleich nach dem Rennen hierhergekommen, und das war's dann.«

»Gut. Hat Jan Ihnen erlaubt, über Nacht zu bleiben?«
»Ja, selbstverständlich.«
»Dann bleiben Sie bitte solange wie möglich und lassen ihn vor allem morgen nicht aus den Augen. Aber ich möchte trotzdem kein Risiko eingehen, ich werde heute nacht in der Höhle Wache schieben. Bitten Sie Jan, ihm morgen früh von mir eine Nachricht zu übermitteln. Er möchte mich gegen Mittag im Anchor in Lynmouth treffen. Sagen Sie ihr, sie soll betonen, es sei lebenswichtig, daß ich ihn sprechen kann. Ich werde kurz vorher anrufen, um zu hören, ob er kommt.«

Am ganzen Leib zitternd, wühlte Aidan sich tiefer in seinen Schlafsack hinein, mit dem er sich nach langem Suchen in eine nicht ganz so zugige Nische in der feuchten Höhle gelegt hatte.

Eigentlich rechnete er nicht damit, daß George mitten in der Nacht die Höhle nochmals aufsuchte, aber möglich war es immerhin, und falls sich jemand am Skelett des Jungen zu schaffen machte, käme die Wahrheit über seinen Tod niemals ans Licht.

Er döste immer wieder ein Weilchen, aber richtig schlafen konnte er nicht. Als endlich der Morgen fahl über dem silbergrauen Meer dämmerte, bewegte er seine lahmen Glieder und warf einen Blick auf die Uhr. Es war kurz nach sieben. Müde und erschöpft, weil er nun zwei Nächte hintereinander nicht richtig geschlafen hatte, machte er sich auf den Weg. Er quälte sich den steilen Klippenweg hoch, stapfte durch die taunassen Felder zu der einsam gelegenen Telefonzelle und wählte dort die Nummer der Hardings. Jan meldete sich verschlafen.

»Tut mir leid, daß ich Sie so früh morgens aus dem Bett schmeiße«, plapperte Aidan gut gelaunt drauflos, »aber ich müßte dringend Sue sprechen.«
»Warten Sie.«

Einen Augenblick später hörte er Susan Stimme. »Ja?«

»Ist er noch da?«

»Ja, es sei denn, er wäre zu Fuß losgegangen. Autos sind jedenfalls keine weggefahren.«

»Gut. Sorgen Sie dafür, daß er nirgendwohin geht, bevor Sie ihm meine Nachricht überbracht haben. Von jetzt an melde ich mich zur Kontrolle jede halbe Stunde.«

Aidan kletterte in die Schlucht, wo er seinen Land Rover versteckt hatte, und fuhr verschlafen nach Hause.

In seinem Cottage legte er sich sofort aufs Bett und versuchte, sich innerlich auf die anstehende Konfrontation vorzubereiten. Um das erwünschte Ergebnis – in diesem Fall hieß das eine eindeutige und vor Zeugen gemachte Aussage – zu erzielen, brauchte es all seinen Verstand. Aufgrund seiner Erschöpfung schweifte er aber in Gedanken ab und dachte über Sir Mark nach. Als er ihm gestanden hatte, nicht sein Sohn zu sein, hatte der Mann, der ihn mit offenen Armen aufgenommen hatte, ihm gegenüber keinerlei Feindseligkeit gezeigt. Und dann mußte er an Susan und ihre leidenschaftlichen Blicke denken. Was immer in den nächsten Stunden kommen mochte, jetzt hatte er ein Ziel in der festen Überzeugung vor Augen, es erreichen zu können, selbst wenn das bedeutete, daß er ein paar Monate im Gefängnis sitzen mußte.

13

Gegen halb zwölf rief Aidan erneut bei Jan an, um mit Susan zu sprechen.

»Wie sieht es aus?«

»Scheint funktioniert zu haben. Jan hat ihm unsere Nachricht übermittelt, und allem Anschein nach ist er gerade ziemlich gereizt vom Hof gedüst. Ich bin sicher, daß er Sie treffen wird.«

»Na, dann hoffen wir mal, daß Sie recht behalten. Kommen Sie doch heute nachmittag hierher. Möglicherweise haben wir bis dahin schon was in Erfahrung gebracht.«

»Ich wünsche Ihnen alles Glück der Welt.«

Hochgradig nervös ließ Aidan seinen Finger über den Bierglasrand kreisen. Er fragte sich, was all die Menschen hier im Pub dächten, wenn sie die Wahrheit über ihn erfuhren. Wahrscheinlich würden sie ihn dafür verachten, daß er die Tredingtons ausgenutzt und sie allesamt zum Narren gehalten hatte.

Da betrat George die Bar.

Er sah Aidan. Und weil ihn jedermann beobachtete, rang er sich zu einem halbwegs freundlichen Lächeln durch.

»Morgen, David. Ich hab deine Nachricht erhalten.«

»Bestell dir doch was zu trinken, George«, schlug Aidan vor.

»Ich dachte, du wolltest dich unterhalten«, murrte George ungeduldig.

»Möchte ich ja auch, aber nicht hier.«

George nickte verständnisvoll. »Nun, dann werde ich mir lieber nichts bestellen.«

Aidan trank sein Bier aus. »Ich bringe dich zum Wagen.«

George sagte kein Wort, bis sie draußen waren und niemand ihr Gespräch belauschen konnte.

»Nun«, begann er ohne die leiseste Spur einer Freundlichkeit. »Was ist denn so verflucht wichtig?« In seiner Stimme schwang deutlich hörbar eine gewisse Unruhe mit.

»Was ich zu sagen habe, muß unter vier Augen besprochen werden, ohne daß sonst jemand zuhört. Fahr zurück nach Braycombe, und ich ruf' dich dann in etwa einer Stunde an und laß dich wissen, wo wir uns treffen werden.«

George musterte ihn. Schuld und Furcht zugleich blitzten in seinen Augen. »Worum geht es bei dieser Kinderei eigentlich?« fragte er. Nun war er nicht mehr darum bemüht, seinen Zorn zu verbergen. »Ich bin doch deinetwegen von dort gerade gekommen.«

»Das weiß ich«, erwiderte Aidan geduldig. »Aber mir lag viel daran, daß du die Wichtigkeit dessen, was wir zu besprechen haben, begreifst.«

»Hör mal, worum auch immer es gehen mag, ich hab nicht den ganzen Tag Zeit für diesen Quatsch. Was ist denn eigentlich so wichtig, und was hat es mit mir zu tun?«

»Dinge, die sich vor fünfzehn Jahren ereignet haben«, antwortete Aidan leise.

George machte den Mund auf, um etwas zu sagen, brachte allerdings kein Wort über die Lippen.

Nun standen sie vor seinem Wagen. Unsicher und mißmutig stieg George ein. Aidan hatte seinen Land Rover ein Stück weiter die Straße herunter geparkt. Er setzte sich ebenfalls hinters Steuer und startete den Motor erst, als er hörte, wie Georges Wagen nach ein paar mißlungenen Versuchen endlich ansprang. Aidan grinste. Er hatte sich ausgerechnet, daß es etwa zwanzig Minuten dauerte, bis George dahinter kam, welcher Natur seine Schwierigkeiten waren, und er sie an diesem Sonntagmorgen zu beseitigen versuchte.

Sir Mark traf Aidan bei einem Dornenbusch, der die Schachtöffnung, ein paar hundert Meter hinter dem Klippenrand bei Stanner Head gelegen, verdeckte. Zwei Männer in Jeans und Anoraks hatten ihn begleitet, ein Constable und ein Sergeant von der Kripo aus Devon.

Der Sergeant wirkte nicht glücklich. »Sir Mark hat mich in Ihr Vorhaben eingeweiht«, richtete er sich an Aidan. »Das klang nicht so überzeugend. Denken Sie denn, daß es funktionieren wird?«

»Er wird kommen. Er wäre schon eher gekommen, wenn es ihm nur möglich gewesen wäre. Jetzt denkt er, hat er noch eine Stunde Zeit. Nein, der wird bestimmt nicht untätig rumsitzen. Keine Sorge, der kommt.«

»Wie lange wird es dauern, bis er hier eintrifft?«

»Fünfzehn Minuten, länger nicht.«

»Ich muß Ihnen gestehen, Sir, wir sollten das eigentlich nicht tun.« Der Sergeant wandte sich an Sir Mark. »Falls es dort unten menschliche Überreste gibt, sollte die Stelle umgehend abgeriegelt und den Gerichtsmedizinern überlassen werden.«

»Um Himmels willen«, stöhnte Aidan, »der Mann ist unterwegs. Falls er Wind davon kriegt, daß Sie hier sind, wird er sofort das Weite suchen. Das ist die einzige Chance, wie Sie ihm ein Geständnis entlocken können. Glauben Sie mir, diesen Mann kann ich mittlerweile ganz gut einschätzen.«

Widerwillig hörte sich der Polizist Aidans Argumente an, ehe er zustimmend nickte. »Gut. Dann lassen Sie es uns so durchziehen.«

Die Polizisten hatten schon die Äste zurechtgestutzt, um die versteckte Schachtöffnung freizulegen. Mit geschickten Fingern banden sie Aidan ein Seil um die Taille. Er warf ihnen ein nervöses Grinsen zu, schaltete die Lampe an seinem Helm an und seilte sich dann in das feuchte, dunkle Loch ab. Die beiden Männer hielten das andere Ende des Seils fest und ließen ihn zweihundert Fuß den Schacht hinunter. Erst als seine Füße den weichen Sandboden berührten, merkte er, daß er unten angekommen war.

Anhand der Karten, die er mit Sir Mark studiert hatte, wußte er, daß er ungefähr in einer Entfernung von etwa hundert Metern von der Felswand in Stanner Cave gelandet war. Er riß kurz an dem Seil und ließ die Männer oben wissen, daß er unten war.

Mit dem Licht von seinem Helm und einer Taschenlampe schaute er sich in der Höhle um. Er fröstelte in der feuchtkalten Luft, und angesichts dessen, daß in den letzten fünfzehn Jahren niemand einen Fuß in diese Höhle gesetzt hatte, war ihm leicht unwohl. Außerdem wurde ihm mit einem Schlag klar, daß nun kein Hindernis mehr zwischen ihm und den sterblichen Überresten des zwölfjährigen David Tredington lag.

Er arbeitete sich durch den engen Tunnel. Manchmal mußte er kriechen, um vorwärts zu kommen. Nach ein paar Minuten entdeckte er ein stecknadelgroßes Licht, das durch die Öffnung fiel, die er vor zwei Tagen freigelegt hatte.

Die Polizisten stützten Sir Mark beim Abstieg auf dem Pfad, der die Klippe hinunterführte. Am liebsten hätten sie ihn gar nicht mitgenommen, aber schließlich untersuchten sie den Mord an seinem Sohn, und außerdem war es nicht leicht, einem Mann wie Sir Mark eine Bitte abzuschlagen.

Unten angekommen, warf einer der Polizisten einen Blick auf seine Armbanduhr.

»Falls George sich entschließt, auf schnellstem Wege hierherzukommen, haben wir höchstens fünfundvierzig Minuten Vorsprung. Das Abseilen von Aidan hat länger gedauert als erwartet.«

»Es tut mir leid«, meinte Sir Mark. »Vielleicht sollten wir den Rest des Weges rennen.«

»Wir müssen uns dicht an die Felsen halten, sonst laufen wir Gefahr, daß er unsere Fußabdrücke im Sand entdeckt.«

Sie schlugen einen Weg ein, der sie über loses Gestein und trockenen Sand führte. Alle paar Meter kontrollierten sie, ob sie eine verräterische Spur hinterließen.

Als sie in die Höhle traten, wo der Sand immer noch feucht war, verwischte der jüngere Polizist ihre Spuren.

Es dauerte nicht lange, bis sie die dunkle Nische in der Westwand der Höhle fanden, die Aidan ihnen beschrieben hatte. Glücklicherweise war sie tief genug, um sich zu dritt darin verstecken und warten zu können.

Der Sergeant ging dann zur Felswand, die den Zugang zur dahinterliegenden Höhle versperrte, und versteckte dort ein äußerst empfindliches Funkmikrofon, das er mitgebracht hatte. Nachdem er es eingeschaltet hatte, kehrte er im Laufschritt zu seinem Kollegen und Sir Mark zurück.

Sie hörten George erst, als er schon in der Höhle war. Er schnaufte schwer und rannte mit eingeschalteter Taschenlampe dicht an ihnen vorbei.

Einen Moment später hörten sie, wie er »Oh, Scheiße!« rief.

Der Sergeant schaltete den Kassettenrekorder in seiner Tasche ein und beugte sich aus der schützenden Nische, um George zu beobachten.

Aidan stand neben dem Skelett und spähte gerade durch den Spalt in den langen Steintunnel, der vom Strand hochführte, als er hörte, wie George in die Höhle eintrat. Mit bloßgelegten Nerven kauerte er sich ins schützende Dunkel, als der Lichtkegel von Georges Taschenlampe näherrückte und schließlich die Stelle fixierte, von der Aidan den Felsbrocken weggerückt hatte.

Er hörte den anderen Mann fluchen.

»Tag, George«, rief er.

George wirbelte entsetzt herum und leuchtete die Felswand

mit seiner Taschenlampe aus. Gleichzeitig zog er eine Neun-Millimeter-Browning aus seiner Jackentasche.

Obwohl er in seinem Versteck hinter der Felswand sicher war, verkrampfte sich Aidans Magen. Ein eiskalter Schauer lief ihm den Rücken hinunter.

»Du bist eher da, als ich erwartet hatte«, sagte Aidan.

Diesmal begriff George, woher die Stimme kam.

Er richtete seine Taschenlampe direkt in die Höhle, in der Aidan wartete. Das Licht traf ihn allerdings nicht.

»Was tust du hier, verflucht noch mal?« zischte George nervös.

»Was denkst du denn? Man könnte meinen, ich betreibe ein bißchen Archäologie.«

»Wo bist du? Und wie bist du da reingekommen?«

»Ich finde, du solltest kommen und mal einen Blick auf das hier werfen.«

»Warum denn?« platzte es aus George heraus. »Ist mir doch egal, was es dort hinten zu sehen gibt.«

»Na, am Freitagmorgen warst du noch ganz erpicht darauf, hier herüberzugelangen«, rief Aidan in leicht überraschtem Tonfall.

»Hör mal, du elender irischer Betrüger, was immer dort sein mag, du kannst jedenfalls nichts dagegen unternehmen – es sei denn, es macht dir nichts aus, im Knast zu landen.«

»Ja, aber mit dir zusammen. Vielleicht ist es mir das wert.«

»Mir kann niemand was anhängen«, brüllte George nun.

»Oh, da irrst du dich aber gewaltig. Du hast nicht gesehen, was hier liegt. Willst du mal einen Blick drauf werfen? Wenn du deine Waffe wegwirfst und mir dein Brecheisen durchreichst, das ich drüben für dich liegengelassen habe, kann ich wahrscheinlich diesen letzten Felsbrocken wegdrücken, und dann kannst du deinen Kopf reinstecken und sehen, was hier liegt.«

»Hör jetzt auf. Was liegt denn da?«

»Das weißt du doch verdammt gut. Ivor hat dir noch erzählt, daß es hier liegt, nicht wahr. Und weil du nicht wußtest, ob er es noch jemand anderem verraten würde . . .«

George lehnte sich nun an den Felsen und leuchtete mit seiner Taschenlampe die gesamte Höhle aus. Aidan preßte sich mit dem Rücken an die Felswand, um nicht entdeckt zu werden. Aber entdeckt werden konnte er nur, wenn es George gelang, sich mit den Schultern durch den Spalt zu schieben.

»Du kannst nicht durch«, rief Aidan. »Ich hab es nicht geschafft, und ich bin nicht halb so fett wie du. Falls du was sehen willst, mußt du schon deine Waffe wegschmeißen und mit dem Brecheisen rüberrücken.«

»Wo zum Teufel steckst du, du Mistkerl?«

»Reg dich doch nicht so auf. Immer mit der Ruhe. Laß uns wie erwachsene Männer über die Sache reden. Wir sind beide hinter derselben Sache her. Du weißt über mich Bescheid und ich über dich. Ich würde sagen, es ist an der Zeit, ein kleines Geschäft zu machen.«

»Na, es gibt was, das du wissen solltest, du verdammter Hinterwäldler. Ich weiß ganz genau, daß du mich mit Letter Lad reingelegt hast – du und dieser Henderson. Spielt ihr das gleiche Spielchen? Ich könnte wetten, daß er sich die ganze Sache ausgedacht hat. Ich weiß, daß er den Sommer über in Irland gewesen ist. Und mit dir gesehen wurde. Das war doch ganz offensichtlich. Allerdings verstehe ich nicht, wie mein Onkel so blöd sein konnte, sich von euch über den Tisch ziehen zu lassen.«

»Na, du hattest den Vorteil zu wissen, daß ich auf gar keinen Fall David sein konnte, nicht wahr?«

George antwortete ihm nicht.

»Nicht wahr?« insistierte Aidan lauter.

George antwortete ihm immer noch nicht.

»Weil du ihn getötet hast, stimmt's? Und dann ist dir der

Leichnam abhanden gekommen, und du wußtest nicht, was mit ihm passiert war, bis der alte Ivor dir gestanden hat, ihn damals gefunden zu haben. Der arme alte Ivor, er glaubte, daß der Junge vom Pferd gefallen und die Klippe runtergestürzt sei und daß alles seine Schuld wäre. Aber so war es nicht, nicht wahr? Das kann ich von hier aus sehen. Hätte Ivor sich die Leiche ein bißchen genauer angesehen, hätte er erkannt, was da noch ist.«

»Wovon redest du eigentlich?« rief George aufgeregt.

»Ich habe dir ja angeboten, den Weg freizumachen, damit du selbst einen Blick darauf werfen und sehen kannst, was David in der Hand hielt, als er starb.«

Aidan hörte, wie seine Worte in dem Höhlengang verhallten und daß George schwer atmete.

»O Gott«, seufzte George, auf einmal ganz kleinlaut. »Er ist dort.«

»Warum hast du ihn umgebracht, George?«

»Weil er ein arroganter kleiner Arsch war. Er glaubte, alles zu haben, und er sollte ja auch alles bekommen. Er war einfach ein verzogenes Mistgör. Und er tat so, als ob er wegen seiner Mutter völlig fertig sei, nur damit ihm sein Vater mehr Aufmerksamkeit schenkte. Falls er Barford geerbt hätte, wäre er vollends unerträglich geworden.«

»Und du hattest im Alter von sechzehn Jahren natürlich den Eindruck, ein wesentlich passenderer Kandidat für das Erbe zu sein, nicht wahr?«

»Ja, genauso war es, verflucht noch mal.« Georges Stimme wurde wieder lauter. »Und das finde ich immer noch, und deshalb werde ich nie und nimmer zulassen, daß ein verdammter irischer Zigeuner mir alles vor der Nase wegschnappt.«

»Ich hab dir ja schon gesagt, daß dir nicht alles durch die Lappen gehen muß. Ich werde die Klappe halten und du auch. Wir werden den Fels wieder vor den Spalt schieben, den ich freigelegt habe, und dann kann der arme alte David meinetwegen hier für immer liegenbleiben. Jetzt, wo Ivor tot ist, weiß außer uns ja niemand, daß er hier liegt.«

»Lieber sorge ich dafür, daß du in der Hölle schmorst, als daß ich mit dir einen Deal mache. Bildest du dir tatsächlich ein, daß ich es zulasse, daß der Titel an einen verfluchten Niemand geht, der keinen Anspruch darauf hat?«

»Nun, anscheinend haben wir hier eine Art Pattsituation. Du kannst mich hier nicht umbringen, und als du versucht hast, auf mich zu schießen, hast du dein Ziel ein bißchen verfehlt. Wenn ich raus bin, könnte ich mich ja mit ein paar der interessierten Parteien unterhalten – über David, der hier liegt, über Ivor und über die Tontaubenschießanlage, die du zu reinigen vergessen hast –, wie hast du das überhaupt angestellt? Das ist mir immer noch ein Rätsel.«

»Du bist nicht ganz dicht, wenn du denkst, daß ich dich hier lebend rauslasse«, knurrte George.

»Leider gibt es da ein kleines Problem. Falls ich vermißt oder tot aufgefunden werde, wird Mr. Edwards, das ist ein äußerst netter Anwalt in Lynmouth, ein kleines Päckchen öffnen, das ich für solch einen Fall bei ihm deponiert habe, und dann wird er der Polizei sagen können, wo sie nach Davids Leiche suchen muß. Es wird dir nie und nimmer gelingen, hier reinzukommen und das Skelett zu beseitigen. Und«, fuhr Aidan schnell fort, als George zu sprechen beginnen wollte, »die Polizei dürfte keine Schwierigkeiten haben, den Typen zu finden, der an jenem Tag in Fontwell das Zeichen auf mein Wagendach gesprayt hat. Möglicherweise kommst du auch für die Schlafkojen dran. Eventuell klagen sie dich wegen Totschlags an dem kleinen Mickey Thatcher an oder gar wegen versuchten Mordes, wer weiß?«

Es dauerte eine Minute, bis George sich zu Wort meldete. »Wie lange weißt du schon Bescheid?«

»Noch nicht sehr lange. Erst seit ich dich am Freitagmorgen

hierherkommen gesehen habe. Bis dahin hast du mich echt getäuscht. Es ist komisch, erst jetzt begreife ich, warum du so erleichtert gewirkt hast, als du mich das erste Mal gesehen hast. Vielleicht hast du ja gehofft, daß David irgendwie überlebt hatte und wirklich davongelaufen war. Aber du wußtest, daß ich nicht er bin.« Aidan hielt einen Moment inne, bevor er nachdenklich fortfuhr. »Ich habe mich gefragt, wieso. Ob es eventuell eine Art Narbe gab, die nur du kennen kannst, etwas, das von dem Tag stammt, als du ihn getötet hast? Das verraten mir die Knochen hier nicht.«

Kurz herrschte Schweigen.

»Woher weißt du das, verflucht?« flüsterte George.

»Ich wußte gar nichts. Ich habe nur geblufft. Aber du konntest mich ja nicht verpfeifen, nicht wahr, und darum hast du versucht, mich umzubringen.«

George lachte. »Und diesmal wird mir das auch gelingen. Ich werde dich da drinnen verhungern lassen, falls es nicht anders geht.«

»Nun, wir werden sehen, aber in der Zwischenzeit könntest du mir doch erzählen, wie du David umgebracht hast.«

»Habe ich nicht. Die Klippe war schuld. Ich habe ihm nur einen kleinen Schubs gegeben. Ich bin ein Opportunist, bin ich schon immer gewesen, auf diese Weise habe ich eine Menge Geld in London gemacht. Dieser eingebildete kleine Fatzke ist von ganz allein ins offene Messer gelaufen, als er sich einbildete, dem Pferd gewachsen zu sein. Das hat ihn abgeworfen – da hatte Ivor ganz recht –, aber er landete fünfzig Meter hinter dem Klippenrand. Es war einfach Glück, daß ich an jenem Tag gerade dort auf Seemöwen geschossen habe. Weit und breit kein anderer Mensch, und von der Küstenwachtstation aus konnte man uns auch nicht sehen. Ich rannte zu ihm rüber; er dachte natürlich, ich wollte ihm helfen.« An dieser Stelle lachte George grunzend. »Aber ich habe ihm mit meinem Gewehrkolben auf den Kopf geschlagen. Anfänglich setzte er sich noch zur Wehr, aber es brauchte nicht viel, um ihn die Klippe runterzuwerfen. Ja, er prallte noch von einem Felsen auf den anderen, ehe er auf dem Strand aufschlug. Ich lief nach unten und schleppte ihn hierher, versteckte ihn erstmal hinter den Felsen, bis mir eingefallen war, was ich mit ihm anstellen sollte.«

»Und als du zurückkamst, war er nicht mehr da.«

»Ich nahm an, es hätte ihn aufs Meer rausgetrieben. Ich hoffte, daß es so war, obwohl mir eine Leiche das Leben leichter gemacht hätte.«

»Aber jetzt ist es ein bißchen blöd, nicht wahr?« Aidan lachte. »Und weißt du, was noch viel blöder ist? Als er mit dir kämpfte, muß er dich beim Schopf gepackt haben. Und selbst jetzt hält er noch deine Haare in seiner kleinen knöchernen Hand. Schade, daß du nicht hier hereinkommen und sie ihm wegnehmen kannst. Heutzutage ist es mit Hilfe einer DNS-Analyse keine große Sache, dich zu überführen.«

Aidan hörte ein Kratzen, als George wieder versuchte, den Fels hochzuklettern. Diesmal gelang es ihm keuchend, den Kopf in den Spalt zu stecken. Zuerst hielt er die Taschenlampe hinein, dann die Waffe.

Aidan, der immer noch mit dem Rücken an der Wand lehnte, wartete einen Moment, ehe er mit der schweren Taschenlampe mit aller Macht auf den Metallauf der Automatik eindrosch.

Die Browning polterte die Felswand hinab und landete auf dem Sandboden neben dem unberührten Skelett.

»Du Schwein!« zischte George und zog seinen Kopf und die Taschenlampe schnell zurück.

Jetzt verließ Aidan seine Deckung und trat hervor. Von der anderen Seite aus warf ihm George finstere, wütende Blicke zu.

Hinter ihm waren drei Gestalten aus den Schatten getreten und kamen leise den steilen Tunnel hochmarschiert.

Als George sie hörte, wirbelte er herum.

»George Tredington, ich bin Polizist, und ich verhafte Sie wegen des Mordes an David Tredington und anderen. Alles, was Sie sagen, wird aufgezeichnet und kann gegen Sie verwendet werden. Haben Sie das verstanden?«

Im Schlafzimmer seines Cottages packte Aidan seine spärlichen Habseligkeiten in den Koffer und den Rucksack, mit denen er vor zehn Wochen hier eingetroffen war. Er versuchte, sich an die Vorstellung zu gewöhnen, daß er in Zukunft nicht mehr auf Barford lebte und arbeitete, daß all seine Taten und Beweggründe demnächst vor Gericht unter die Lupe genommen würden und daß der Ruhm, der ihm in den letzten beiden Monaten zuteil geworden war, nun nach hinten losging, weil jedes Revolverblatt des Landes die Geschichte seines Betrugs auf der Titelseite abdrucken würde.

Er hatte eingewilligt, sich am nächsten Morgen auf dem Exeter Polizeirevier einzufinden und seine Aussage zu machen. Johnny hatte er nicht angerufen, denn das machte nun auch keinen Sinn mehr. Und außerdem brachte er es nicht übers Herz.

Immer wieder hielt er beim Packen inne, um einen Blick aus dem Fenster zu werfen, auf die alten Bäume und grünen Wiesen, die das Haus umgaben. Und obwohl ein grauer Himmel über dem Anwesen lag, vermittelte ihm der Anblick eine leise Wärme. Daß er das Gefühl hatte, sein Zuhause zu verlassen, überraschte ihn schon. Nun mußte er noch seiner Mutter die schlechten Neuigkeiten überbringen. Allein der Gedanke daran war ihm zuwider. Sie würde Verständnis aufbringen, zumal sie ja keine Einwände gegen seine Pläne erhoben hatte; aber ihm hatte sehr viel daran gelegen, es zu schaffen, in Englands Rennwelt auch ohne die Tredingtons sein Brot verdienen zu können.

Aber nun, wo er sich den Konsequenzen seines Handelns stellen mußte, war er sich dessen nicht mehr so sicher.

Er hörte, wie jemand unten in die kleine Halle trat. Er ließ den Stapel Kleider fallen und ging nach unten. Sir Mark wartete an der Treppe.

»Was machst du, Aidan?«

»Ich packe. Ich habe für heute nacht ein Zimmer im Anchor reserviert.«

»Dazu besteht jetzt noch kein Grund. Komm doch rüber ins Haus. Die Mädchen und ich, wir möchten uns mit dir unterhalten.«

Seit Georges Verhaftung hatte Aidan mit Sir Mark keine Minute mehr allein verbracht. Eigentlich hatte er niemanden mehr zu Gesicht bekommen, seit der Streifenwagen mit einem steifbeinigen, schwitzenden und graugesichtigen George auf der Rückbank davongefahren war.

Jetzt, wo er sich ganz allein der Familie stellen sollte, verließ ihn der Mut.

Auf dem Weg zum großen Haus kam Sir Mark kein Wort über die Lippen. Er führte Aidan in die Bibliothek. Im Kamin brannte zur Abwechslung einmal ein Feuer, dessen Lichtschein sich im Messingkamingeschirr widerspiegelte.

Lucy lümmelte mit verschränkten Beinen bequem in einem Sessel, während Victoria ein bißchen steif und ganz gerade auf der Sofakante saß.

»Ich habe Lucy und Victoria erzählt, was sich heute zugetragen hat.«

Aidan nickte und schaute zuerst zu Victoria, dann zu Lucy hinüber. »Es tut mir leid«, sagte er mit belegter Stimme. »Aber ich weiß sehr wohl, daß das angesichts dessen, was ihr für mich getan habt, nicht reicht.«

Lucy begegnete seinem Blick mit ausdrucksloser Miene. »Ich kann es wirklich kaum fassen, obwohl ich – Gott ist mein

Zeuge – niemals richtig davon überzeugt war, daß du echt bist. Ich habe mich sogar in dein Cottage geschlichen und deine Sachen durchsucht. Viel habe ich ja nicht gefunden, aber während ich dort war, passierte was Komisches. Jemand rief an und hörte deine Nachrichten ab. Du konntest es unmöglich gewesen sein. Das geschah an dem Tag, an dem du dein erstes Rennen in Wincanton hattest, und zu dem Zeitpunkt hättest du auf dem Weg zu den Startboxen sein müssen.«

Aidan nickte. »Das muß George gewesen sein. Er hat mir das Telefon geliehen und wahrscheinlich all meine Nachrichten abgehört.«

Lucy musterte ihn skeptisch. »Ich kann die ganze Sache immer noch nicht begreifen – George bringt David um, und du gibst vor, er zu sein. Kommt mir wie eine Episode aus einer alten Gruselgeschichte vor. Wie konntest du das nur machen?«

»Meinst du, ich bin stolz auf mich? Meinst du, es behagt mir, euer Vertrauen zu gewinnen und es euch so zu vergelten? Unzählige Male verspürte ich das Bedürfnis, euch die Wahrheit zu sagen, aber je länger ich hier war, desto schwieriger wurde es.«

»Und wieso hast du es dann überhaupt getan?«

»Glaubt mir, zuerst wollte ich es nicht machen, aber«, er seufzte laut, »dann schien es mir eine einfache Möglichkeit zu sein, für meine Mutter zu sorgen. Sie ist schwer krank und hat nur noch ein paar Jahre zu leben. Mit dem, was der Hof abwirft, hätte ich ihr die letzten Jahre nie und nimmer erleichtern können.« Aidan atmete tief durch und quälte sich ein Lächeln ab. »Und dann war da noch die Möglichkeit, mit Pferden zu arbeiten, von denen ich daheim nur geträumt habe. Ich glaubte eigentlich nicht, daß ich zu dem ganzen in der Lage wäre, aber Johnny war sich hundertprozentig sicher...«

»Johnny Henderson?« hakte Lucy in scharfem Tonfall nach.

Aidan blickte kurz zu Sir Mark, der reumütig den Kopf schüttelte. »Das hatte ich ihnen noch nicht verraten.«

»Diese Ratte!« fauchte Lucy. »Nach all der Freundschaft, die wir ihm entgegengebracht haben. Na, ich nehme an, daß er es war, der dir geraten hat, diese Nummer mit dem Lummenei zu bringen. Soweit ich mich entsinne, war er an jenem Tag, als David verschwand, auch hier.«

»O Lucy«, protestierte Victoria, »du wußtest doch schon immer, wie Johnny ist. Wie oft habe ich dich sagen gehört, daß du ihm nicht über den Weg traust.«

»Du kanntest einfach seine Motive nicht«, sagte Sir Mark.

»Nein, aber die kann ich mir nun denken.« Lucy schnitt eine Grimasse.

»Nun«, sagte Adrian, »ich habe zugelassen, daß er mich überredet, und als ich hier war, zweifelte kaum jemand an meiner Geschichte. Um euch die Wahrheit zu sagen, das hat mich schon verblüfft, mich aber auch kühner werden lassen, und nachdem ich eine Weile hier war, gefiel es mir, eine Familie, sogar einen Vater zu haben . . . Ich kann euch gar nicht sagen, wie dankbar ich dafür war und wie sehr ich das vermissen werde.«

Victoria lauschte Aidans Worte mit weitaufgerissenen, feuchten Augen. Nun stand sie auf und kam zu ihm herüber. »Für uns ist es auch großartig gewesen. Für mich jedenfalls war es toll, wieder einen Bruder zu haben«, sagte sie. »Ich kann kaum fassen, daß du es nicht bist. Ich meine, du bist uns so ähnlich – einmal abgesehen von deiner irischen Art.«

Beschämt betrachtete Aidan ihr liebenswertes Gesicht. »Nun, du kannst mich ja im Gefängnis besuchen kommen, wenn alles an die Öffentlichkeit gelangt ist.«

Victoria musterte ihn überrascht. »Was meinst du mit Gefängnis? Gütiger Gott, sie können dich doch nicht ins Gefängnis werfen! Wer soll denn Deep Mischief im Hennessy reiten?«

Aidan mußte lachen. »Ich habe Sam schon gesagt, daß er einen Ersatz bekommt.«

»Aber niemand kann ihn so gut reiten wie du.«

»O doch. Was ich tat, war falsch. Und, ehrlich gesagt, bin ich froh, euch ins Gesicht sehen zu können, ohne euch anlügen zu müssen.«

»Aidan«, meldete Sir Mark sich zu Wort, »setz dich. Laß mich dir einen Drink einschenken. Black Bush, stimmt's?«

Aidan nickte und setzte sich Lucy gegenüber aufs Sofa. Er war zutiefst verwirrt und durcheinander. Die Unterhaltung verlief nicht so, wie er es sich gedacht hatte.

Sir Mark reichte ihm ein Glas mir irischem Whisky. »Ich kann nicht behaupten, daß das einer der glücklichsten Tage meines Lebens ist, aber dank dir weiß ich jetzt endlich die Wahrheit über David, und wir können ihn standesgemäß begraben. Wie auch immer es um deine Beweggründe bestellt gewesen sein mag, du hast dein wahres Gesicht gezeigt, als du herausgefunden hast, was David tatsächlich zugestoßen war, und es nicht vor uns geheimgehalten. Georges Rolle in dieser Sache ist natürlich besonders unerquicklich, aber wenn du dich nicht als jemand anderes ausgegeben hättest, hätten wir die Wahrheit niemals erfahren. Aus diesem Grunde bin ich dir überaus dankbar. Und es kommt auch gar nicht in Frage, daß du ins Gefängnis gehst. Ohne mein Zutun kann die Polizei nicht gegen dich vorgehen, und soweit ich es überblicke, hast du mir keinen Schaden zugefügt. Deine Bezahlung und Unterbringung entsprachen genau dem eines Gestütsmeisters, und falls es überhaupt etwas zu beklagen gibt, dann, daß du unterbezahlt warst. Es dürfte für die Staatsanwaltschaft sehr schwierig sein, dir ohne meine Mithilfe einen Betrug nachzuweisen.«

Aidan konnte kaum glauben, was er da hörte. Für den Fall, daß er nur träumte, wollte er lieber nichts sagen.

»Und – wie Victoria schon gesagt hat – wer soll denn Deep

Mischief für uns reiten?« Sir Mark stand immer noch vor dem Kamin und betrachtete Aidan für einen Moment. Ein kaum wahrnehmbares Lächeln umspielte seine Lippen. »Ich denke, wir lassen besser alles, wie es ist, jedenfalls fürs erste. Ehrlich gesagt, ich weiß nicht, ob ich es ertragen würde, mit zwei Skandalen auf einmal fertig zu werden. Ich habe den Polizisten erzählt, daß ich keine Anzeige gegen dich erstatten werde. Und du mußt morgen nicht nach Exeter fahren; sie kommen hierher. Der Mann von der Hampshire Police ebenfalls.«

»Was haben sie mit George gemacht?« fragte Victoria.

»Sie haben ihn in Gewahrsam genommen. Er wird angeklagt und morgen vor den Behörden erscheinen.«

»Wird er auf Kaution freikommen?«

»Angesichts einer Mordanklage? Das bezweifle ich. Ich wäre jedenfalls dagegen.«

Lucy musterte Aidan und lachte dann. »Ich nehme an, Dad hat recht. Ist das nicht die vielbeschworene Ironie des Schicksals? Wenn du nicht gekommen wärst, um uns zu betrügen, wäre George mit dem Mord davongekommen. Und schließlich warst du ja auch kein richtiger Mistkerl, sonst hättest du mit George einen Deal gemacht oder ihn aus dem Weg geräumt.«

Wie ein kleines Kind freute Aidan sich über die neue Lage. »Vielleicht hätte ich das ja getan, wenn es mir eingefallen wäre.«

»Nein«, meinte Lucy nachdenklich, »das hättest du nicht.« Sie wandte sich an ihren Vater. »Wann werden wir die Welt wissen lassen, daß David Tredington nicht David Tredington ist?«

»Ich denke, das wird herauskommen, wenn George vor Gericht gestellt wird. Und bis dahin haben wir noch genug Zeit, uns einen Weg auszudenken, wie wir damit umgehen werden.«

Ein paar Stunden später packte David seine Sachen wieder aus, als jemand an seine Haustür klopfte. Er erstarrte. Er konnte es immer noch nicht glauben, wie die Tredingtons ihn behandelten, und rechnete jede Sekunde damit, daß sich das schlagartig änderte.

Er ging nach unten und öffnete die Tür, vor der Susan stand. Da es seit zwei Stunden ununterbrochen regnete, war sie bis auf die Knochen durchnäßt. Den ganzen Nachmittag über hatte Aidan sich gewünscht, sie zu sehen, aber sie war nicht ins Haus gekommen. »Jesus, Sie sehen wie ein Otter aus, der auftaucht, um nach Luft zu schnappen«, sagte er und ließ sie eintreten. Die Nässe minderte ihre Attraktivität nicht im geringsten. Ihre Augen strahlten aus dem feuchten Gesicht, und ihr Haar fiel in glänzenden Strähnen auf ihre Schultern herab.

»Am Tor ist mir das Benzin ausgegangen, und ob Sie's glauben oder nicht, ich hatte nicht mal einen Ersatzkanister dabei.« Sie ging ins Wohnzimmer. »Ich war drüben im Haus. Vicky hat mich in die Geschehnisse eingeweiht, und da mußte ich Sie sofort sehen.«

Aidan nahm sie bei der Hand und führte sie vor den Holzofen, den er vor einer halben Stunde angefeuert hatte und der inzwischen lichterloh brannte. Er schenkte ihr einen Whisky ein. Sie nahm das Glas, trank einen großen Schluck und hustete. Aidan lachte. »Setzen Sie sich. Ich hole Ihnen ein Handtuch und ein paar trockene Sachen.«

Er ging nach oben, suchte zwei Handtücher und eines seiner weißen Oberhemden heraus. Wieder unten im Wohnzimmer, zog er die Vorhänge zu und schloß die Tür. »Wir werden versuchen, die Hitze drinnen zu halten, bis Sie ein bißchen durchgetrocknet sind.« Er setzte sich in einen der beiden Sessel, schenkte sich ebenfalls einen Whisky ein und musterte sie grinsend.

»Sie sind heute ja in einer charmanten Stimmung«, bemerkte Susan und knöpfte, mit dem Rücken zu Aidan, ihre

Bluse auf, legte den Büstenhalter ab und ließ beide Kleidungsstücke vor den Kamin fallen. Dann wickelte sie sich in eins der Handtücher, zog den Reißverschluß ihrer Jeans auf und streifte sie umständlich ab.

»Jesus, ich weiß nicht, wie es Ihnen ergeht, aber mir wird reichlich warm ums Herz«, sagte Aidan mit heiserer Stimme.

»Nun ... ich rate Ihnen, einen kühlen Kopf zu bewahren. Sie sind immer noch hier, was schon viel ist, aber was ist eigentlich wirklich passiert? Jan hat mir gesagt, daß George verhaftet wurde, aber Sir Mark hat mich gebeten, Sie selbst zu fragen. Er sagte, alles läge nun bei Ihnen.«

»Ich glaube nicht, daß er begriffen hat, daß Sie von Anfang an wußten, daß ich nichts weiter als ein Doppelgänger bin.«

»Wie hat er es aufgenommen, daß Sie nicht David sind?«

»Es war ganz erstaunlich. Ich kann es einfach nicht fassen. Er hat vorgeschlagen, daß ich bleibe. Und er wird keine Anzeige erstatten.« Aidan zuckte mit den Achseln. »Ich weiß nicht, was ich getan habe, um diese Großzügigkeit zu verdienen, aber ich werde kommende Woche Deep Mischief reiten.«

»Das haben Sie Ihrem unwiderstehlichen Charme zuzuschreiben«, erwiderte Susan lachend.

Aidans Augen leuchteten auf. »Unwiderstehlich?«

Susan schüttelte den Kopf und schlang das Handtuch enger um sich. »So unwiderstehlich nun auch wieder nicht. Darf ich nach oben gehen und mich umziehen?«

»Sicher.«

»Ich werde meine Sachen vor dem Heizkörper in der Küche trocknen lassen.«

Sie sammelte ihre nassen Kleider auf. Als sie den Raum verließ, blickte Aidan ihr hinterher.

Als sie wieder nach unten kam, sah sie in seinem Hemd wie ein Fotomodell auf dem Laufsteg aus, aber ihre Miene war ernster geworden.

»Gut. Erzählen Sie mir ganz genau, was sich zugetragen hat.«

Aidan schilderte die Ereignisse der letzten drei Tage, wie es ihm erging, als er bemerkt hatte, daß er in der Höhle festsaß, und dann wieder, an diesem Morgen, als er in die Mündung von Georges Browning geblickt hatte. Minutiös wiederholte er die verräterischen Sätze, die er George nach und nach entlockt hatte.

Die ganze Zeit über hing Susan an seinen Lippen.

»Als Sie mir damals sagten«, gestand sie, »daß George möglicherweise Dad umgebracht hat, konnte ich es kaum glauben, aber nun denke ich, daß er es wirklich getan hat, weil er der einzige gewesen ist, der wußte, wo Davids Leiche vergraben war. Wie hat George ihn getötet?«

»Ich habe der Polizei erzählt, daß ich meine, die Waffe war ein Pferdehuf.«

»Aber der Pathologe behauptete doch, es wäre unmöglich, daß er von einem Pferd getreten wurde – der Winkel stimmt nicht, und außerdem war es der falsche Huf.«

»Ich habe ja nicht gesagt, daß er von einem Pferd getreten wurde.«

Seine Worte verwirrten Susan.

»Sehen Sie«, fuhr Aidan fort, »ich werde Ihnen nicht verraten, was ich denke, bis die Polizei mit etwas Handfestem anrückt, aber trotzdem wette ich zehn zu eins, daß George ihn so umgebracht hat. Es sieht ganz so aus, als ob Ihr Dad sich wegen David jahrelang mit Schuldgefühlen herumgeplagt hat, obwohl er gar keine Schuld hatte.«

»Der arme alte Dad.« Der jungen Frau standen Tränen in den Augen. »Und wir alle haben ihm so zugesetzt. Wenn wir nur gewußt hätten, was los war.«

»Wenigstens wissen Sie nun Bescheid«, bemühte sich Aidan, sie mit leiser Stimme zu trösten.

14

Detective Sergeant King tauchte kurz nach neun Uhr auf. Der Mann wirkte sehr zufrieden mit sich. Nach seinen Worten war die Fahrt übers Land wunderbar gewesen. Da er klugerweise gegen sechs aufgebrochen war, war es ihm vergönnt gewesen, zu sehen, wie sich die Sonne durch den Nebel über Sedgemoor gekämpft hatte.

»Wir sind zu einem Ergebnis gekommen«, ließ er frohgestimmt verlauten und zog ein Polizeifoto hervor, auf dem ein dünnes, knochiges Gesicht und feindselige Augen abgelichtet waren. »Erkennen Sie diesen Typen?«

Aidan betrachtete die zornige Gestalt und schüttelte den Kopf.

»Damit habe ich auch nicht gerechnet. Sein Name ist Dennis Knight. Er war es, der die Markierung auf Ihr Auto gesprayt hat. Nach einer Weile hat er zugegeben, daß George ihn damit beauftragt hat.« Der Detective lachte. »Wir haben ihm erzählt, George hätte gestanden – was er natürlich nicht getan hat, aber ich werde nachher George in Exeter verhören und ihm dann sagen, was dieser Kerl uns aufgetischt hat.« Er tippte mit dem Zeigefinger auf das Foto. »Aber zuerst möchte ich mit Ihnen nochmals Ihre Aussage durchgehen, von Anfang bis zum Ende, um sicherzugehen, daß wir nichts ausgelassen haben. Ich meine, wir werden ihn höchstwahrscheinlich dazu bringen, ein Geständnis abzulegen, aber das Gericht erwartet ein bißchen Zusammenarbeit nach all den Fehlschlägen in der letzten Zeit. Und die hiesige Polizei möchte die ganze Sache mit zwei Morden in Verbindung bringen, die sich in der Gegend ereignet haben. Natürlich haben sie George auf Band, wie er die ganze Sache zugibt. Das sollte genügen, obwohl sein Geständnis nicht doppelt aufgezeichnet wurde. Unser Fall liegt allerdings nicht ganz so einfach.«

»Aber was ist mit den Schlafkojen?« erkundigte sich Aidan. »Als Sie mich letzte Woche besuchten, sagten Sie, Sie hätten eine Spur, woher sie kommen.«

»Haben wir auch, Sir, aber daß George seine Finger im Spiel hatte, können wir leider nicht nachweisen. Ich kann Ihnen aber sagen, wie es sich wahrscheinlich abgespielt hat. Er kaufte ein halbes Dutzend Kojen und einen kleinen Anhänger und stellte sie außerhalb von Boarhunt ab – das ist ein kleines Dorf unweit von Fareham. Nach dem Rennen holte er den Anhänger ab und fuhr damit zur Autobahnbrücke und wartete, bis er Sie in Ihrem gekennzeichneten Fahrzeug kommen sah. Er warf eine Koje über die Brüstung, traf daneben, aber richtete auch so schon großen Schaden an. Dann warf er auch noch die anderen hinunter, verschwand sofort und ließ den Anhänger in Boarhunt stehen. Dort haben wir ihn gefunden. Die Spurensicherung bestätigte, daß die Kojen mit ihm transportiert worden sind, aber sie kann nicht beweisen, daß George die Sache eingefädelt oder den Anhänger an seinen Wagen gehängt hatte. Bislang können wir nur mit einem wenig zufriedenstellenden Zeugen aufwarten. Aber man weiß ja nie, vielleicht haben wir Glück. Und außerdem haben wir wenigstens Dennis. Nun, falls es Ihnen nichts ausmacht, gehen wir Ihre Version noch mal durch, nur für den Fall, daß Sie letztes Mal was ausgelassen haben sollten.«

Nachdem Sergeant Knight sich verabschiedet hatte, ging Aidan zu den Ställen hinüber, um nach den Pferden zu sehen. Solange er auf Barford wohnte, hatte er eine Aufgabe, die es zu erledigen galt. Aber es dauerte nicht lange, bis der Sergeant, der George verhaftet hatte, bei den Ställen auftauchte.

»Ich habe die Gerichtsmediziner in die Höhle geschickt. Sie haben den Weg genommen, den Sie gegangen sind. Sie werden die sterblichen Überreste des Opfers fotografieren, das Skelett einpacken und es ins Labor verfrachten. Vielleicht finden sie ja noch was anderes, um Cousin George festzunageln. 'tschuldigung, er ist ja gar nicht Ihr Cousin«, merkte der Polizist mit ambivalentem Grinsen an. »Aber Sie können sich glücklich schätzen. Sir Mark behauptet, Sie hätten ihn um nichts gebracht, daher können wir auch nicht gegen Sie vorgehen. Das muß man ihm schon überlassen, denke ich. Trotzdem brauchen wir Sie als Zeugen.«

»Gut.« Aidan zuckte mit den Achseln. Demnächst müßte er sich mit dem Medienrummel herumschlagen, den dieser Fall heraufbeschwören würde, aber falls Sir Mark ihm beistand, sollte es ihm möglich sein, damit fertig zu werden.

»Ich möchte nur noch ein paar Dinge erfahren, zum Beispiel, was Ihren Verdacht auf George gelenkt hat.«

»Lassen Sie mich Ihnen etwas zeigen. Das habe ich Ihnen gegenüber bisher nicht erwähnt, weil ich es nicht für wichtig befand. Es ist hinten im Hof.«

Aidan geleitete den Polizisten zum Haus, durch einen Bogen, der zum Hintereingang führte. Aber anstatt das Haus zu betreten, öffnete Aidan eine alte grüne Tür zu einem Lagerraum. Zusammen traten sie in die Dunkelheit, und Aidan riß die Abdeckplane von der Tontaubenschießanlage herunter.

Der Detective musterte sie gespannt. »Nun? Was ist damit?«

»Ich glaube, daß George Ivor damit getötet hat.«

Der Polizist betrachtete die Anlage skeptisch. »Wie denn?«

»Betrachten Sie mal die Stelle, wo die Tontauben ausgeworfen werden.«

Der Detective bückte sich und hielt seine Taschenlampe darauf. Dann holte er eine Pinzette aus der Tasche, zupfte vorsichtig etwas heraus, stand auf und ging nach draußen ans Tageslicht.

»Ein weißes Haar.«

Aidan nickte.

»Aber Ivor wurde durch einen Hufschlag getötet, oder zumindest durch etwas, das die gleiche Form hat.«

»Das ist kein Haar von Ivor. Wenn man einen Pferdehuf an der Stelle, wo die Tontauben herausgeschleudert werden, befestigen würde, dann hätte das eine mordsmäßige Schlagkraft.«

Aidans Worte veranlaßten den Polizisten, sich das Haar genauer anzusehen. »Ein Pferdehaar?« Er lächelte. »Gut, ich werde das der Spurensicherung bringen. Und wir werden die Anlage auf Fingerabdrücke hin untersuchen lassen. Ach ja, wo wir schon gerade von Haaren sprechen, als Sie unten in der Höhle waren, sagten Sie George, daß David ein paar Haare in der – ähm – Hand halten würde. Unsere Jungs haben aber nichts gefunden, und außerdem behaupten sie, daß Haare sich relativ schnell auflösen.«

Aidan grinste. »Das war nur ein Trick. Ich wußte ja auch nicht, ob das wirklich möglich ist, aber ich bin davon ausgegangen, daß George ebenfalls nicht Bescheid wußte. Glücklicherweise habe ich mit meiner Annahme richtig gelegen, denn er hat ja erst durch meinen Trick gestanden.«

Die untergehende Sonne färbte den Nebel orange, als die Polizei an jenem Nachmittag von Barford Manor abfuhr. Davids Skelett war minutiös untersucht und an seinem Fundort ausgiebigst fotografiert worden, bevor man es behutsam in seine Einzelteile zerlegt hatte, um es in das Labor zu schaffen. Auch die Tontaubenschießanlage war eingepackt und abtransportiert worden, und die Polizisten hatten ein zweistündiges Interview mit Aidan aufgezeichnet.

Aidan kehrte in die Ställe zurück, wo die Pferde gerade für die Nacht versorgt wurden. Die auf dem Landsitz angestellten

Stallgehilfen tauschten widersprüchliche Gerüchte über die Ereignisse der letzten zweiundsiebzig Stunden aus. Aidan hatte das Bedürfnis, den Männern auf dem Gestüt die Wahrheit zu sagen, aber Sir Mark hatte nachdrücklich darauf bestanden, daß man sie fürs erste im unklaren ließ und am Status quo nichts änderte. Nichtsdestotrotz schien jedermann zu wissen, daß Aidan für Georges Überführung verantwortlich war, und das fand allgemeine Anerkennung.

Wenngleich es Aidan vor allem drängte, ihnen zu verraten, daß Mickey Thatchers Tod kein Unfall gewesen war, war er sich darüber im klaren, daß er warten mußte, bis die Polizei den Fall hieb- und stichfest gelöst hatte.

Deshalb bemühte er sich, so zu tun, als ob alles ganz normal sei, als ob er am vorigen Abend nicht seine Koffer gepackt hätte und er immer noch Sir Mark Tredingtons Sohn wäre.

Gerade als er fertig war und in sein Cottage zurückkehren wollte, tauchte Victoria auf.

»Tag. Dad möchte dich sprechen«, informierte sie ihn. »Komm doch nachher rüber und iß mit uns zu Abend.«

Aidan nickte zustimmend.

Beim Duschen und Anziehen fiel ihm auf, daß er immer noch ziemlich nervös war. Allem Anschein nach hatte Lucy ihre Skepsis hinsichtlich seiner Beweggründe überwunden, aber das änderte nichts an der Tatsache, daß er ein Fremder war, ein Mann, der versucht hatte, diese Familie zu betrügen und zum Narren zu halten. Wenn Sir Mark erst einmal eine Strategie entwickelt hätte, einen Skandal abzuwenden, gäbe es keinen Grund mehr, seine Anwesenheit noch länger zu tolerieren.

Als er drüben im Haupthaus eintraf, erfuhr er, daß Lucy nach London zurückgefahren war. Victoria war auch nicht da, und Sir Mark hielt sich, wie immer um diese Tageszeit, in seiner Bibliothek auf.

Er erhob sich, als Aidan eintrat, und bot ihm einen Drink an, wie er das, seit Aidans Eintreffen auf Barford, in den vergangenen Monaten fast jeden Abend getan hatte.

Aidan registrierte eine gewisse Aufgeregtheit im Verhalten des Baronets, die ihm das Herz schwer werden ließ. So wie es aussah, hatte Sir Mark die unangenehme Aufgabe, ihm schlechte Neuigkeiten zu übermitteln.

Doch zuerst stellte Sir Mark ihm eine Frage. »Sag mir, Aidan, wie findest du das, was sich im Lauf der letzten Tage zugetragen hat?«

»Ich bin vor allem erleichtert, wenngleich ich mir denken kann, wie schwer es für dich gewesen sein muß, die Wahrheit über das Schicksal deines Sohnes zu erfahren.«

»In gewisser Hinsicht ist es auch für mich eine Erleichterung gewesen«, entgegnete Sir Mark. »Obwohl ich mir eigentlich seit langem sicher gewesen war, daß man ihn umgebracht hat.«

Aidan trank einen Schluck Whisky. »Aber du hattest doch angenommen, daß er weggelaufen ist? Johnny hat mir von dem Brief erzählt, den ihr ein paar Tage nach seinem Verschwinden erhalten hattet. Darin hatte gestanden, wie unglücklich David damals gewesen war.«

»Das war im Grunde genommen kein richtiger Brief. Falls es dich interessiert, ich habe ihn zufällig hier.«

Er nahm ein liniertes Schulheft in die Hand, schlug es auf und nahm ein loses Blatt Papier heraus. Es sah aus, als hätte es jemand auf diesem Heft herausgerissen, und die obere Hälfte war mit einem angelegten Lineal abgetrennt worden. Das Blatt reichte er Aidan.

Aidan nahm es entgegen und betrachtete die wenigen Zeilen, die fein säuberlich in Kinderschrift darauf geschrieben waren.

»*Ich vermisse Mum immer noch sehr. Ich wünschte, Dad*

wäre nicht so oft weg. Ich habe das Gefühl, mit niemandem reden zu können. Die Mädchen sind zu klein und weinen dauernd. Ich muß einfach ganz allein damit fertig werden.«

Aidan las den Brief noch mal durch und warf dann Sir Mark einen kurzen Blick zu. »Das war der Brief, den er geschrieben hat?«

»Das kam zwei Tage nach seinem Verschwinden mit der Post. Laut Poststempel wurde der Brief in Bristol aufgegeben.«

»Und das ist definitiv seine Handschrift?«

»Es besteht kein Zweifel, daß er das geschrieben hat. Dieses Heft war eine Art Tagebuch, das er führte. Ein paar Handwerker fanden es, als wir die Kamine aus den Schlafzimmern entfernen ließen. Es war versteckt gewesen, unter dem Abzug. Das Blatt stammt aus diesem Heft.« Sir Mark schlug das Heft an jener Stelle auf, wo die Seite rausgerissen worden war, und reichte es Aidan. Auf den anderen Seiten, aus deren Mitte das Blatt stammte, waren ein Wochentag und ein Datum vermerkt. Aidan blätterte das Heft durch. »Das wurde ein paar Wochen vor seinem Verschwinden geschrieben.«

Sir Mark nickte.

»Dann wußtest du also, daß jemand anderes die Seite herausgerissen und an euch geschickt hat?«

»Na, ganz sicher war ich mir nicht. David war ein erfinderischer, ziemlich schlitzohriger Junge. Es war also durchaus möglich, daß er es selbst getan hatte, um uns auf die falsche Fährte zu locken, aber daß das Buch so gut versteckt gewesen war, daß wir es eigentlich gar nie finden konnten, kam mir seltsam vor. Außerdem habe ich mehrmals veranlaßt, daß nach ihm gesucht wurde. Keine Spur, nichts hat man entdeckt, und das hat mich dann in meiner Annahme, daß er tot sein müßte, nur noch bestärkt.«

»Bis ich fünfzehn Jahre später auftauchte und behauptete, er zu sein.«

»Nein«, sagte Sir Mark und lächelte etwas verlegen. »Ich wußte, daß du nicht David bist, aber ich wußte auch, daß – falls David von der Person umgebracht worden war, die ich am ehesten verdächtigte – du demjenigen das Leben schwer machen würdest.«

Aidan starrte ihn fassungslos an. »Großer Gott!« platzte er raus und lachte schallend. »Willst du damit sagen, daß du mich benutzt hast, um George eine Falle zu stellen, während ich die ganze Zeit über davon ausging, dich zum Narren zu halten?«

»Nachdem ich dich kennengelernt hatte, kam ich auf die Idee, daß nur jemand, der so erfinderisch wie du ist, die Chance hatte, die Wahrheit herauszufinden. Ja, ich muß zugeben, wenn auch ungern, daß ich dich benutzt habe.«

»Dann wußtest du also die ganze Zeit, daß ich nicht dein Sohn bin?«

Sir Mark stierte einen Moment lang in sein Glas. »Das habe ich nicht gesagt. Ich sagte, ich wußte, daß du nicht David bist.«

Aidan beugte sich vor, fixierte Sir Mark und versuchte, sich auf dessen Worte einen Reim zu machen. »Das verstehe ich nicht. Was meinst du damit?«

Sir Mark stand auf und trat vor eines der Bücherregale, zog ein Buch heraus und schlug es auf. Zwischen den Seiten steckte eine Fotografie. Er betrachtete sie kurz und blickte dann Aidan an.

Langsam und mit einem Anflug von Demut kehrte er zu Aidan zurück und gab ihm das Foto.

Es war eine grobkörnige Aufnahme, die mit einer alten und billigen Kamera gemacht worden war. Darauf zu sehen war eine junge Frau, die neben einem neogotischen, klosterähnlichen Gebäude stand und ein Kind auf den Armen hielt.

Aidan betrachtete es lange, ehe er es Sir Mark zurückgab.

»Seit wann hast du das?«

»Seit es aufgenommen wurde.«

Aidans Herzschlag setzte für eine Sekunde aus. Er versuchte zu sprechen, aber plötzlich war seine Kehle wie zugeschnürt. »Wieso?« krächzte er.

Sir Mark nahm gegenüber Aidan Platz, lehnte sich zurück und betrachtete den Whisky, den er in seinem Glas schwenkte.

»Ich habe deine Mutter kennengelernt, kurz vor meiner Hochzeit im Jahre 1965. Mein Bruder Perry hatte eine ziemlich extravagante Junggesellenparty für mich arrangiert. Er mietete oben am Dee eine Fischerhütte und lud meine zehn besten Freunde für vier Tage zum Fischen und Trinken ein. Und wenn ich Trinken sage, dann ist das untertrieben.«

Aidan ließ den alten Herrn nicht aus den Augen. Anfänglich hielt Sir Mark seinem eindringlichen Blick stand, dann aber wandte er sich ab.

»In der Hütte war eine alte schottische Frau, die sich um das Kochen und alles weitere kümmerte. Und auch ein junges irisches Mädchen.«

»Meine Mutter?« flüsterte Aidan.

Sir Mark schloß die Augen und nickte. »Sie war ein sehr hübsches Mädchen. Und da schlugen meine Freunde mir eine Wette vor.« Er zuckte mit den Achseln. »Ich hatte wahrscheinlich einen über den Durst getrunken, aber wenn sie mir zu verstehen gegeben hätte, daß sie mich nicht wollte, hätte ich sie niemals angerührt, das kann ich dir versichern, darauf gebe ich dir mein Ehrenwort.« Er seufzte. »Es war eine ganz wunderbare Nacht, aber sie und ich wußten, daß ich am darauffolgenden Wochenende heiraten und sie niemals wiedersehen würde. Doch vergessen habe ich sie nie.«

Er blickte zu Aidan auf. »Es ist schon seltsam, welche Auswirkungen flüchtige Momente auf unser Leben haben können. Später habe ich oft an Mary gedacht, obwohl ich Henrietta liebte und sie enorm respektierte. Nach ein paar Jahren – ich weiß nicht, weshalb, vielleicht aus einer Laune heraus oder weil meine Ehe an einen bestimmten Punkt angelangt war oder weil ich mich schuldig fühlte – gab ich einer Agentur den Auftrag, sie zu suchen. Sie brachten mir dieses Foto, das sie dort drüben jemanden abkauften. Und da wußte ich, daß das Kind meins war.«

Jetzt, wo die Wahrheit heraus war, sprang Aidan, zitternd vor Aufregung, auf. Er wollte Sir Mark auf eindringliche Art und Weise zeigen, was er empfand, war dazu aber noch nicht in der Lage. Er spazierte im Zimmer auf und ab und schüttelte verwirrt den Kopf. »Jesus! Du meinst ... Gott, ich kann es einfach nicht fassen.« Er atmete tief durch, um weitersprechen zu können. »Dann bist du mein richtiger Vater?«

Sir Mark nickte bedächtig, und dann breitete sich ein Lächeln auf seinen Lippen aus. »Ich wußte es von dem Moment an, als ich dich sah. Und ich habe dich natürlich erwartet.«

Nun begriff Aidan gar nichts mehr. »Wieso?« fragte er.

»Johnny hatte mir erzählt, daß er dich gefunden hatte.«

»Großer Gott! Willst du damit sagen, daß er dir von mir erzählt hat, nachdem er mir in Westport über den Weg gelaufen war?«

»Ich meine, ich hatte ihm von dir erzählt und ihn gebeten, nach dir in Mayo Ausschau zu halten.«

»Ich kann es nicht glauben. Da habe ich mir deinetwegen die ganze Zeit Vorwürfe gemacht, während du die ganze Sache von Anfang an eingefädelt hattest?«

Sir Mark nickte grinsend. »Du kannst dein Gewissen beruhigen. Und ich kann dir auch gleich sagen, daß du mit dem Spiel niemals durchgekommen wärst. Obwohl ich zugeben muß, daß Johnny dich sehr gut vorbereitet hat und daß die

Tatsache, daß ich dich akzeptiert habe, bei vielen eine Menge Zweifel beseitigt hat.«

»Jesus!« Die Ironie des Ganzen und die Freude darüber, daß dieser Mann tatsächlich sein Vater war, machten Aidan ungemein glücklich. »Es ist einfach unglaublich!«

Sein Vater lachte mit ihm, erhob sich und ging auf ihn zu. Dann legte er die Arme um ihn und drückte ihn fest an sich. Kurze Zeit später fragte er: »Hast du deiner Mutter damals gesagt, wohin du gehen würdest?«

Aidan nickte. »Jetzt weiß ich, warum sie nichts dagegen einzuwenden hatte. Sie kannte ja die Wahrheit.«

»Das dachte ich mir schon.« Sir Mark ließ seinen Sohn los und trat einen Schritt zurück, um ihn voller Stolz und Zuneigung zu betrachten.

»Aber Dad – Gott sei Dank kann ich das jetzt sagen, ohne zu lügen –, was ist mit diesem Mann, der irgendwo im Südpazifik verschollen ist?«

»Johnny hat mir verraten, daß du das weißt. Als ich zum ersten Mal davon erfuhr, habe ich mir etwas Sorgen gemacht, war gleichzeitig aber ziemlich sicher, daß er nicht David ist. Der Mann hat den Namen ganz bewußt angenommen, bevor die Yacht verschollen ist. Ich denke, wir werden noch herausfinden, daß George hinter all dem steckt. Wahrscheinlich wurde er langsam ungeduldig, weil wir noch immer nicht bei Gericht beantragt hatten, David für tot erklären zu lassen. Nur damit wäre für ihn der Weg frei gewesen, den Titel zu erben.«

»Meinst du, er hat diesen Mann übers Ohr gehauen und dafür gesorgt, daß das Boot als vermißt gilt?«

»Ja, wahrscheinlich. Aber sicher weiß ich es nicht. Ach ja«, sagte er und blickte reuig, »bevor wir die Mädchen in all das hier einweihen, möchte ich mich bei dir entschuldigen – nicht zuletzt dafür, daß du beinahe zweimal ums Leben gekommen wärst. Nach dem Unfall war ich fast soweit, die ganze Sache abzublasen, aber damals ging die Polizei ja davon aus, daß es sich um einen Unfall handelte. Als du mir dann sagtest, jemand habe versucht, dich zu erschießen, gingen mir die Augen auf, und ich mußte einsehen, daß ich zu weit gegangen war, aber da waren wir schon fast am Ziel, und du schienst entschlossen, weiterzumachen. Ich muß auch zugeben, daß ich dich in gewisser Weise testen wollte. Und das Ergebnis macht mich außerordentlich stolz. Nun«, fuhr er geschwind fort, ehe Aidan etwas sagen konnte, »geh und such Victoria. Wir müssen es ihr sofort sagen, denn sie wird sich sehr freuen, daß du wirklich ihr Bruder bist. Und bring doch auf dem Rückweg gleich eine Flasche Champagner mit.«

Am Tag des Hennessy Gold Cups war der Morgenhimmel mit dicken Wolken bedeckt. Eine Stunde ehe das Tageslicht in die Fenster seines Cottages fiel, wachte Aidan auf. Seit er gestern Deep Mischief auf der Galopprennbahn geritten hatte, war er kaum mehr in der Lage, seine Aufregung im Zaum zu halten. Das Pferd war in erstklassiger Form gewesen. Er und sein Vater hatten alle anderen Teilnehmer des Rennens genauestens studiert. Es gab drei Pferde, die Deep Mischief in etwa ebenbürtig waren, aber Aidans Zuversicht war durch nichts zu erschüttern. Stunden hatte er damit verbracht, sich Videos von Hindernisrennen auf der Rennbahn von Newbury anzuschauen, weil er mit ihr relativ wenig Erfahrung hatte. Nun hatte er den Eindruck, jeden Meter Rennstrecke in- und auswendig zu kennen, und er war fest entschlossen, so zu reiten, als hinge sein Leben davon ab.

Vor den großen Eisentoren am Eingang der Rennbahn von Newbury staute sich der Verkehr. Das erste große Hindernisrennen dieser Saison zog wie üblich eine große und enthusiastische Zuschauermenge an.

In der letzten Woche waren auf der Rennbahn von Berkshire fast fünfzig Liter Regen gefallen, was zur Folge hatte, daß der Boden ziemlich aufgeweicht war. Aidan wollte absolut sicher sein, daß er nach dem Start gleich die richtige Route einschlug. Kaum hatte er den Parkplatz verlassen, stellte er seinen Mantelkragen gegen den pfeifenden Wind auf, der die Markisen am Eingang aufblähte und die Halteseile festzog, die um Metallpfosten gewickelt waren. Egal, welche Route Aidan mit Deep Mischief einschlug, er mußte auch auf die Windrichtung achten, damit der Sturm nicht gegen ihn arbeitete. Es kostete eine Menge Kraft, wenn man dreieinhalb Meilen lang gegen den Wind anritt. Er blickte zur Flagge des Sponsors hoch, die am anderen Ende der Rennstrecke in der Luft flatterte. Wenn die Reiter die Gerade hochritten, würde ihnen der Wind direkt ins Gesicht blasen. Er mußte darauf achten, daß er sich im Windschatten eines Reiters hielt, der auch zu springen verstand.

Der Hennessy Cup war Aidans erstes großes Rennen. Als er sich eine halbe Stunde vor Beginn durch die Menschenmenge in Richtung Umkleideraum vorkämpfte, überraschte ihn die allgemeine Aufregung.

Bis dahin war es ihm gelungen, einigermaßen ruhig zu bleiben und nicht daran zu denken, was das Rennen für ihn und seine Familie bedeutete. Doch als Menschen, denen er niemals zuvor begegnet war, ihm auf dem Weg zur frisch renovierten Umkleideraum die Hand entgegenstreckten, um ihm Glück zu wünschen, da begann sein Körper Unmengen von Adrenalin zu produzieren, und seine Muskeln verkrampften sich leicht. Sein Magen fühlte sich wie eine große leere Grube an. Daß er sosehr unter Druck stand, dieses Rennen gewinnen zu müssen, hatte er größtenteils sich selbst zuzuschreiben. Die Leute, die Wetten plazierten, sahen in Deep Mischief ein Pferd, dessen Chancen zu gewinnen oder zu verlieren sich die Waage hielten. Falls er nicht gewann, würden sie es ihm nicht übelnehmen. Aber er wollte um jeden Preis gewinnen, für seinen Vater. Und er wußte auch, daß Sam Hunter enttäuscht sein würde, falls er sich in diesem Rennen nicht gut machte. Ihn mochte er ebenfalls nicht enttäuschen, zumal er den Mann sehr respektierte. Der Trainer hatte das Vermögen, das Beste in den Menschen anzusprechen, und das ermutigte und feuerte sie an.

Er stellte seine Reisetasche ab und machte sich daran, die Rennbahn abzulaufen. Nachdem er das getan hatte, kam er zu der Einschätzung, auf der Innenseite sei der Boden schneller. Da es, einmal abgesehen von den Kurven, auf der anderen Seite kein Geländer gab, war es durchaus möglich, über ein Hindernis zu setzen und dann das Pferd leicht nach links zu ziehen. Diese Methode machte es erforderlich, Deep Mischief bis zum nächsten Hindernis ganz dicht an der Rennbahnbegrenzung zu halten. Falls er diese Taktik wählte, hieß das, daß er nur auf der einen Seite der Rennbahn im Windschatten lag, aber Aidan meinte, daß der bessere Boden ihm das Risiko wert war.

Sams Instruktionen waren einfach. »Reitet los und genießt das Rennen.«

Aidan erzählte ihm, wie er mit dem Wind umzugehen gedachte, aber Sam schien sich keine Sorgen deswegen zu machen.

»Er hat ja kein Gewicht, also laß ihn ruhig vorne laufen, wenn es ihn glücklich macht. Es ist schwerer, bei dem Wind einen Rückstand gutzumachen, als vorneweg darin zu galoppieren.«

Von den zwanzig anderen Teilnehmern bereitete nur ein Tier, eine große, kräftige Stute namens Kirsten, Sam Kopfzerbrechen. Sie hatte letztes Jahr beim Gold Cup den dritten Platz gemacht. Die Stute war erst sieben Jahre alt, was hieß, daß man damit rechnen mußte, daß sich ihre Leistung gesteigert hatte. Aus diesem Grund erzielte sie eine Quote von vier zu eins. Jason Dolton ritt einen harten alten Kämpfer, dem man eher aus Nostalgie eine fifty-fifty Chance einräumte.

Man konnte davon ausgehen, daß durch die drei engagierten Frontläufer ein rasantes Tempo vorgelegt würde. Gleich nach dem Start, am Anfang der Geraden, merkte Aidan, daß Deep Mischief Probleme hatte, seine Position zu halten. Aidan mußte verhindern, daß das Pferd wieder – wie beim letzten Rennen – in schlechte Laune verfiel. Mit leiser Stimme trieb er das Tier an. Ihm lag daran, daß das Pferd das Tempo hielt. Deep Mischief durfte aber nicht so schnell laufen, daß die Geschwindigkeit einen negativen Einfluß auf das Springen hätte.

Nach ungefähr zwei Meilen verlangsamte sich der mörderische Galopp, den die Tiere an der Spitze vorlegten. Endlich konnte Aidan einmal richtig durchatmen. Deep Mischief schien zu spüren, daß er an den anderen Pferden vorbeiziehen konnte, und dieses Gefühl steigerte seinen Enthusiasmus.

Weil das Rennen gleich von Anfang an so schnell verlief, bestand schon für die Hälfte der Teilnehmer keine Aussicht mehr, den Sieg zu erringen. Drei Pferde waren beim ersten Graben gestürzt, zwei hatten beim folgenden Hindernis in der letzten Runde aufgegeben. Und die anderen konnten einfach nicht das Tempo halten.

Aidan hielt an seinem Plan fest, den besseren Boden, wann immer es möglich war, zu nutzen. Nachdem er dicht neben der Rennbahnmarkierung über das vorletzte Hindernis gesetzt hatte und ausscherte, versuchte Jason, seine Position einzunehmen. Für einen Moment glaubte er, daß sein Schwager ihm nicht erlauben würde,, wieder einzurücken. Mit dem Blick eines Schachspielers, dem Schachmatt angedroht worden war, schaute Jason zu ihm hinüber. Nach ein paar Schritten lächelte er zu Aidans Erleichterung leise und wich nach rechts aus, um Deep Mischief Platz zu machen.

Kurz darauf war Deep Mischief in der Position, die Aidan anvisiert hatte. Ein anderes Pferd war nicht in Sicht. Unter den Zuschauern waren die Leute, die auf ihn gesetzt hatten, vielleicht in der Minderheit, aber was ihre anfeuernden Zurufe betraf, standen sie den anderen kaum nach. Mit aufgerichteten Ohren vernahm Deep Mischief ihren Jubel. Das Tier schien zu spüren, daß sie auf seiner Seite waren. Aidan riskierte einen kurzen Blick nach hinten und grinste. Jetzt war ihm der Sieg sicher.

Es lag nicht nur an dem Tempo, das Deep Mischief vorlegte, daß Aidan den Zielpfosten, an dem er vorbeiflog, nur verschwommen wahrnahm.

Nachdem sich die erste Euphorie über den Sieg etwas gelegt hatte und Aidans Rücken nach den vielen Gratulationen zu schmerzen begann, fand er Zeit, sich zusammen mit Johnny die Beine zu vertreten. Er hatte das Bedürfnis, sich mit ihm unter vier Augen zu unterhalten, wollte aber auch die Teilnehmer des vorletzten Rennens beobachten, wie sie über den Wassergraben setzten.

Seit Georges Verhaftung und den darauffolgenden Enthüllungen bot sich ihnen nun zum ersten Mal die Gelegenheit, in Ruhe ein paar Worte zu wechseln.

»Gott, wie hast du mich getäuscht«, sagte Aidan mit einem Grinsen. »Und ich habe schon angefangen, einen ordentlichen Haß auf dich zu entwickeln. Nicht ein einziges Mal ist mir in den Sinn gekommen, daß du kein Spieler bist. Das war eine ganz brillante Vorstellung, die du da gegeben hast.«

»Du hast dich auch nicht schlecht gehalten.«

»Das ist doch Unsinn. Dad sagte, ich wäre nie damit durchgekommen, wenn er mich nicht voll akzeptiert hätte.«

»Deine Schwestern haben dir geglaubt. Und die Leute aus dem Ort auch.«

Aidan tat seinen Einwand mit einem Achselzucken ab. »Da bin ich mir nicht mehr so sicher. Und trotzdem bin ich verdammt froh, daß nun endlich alles vorbei ist. Ich hoffe, daß ich so was wie in den letzten beiden Wochen nie mehr durchmachen muß. Aber Dad hat sich ganz prima verhalten.«

»Das habe ich auch gehört. Ich zähle darauf, daß du auch in Zukunft meine Dienste brauchen kannst.«

»Sagen wir mal, daß ich diesen alten komischen Vogel aus Westirland brauchen werde«, meinte Aidan und lachte schallend. »Ach ja, übrigens, Dad hat mir nie verraten, was für eine Abmachung er mit dir getroffen hat.«

»Ich habe das nur aus Spaß gemacht«, erklärte Johnny. »Ich hatte eine lange Unterhaltung mit Mark über Goodwood. Wir waren beide auf ein mehrtägiges Fest auf einem Landhaus eingeladen. Als er mir beichtete, daß er sich um seine Gesundheit sorgte und alles in Ordnung bringen wollte, bevor sich sein Zustand noch verschlechterte, weihte er mich ein und verriet mir, daß es dich gibt. Um ehrlich zu sein, dich hierher zu bringen, ist meine Idee gewesen. Er sicherte mir die Unterstützung zu, die ich brauchte, und – wie es der Zufall so will – hat er sich mir gegenüber erkenntlich gezeigt, und zwar in einer Art und Weise, die man nur als großzügig bezeichnen kann. Außerdem hat Lucy mir versprochen, dabei behilflich zu sein, mir Emma zu angeln. Das dürfte dir ja nichts ausmachen, zumal dein Interesse ganz woanders liegt.«

Aidans Miene hellte sich auf. »Da kannst du Gift drauf nehmen.«

Von Newbury fuhr Aidan auf direktem Wege nach Heathrow, um von dort aus mit Aer Lingus nach Shannon zu fliegen.

Nachdem er in Irland gelandet war, mietete er einen Wagen

und nahm die Straße nach Galway, die durch Ennis führte. Als er durch den leichten Nieselregen fuhr, der vom Atlantik hereinkam, dachte er über die positiven Veränderungen nach, die sein Leben in den letzten zehn Wochen erfahren hatte.

Er war derselbe Mann, im selben Körper, aber er hatte eine totale Metamorphose durchgemacht, wie ein Schmetterling, der aus seinem Kokon schlüpft.

Und wenngleich er sich über den Anblick der weichen, braun-grünen Hügel und der saftigen, von Seen durchzogenen Landschaft freute, wußte er, daß seine Zukunft in England lag.

Seine Mutter hatte fast erleichtert geklungen, als er ihr am Telefon etwas unzusammenhängend von den Geschehnissen berichtet hatte. Ursprünglich hatte er damit gerechnet, sie würde sich betrogen fühlen, aber sie hatte nur leise protestiert und ihn dann gebeten, sie sooft wie möglich besuchen zu kommen, woraufhin er umgehend einen Flug nach Irland gebucht hatte.

Als er sie sah, machte ihm die Verschlimmerung ihres Zustandes zu schaffen. Viel war in den zehn Tagen passiert. Es war nicht zu übersehen, daß jede kleinste Bewegung ihr Schmerzen bereitete. Aber geistig und seelisch war sie so wie immer.

Die Tochter des Nachbarn war bei ihr eingezogen, um ihr rund um die Uhr zur Verfügung zu stehen, bis professionelle Hilfe organisiert war. Die junge Frau, Maeve O'Keane, war Anfang zwanzig, sanft und überaus freundlich, hatte aber wenig Verständnis für einen Sohn, der weggegangen war und seine Mutter so im Stich gelassen hatte. Als sie dann schließlich allein waren, machte Mary Aidan klar, daß sie selbst anderer Meinung war.

»Aidan, wenn du nur wüßtest, wie sehr es mich gefreut hat, über dich in den Zeitungen zu lesen«, sagte sie, »obgleich ich hier niemandem sagen konnte, daß du das bist.«

Einen Augenblick lang sagte Aidan nichts.

»Du wußtest also Bescheid«, fragte er schließlich, »sobald du den Namen Tredington hörtest?«

»Aber sicher. Und ich vertraute auf Gott, daß du die Wahrheit erfahren würdest, falls es sein Wille wäre.«

»Es ist schon seltsam«, dachte Aidan laut nach, »daß ich so dumm gewesen bin zu glauben, ich hätte Dad über den Tisch gezogen. Er ist ein scharfsinniger alter Herr.«

»Er war ein feiner junger Mann. Ich habe ihn jahrelang geliebt. Und irgendwie habe ich die Kraft gefunden, mit der Schande fertig zu werden, erst seinetwegen, dann deinetwegen.«

»Ich begreife, warum du mir nie was davon erzählen konntest. Du wußtest schließlich nicht, ob er irgendwann nach mir suchen lassen würde.«

»Aber ich habe immer mit dieser Möglichkeit gerechnet.«

»Er ist ein ehrenhafter Mann«, bemerkte Aidan. »Er hat mir erzählt, daß er dich nie vergessen hat. Ich glaube, daß er, als er erfuhr, daß es um seine Gesundheit nicht gut bestellt war, alles in Ordnung bringen wollte, ehe es zu spät dazu war. Weißt du, er hat mir ein Haus in Devon angeboten, für dich, aber ich habe ihm klargemacht, daß du nicht von hier weggehen wirst.«

»Das will ich auch nicht, und außerdem hat es keinen Sinn, zu versuchen, die Uhr so weit zurückzudrehen. Es ist besser, wenn wir uns nie wiedersehen. Uns beiden bleibt nicht mehr viel Zeit – es wäre einfach zu traurig. Nein, ich bleibe gern hier, solange du mich ab und zu besuchen kommst.«

Aidan blickte in ihre tapferen Augen. Nun, wo er um das Geheimnis wußte, das sie solange gehütet hatte, stieg seine Achtung für sie ins Grenzenlose.

»Nun, dein Vertrauen hat sich bezahlt gemacht«, gab er zu. »Das Ergebnis meiner Mission ist so ausgefallen, wie ich es mir damals mit Johnny Henderson nie hätte träumen lassen. Obwohl ich mich mies fühle, daß das alles zu dem Tod eines jungen Mannes – eines wirklich begnadeten Pferdefreundes – geführt hat und auch den armen Ivor Butley das Leben gekostet hat.«

»Hat er etwas mit dieser Susan zu tun, von der du mir erzählt hast?«

Aidan nickte. »Du würdest sie mögen. Sie ist eine selbstbewußte junge Frau ohne Makel und das hübscheste Ding, das du je gesehen hast.«

Seine Mutter grinste. Sie hatte beinah schon die Hoffnung verloren, daß ihr Sohn sich jemals lange genug in eine Frau verguckte, um sie richtig zu lieben.

»Bring sie doch bald mal zu mir.«

Da begriff Aidan, daß er den Umstand, daß seine Mutter ihre Heimat niemals mehr verlassen würde, akzeptieren mußte. »Das werde ich«, willigte er ein. »Und morgen werde ich nach Galway fahren und mich um eine Schwester für dich kümmern. Wir werden Eamon O'Keane unseren Grund und Boden verpachten. Dann brauchst du dich nicht mehr um die Tiere zu kümmern. Und alles andere, was du sonst noch brauchst, wird ein Anwalt aus Galway organisieren. Du brauchst dir von nun an keine Sorgen mehr zu machen.«

Mary lächelte. »Das ist ja alles schön und gut, aber das Beste ist, daß ich nun sicher bin, daß du dich endlich gefunden hast. Aidan Daly, du bist ein anderer geworden.«

»David Aidan Tredington. So werde ich Ende des Monats heißen.«

»Und das sollst du auch. Das wird diese geschwätzigen Münder hier eine ganze Weile lang beschäftigen. Der alte Sean MacClancy aus Westport hat schon eine Geschichte verbreitet, die er von seinem Bruder Emmot gehört hat. Offenbar hat er aus dem, was er in den Zeitungen über dich gelesen hat, erraten, wer du bist.«

»Ja«, antwortete Aidan mit einem reuevollen Lächeln. »Ich erinnere mich an Emmot MacClancy.«

Im Lauf der folgenden Woche leitete Aidan die Pflege seiner Mutter in die Wege. Er und sein Vater waren übereingekommen, sie solle nichts von dem Guthaben erfahren, das auf ihren Namen ausgestellt worden war und Aidan allein für sie verwalten sollte.

Aber die ganze Zeit über, die er sich dort, zwischen den sanften Hügeln und an dem Ort, wo er den größten Teil seines Lebens verbracht hatte, aufhielt, drängte ihn etwas zurück nach England.

Mary unternahm keinen Versuch, ihn länger bei sich zu halten, als er sich von ihr verabschiedete und versprach, bald zurückzukehren. Am Samstag flog er leichten Herzens nach England. Auf dem Weg nach Barford hatte er zum ersten Mal das Gefühl, rechtmäßig und für immer in seine Heimat einzukehren.

Er stellte den Wagen vor der Haustür ab und schloß sie auf. In der Halle hörte er das Ticken der alten Standuhr, die seit zweihundert Jahren an derselben Stelle stand.

Licht fiel aus der Bibliothek, deren Tür einen Spaltbreit offen stand. Auf dem Weg dorthin hallten seine Schritte durch den Korridor.

Er stieß die Tür auf.

»Willkommen daheim!«

Voller Erwartung standen Lucy, Victoria und Sir Mark in der Mitte des Raumes und riefen ihm ihre Grußworte entgegen. Susan und Jason standen etwas abseits. Heute lächelte sogar sein Schwager.

Aidan blieb stehen und grinste. »Tag, Dad, Schwestern.«

Nach dem feierlichen Abendessen, bei dem er viel gelacht hatte, begab er sich in sein Cottage, stieg die Treppe hoch und zog sich aus. Gerade als er die letzte Socke abstreifte, hörte er, wie jemand mehrmals kurz hintereinander an seine Haustür klopfte. Müde, aber guter Laune, hüllte er seinen nackten Körper in einen Frotteebademantel und ging nach unten, um nachzusehen, wer ihn sprechen wollte.

Wieder bis auf die Knochen durchnäßt, stand Susan vor seiner Türschwelle.

»Wissen Sie«, riet Aidan ihr, »ich meine, es ist an der Zeit, daß Sie sich einen Regenschirm kaufen.«

Lächelnd schob sich Susan an ihm vorbei in den Flur.

»Ich fürchte, heute brennt kein Feuer im Kamin, an dem Sie Ihre Kleider trocknen könnten«, meinte Aidan.

»Na, der Heizkörper in der Küche funktioniert doch. Bis morgen werden sie schon trocken sein.«

»Du bist eine hervorragende Verführerin.«

Susan streckte die Hand aus, griff nach dem Stoffgürtel und öffnete langsam den Knoten. Der Mantel fiel auf. Vorsichtig schob sie ihre Hände unter den Stoff, umarmte Aidan und preßte sich an ihn.

»Jetzt bin ich an der Reihe, dich daheim willkommen zu heißen«, flüsterte sie.